JN274358

青春の柳《やなぎ》宗悦《むねよし》

失われんとする光化門のために

丸山茂樹
Maruyama Shigeki

白樺派の同人たちと（1921年）

社会評論社

青春の柳宗悦＊目次

本書の主要登場人物

柳楢悦（1832〜1891）父　海軍少将　貴族院議員　宗悦が二歳前の冬に急逝
柳勝子（1855〜1943）母　楢悦の三人目の妻　講道館創始者嘉納治五郎の姉
柳直枝子（1880〜1967）姉　仁川総領事加藤に嫁すが死別　海軍大将となる谷口尚真と再婚
柳千枝子（1891〜1921）妹　朝鮮総督府殖産局長となる今村武志と結婚　三〇歳で病没
柳兼子（1892〜1984）妻　日本声楽界草創期のアルト歌手　宗悦の背後で財政を支えた
今村武志（1880〜1960）妹千枝子の夫　千枝子の死後も宗悦の朝鮮での仕事を陰で支えた
濱田庄司（1894〜1978）日本民芸運動の同志　人間国宝第一号　文化勲章受章者
河井寛次郎（1890〜1966）日本民芸運動の同志　濱田の兄的存在
富本憲吉（1886〜1963）リーチの紹介で知合うが後年柳と離れた。人間国宝で文化勲章受章者
バーナード・リーチ（1887〜1979）『白樺』準同人　日本滞在の十年間宗悦と無二の付合い
浅川伯教（1884〜1964）浅川巧の兄　朝鮮古陶磁研究家
浅川巧（1891〜1931）朝鮮の土となったかけがえのない宗悦の友
志賀直哉（1883〜1971）宗悦の学習院の先輩　『白樺』のオリジナル同人で小説家
齊藤實（1858〜1936）第三代朝鮮総督　父楢悦と同じ海軍の出身
赤羽王郎（1886〜1981）信州『白樺』派の主要人物　教師を罷免され宗悦の紹介で朝鮮へ
秋月致（1878〜1962）日本基督教会牧師として京城教会で活動　宗悦を支援

I　地平線

朝鮮総督府のようすがおかしいと、浅川伯教《あさかわのりたか》が言ってきた。

柳宗悦《やなぎむねよし》は、ここ一年半以上も、今村武志にあっていなかった。

去年、一九二八年（昭和三年）の七月に、朝鮮民族美術館展を開くために京城にきたときは、たがいに時間がなくてあえなかった。さいごにあったのは一昨年、妻の兼子《かねこ》の音楽会が、東亜日報の主催でひらかれて、一三回目の京城にきた、一九二七年（昭和二年）十月だった。

この一年半のあいだに、義弟の今村武志は、黄海道知事から朝鮮総督府殖産局長に昇進していた。

義弟といっても、年齢は今村のほうが五つほど上だ。東大をでて総督府事務官になったばかりの今村に、妹の千枝子が嫁いだのが、十八年前だった。

その千枝子が、一九二一年（大正十年）の夏、幼な子四人を残して急逝して、はや八年になっている。

《今村さんから、各地の窯跡を調査する便宜をはかるから、朝鮮各地のじっさいの話を聞かせてほしいと言ってきています》

そんな封書が、今年の正月明けに、京都の宗悦にとどいた。

これまで、今村がむこうから、宗悦や浅川兄弟の活動に、近づいてくることはなかった。

昨夜、急行列車におちつくと、すぐに濱田庄司《はまだしょうじ》がきりだした。

「申采浩《シンチェホ》とかいう独立運動家がつかまったようだけど、そいつは、朝鮮民族美術館などにだまされるな、総督府の文化運動は、日本の強盗政治そのものだ、と全否定していたらしいね、伯教君が言ってたけど」

伯教は、そんな朝鮮内の情報を、どこで入手しているのだろうと思う。

日本人の眼にはふれにくいし、じっさい、宗悦も目にしたことはなかった。

伯教の弟の浅川巧《たくみ》なら、朝鮮語をよみ書きするし、朝鮮人の友人もおおいから、あるいは地下組織の論文を目にしたことがあるかもしれない。しかし巧は、そんなあぶない情報を濱田庄司に漏らすような口軽い男ではなかった。

伯教と知りあって十五年になるが、かれのことが少しわからなくなっていた。

乾いた朝空に、はるかな鉄路がつづいている。

走りさる後方、南西の空に、列車を見送るように白い満月が消えのこっている。

「朝鮮が、ぼくの予言どおり独立すると、おそらくいまの何倍も、ぼくのことを批判する者がでてくると思うね」

「柳のやってきたことを、独立運動の朝鮮人たちは知っているのかな。そのシン・チェホとかいう男はさ。かりに柳宗悦がこの世にいなかったら、と考えてみればいいのにな」

丸顔に丸メガネで、笑みをたやさない濱田庄司が、めずらしく気にくわない顔をしている。

四年前にあたらしくなった、赤レンガの京城駅を発車したのが、昨夜七時すぎ。

ハルピン行急行は、十一時間かかって、まもなく安東に到着する。

そこで三〇分停車して、北上をはじめる。安東からさきはしばらく南満州時間で、日本時間や朝鮮時間とは一時間の時差があった。宗悦は銀製の懐中時計を、一時間おくらせた。

内地はとっくに新緑にあふれかえっていたのに、おなじ四月の下旬でも、車窓からの景色の色合いはかなり違っている。

鴨緑江鉄橋をわったのはこれで二度目だった。十三年前に、北京でにっちもさっちもいかなくなっていたバーナード・リーチを、日本にもどるよう説得にいって以来だ。

全長一キロのこの鉄橋は、大型船が運航できるよう、川の中央部で橋の一部が九〇度回転して川面を開くようになっているらしい。

朝陽ににぶく光って大音響を響かせている、十二連の橋桁の、そのつなぎ目をさがしてじっと見ていたが、結局わからないまま、鴨緑江をこえていた。

半月後にはロンドンにいることを思えば、地球の距離もみじかいように思える。

若いころから書物や絵画をつうじて向きあってきた西洋に、はじめて踏みいるにしては、さほどに興奮がなかった。四〇という歳のせいだろうか。

浅川伯教からの手紙がとどき、一五回目の渡鮮を考えていたころの、三月初旬だった。

宗悦に、米国のラングドン・ウォーナー博士から、おもいがけない電報がとどいた。

《ケンブリッジにあるフォグ美術館が、一年間の予定で貴兄を招聘いたします。あわせてハーバード大学での講義もお願いいいたします》

まさしく天啓だった。ただちに脳裏にひらめくことがあった。

渡米前にリーチに会えたら、どんなにいいだろうと思ったのだ。

民芸運動をともに起ちあげた濱田庄司が、ロンドンで個展をひらくために、五年ぶりに英国を再訪するという話を、前年来、宗悦は聞いていた。

濱田に同道して、リーチをたずね、それからアメリカにわたろう。宗悦は瞬時にきめた。

「さきに欧州を旅行して、芸術や生活にふれてね、西洋の精神をすこしでも実感したうえで、アメリカに乗りこみたいと思うんだ」

ひとりで行くよりも、信頼できる濱田庄司といっしょのほうが、なにかと心強い。

「いっしょに行かせてくれないか」

「そりゃすごいね、こちらから願いたい話さ、リーチのよろこぶ顔がみえるな」

答はじきに返ってきた。

濱田の個展は、五月中旬ときまっていた。だからあわただしかった。

宗悦は、たまらずに、すぐバーナード・リーチにながい手紙を出した。

《親愛なるリーチ　なんとついに貴兄に英国でおあいする機会ができました。まもなくぼくは貴兄にあえて、貴兄はぼくにあえるのです。ぼくの心は、もう子供のように跳んではねて空を駈けます。ぼくは濱田とともに貴兄にあいにゆきます。シベリア経由で参ります。あとわずか二ヵ月のことです》

渡米の旅費はシュデイヒル奨学金からでても、四ヵ月の滞欧の費用は自費となる。

今度もまた、妻に金策で骨をおらせた。

宗悦は日本をとびだす意気ごみで、一九二九年四月二十二日に、京都を発ったのだ。

いまからの一年半を、できるだけ有効につかおうと思っていた。鉄路のゆくてに待っている新しいできごとを、知恵にいろどられた経験にしていこう。

宗悦は、鉄路の後方に残してきた朝鮮にむかって、静かに合掌した。

朝鮮の平穏を祈る気持ちがあった。親しい美を授けてくれた陶磁器への感謝もあった。

濱田庄司は、思いをこめたふかい沈黙で瞑している柳宗悦を見ていた。

濱田には五年ぶりのヨーロッパだ。

一九二〇年に、バーナード・リーチとともに英国にわたって、三年あまりを、セント・アイヴスという漁村でくらした。五年前の春、関東大震災の翌年に帰国して、ようやく陶工として立っていけるめどをつけ、ロンドンでの三度目の個展のために、でかけて行くのである。

二六歳ではじめて英国にむかったときは、日本郵船の賀茂丸で八週間の船旅だった。三五歳になった今回はシベリア鉄道をつかって、二週間でロンドンまで行ける。

「朝鮮は、今回で何度目だったんだ」

濱田が声をかけた。

「一九二四年の春に朝鮮民族美術館ができあがって、そのあとも毎年きてるから、十五度目だな」

いま自分が考えていたことを訊かれ、柳宗悦は、顔をゆるめて、濱田庄司に答えた。

一九一六年が最初だった。その後、一九二〇年に再訪してからは、毎年一、二度、朝鮮の地を訪れてきた。今回はたった三日だったが、くるといつもほぼ一ヵ月は滞在した。

だから想いは山のようにある。

ところが、この数年、光化門が移築されたあと、とくにそうだが、自分の素直な気持ちがそのまま伝わらないような気分になることが、ちょくちょくあるのだ。

「ぼくの考えは、独立派の朝鮮人には物足りないんだろうな。鉄砲をもって立ちあがれ、血をおそれず戦え、と言える性格じゃないからね、ぼくは……」

植民地朝鮮という存在を、不自然なものだと、日本のやりかたを批判してきた。

批判はしたが、日本政府を改めさせるまでにはいかなかった。

結果として、日本政府からも疎ましくあつかわれ、独立をもとめる朝鮮の人たちからは、総督府の手先のように言われている。

「ラングドン・ウォーナーが、朝鮮支配で、日本政府の共犯者であるという責任から逃れられる日本人は、ただ一人として存在しない。きみはましな方だ、と言ってくれたけれどね」

宗悦は、思いをたどるような目になって、車窓にひろがるつち色の地平線を見ていた。腕力や武力で戦わない人間は、弱虫といわれる。しかしほんとうにそうなのか。力の論理をふりまわす人間こそ、想像力の欠如した、知恵ある生命体としての弱者じゃないのか。

遠く後方に消えていった、朝鮮を見やる宗悦の顔が、しばらく悲しそうにかげっていた。

「兄さんが常づね主張されてきた朝鮮の独立について、ある程度の自治を認めるほうこうで考えるべきときにきていると、内々に議論がはじまっています。刃の力はけっして賢い力を生まぬ、でしたよね」

一昨夜、京城の二見旅館に訪ねてきた今村は、愛きょうのある目じりをさげて、宗悦がおどろくようなことを言った。酒のすきな今村に、本町のレストランにでかけてくるよう誘われたが、宗悦が宿舎の旅館であうことを望んだのだ。

総督府の殖産局長は、義兄宗悦の前で、すこぶる快活に肩書を取りさっていた。

「次期斎藤総督の御下命ですから、間違いありませんよ」

話しはじめると、声をおとして、植民者の顔になった。

「斎藤総督が次期って……」

「この話はお静かにお願いいします。あるいはお耳にしたかもしれませんが、いまの四代総督、山梨閣下に疑獄のうわさがあります。おそらく夏まで、もたないでしょう」

「それで斎藤さんが再登板するの」

「ひそかな話です。ちかぢかその特命をおびて、わたしが内務局長になり、財務局長となる林さんとふたりで、自治の区分や、それに見合う歳入の案分など、作業をはじめます。兄さんが帰国されるころには、いい報告ができるかもしれませんね」

五歳年上なのに、いまだに今村は、宗悦のことを、兄さんとよぶ。

妹の千枝子をいまも愛している今村の心だと、宗悦は思うようにしている。だからあえて、今村にそのよびかたを、やめさせようとはしなかった。

一九一九年に着任した斎藤前総督と今村は、ながいつき合いだった。当時専売局の課長だった今村を、黄海道知事に昇進させたのも斎藤総督だ。

今村のはなしが真実なら、たしかに、朝鮮総督府がおおきく変化しようとしている。

ほんとうに自治を認めるだろうか。それより、日本の政府がそれを許すのだろうか。

「その話を、浅川伯教氏にしましたか」

「いや」

今村は、きょとんと眼をみはり、それから笑った。

「そんな軽率じゃないですよ、わたしは。どうかしたんですか」

「朝鮮各地のじっさいのはなしを聞かせてほしいと言われていると……浅川伯教氏から」

「ああ、あれはほんとうです。わたしが朝鮮各地を回ったのは、かれこれ二〇年も前のことですからね、ずいぶんと実情が違ってきていると思いましてね、ただそれだけです」

今村の顔に、紗がかかって、みるまに総督府の役人にもどっていた。

今村は、伯教が宗悦に報告したことが、不満のようだった。

朝鮮各地の窯跡の調査をはじめた浅川伯教とおない歳の今村が、伯教を、それこそ総督府の手先にしようとしているのだろうか。

「植民地化されて喜ぶ民族はいない。よくそうおっしゃいましたよね。見えてないが、朝鮮人の苦しみが実際にふえた部分もあるはずだ……と。わたしは、返答のしようもなくずいぶんと悩みましたよ。やっとその答がだせるんです」

今村は、一九二〇年以降、いくどとなく宗悦が論述した朝鮮総督府批判を、すべて読み、胸にうけ止めてきたと言うのだった。

三・一万歳事件の翌年、一九二〇年に京城に来て、宗悦は、今村に聞いたことがあった。

「土地調査事業で、農民の公有地を、地主不在として国有地にとり込んだりしたことのほうが、万歳事件の原因としては、おおきいのではないの」

あのとき今村は、朝鮮総督府がおこなった土地調査により、調査開始時には二七二万町歩とされていた耕地面積が、おおよそ四五〇万町歩に倍増したと、得意げに言った。

「併合前からの隠田をさがし出し、ごまかしていた地主や郡吏が不正ができないよう、地税徴収をきちきち進めてきました。隠田であまこい汁を吸ってきた地方官吏たちなどが困り、当時、総督府にずいぶん不服を申したてましたねえ」

その金で、社会基盤の整備がすすんだらしい。

ところが、予期せぬことが地方で起きていた。

「本来は小作農に地税負担はないはずですが、地主が、自分がはらうべき地税を、小作農につけ回すような、えすてなことがはじまったんですな」

「えすてな……ことって」

「岩手の方言です。いいかげんなことっちゅう意味です。はあ、斎藤閣下のくちぐせです」

今村は、斎藤総督のくちをまねて、朝鮮民族のいい加減さを、しきりに強調した。

朝鮮を併合したのは、国家のすがたをなしていない、あわれな朝鮮人の不幸を救うためだ。

いまも、ほとんど日本人がそんなふうに言う。

しかし、いくら聞かされても、宗悦には、強引なこじつけにしか聞こえなかった。

朝鮮から軍隊をうばい、日本の軍隊をおくりこんで、永遠に独立が不可能なように固定した。

朝鮮の歴史を認めないで、日本の道徳と教育とをおしつけた。愛ではなく、すべてに刃で接したのだ。

朝鮮を支配する理由は、結局はそのことからえる巨大な利益、収奪の目論見にちがいない。宗悦は、どうしてもそう思ってしまう。

だが不自然なやりかたで権力をうばっても、その民族の心までうばうことはできない。朝鮮の人民が骨身に感じるものは、深い怨恨だろう。彼等が統治者を愛しえないこそ自然であって、独立をもとめるのは、必然な結果だと思うのだ。

宗悦は、肌に粟を生じるほどにこわばってくる思念に、またもや、きつい目を剥いていた。何万回、この公憤の海でもがいたことだろう。

一昨夜の今村のはなしが、ほんとうかどうか、判別はできない。しかしいずれ、こんな刃の政治は、倒れるにきまっている。

憤りの海で、いつもたどり着く思いだった。

「巧君から、この本をもらっちゃったよ」

はりつめた沈黙をそっとやぶるように、濱田庄司が口をひらいた。笑顔をつくっている。

三月に出たばかりの、浅川巧が書いた、巧の最初の研究書、『朝鮮の膳』だった。

「写真がたくさんあるから、リーチに見せると、きっと喜ぶね。セント・アイヴスでは、李朝の品をさかんにほめていたもの」

「だろうな。九年前にいっしょに来たとき、李王家博物館で、すごく興奮していたから」

「今回、おれも案内してもらって、よくわかったなあ」

濱田は、一九一九年に、河井寛次郎と大連への旅の途中、京城におりた。だが大連へ急ぐあまり、李王家博物館は素通りしてしまっていた。

そんな濱田を、巧といっしょに一日、李王家博物館と移築された光化門に、案内してきたのだ。

「リーチにも、その本は送ったんだ」

京都を出発する二週間ほどまえだった。宗悦は、リーチに便りをだしていた。

《シベリア鉄道が予定どおり走れば、濱田とぼくは五月八日、十九時十五分すぎにロンドンに到着いたします。英国のことを夢に描いています。その風土、芸術、宗教、そしてなによりも九年もあっていない貴兄のことを。三日前に、本を三冊、書留小包便でお送りしました。一冊はぼくの著書『大津絵』で、もう一冊は浅川巧氏による『朝鮮の膳』、それから京都でひらかれた日本民芸品展のカタログです。どれもきっと喜んでいただけると思います》

英国でリーチにあうのが、ひどく楽しみだった。

「巻末の、この柳の言葉を、朝鮮の人が、すなおに受けとめてくれるといいのにな」

濱田が、確認するように、小声にだして読んでいる。

〈これらの膳の大部分は、実にきみとぼくとが、朝鮮民族美術館のために集めたものだった。

生活に必要な金を忘れてまで、なけなしの金で、おたがいにこまりながらも、これらのものを保存したいばかりに力をあわせてきたのだ。あるものは、古道具屋の暗い片隅からきみの眼によって引きぬかれてきた。あるものは山奥の民家から、きみの背に負はれて運ばれてきた……〉

濱田が息つくように顔をあげて、宗悦の眼を確かめるように見た。

「この十年のあいだにやったことだよ。いろいろ思いだすよ。なんといっても巧さんがいなければできなかった仕事だな」

「ふつう、仕事といえばさ、金儲けという意味なんだが、柳たちの場合は違うものね。自分の金をはきだし、募金をよびかけ、ただひたすらに人のために使っていくのだからさ。報酬を当てにしていないものな。理解できるやつは少ないよ」

「どうしてだか、巧さんもぼくも、朝鮮とは離れられない因縁があるみたいだ」

宗悦は、朝鮮に浸かってしまっていたこの十年を、そんなふうに思うことがある。

「これを読むと、たしかにそれがわかるね。第一さいきんの日本人の書いた本で、朝鮮人に対してこのような謝辞を述べたものは、ないだろう」

そういいながら、濱田は、今度は浅川巧の書いた序文を、小声で読んだ。

〈この本は、朝鮮の人達とのながいあいだの交際がうんだ、きわめて通俗的の叙述にすぎないが、それでも朝鮮の若い人達にすでに忘れられた事項も少なくないようだ。かくもりっぱな器物が自国にあったかと、驚く青年すらまれでない。日常生活に見聞の機会をあたへ、わたしの質問に親切に答へてくれた朝鮮の友、多数の方々に、一括してここに謝意を表したい〉

濱田の言うとおりだった。

「巧さんくらい、朝鮮の人と自然に、すなおに、つきあっている日本人はいないよ」

わずかに六十ページたらずの、小論文といってもいい本だった。しかし、じつに簡潔で無駄のない、正味豊な本になっている。図録の写真は巧の眼の確かさをしめし、解説文には巧の智慧がういていた。巧にしか書けない本だと思う。

「これなんかもすごいね」

濱田が、なおも小声で音読をつづける。

〈正しき工芸品は親切な使用者の手によって、しだいにその特質の美を発揮するもので、使用者はある意味での仕上工とも言いうる〉

「われわれが日本民藝館の設立趣意書で言おうとしたことを、浅川君は朝鮮にいて、空気をすい込むように、なんなく見出した、という感じがするな」

濱田庄司も、浅川巧の人柄を、受けいれたようだった。

浅川巧の家庭でつねに使っているのを見て、宗悦も、三度三度の食事に朝鮮の膳を使うようになっていた。巧の、凡庸とみせてはいるが高潔な生き方に、つよく宗悦の心はひきつけられている。相手のすべてを自分の身に引きつけて考える心、人に苦しみをあたえない態度。淺川巧にはそれがあった。

　ほとんどの日本人が憎しみのまとであるのに、巧だけは彼の住む町のすべての朝鮮の人たちから、愛され、慕われ、だれもがその顔を知っていた。

　宗悦は、巧がいるから、朝鮮に行きたいと思ってきた。いちばん信頼し尊敬できる友だった。浅川巧がいなければ、自分のこの十年間の仕事は、半分もできなかっただろう。

「柳さん、『朝鮮陶磁名考』も、まもなく書きあがるからね」

「巧さんの論文については、ぼくのでる幕は、もうないね。アメリカからもどってくるころにはさ、それが上梓されているんだね、楽しみにしているから」

　そういって、かるい握手で、浅川巧と京城の駅で別れたのだった。

　それが浅川巧とのさいごになろうとは、柳宗悦は、それこそ夢にも思っていない。

　安東から奉天までは二七六キロ。そのさき、奉天から長春をへてハルピンまで五四五キロある。

　ハルピンにつくのは、明日の朝八時十五分の予定だった。

　安東をでて一時間ほどたったころ、列車がのぼりこう配をあえぎはじめた。

　車窓からながめられる景色が、けわしくそびえる岩山ばかりの眺望にかわった。

「奇勝絶景の連続で山色水光は文句なし、とガイドブックに書いてあるけど、ほんとうだな」

沿線は見事な岩山の連続で、乗客がすっかり声をひそめて見事な渓谷美に見とれている。

「この先に、満州の耶馬渓と言われる、釣魚台の名勝がひらけると書いてるぜ。いったいどんだけ広いんだ満州は。このまま釣魚台まで、何時間も岩山がつづくんだよな」

濱田が少し声を上ずらせていた。

濱田は、バーナード・リーチと三年あまり暮らした、岩ばかりの大地、英国コーンウォール地方の話を、ひとときはじめた。濱田の話は、微細なところをよく見ていておもしろい。

「それにしても、この道を、兼子さんはひとりでドイツにでかけて行ったんだな。偉いよ」

洋行を、去年兼子にさきをこされたのは、とくに気にしていなかった。

むしろ、結婚の約束をするときに、そのくらいの意気込みをもてと、兼子を叱咤しつづけた宗悦だった。

《わたしたちが生涯をおえたとき、あの人たちは永遠のものを残していった、そう人びとに言ってもらえるくらいの仕事は、しなければならない》

結婚の直前に、そんなことを兼子に書きおくった。

まだ道なかばと思うが、走りぬけた自分のこの二〇年をいたわる思いが、不思議な実感で胸をふさいでくる。

宗悦は、列車の響きにゆれながら、血潮を熱くさせていた。

「ちゃんと帰ってきてくださいね」

兼子は、さいごの夜、書斎に入ってきて、宗悦の肩越しに声をかけた。

「あなたが西洋にでるまでに二〇年かかりましたが、宗さん、これでやっとつぎの道に進めますね。昨日までのあなたがおやりになったことは、ひとつや二つじゃなかったもの」

そう言って兼子は、宗悦の肩に顔をあずけてきた。

そして、やわい声でもう一度、きっと無事に帰ってきてくださいよ、と涙声になったのだ。

朝鮮問題にとり組んで一〇年。区切りをつけるにはよい時期だとおもえる。あるいはこれからが、自分の価値を決定する、真の生涯かもしれない。

永遠に残せる仕事をかためるために、自分を使いきるために、出発するのだと思いたかった。

どこまでも生真面目な宗悦が、車窓の苛烈な山容にまけないほど、きりきりと鋭い目を未来にむけてしぼっていた。

一九二九年（昭和四年）四月二七日の朝だった。

Ⅱ　学習院

一九〇八年（明治四一年）六月末。

梅雨らしくないよこなぐりの雨が、学習院高等科の職員室の窓に、吹きつけている。

室内の声高な議論を、雨が遮蔽しているかのようだった。

「すこし天の邪鬼な、反骨な性格が見えますが、何事かをなさん、まともな心をもっています」

西田幾多郎が、高調してしゃべっていた。額に汗をうかせている。

「見えざる戦士たらん、なんぞと呼びかけるあたりは、天の邪鬼にしか言えない世界でしょうよ。ロシアと戦った死傷者をなんと思っているのか、あの論調はまるで平民新聞だ」

にがにがしく、山岸講師が言う。

「すこし穏健を欠く点は認めますが、思想そのものは青年らしい好ましいものです。柳君にかぎってこすっからい打算はないです。教授といえども青年の魂をうばう権限はないはずです」

西田教授は、懸命にかばっていた。

「濠端にあらわれた蛍は、満州にちったわが日本の八万七千の英霊が、柳君を糾弾するために、御上にむかって声ならぬ抗議を送っているんです」

「そうだ、あんな極端な思想を、英霊がのろっているんだ」

「柳宗悦は、学習院にはにつかわしくない。かならず退学に処するべきです」

六月になって、丸の内の和田倉門から竹橋まで、かぞえきれない蛍が群舞しているというううわさが、学習院にもとどいていた。

四年前、一九〇四年の日露戦争大祝捷提灯行列で、蛍が数万匹放たれた。それが増殖したらしい。その蛍までもが、宗悦の仇にされていた。


問題にされたのは、六月にでた『学習院輔仁会雑誌』七五号の、一小文だった。

〈外界の敵の殺戮を人びとは誇りと考え、巨額の黄金と高貴なる位爵によってほめ称えているが、なんと哀れむべきこと、卑しむべきことか。憎むべき内界の敵を征服することこそ真の名誉である。黄金のために、地位のために、名声のために、他人と争うものは禍でしかない。内なる敵にむかって宣戦する、聖なる勇士であるべきだ〉

高等科一年の柳宗悦が投稿した、【聖なる勇士】という一文が、学習院を揺るがしていた。

緊急職員会議は紛糾し、柳宗悦は、退学処分の瀬戸際に立っていた。

熱弁をふるい、救ってくれたのが、哲学の西田幾多郎教授だった。

厳重注意をうけるため、宗悦は、院長室によばれた。

「日本人は勇ましい言葉がすきです。すぐに敵をみたてて徒党を組みます。わたしは、ただしい人生のために、まず自分の内にいる敵とたたかうべきだと思います」

どこかに敵を想定すると、かならずそれに対立する考えをもちたくなり、すべての発想が敵と対決するための発想になってしまう。その前に、人間のあるべき姿はどうなんだと考えるところから出発すれば、まるで違った考えがくみ立てられるはずだ。

宗悦は、緊張にふるえながら、懸命に思うところをのべた。

「自分を持つということはいいことだ。元気があってなかなかよろしい」

院長の乃木希典《のぎまれすけ》は叱らなかった。眉を開いているのに悲しそうな眼をしていた。

こっぴどく警告されると覚悟していた宗悦は、緊張がぬけて、大きく息をついた。

「殺すこと、死ぬことを、だれも望んではいないだろう。……わたしもおなじだよ」

前年、一九〇七年（明治四〇年）の一月に、学習院長に着任した乃木は、自ら大将として指揮した日露戦争で、旅順要塞攻撃において多数の兵士とともに、長男と二男を戦死させていた。

地獄をものみ込んでしまうと、人間はこんな顔をするのだろうか。

思いがけない言葉に、宗悦は、ものが言えずに黙っていた。

「きみの三学期の評価を見せてもらった。たいしたものだ、学業は第一学年の第一位だ。教授連の期待もおおきいな。職員会議で、西田教授や小柳教授、それに神田教授も服部教授も、褒めていたよ。頑張ってお父上のように、お国のためになる人間にならなけりゃな」

父のことを言われると、なおさら、言うべき言葉が消えてしまった。

「ただ、身体強健ならざるがごとし、平素このてんに注意して云々とあるぞ……わかっているね、命を大事にすることは強い身体づくりからはじまるからね。今後を期待しているよ、柳君」

小声だが、渋くて、よくひびく声だった。

宗悦は、じっとなにかに耐えているような乃木院長に、ふかく一礼して、院長室をでてきた。

乃木院長六〇歳、柳宗悦十九歳の初夏だった。

小さいころから、勉強はよくできた。

宗悦が二歳になるまえに、父が突然病没し、のこった母は五人の子供を、元海軍少将で貴族院議員、柳楢悦《やなぎならよし》の子として恥じないよう、きびしく育てた。

宗悦は、母の教えどおり、しっかりとした考えの、道徳的な子供に育った。

作文と書道がじょうずで、学業は初等科卒業まで、毎年優等賞をもらってきた。

「そうですか、また『学習院輔仁会雑誌』にのせてもらいましたか」

母の勝子が、声をあかるくして、初等科を卒業する宗悦から、押しいただくように院内誌を受けとった。

「へえ、【少年の怠惰は老後の貧苦となる】、りっぱなお題ですね」

〈児童は父母教師の訓戒をまもり、昼夜怠らず学問を精励すべし。敏才英明なる人といえども怠惰にして勤むる事なくんば、千歳を経るともその業をとげたる能わざるなり〉

「そうだね、よく書けてるわ」

母はいつもうれしそうに、『学習院輔仁会雑誌』にのった宗悦の作文を読んでくれた。

几帳面な字で、筋みち立った文章を書き、そのうえ的確な表現力をそなえている宗悦は、おとな顔まけの漢文表現を駆使して、しばしば教師を驚かせていた。

自分は、文章がとくいで、読書がすきだ。明確な自覚があった。

旧華族でも新華族でもなかった柳宗悦が、学習院に入学できたのは、父の楢悦が生きていれば、華族の爵位があたえられた、とみなされてのことだった。

その父は、津藩の下級武士の出身だったが、十八歳の時、はやくも和算の専門書を著述するほどの秀才だった。二三歳のとき、津藩から、長崎海軍伝習所の第一期生に派遣され、ここで同期生勝海舟をはじめ、榎本武揚、五代友厚など、のちの明治の逸材たちと知己をえる。

明治維新後、新政府から誘われたが、津藩が、柳楢悦をはなしたがらず、やっと新政府に出仕できるようになったとき、柳楢悦はすでに三八歳になっていた。

出仕先は、勝海舟のいた海軍で、そこでまず楢悦がやったことは、水路部の創設だった。

日本海軍第一号の海図を作成し、まもなく初代水路局長になり、名実ともに水路測量学の第一人者となっていく。

また数学者として、日本ではじめての学会、東京数学会社、のちの数学物理学会を創設し、その会誌におおくの論文を発表している。

海軍に入ってわずか十年後には、海軍少将になっていた。

そのころ、柳楢悦は、麻布区市兵衛町二丁目に五五〇〇坪という、広大な敷地と邸宅を持った。

南にひらけた高台で、遠くには山王の山、東には東京湾が望める。

梅林のほかに、果樹類もおおく植えて、茶畑や野菜畑、花畑も広かった。

そこに二〇室と台所が二つの邸宅と、裏手に御者や庭師や書生の家が建っていた。

当時は、まだ海軍には大将がなく、少・中将を合わせても、わずか十名あまり。少将の月俸は三五〇円、ふつうの勤め人の一五倍ほどであった。

一八九〇年（明治二三年）一〇月に、第一回の貴族院議員に勅選されたが、翌一八九一年一月十五日に、肺炎のために、六十歳でその多彩な人生をとじたのだ。

柳楢悦は、海軍葬によって青山墓地に葬られた。

宗悦は、その大邸宅で、父がなくなる二年前、一八八九年（明治二二年）三月二十一日に生れた。

だから父の顔は知らない。

記憶のどこを探っても浮かんでこない。

前妻と死別した柳楢悦が、勝海舟のせわで三人目の夫人としてむかえたのが、二三歳年下の勝子、宗悦たち五人兄妹の、母である。宗悦たちの異母姉はすでに嫁していた。

勝子は、講道館柔道の創始者、嘉納治五郎の姉にあたる。

夫の死後、勝子は梅林や竹藪をひらいて二間道路をとおし、その片側二千坪を貸地にした。また畑の一部を宅地にして十軒の貸家をたて、部屋数のおおい元の屋敷もひとに貸して、子供たちと小さい家にうつった。

生活費と子供の教育費を、まかなうためであった。

「旦那さまのきびしい部分をひき継いでいるのは、宗さまかもしれませんよ」

先妻の代からいるばあやが、勝子に愚痴ることはきまっていた。

ふだんはおとなしいけれども、一度いやだと言いだしたら金輪際言うことを聞かない、小さい宗悦を、ばあやはもて余していた。

「旦那さまもずいぶんお優しいお顔でしたが、たいへんな癇癪でございましたものね。冷めたサンマなんぞおだしした日にゃ、こんなもの食えるかッって放り出されました。あのお怒りのようすにそっくりですよ」

「おいおいに、よく言ってきかせましょうね。初等科に入るまでにはね」

女手ひとつで育てる勝子のしつけは、五人のおさな子には、おのずと厳しいものになった。

ただ、子供が読む本に、勝子はおしみなく金をだす。

「ああっ、英語の本なのね。でも、あなたそんなものが読めるの」

中等科二年になってまもない宗悦が、ホイットマンの詩集を欲しがったときも、母はにこりと了解し、丸善へ使いを出してくれた。

初めて手にした洋書は、マッケイ出版社の『Leaves of Grass』だった。

宗悦は、その本のタイトルを、学習院の先輩、志賀直哉からおしえられた。

中等科にあがると、院内紙『学習院輔仁会雑誌』のほかに、先輩たちが作っている回覧雑誌があり、そのまわりに、志賀直哉、田村寛貞ら、文学ずきの先輩が集まっていた。

先輩のはなしから、ウォルト・ホイットマンを知り、ラフカディオ・ハーンを知り、トルストイを知った。しだいに人生についての思索がはじまったのだ。

〈他のだれでもない。きみが、きみ自身のためにその道を行かねばならない〉

〈我あり、あるがままにて十分なり〉

〈だれがわたしを拒否しようと、そんなことはわたしを煩わしはしない〉

読むたびに、ホットマンの言葉が胸にふりそそいだ。ホイットマンが、自分に語りかけてくれるように思い、自分が求めていた言葉を、いつか自分で紡いでいるかのような、恍惚とした境地に、宗悦はひたった。ひるむな。自分のまま、ともかく前へ。ホイットマンは宗悦を勇気づけた。

宗悦の英語の能力を見つけてくれたのは、中等科二年から宗悦たちの級担任となった、服部先生だ。服部他之助は、もともと植物学が専門だったが、中等科、高等科の英語の教授でもあった。三九歳の服部は、学生のために自宅で、英文の原書を講読する研究会をひらいていた。そこに志賀直哉、田村寛貞、里見弴などの先輩たちが、かよっている。

敬虔なクリスチャンであった服部は、ときに聖書を説ききかせ、きよらかな倫理感を、多感な青年たちに伝道していた。

一九〇二年（明治三五年）一〇月、はじめて服部の家によばれて行った日に、本来なら高等科二年のはずの志賀直哉と出会った。志賀は、中等科を三年と六年時に、二度も落第したつわもので、二度目の中等科六年生として、先生の助手のように、後輩たちを仕切っていた。

「いっしょに帰ろうか、おれんとこは、三河台町だ。柳とこは市兵衛町だろ、でかい屋敷って評判じゃないか」

「じゃ一〇分もかからない距離ですね」

先生の家をでて歩きはじめると、つよい金木犀の香りが漂っていた。

宗悦は、すこしうれしかった。一三歳の宗悦からすると一九歳の志賀はすっかり大人で、からだつきもりっぱだ。運動がなんでも得意ということで、今日もそれが話題になっていた。

「院の柔道紅白戦で、志賀さんは三人抜きをやったんですよね、ぼくは運動がにがてだから」

「叔父さんは、門弟三千人の講道館館長なんだろう。それで柔道がダメか」

宗悦は、体操と漢文がだいの苦手なのだ。ことに兵式体操は、やる意味がわからない。

「お父上は海軍少将だし、ちっとは、血を引いてると思うがな」

「といっても、父の顔は知らないんですよ」

「まあ父なんて、いても居なくてもおんなじさ、目下おれは父とは口をきかない、去年から」

歩きながら、志賀は、片頬にうすい笑いをうかべた。

「足尾銅山鉱毒問題を知ってるか、…そうか、知らないか。その鉱毒地を見に行こうとしてさ、行くなという父と衝突したんだ。それで試験もさんざんでさ、またもや落第だ」

志賀先輩のはなしは、小気味よい。宗悦が知らない話題ばかりで、せめて人の名前でも記憶しておこうと、必死に食らいついていた。

内村鑑三の自宅で開かれるキリスト教の講義を、聴きにかよっていること。あたらしい回覧雑誌を計画していること。内村鑑三がホイットマンを薦めていること。

中等科二年の宗悦に、まるで同級生あいてに話すように、つぎつぎ語った。

「きみは英語の素質があると服部先生に聞いた、そうだ、ホイットマンの『Leaves of Grass』は原書で読め」

ええっ、と思ったが、宗悦は即座に答えていた。

「はい、わかりました。やってみます」

「ようし、それでいこう。おれたちは友達だ」

宗悦の屋敷の西側に、市三坂につきあたる南北二百メートルほどの道があって、とちゅうに五つ、小さい寺がならんでいる。圓林寺の境内では、彼岸花が首をならべていっせいに風に揺れていた。

その道を北にすすみ、市三坂を左におれて、さらにいくつか曲がって行くと志賀の家があった。

志賀の家も、敷地一六〇〇坪で、あたりでは大きくて目立っていた。

志賀は、一九〇三年（明治三六年）九月、二年おくれで、ようやく高等科に進学した。

宗悦は中等科三年になった。

志賀が、あたらしく引き合わせてくれたのが、宗悦より四歳年うえで高等科一年の、武者小路実篤だった。

自分の同級生とは、なにか気分があわず、自分より年長の、志賀直哉、武者小路実篤、木下利玄、児島喜久雄、正親町公和、里見弴などと、ついつい交わっていくことが多くなっていた。

「三浦半島……行ったことあるか、ヤナギ」

ふだんのように、志賀の家にいくと、武者小路がさきにきて、ひとりで志賀をまっていた。

「まだないです」

「おれの叔父に勘解由小路《かでのこうじ》って名の、変わったおやじがいてな、三浦半島に引きこもって畑仕事と読書三昧の暮らしをしている」

武者小路も変わった名だと思うが、かでのこうじとはどんな字だろうと、宗悦は思う。

この夏、武者小路は、そこに行ってきたらしい。

「トルストイ、知ってる？　ほら、お前はなんでも知っているからさ。いや、おれもその叔父に教わったんだ」

トルストイの『我宗教』『我懺悔』を読んで、ちかごろ自分は強くなった、と武者小路は言った。

「おれも二歳でおやじがなくなった。きみとおなじだ。その上八人兄弟の六人までもが小さくして死んで、小さいころからずっと自分もそのうち死ぬとおびえてた。いまでも一年に一、二度かならず、生きてることが恐ろしくてたまらないほど、死の恐怖がおそってくる」

学習院内で、癇癪玉といわれ、演説がうまく、元気者だと志賀さんが言っていたが、それが信じられないような話だった。

「おれはさ、中等科のとき、軍人志望でね、英雄にあこがれたんだ。ジンギスカン、ナポレオン、豊臣秀吉、水滸伝、勇ましいものばかり読んでたね」

それが変わったと言うのだ。

「クラスのなかで大声だして、英雄的な気分ばかりまねてたけど、あれは恐ろしい夢を見る自分を、自分で蹴散らしていたんだな」

トルストイが、そんな武者小路を、打ち砕いてくれたらしい。

「自分をどのように生かすか。それを考えはじめた自分は、ほんとうの意味で強くなったと思うんだ。トルストイの教えにしたがって生きようと思う。トルストイは現在ただいまおれの師だ、志賀の師が、内村鑑三さんであるようにな」

「ムシャはいま高等科一年のなかで、トの男、と言われてる。トルストイのトだ」

外出から戻って、熱くなっている武者小路のはなしを途中から聞いていた志賀が、からかった。

「ところで、ヤナギ、きみの師は服部先生か」

武者小路にそういわれて、宗悦は、少しむっとなった。

それは乱暴な言いかただ、と思う。

毎週日曜日に、エマソンの原書講義を服部から受けているが、自分でもホイットマンを読んでいる。気高いものの尊さを教えてくれる服部を、師として尊敬しているが、でも武者小路のトルストイように、絶対のものではない。

どういうわけか、自分の師は、そんな個人名ではないように思える。もっと違うものだ。

晴れた夜、無数の星に見入ると、人知を超えたはるかな存在を感じることがある。

あえていえば、そんなはるかな存在を求めている自分がいる、と宗悦は思う。

「ともかくつぎは、トルストイを読んでみます」

「ヤナギとムシャ、道徳玉と癇癪玉。どちらが真理をつかみとるかだな、見ものだねこれは」

志賀直哉が、芯がとけたようにからだをゆらして、手を叩いていた。

救済新報社から出ているトルストイの『人生論』を、こうして、柳宗悦は読みはじめた。

『人生論』は、みるみる赤線と、宗悦の書き込みで、うずまっていった。

「本を買うのは結構ですが、お父上の蔵書もたくさん残っていますのよ」

母が、兄たちには言わないようなことを、宗悦に言う。

宗悦の図書費は、兄二人とは桁違いなのだ。

でも、父が読んだ、東洋や日本古来の本には惹かれない。中学生の宗悦には、西洋の本が輝いて見えていた。

「文明開化の時代にいきる明治の子供だろう。論語なんかすすめる気がしないね。それだったらぼくは聖書を読むことをすすめるよ」

服部が言ったことが、母への返事になった。母は黙ってしまった。


一九〇四年（明治三七年）二月。日本がロシアに宣戦布告し、日本艦隊が旅順攻撃にでて、日露戦争がはじまった。

五月八日、新聞社の共同主催で、勝利祈願の提灯行列が、皇居外苑を中心に行われるということだった。そのことで、学習院の生徒の空気が、二分された。

もし父が生きていれば、日本海軍の軍人として、熱狂的に歓呼する市民の渦のなかで、きっと誇らしく微笑むのだろうと思った。でもなにかちがっているという思いが、雨粒が水面を乱すように、ぶつぶつ十五歳の胸をたたく。

宗悦は、でかけようという母の誘いを拒絶した。志賀も武者小路も、行かないと言った。

軍国の色がこくなっている。でもその主義には素直にしたがえなかった。

そしておかしいことに、その市民十万人が集まった提灯行列は、熱狂し、暴走し、圧死者二十名を出す、惨事にいたってしまったのだ。

なぜ殺し合いを、そんなに熱狂して讃えるのだ。そんな人びとのこころがわからない。

「自分はまちがいでしょうか」

「とかく人間は、激情にまみれて、正しいものを見落とすからね。真実が見える人間が、見えていることを伝えるべきでしょう、美しい自然が人間を浄めるようにね」

服部は、講道館館長の叔父、嘉納治五郎とは、まるで違うはなしをした。

師と叔父は同年齢なのに、十五歳の宗悦にはそれが不思議だった。


人間の目はすごいとおもう。初夏のてらてらした光が、庭の樹々につよく射すのが見える。

宗悦は、たまたま目にした鉢植えの赤い花の名前を知らず、なぜかそのとき、申しわけない気分になった。それで急いで、花ずきのばあやに、名前をたしかめた。

「あれはヒメザクロでございます。お亡くなりなった旦那さまが、とても気にいってました」

父が残した盆栽は、ほとんど枯らしてしまったらしい。

「宗さまが気づいてくださって、旦那さまもお喜びですよ、きっと」

壮麗な軍艦も、暴走する提灯行列も、新緑のなかに咲くあの美しい花ひとつの真実に、及ばないような気がする。それをなぜみんな感じないのだろう。

一五歳の宗悦の胸には、清明な空洞があった。

自分はどう生きるのか。自分をいかし、どんなふうに社会に貢献するのだ。

軍人はだめだ。軍人は国をまもると言うけれど、結局はこの世界を墓場にしているだけだ。

「父上は、和算学をきわめ、歌を詠み、善きものを収集しました。けっして人殺しがすきだったわけではありませんよ」

母が、悲しそうな顔で、宗悦をいさめる。母は悲しんでいた。


日露戦争は、一九〇五年（明治三八年）五月の、日本海海戦の勝利で休戦となった。

その勝利を新聞がくわしく伝え、人びとが酔ったようになっていた。

少年宗悦にも、日本人として、そこはかとない喜ばしい空気が伝わってきていた。そんな心持ちで宗悦は、新聞を読みはじめた。

大海原で、勇敢な日本海軍兵士が、奮戦している姿が見える。戦艦の大砲声がきこえた。

しかし物凄い閃きのあとに浮かんだのは、赤血点々、惨憺たる血潮の迸りだった。

うめく兵士がおり重なっている。彼を愛する父母、最愛なる妻子の悲愁がこみあげてくる。宗悦のなかで次第によろこびが消え、悲哀がみちてきた。大勝利の裏にある、くらい凄惨な現実がありありと見えた。光明の裏にある暗黒をどうすればいいのだろう。

胸の動悸とともに、にがい思いが消えなかった。

日露戦争の勝利者気分が、ますます軍備拡大に向かって、黒い熱を高めているようだ。

学習院には、陸海軍の将官や、政官財の指導者の二代目たちが多くいた。

かれらは、こどもながらに気炎をあげ、自分の手柄のように威張っていた。

親の功を誇って、ふかく考えることをしない同窓生に、言いたいことがいくつもあった。


一八七七年（明治十年）の創立から、学習院の教育目標は、変わらない。

皇室を翼賛し、国民をまもる階級を育てること。そして院生を忠義にあふれた人材に磨きあげることだった。

学習院では、軍国の規範青年になるため、西洋式の立ち居ふるまい、軍隊式の動きとマナーが教育されはじめ、行軍演習が日常となり、なにより持久力向上が求められるようになっていた。

そのような時期、皇室翼賛にも、忠魂義胆にも関心をしめさず、あえて意志的に距離をとろうとする一群がいた。志賀直哉や、武者小路たちのグループだった。

社会や国家のために個人を犠牲にすることを、美徳だなどと主張するのは、人にたいして、変形菌のような下等生物に退化せよというのとおなじだ。貧弱な個人の集まりでは、偉大な社会はきずけない。青年が内面をみがく時間をはばむことは、未来の社会をむしばむことなのだ。

それが、志賀や武者小路や、柳宗悦の気分だった。

院内全体が、急速に国家主義の道に傾いていることにたいし、文芸を志向する志賀たちが、異分子の旗をたてていた。宗悦たちは、学習院のなかで変人とさげすまれ、ことに新華族の子弟からは、ふらちな不良学生と、白眼視される存在だった。

志賀たちが、一九〇六年七月、学習院を卒業した。志賀たちがぬけると、『学習院輔仁会雑誌』の編集活動も、柱がなくなったようで、宗悦は力不足な自分を感じた。

宗悦は、東大に入学した志賀直哉にあてて、手紙を書いた。

《もうきみが角帽で赤門と思ふと、なんだか変でたまらない。きみらがいなくなって、輔仁会雑誌は一大危機に遭遇している、たぶん服部先生が一手販売で盾になる。他にはわれわれの盾がいそうもない、がっかりだ……》

「人生は、双六やトランプじゃない。やり直しはないからね。わずか数十分の遊びみたいに、世の中は簡単には動かないよ、答えがすぐ目に見えるほど単純じゃない。結果を知り急いでせっかちになってはだめだよ。自分に舞いおりる、いろいろな問題を、考えぬき、悩みぬくべきなんだ」

服部が、お国に命をささげると言いはじめた、さいきんの院生を、憂いていた。

そうしたなかで宗悦が、一九〇八年、高等科一年修了間際に書いた、【聖なる勇士】だったのだ。

Ⅲ　桃園

宗悦に厳重注意処分があった直後の、一九〇八年（明治四一年）、七月二五日だった。

「志賀、新橋の駅に、木下と花売り娘を見に行ったたって、ほんとうか」

『望野』の編集方針がなんとか決まったが、武者小路はまだ、ぎろっとした目を剥いていた。

「ああ、行ったよ、でも子供だったたな、あれは」

新橋駅構内に、洋装の花売り娘があらわれて、評判になっていた。

遊びずきの志賀は、評判をよんでいるものは、ともかく見なければ気がすまないたちだ。歌舞伎役者のことも、落語や講談の寄席にもくわしかった。なかでもうるさいのが娘義太夫で、すっかりにはまっていて、ひとかどのドウスル連だった。

品行方正で優等生の木下利玄を、落第生で遊びずきの志賀直哉が、娘義太夫に引きこみ、連れ遊んでいる。

「利玄、またお家の三太夫に泣いて小言を言われるぞ、いいかげんにしとかないとさ」

初等科以来、十七年のつき合いになる武者小路が、利玄を気にしている。

「あれなら、昇菊と昇之助の方が、段違いさねぇ、なあ志賀」

木下利玄が歌舞伎役者の声色で、武者小路にとぼけた。木下子爵家の若様が、五年前に、落第生の志賀直哉と高等科一年で同級になってから、すっかり変わっていた。

昇菊と昇之助の、美人姉妹の娘義太夫の名は、硬派の武者小路でも知っている。ザンギリ頭の妹、昇之助のほうが、自分のうまさや美貌を鼻にかけている姉の昇菊より人気があり、ドウスル、ドウスルの掛け声も、昇之助にあつまるらしい。

みんなが昇之助をほめる中で、利玄だけが、姉の昇菊にドウスル、ドウスルの掛け声を送るというのを聞いたことがあった。

「あまり妹の方にばかり声がおおいと、昇菊がねたんで、家に帰ってから妹がいじめられるかも知れないだろ。だから愛する昇之助のために、姉のほうに声をかけるんだ」

利玄は、大真面目に答えた。

「まあこれでも、一粒、ささ食いねえぇ」

志賀が、得意な三遊亭圓右のもの真似で、小さいカン缶のふたをあける。

七月から新発売になった、森永西洋菓子製造所のポケットキャラメルだった。

「志賀はなんでも早いよな、女中だけじゃないな」

正親町公和が、鼻のしたのりっぱな髯をいじりながら言う。

「バーカ、きさまの家にも、女中はいるだろう」

一年前の女中との騒動を、志賀がうけ流して、十粒十銭のキャラメルを口に入れた。

暑い夏をうたうセミの声が、志賀の部屋の四人に、ジリジリ響いていた。

去年、一九〇七年の春から、志賀直哉、武者小路実篤、正親町公和、木下利玄の東大生四人は、文学読合わせ会をやってきた。今度、四人の回覧雑誌をつくり、たがいにノルマを課して、いよいよ筆によって立つ準備をはじめようというのだ。

「こんなとき、表紙をうまく作れる柳がいると、助かるがなあ」

「だめだ、あいつは赤城山の上だ。今年も服部教授とお山行きさ」

志賀が、自分も誘われたのに行かなかったことを、忘れたかのように言う。

服部他之助が、お気に入りの生徒を誘って、群馬の赤城山に避暑に行くのは、志賀が中等科にいる時分からの、夏の恒例行事だった。

正親町のいうように、昨夏は女中に恋をして、ひどい夏と秋をすごした。今年は夏まえから、回覧雑誌の話しで、志賀は、すっかり宗悦のさそいを忘れていた。

「さいきんでは、もっぱら神田乃武教授にべったりというじゃないか」

「高等科に進むときに、文科希望は柳だけだったらしい。あとは全員法科にいった、だから英語の授業は神田教授と一対一さ」

「それはね、やつの英語がちょっとしたものだからなんだぜ。教授陣も認めているらしい」

「乃木さんも、それで折れたのかい、怒られなかったっていうぜ」

「乃木さん、さみしい目をしていたと、柳は言ってたな」

志賀は、柳からそう聞いたことがあった。

「乃木さんに、身体を鍛えろって言われたのに、柔剣道をいよいよ嫌っているよ」

「あいつの戦争ぎらいは、ますます本物になっているな」

子爵家の若が、にがい気分をもらしていた。

「自分が、正しいと思う心に、あれほど素直に従うことができるやつはいないね。そのかわり悩むときも真剣だ、にげない」

話を割くように、志賀が言った。

武者小路が、それでなにかを思いだしたように、はなしをひき取る。

「そういう自分にすごく自信をもっているな。既成概念なんて屁のかっぱ、それがやつの口癖の、自由ということなんだよ」

すでに卒業していたが、一年前の乃木院長の着任は、志賀や武者小路たちにとって、自分たちの同類をあつめる触媒として作用していた。乃木院長によって、もともと集まるべき同類がはっきりと固まった。後輩の児島喜久雄、里見弴、園地公致、田中雨村、みなおなじ匂いだった。

「軍隊式に敬語をつかったりしないし、先輩をうるさく立てないのが、柳のよさだ」

志賀が、柳をかばう顔で、念をおす。

華族の家柄ではなく、落第生の志賀は、スポーツマンの開放性もあって学院外にもつきあいが広い。仲間の出自や年齢にも、こだわらない質だった。

「やつは同級生らしい同級生がいないから、上級生とばかりつきあってるのじゃないの」

公家華族の正親町には、ため口で話してくる柳宗悦に、心の距離がすこしある。

「それでもいいじゃないか。相手がだれでも、純粋ムクに向きあう……あんな正直な生き方はないぜ。正親町や利玄を、素のままに信用してかかってくるということさ」

「われわれのような変わり者集団をしたってくれる柳は、最高に思いやりのあるやつだぜ」

六歳年長の志賀と四歳年長の武者小路が、宗悦の盾になってくれていた。


高等科に入ってから、英語の時間は、神田乃武教授と二人っきりだった。神田は、シェイクスピアのテキストをどんどん進めていく。十八歳の宗悦がそれに食いついていた。

中等科で、服部教授に、日曜ごとにエマソンの講読をうけていた下地もあったが、宗悦の記憶力と読解力は並はずれていた。

「ここまで、なにか疑問がありますか」

じゅうぶん予習している宗悦には、先生がいつ脱線してくれるか、それだけが興味だった。

「ありません」

「そうか」

神田教授が、気持ちよさそうに朗々と音読をつづけ、やがてシェイクスピアの驚くべき人間観察眼について語りはじめる。

「ただし、シェイクスピアの名言を知っているからといって、人生が正しくなる保証はないぞ」

宗悦は、一時間中、授業がおもしろかった。

一九〇八年九月の新学期がきて、高等科二年になった。

志賀は、東大英文科から国文科に転科したときいた。でも大学には行っていないようだ。そんなうわさが『学習院輔仁会雑誌』の編集部に聞こえていた。

「人間は、武器を手にすると使いたくなる、油断できない生き物だな」

編集作業のあいまに、一級下の郡虎彦に、宗悦は声をひそめて、思っていることを言う。郡は、そうしたことを言える、数少ない宗悦の友人だった。

「好戦的でむやみに暴力を求める人間と、そうでない人間のふた種類がいると思うんだ」

厄介なことに、前者はどこからともなく戦う理由をさがしだし、かってにつくり上げ、それでもって後者を説得するポーズをとりつくろう。

「じつは、後者の理解なんてどうでもよくて、ただ武力や権力を肯定したいだけなんでしょう」

郡のあいづちが好ましい。からだは小さくて顔色もよくないが、クリクリと可愛く、郡はかしこい顔つきをしている。

「志賀さんたちが、『望野』をはじめたのを知っているだろう。おれたちもなにか出さないか」

「いいね、やろう。いつ出す、ほら目標さ、発行日を決めようよ」

数学に苦労している郡だが、文学には早熟だった。自分のすきな文章をすらすら暗記している。凝りにこったものがすきで、中等科のころから『学習院輔仁会雑誌』に美文をのせる常連だった。

「美しい言葉をつかうと、目も顔も魅力的になるのさ。ぼくが見つけた人間の秘密だけど」

「そんなこと、院内で言ってると、のけ者にされるぞ」

「いいんだ、もう、のけ者なってるから」

「そうだな、おれもそうだ」

郡は、宗悦が一目置くほどに、英語もよくできた。ブレイクの「無垢の歌」を宗悦に教えてくれたのが郡虎彦だった。中等科五年のころで、宗悦は、「無垢の歌」をくり返し読んだ。その純一な美しいトーンは心に深くしみた。孤立していても、人間はいいものだと思えるきっかけを、ブレイクは与えてくれた。


「あなた、あなた。これを覚えていますか」

姉の直枝子が、苦しんでいる夫、加藤本四郎に、指先から赤い玉飾りをにぎらせる。

朝鮮の仁川で総領事をしていた加藤に嫁いで、まだ五年しかたっていない。

姉が嫁いだ翌年、日露戦争がはじまり、旅順港および仁川港に停泊するロシア艦隊に日本海軍の先制攻撃がなされた。仁川沖で奇襲をうけたロシアの巡洋艦と砲艦が沈没し、負傷したロシア兵が仁川の病院に収容されてきた。

　二三歳の、総領事の妻直枝子が、領事館の外交官の夫人たちによびかけ、急ごしらえの看護婦隊を組織して、ロシア兵を看護した。

　その行為は、ロシアにも報告され、講和後、ロシア皇帝から感謝状と勲章が贈られたのだった。日本政府からも有功賞が贈られたが、韓国統監になる直前の伊藤博文が、イニシャルいりのルビーの帯留を、直枝子に贈って特別にたたえた。

「あなたといっしょに、伊藤公爵からいただいた、たいせつな帯留ですよ」

　直枝子は、みじかかった加藤との生活をささげもつように、力のなくなった加藤の右手を両の掌で包んでいた。

「志賀さんが知っているという、注射をつかう、癌に上手なお医者、まだわからないの」

　姉が、涙にかすんだ瞳で、宗悦に訴える。

　六十日ほど入院していたが、ますます悪くなるばかりで、態よく自宅にもどされて、もう二週間だった。

「はっきりした所番地を、問いあわせしてもらっているよ、志賀はかならず探してくれるから」

　死ぬというのも簡単ではなかった。義兄はそれから二か月、病床にあった。

　死の前夜、加藤はひどくくるしんだ。そして病魔にいたぶられるように、死んでいった。

　火葬場のカマのなかに棺をいれたとき、こうして人間が消えるのか、と思った。

「あなた、わたしを忘れないでくださいね、これで思い出してくださいよ」

姉は、伊藤公爵にもらったルビーの帯留を、棺のなかの加藤の胸に涙とともに忍ばせた。

翌朝、灰のなかの残骨をひろいあげながら、宗悦は、むこうの世界とこの世をわける、不思議な境界を見ていた。はかなかった。生きているのと死んでいるのとどこが違うのか、不思議なほどにあっけなかった。でも義兄の死は真実だった。

いっさいの人生は、この骨だ。

名誉も富貴も、そのおわりはこの骨だ。智識も美貌も、おわりはこの骨だ。

命は限られた時間だ、と身にしみて思った。漠然とながれていく世界が、どれほど心もとないか。それを知った。

生きることは、その限られた時間でなにかをやることなのだ。できるならあらゆることを見極めたい。自分だけは、一瞬一刻を、爆発するように生きていきたい。

はじめて死の苦悶を目のあたりにし、十九歳の宗悦の理性に、命の意味が刻みこまれていた。

「この前は、御医者の番地をわざわざ調べに行ってくださって、どうもありがとう」

ひさしぶりに会った志賀に、自然と丁寧な言葉がでた。

「ざんねんだったな。あっけないもんだよな、人間って」

「世のなかには、芝居じゃない、ほんものの悲劇が満ちているよね」

「身内となると、よけいに身につまされるからな。書けば生も死も、どちらも一字だけどさ」

志賀は、十二歳で母をうしない、二年前に祖父をうしなっていた。

「すぐ翌日から診察にきてもらったんだ。熱心に手当てしてくれたけど、もう手遅れで、注射も駄目だった。姉も母も、吉田医師の熱心だったのに感謝してる」

志賀からは、葬儀にさいして御悔みも届いていた。そのお礼もていねいに伝えた。

「柳が、直枝子さんを手伝っているあいだに、里見や園地が、回覧雑誌をはじめたぜ」

「やっぱりな、じゃないかと思ってたんだ」

「柳たちも早くしろよ、はやく原稿書け。おれはすっかり机に張りついてる。大学もやめた」

武者小路もいっしょに、東大を退学したというのだった。


中野駅は台地の上にあった。駅を南におりると、下方の谷を桃園川という小さな流れが東にくだっているのが見える。この川は神田川と合流し、さらに下流で隅田川にながれこみ、東京湾にそそいでいると、神田乃武から聞いていた。

見渡すむこうの台地は、一面に冬枯れている。

朝の太陽がくまなく映えて、腐植土を含む黒土がそこかしこで掘り返されているのが、冬景色のなかで豊かに見えた。

アオサギが、キュンと一声鳴いて飛びたった。宗悦は、その行くてを目で追った。空中にあがって二度ほどはばたいたが、あとは音もなく滑空して桃園川のむこう岸に舞いおりた。そのうち世界から音がなくなったかのように、静まりかえった。

アオサギは、背をまるめた一本足で、宗悦を無視するように立っていた。

そのすがたが、なぜか巡礼者のように思えて、見とれていた。

このところ、まっすぐに神田教授の家にむかわずに、桃園川の土手を、神田川と合流するあたりまで歩くことがある。

お茶の水から八王子までを全通させていた甲武鉄道が、一九〇六年（明治三九年）国有化されて、中央本線と名がかわった。

宗悦は、郡が寄宿させてもらっている、神田の家がある中野まで、中央本線で通ってきていた。

「さいきん、桃園川の岸を歩くのがとても気にいっているんだ。冬枯れの景色にこそ春の美が埋まってると思いはじめてさ……おれたちの雑誌の名は桃園にしないか」

一号誌の原稿は、あらかた書きあがっていた。

謄写版刷で百ページをこえるはずの、三分の二は、郡の原稿だった。

「お前とおれ、ふたりは枯野だ、でも春をひめている枯野だ。雑誌を作っているこの土地の名前をもらってさ、桃園でどうだ、きっと花咲く『桃園』だ」

里見弴、園地公致たち四人が、『望野』のあとを追ってはじめた回覧誌『麦』は、月に二回の定期発行をきちんとこなしていた。柳と郡は、先輩にまけまいと、いそいできたのだ。

一九〇九年（明治四二年）二月、柳宗悦と郡虎彦の回覧雑誌『桃園』一号は、ようやくできあがった。

「『桃園』二号の原稿綴りを、郡が電車の窓から落っことしてしまったって、ほんとうか」

「そうらしいな、たった二日を命に、元原稿がすべてこの世から、かくれちゃったんだって」

「『望野』『麦』には、いまだかつてない大珍事だよな」

一級上の、雨村と園地が笑いあっている。

「柳は、佳人薄命だって、笑ってたけど、くじけたろうね」

四月になって、あたらしい雑誌の準備会議が、志賀の家でひらかれていた。

『望野』『麦』それに『桃園』の三誌を合併して、内容装丁ともにきわだつ雑誌につくりかえようと、志賀や武者小路が言いだした。

「『桃園』二号の表紙や挿絵を見たかったな。柳のカット絵は、児島にもまけないもの」

「輔仁会雑誌のころから、柳の編集ずきは、ありゃ天性だよな」

その場に、宗悦がいないことを、先輩たちが、はがゆく言っている。

「柳は、死んだあとのことにかかずらって、目下帰還せずだ……正確に言うと、自分が誰であるか、何であるか、その問いと実直に向きあっている」

宗悦のことをいちばん知っている志賀が、家にとじこもっている宗悦の近況をつたえた。

『桃園』二号の原稿がそっくり中央本線の車窓に散ったことは、たしかに気がふさぐことであった。だが、宗悦の心をしばりつけていたのは、そのことではなかった。

死の問題が、ますますおおきく、心をしめてきていた。

中等科の五年の輔仁会演説会で、人間の死はどうあるべきかの問題をかんがえる必要がある、と弁論数千言を吐いたことがあった。中等科六年のおわり、おなじ演説会で、今度は、霊魂が存在することを、おおまじめに論じた。

いやもっとむかし、初等科にあがってすぐのころ、宗悦は自分の墓標を自分でひそかにこしらえたことがあった。なにやら上質の折り箱のふたがふと目にとまり、小刀できれいにきりだして、柳宗悦之墓と墨書したのだった。それに手を合わせると、ふしぎにすーっと心が鎮まった。

理性とはまるで別次元で、おさないころから、死というものに蠱惑されているところがある。去年、加藤本四郎の骨をひろった朝、いっさいの人生はこの骨だと感じてから、そうした死にまつわる想念がますます頭のなかを跋扈し、いまわしい黒雲が覆うように、影を落としていた。

宗悦は、丸善にでかけて、チェザーレ・ロムブローゾの『死後、それはなにか』と、オリハー・ロージの『人間の存続』の二著を買ってきた。懸命に原書と取りくんで、自室にこもっていたのだ。

二十歳になっていた。

春がすぎ、しとしとと湿っぽくなると、なおのこと心が沈んだ。

宗悦は、梅雨空のなか、重い心をさげて、神田の古本屋を、あてもなくめぐることがあった。

ツバメが、きように電線をさけて、粋に飛んでいた。

これ見よがしなツバメの飛行も、市街にふえてきた電線も、今の宗悦には、不快でうるさかった。

「さいごはあの骨のようになるんだ……人生は」

すぐに微熱をだす、ひよわな体質のせいか、いつも切なく悲観的に思ってしまう。

物事をわるく解釈する、そんな自分がきらいだった。愉快にふざけることもできなくて、みんなのように屈託なくさわぐことが、できない面があった。

一軒の骨とう屋の、飾り窓のまえに来ていた。

白い地肌に、うすい藍色のボタンの花が描いてある、小ぶりの壺が、こちらを見ていた。

「そんなきみでも、はなしを聞いてくれる友が、いまはずいぶんできたじゃないか。それこそが天より与えられた恵みだよ。本をよむことは胸の内を整理する力になっているだろう。いまのきみでいいんだよ、宗悦君」

壺が、干渉する風でもなく、やわらかく語りかけていた。

それまで、壺などに目がとまったことなどなかった。不思議なめぐり合いだった。

なにものともよく判らなかったが、なにか心を惹かれた。

宗悦は、骨とう屋の店のなかに、するすると入っていった。

「新聞が朝鮮のことを騒がしく書くようになってさ、ふと思い出してね、奥から出して洗ってさ、けさ飾ったとこなんだよ。めずらしいね学生さん、何年も埃かぶっていたこの朝鮮モノに目をとめるなんてね、学習院ですよね」

目が笑わない店主が、制服をみて、値切りもしないのに一円値引いておくと言った。

学生の自分に三円はけっして安い額ではない。でも値より、自分の心を叩く壺のささやきを、信じてみたかった。手に抱えると、そのひややかな手触りが、よろこんだ胸になにげなく気持ちよかった。人生は悲しみに満ちているが、喜びにも満ちている。ほのかにそう思えたのだ。

それを部屋にかざると、しだいに宗悦の部屋に、すこしずつ置物や書幅がふえていった。

「宗さま、なにかいいことありました。お父様のお部屋にはいるなんて」

「いや、どんな本があったかと思ってさ」

「変です。お兄さまはとっくに知っているくせに」

「千枝ちゃんにはお見通しか……白状するよ。なにかいい置物はないかと思ってさ」

父が生前使っていた部屋から出たところを、妹に見られた。

二歳ちがいの千枝子とは、父の顔を知らない同士だった。

千枝子は読書家で、そのところも、宗悦とは気があった。

「お兄さまのお部屋、入れてもらっていいかしら」

千枝子はついてきた。

「わっ。お部屋、こんなにしてたのね、不思議な気配ね、宗さまらしいわ」

「なんの筋道も考えちゃいないよ。ただ見て、気に入ったものを並べてあるだけ」

自分がすきなモノには、安んじられる美があった。

不快な刺激でとたんに動揺し、善なる心が、平常心とともに消え去ってしまう自分がいる。そんなとき、まわりに置いた美術品にむき合っていると、いつか平らな心がもどってきた。

それらに癒され、心をかよわせながら、かならず死ぬ自分を認めて生きてゆく自分に、ようやくむきあえた気がしていた。

なんとか自分の人生を、自覚することができるようになったと思うのだ。人生を自覚するとは、自分にたいして誇れる自分を求めていくことだ。いつかそう確信していた。

一九〇八年、美術品から力をもらえることを知った二〇歳の夏は、七月一六日から八月末まで、前年同様に、赤城山の頂で、読書に没頭してすごした。

あれこれ友人が、十五、六人、猪谷旅館にあつまった、にぎやかな夏だった。

そしてなによりその夏の収穫は、前年ノーベル賞を受賞したロシアの生物学者エリー・メチニコフの、『人間の性』と『生命の延長』を、苦労して読了したことだ。

専門用語には難渋した。生殖器の描写には、いやおうなく若い本能を刺激された。

でも読みおえて、死を認め、いまある生命を燃やすことだ、とするメチニコフに、まるで渇いた喉に清水がとおるように、満たされたのだ。科学こそが、人生の秘密を解きあかしてくれる新しい学問になる。そんな期待が、火柱のように宗悦の胸で燃えたった夏になった。

《しずかな湖畔の緑陰で、メチニコフの書とともにすごした夏は、自分には離れ難い思い出だ。知ることがすべて新しいから、非常に愉快だった。科学的事実の上にたっての議論だから、明瞭で気持ちがいい。ひとまとめにしてメチニコフの人生観を書いてみたいと思っている》

結局『桃園』の原稿は、なにもしあがらなかったが、宗悦は、山頂から志賀直哉に、弁解する手紙をおくった。

Ⅳ 白樺

龍の腹のような、ごわごわの雲がしだいに垂れこめて、満州の空が暗くなってきていた。

地平線に突きかかるように、線路がはるかな弧を描いている。

「リーチにきた手紙にはいつも、濱田にもよろしくと、書いてくれていたよなあ……あれはうれしかった。参っていることもあったからさ、正直に言うとね」

濱田庄司が、丸眼鏡のおくで、しきりに瞬きをしている。

リーチが濱田をつれて英国にひき揚げたのは、一九二〇年（大正九年）六月だった。それから三年半、濱田はセント・アイヴスという英国の最西端のいなか町で、リーチの手助けをしながら、作陶修行をつんできた。濱田から、そのころの愚痴を聞いたのは、はじめてだった。

「今回のことはすべて、濱田がいてくれたから実現したことだ、おたがいさまだな」

柳は、眉のあいだのこわばりから力をぬいて、にっこり笑った。

「まもなく奉天だな。奉天では二時間以上停車だから、なにか食べようぜ」

濱田庄司が、こまめに時刻表と懐中時計を、かわるがわる見ている。

「ハーフハンターか、いい時計だな」

「柳の銀時計には、かなわないさ」

二〇年前の、恩賜の銀時計のことを濱田が言って、宗悦が、曖昧にわらった。

「おいみてみろ、変だぞ、兵隊が集まっている。あれは陸橋のようだけど」

濱田が、窓からカーブの先に目をこらしていた。

あっという間に列車は轟音とともに陸橋を走りすぎる。宗悦にも、陸橋の前後に立っている歩哨兵が、たくさん見えた。

「なにか、殺気立っていたな」

「あそこは、京奉鉄道線を、この満鉄がまたいでいる陸橋のはずだ」

濱田が、旅行案内書をひらいたまま、絵解きするように言う。

交差する鉄橋にさしかかった所だけが、冷え冷えとした空模様の景色のなかで、あきらかに空気がちがっていた。

上を満鉄が走り、下を北京と奉天をむすぶ京奉線が走るその場所で、ほぼ一年前の六月、関東軍の手によって、張作霖爆殺事件が起きていたことを、日本国民はしらされていない。

鋭敏な、柳宗悦と濱田庄司に、その現場に残っているただごとではない気配が感知されたのだ。

それは、きな臭く、血のにおいがする、いやな時代の気配だった。

宗悦と濱田の顔が、こわばった、動かない仮面のようになっていた。

東京音楽学校にちかい、上野桜木町の路地に、〈リーチ〉という掛け行灯がぶら下っている。そこの真新しい平屋に、バーナード・リーチが住んでいた。

一九〇九年（明治四二年）、十月の、ある雨の夜だった。

「柳、いま、なんて言ったんだ。あの日本人の通訳がわからない」

「エッチングの語源は腐食だって」

プレス機をかこんで、宗悦や志賀のグループをふくめた三十名ほどが、メモをとりながら背の高い英国人のせつめいを聞いていた。

「前置きがながいな」

「はやく実演しろと、言ってやれよ」

木下と武者小路が、たまらないように、宗悦の脇腹をつついた。

ワシ鼻の英国人は、銅版画には直刻法と酸腐蝕法があるという、技法のはなしからはじめて、延々とエッチングを語っている。

まじめな人柄なんだろう。宗悦は好ましくながめていた。

志賀や武者小路たちは、新雑誌を考えながら、言葉のかべをこえて感動できる西洋美術にも関心をよせていた。

新世代のかれらには、絵画や彫刻は、国境をこえた世界の言葉であった。

同人たちはこれまでに、きそって画集を買いあさってきた。そのなかにレンブラントの銅版画があった。それは光と陰のドラマチックな構成で、登場するおおくの人物のうごきや表情を入念に描いていた。

「こういう絵を描ける日本人はいないよな。エッチングってどうやるんだ」

原書をひもとき、知識はふえても、実際にやっているところを見たことがない。

そんなときだった。

「上野美術館のちかくで、英国人がエッチングを教えるという新聞広告が出ているぞ」

だれかが言いだし、みんなで行ってみようと、ぬかるむ上野の山をぬけて、桜木町のリーチの家に来ていた。同人の前にあらわれた本場のエッチャー、それがバーナード・リーチだった。


バーナード・リーチもまた、神秘的なものに感応しやすく、想像力に満ちている少年だった。

一家が香港にいたとき母がなくなり、バーナードは日本にいた祖父母にあずけられた。

四歳のときに父が再婚し、英国につれもどされたが、継母とは、ずっとおりあいが悪かった。

しかも十七歳のときに父が急逝した。

リーチは、ロンドンで銀行勤めをはじめた。でも、なじめなかった。気分が晴れない日々に思いだすのが、四歳までそだった遠い日本のおもかげだった。

ラフカディオ・ハーンの著述を読むと、なお日本へのあこがれがつのった。

日本に行きたい、自分のちからで日本に行こう。エッチングや英語な教えながら、東洋を学ぼう。

目標をいだいたリーチは、ロンドンの美術学校で、絵とエッチングの勉強をはじめた。するとふしぎなことに、その美術学校で、ひとりの日本人に出逢った。リーチが下宿にたずねると、いつも座禅をくんでいたその画学生の名は、高村光太郎といった。

二四歳の高村をとおして、何人かの日本人留学生としりあい、その奇縁に心がせいた。高村に、六通の紹介状をかかせたリーチは、エッチングの印刷機とともに、英国を単身とびだしたのだ。

リーチ、二十二歳のときだった。

一九〇九年（明治四十二年）四月、横浜につき、当面世話になったのが、高村が紹介してくれた東京美術学校の教授たちと、そのまわりの人たちだった。

桜木町の借地も、かれらの世話になった。

そこで、十月からエッチング教室を開講したばかりだった。

二十歳の宗悦と、二二歳のリーチとの交遊は、あっというまに親密さをふかめていった。

宗悦の英語がものをいったが、友となったほんとうのところは、おたがいが共通の資質を持っていたからだろう。ふたりは、宗教でも美術でも話があった。

「excellent　ヤナギみたいに読んでいるのは、英国にもいないよ」

カント、ニーチェ、メチニコフ、ゲーテ、シェイクスピア、ダンテ、トルストイ、メーテルリンク、ホイットマン、エマーソン。宗悦がこれまでに読んだ文学者や思想家の名前を挙げると、リーチは、おもわずバッシと膝をたたいて、大げさにおどろいた。

「美術品も、複製写真だがずいぶん見ているよ。ミケランジェロ、レンブラント、フォーゲラー、ロダン、セザンヌ、ゴーギャン、ゴッホ、マティス、ピアズリー」

「Okay, I know. たしかに、きみのほうが西洋人よりも西洋的だ。ゴーギャンもゴッホもぼくはしらない。でも、ブレイクがぬけてるな」

「ブレイクなら〈無垢の歌〉を読んだことがある」

「なら、話がはやいが、ぼくはブレイクが一番だと思う。ブレイクはすべてだ」

「すべて」

「そう、全体だ。ブレイクは全部を持っている」

リーチは、やにわにしぶい調子の英語で、吟じはじめた。

「虎よ！　虎よ！　あかあかと燃える　闇くろぐろの　夜の森に……」

ふかい余韻をこめて、リーチはみじかい詩を、暗誦しおえた。

そうして宗悦に、イェーツ編の『ブレイク詩集』を、置いていったのだった。

「八百長相撲なんか見たくもないから、しぜんと吉原に足が向くんだ、へへへ」

「バーカ、おまえの吉原通いは、国技館以前からじゃないか」

武者小路が緊張をといて、志賀に笑いながらクレームをつけると、みながどっと笑った。志賀が、吉原の売れっ子遊女にはまっている、といううわさは、リーチのエッチング教室にみなで行ったころから聞こえていた。

去年、一九〇九年の夏まえに、両国に相撲の常設館ができて、国技館と名のっていた。優勝した力士が、部屋までパレードするならわしがうまれて、相撲に華やぎがましている。その国技館の一月場所で、星取りにこだわった東張出大関駒ヶ嶽が西大関太刀山に八百長をしかけたということで、新聞がおお騒ぎをしていた。

駒ヶ嶽の応援に、フレー、フレー、八百長、と皮肉な声援がとんでいるらしい。

「遊びをせんとや生まれけん、たわぶれ、たわぶれ、吉原のことはひらにお構いなく」

いちばん年長で、同人のまとめやくの志賀が、上機嫌だった。

あたらしい雑誌の名前は『白樺』ときまった。

創刊は、一九一〇年四月一日、洛陽堂から毎月一日に発刊する。

同人は、『望野』の武者小路実篤、志賀直哉、正親町公和、木下利玄、『麦』の里見弴、児島喜久雄、園池公致、田中雨村、日下稔、『桃園』の柳宗悦、郡虎彦、長与善郎。あらたに有島武郎、有島壬生馬、三浦直介、細川護立が加わっていた。

一九一〇年、二月十日の夜、志賀の家に、同人のみんながあつまり、前年の春から話しあってきたことに、ついに結論をえたのだ。

「小説もあれば論文もある。美術評論や詩ものせる、ときとしては宗教にも、哲学にも広がっていいんじゃないか」

「いや、もっと範囲をしぼって、文学に徹するべきですよ」

「世界の言葉、つまりだな、西洋の絵画を紹介しないで、あたらしい雑誌の意味がないぜ」

これまで、里見や長与は、志賀や武者小路とくりかえし言い争って、先輩たちともめたことも一度や二度ではなかった。

「総合雑誌のほうが、みんな力を出しやすいよ、いままでだって互いに補完しあってるじゃない。全員がそれぞれの個性で力を働かせるほうが、『白樺』としては結果をしめせるはずだよ」

宗悦は、最初からの自説を、その夜も強硬に展開した。

すべてが決まった夜だった。その場のみんなが高揚していた。

郡虎彦は、みなにけしかけられて、歌曲を披露した。志賀直哉が、浄瑠璃壺坂霊験記をかたって、十一時すぎてまで大騒ぎだった。

関東大震災で力つきて廃刊になるまで、十三年間、一六二号をかぞえる雑誌『白樺』が、いよいよ動きだしたのだ。

かれらは白樺派とよばれ、宗悦は、郡虎彦とともに最年少の同人となった。

宗悦は、編集、装丁、印刷などの実務もこなし、自分で挿絵用の木版を刻むこともあった。実直な性格と、まめな実行力は、編集者としては適任だった。ただまじめすぎるのか、率直にせまってくる、しつこい議論は、周囲を困らせることもあった。

宗悦が十三年間に寄稿したものは、論文・批評・紹介文・随想など七十数篇で、同人のなかでは群をぬいている。テーマも芸術、宗教、哲学、科学と、だれよりも広く構えていた。

そして、その志にあふれた精密な述作は、『白樺』を単なる文芸同人誌にとどめず、芸術や哲学の綜合誌として発展させることに貢献した。

学習院の坊ちゃんの気ままな遊びさ、バカラシだ、と陰口をたたかれ、理想主義、楽天的、と批判もされた。だが、本人たちは気にとめなかった。

それぞれが強くきわだつ個性をもった、いい仲間だった。

その自由さと新しさにあふれた誌面は、またたくまに新時代の若者の心を捉えていった。


不忍池が凍っていた。

都電を上野公園でおりて、寛永寺の方にむかって歩く。空一面うす青く澄んで、一片の白雲さえもない冬空が、めずらしかった。東京帝室博物館の大松の梢の頂に、半月が串刺しになって、軽石のように光りなく浮いていた。

朝、起きぬけに寒暖計をみたら、二度だった。昼がきて暖かくなるのをまってでかけてきたが、それでも気温はあがっていない。冷えていた。

『白樺』の大枠がきまって、半月たった。

宗悦は、なにから書こうか、迷っていた。いや迷いはじめたのだ。

まず版画家ピアズレーの紹介をねらって、アーサー・シモンズなどのビアズレー論を読みこんでいた。日本ではまだ、ピアズレーについての情報は皆無だった。海外文化の新傾向を紹介することに、自分の英語が役にたつことは、やり甲斐だった。

その次はメチニコフのことも頭にある。

ところが、バーナード・リーチが貸してくれた、イェーツ編の『ブレイク詩集』をくりかえし読むにつけで、立ち止まってしまった。

どうにも心の揺るぎがおさまらず、桜木町のリーチの家に、宗悦はきてしまった。

「生命は、それだけで尊く、けがれない。その純粋な意味を感じることが大事だと、ブレイクがおしえてくれた。個性をみがけ、発展させろ……そうだろう」

ブレイクが、自分の迷いを驚づかみ、ギュッと絞ってくれた。ブレイクの手のひらにのこったエッセンスを読み取ると、命を燃やすことへの、大肯定のことばが輝いていた。

「人間だけではない、いかなる現象も、存在するものすべて、神聖で、意味がないものはないと言っている。リーチの言うとおりだな、ブレイクは全体だと思ったよ」

それほど『ブレイク詩集』は衝撃的だった。心の乱れをふきとばす稲妻のような力があった。

いっきに、ブレイクをとことん知りたい欲求が、宗悦をふさいだのだ。

掘り炬燵で宗悦とむきあって、リーチは、くいいるように宗悦のはなしを聞いている。

英国からリーチに嫁いできたエディス夫人は、隣の部屋で息をひそめているようだ。

「断片的な評価をゆるさない、全体性こそがブレイクなのさ。ほかの詩人や芸術家は、ブレイクの一部だ」

言いながらリーチが、驚いた顔をしていた。詩集を貸して、まだ三ヶ月にしかならない。

「ヤナギ、きみはたいした人間だな。こんな短時間で、ブレイクを読みとくなんて、ヤナギには目がもうひとつあるみたいだ、直観という鋭い目だ、奇蹟だな」

リーチは白い顔をひきしめて、深い眼窩のおくから、まっすぐに宗悦をみていた。

「人間にとってもっともたいせつなことは、それぞれの個性の完全な開花なんだよ。個性こそは、一人ひとりに与えられた神の意志だ。自らの個性を十全に開花させるときに、人は神とひとつになることができる、ヤナギもぼくもナー」

リーチの言葉は、これまでに読んだどの宗教書よりも、宗悦にはぴたりと腑に落ちる。

「ほかにもブレイクの本はないの、貸してほしいんだ」

「okay, okay.」

そして、わずかに伏し目がちに、善意にみちた表情になって、リーチは言った。

「東洋へ来る理由、友人や親類に説明ができなかったが、いまわかるナー。東と西をむすぶ、つなぎ目になるためナー、きっとわたしはここにいる。まちがいないナー」

ちいさな家の窓ガラス越しに、冬の午後の陽ざしが、ささやかなぬくもりを届けていた。

宗悦は、その光の束のなかに、右手をさし出した。
リーチの手が伸びて、炬燵のうえで、互いの手がむすばれた。
長く固い握手になった。

Ⅴ　兼子

「こんな換気のわるい箱にとじ込められて、長旅をやり通したなんて、兼子さんはえらいね」

「あの人はああみえて、すごく楽天的だし、勝ち気だから」

濱田の手前、そういって笑ったが、幼子を残して、ドイツに向かうひとり旅は、自分で望んだものとはいえ、さぞかし心細い旅だっただろう。

宗悦は、兼子のそんな自立した性格に、ずいぶんと救われたと思う。

ちょうど、大学に通っていた時期が、兼子との恋愛の時期だった。どうにも東大がなじめず、兼子がそばにいなければ、あの三年間はもっと味気ないものになっていたはずだ。

当時の宗悦の関心は、東大の教授から与えられるテーマとはずいぶんとかけ離れたもので、志賀や武者小路のように、自分も東大を自主退学しようかと考えることがあった。

しかし、母のきもちを思うと、ふらふらと、踏ん切りがつかなかった。

自分に誇れる自分になることが、兼子を裏切らないことだ、と自分に思い込ませ、大学より自分のテーマに身をいれた。恋愛は宗悦を激励し、前むきにさせた。おかげでずいぶんと思想に確信が芽生え、『白樺』にも積極的に寄稿できた。すると、なにかが宗悦をひきたててくれるように、著述がはかどり、『白樺』同人のだれよりもはやく、出版社から声がかかった。
そして一九一一年一一月、大学二年で、初の著作『科学と人生』が、籾山書店から刊行された。〈わが一人なる母上に〉という献辞があるその本の出版を、同人みんなが、喝采をさけんで祝ってくれたのだった。

兼子が、去年、一九二八年の正月に、ドイツへ行きたいと言ったときに、宗悦は反対した。するとと兼子は、宗悦が兼子に書いた、むかしの手紙をだしてきた。
《貴嬢を安らかな国に導いてみせます、わたしは貴嬢を幸にするために貴嬢に与えられたのです。幸をわたしからえることを、信じてください。天地神明と貴嬢のこころが証人です》
などと自分の字で書いてあった。
《貴嬢は優れた先生を選ぶことがたいせつと思ふ。また多くの天才の演奏を耳にする機会も必要だろう。そのために貴嬢が早く外国へ行かなければいけないと思っている》
とも書いていた。すっかり忘れていた文面に、グウの音も出なかった。

二十歳前後のころの宗悦は、ロダンやゴッホ、セザンヌ、ゴーギャンなど、天才のふかい精神が見える芸術に、圧倒されていた時期だった。
まわりと紛れようもない独自な個性。自発的な創作力をもち合わせた能動的存在。そんな西洋の天才たちにあこがれ、それらの芸術を理解するためには、自然や人生、自己に対しても、ふかい理解が備わらなければならないと思っていた。

自己の表現にはじまって自己の表現に終わるような、不断なる個性の開花で、天才のように生きるのだと、信じきっていたとも言える。

だから、恋人の兼子が人として成熟することが、宗悦自身の発展にもなる、と本気だった。

兼子に逢うたび、また手紙のたびに、彼女の奮励を要求した。

「きみも、いままでのようにしていてはとうていだめだよ、もっと深味のある生活に二人が入るために、もっと多くの努力がいると思うんだ。そのための時間は、自分がつくりだすものだ」

ともにこの世で、おのおのの仕事を残していかなければならない。兼子が中途な声楽家にしかなれないなら、それは自分の責任だと思った。

「わたしが怠けていたら、小言をいってください、鞭打ってくださってもかまいません」

兼子が、そういって泣き顔で低頭するまで、宗悦は要求をやめなかった。

きびしいことを真面目に要求したなと思う。

とはいえ、兼子も当時は、懸命に宗悦にむきあってくれた。

「なにしろわたしは勉強いたします。力いっぱいに自分の芸術をひろげ、きっときっと偉い声楽家になります」

そんな意気込みを、兼子は胸にひめていたのだ。

宗悦は、二十年前の自分を思い出し、地平線のかなたに穏やかな、ゆるい笑顔を向けていた。

《幸なれ、愛する君よ。すべての未来は栄光のうちにわれわれを待ちわびている。わたしのあつい接吻を貴嬢の唇におくる》

いくども手紙の末尾にかいた、使いなれたあのころのフレーズがよみがえる。

その兼子が、三人のおさない息子と、宗悦の老いた母と、兼子自身の父の面倒を、ひとり京都で見てくれていた。

ふたりがであったのは、一九一〇年（明治四三年）四月六日、田村寛貞の家だった。

志賀と田村の同級生で、ヨーロッパに絵の勉強にいっていた有島生馬が、五年ぶりに帰国し、『白樺』同人が、大挙して田村の家に集まっていた。

東京音楽学校で、ドイツ語の教授をしている田村が、中島兼子たち音楽学校の女学生をまねき、おなじく志賀たちに声をかけていた日だった。

「柳が、あんな調子のいいやつとはな……みんなかえって安心したんじゃないか」

「いまだに酒の一滴も口にしたことがない柳がさ、驚いためくらましを使うね」

「西洋芸術ひと筋だと思ってたのにな」

四月二日に、皇太子の御前で、【古今和歌集の撰者　およびその特色について】と題して、卒業記念講演を行ったことを、同人みんながその場の談笑のつまにしていた。

宗悦はだまって、ニヤニヤして聞いている。

おとなしい人なんだわ。髪がちょっと縮れてるわ。顔が小さいのね。あれで頭がいいんだ。

兼子は、はちきれんばかりの興味を躍らせながら、はじけそうな笑いをこらえていた。

「おまえの銀時計をおれによこせよ、柳」

「銀メダルを十個以上持っているんだろう、それで充分じゃねえか」

目の前で先輩にからかわれているのが、四月三日の萬朝報に出ていた、柳という変てこな名前の当人だった。

卒業式の時期になると、萬朝報は、おもな学校の首席の学生を写真つきで報じた。兼子は、たまたま萬朝報に紹介された、柳宗悦という一字姓を、日本人なのかしらと、めずらしく思って読んだ。

その当人が、学習院の制服すがたで、じぶんの前にあらわれたのだ。

兼子は、不思議な生き物を見るように、柳と、そのまわりの若者たちを見ていた。男の人を、そんなにきちんと確かめるように見たのは、うまれて初めてだった。

「大島の着物に赤いトルコ帽の、あのヘンテコな人が有島さんで、田村先生とおない歳なのね」

「歳の差があるようだけれど、みなさんの年齢が読みとれないわ」

兼子は、となりの小笠原保子とささやきあった。そのたびに束髪のうしろで結ばれた白いたっぷりしたリボンが、花のように香りをふりまいて、こきざみに揺れた。

柳は、なにをいわれても、穏やかな表情をくずさない。

学習院初等科以来、ほとんど首席をとおし、学年一等の成績者に贈られる純銀メダルを、十幾つも受けているようだ。しごくあたりまえに学習院高等科を首席で卒業し、首席卒業者に与えられる恩賜の銀時計を、明治天皇から賜ったのだ。

そして右総代として、臨席の皇太子の前で、宗悦は、国文学を高らかに論じた。

兼子は、話をききながら、柳宗悦という動じない、しずかな若者のてがかりを、自分のなかで組みたてていた。その男のシャープな印象は、老大松に萌えでた新緑芽のようで、さわやかだった。


中島兼子は、宗悦と三歳ちがいで、隅田川厩橋ちかくの河岸にある、中島鉄工場の長女だった。下町の中島家は、祖父母も両親も芸事がすきで、兼子も子供のころから、芝居や歌になじんで育った。六歳から習いはじめた長唄は、声楽をはじめたあともつづけて、いまは名取になっていた。

兼子が、西洋音楽にであったのは、浅草の府立第一高等女学校にあがってからだ。

二年生のとき、兼子たちの受持になったのが、ソプラノの三浦環と双璧の、アルトの吉川やま子だった。吉川は兼子に声楽の素質をみいだして、ねっしんに音楽学校への進学をすすめてくれた。

「料理でも裁縫でも、名人はみな男の人です。でも、声楽には、れっきとした女の役割がありま す。自分の声で、男の人と対等にやれるなら、おもしろいし、やってみたいんです」

勝気な兼子は、そんなふうに、父母を説得した。

母からは、女の心得としての茶華、裁縫などをいい加減にしないなら、という条件がついた。

まもなく一八歳になろうとする、目もあやな中島兼子だった。

「小笠原さんや中島さんは、一月に創刊された音楽学校学友会の『音楽』という雑誌をしってい るでしょう。その会員に、ぼくたちが入っているのをご存知でした」

武者小路実篤が、それとなく兼子たちの顔をみまもりながら、ぬけ駆けるように訊いた。

「それはぞんじあげませんでしたが、兼子さんは、『白樺』をさっそく講読されましたの」

小笠原が、兼子の名前をだして答えた。思いがけず名前を言われて兼子はビクンとすくんだ。

その場は無言を通したが、四月一日に出たばかりの『白樺』を持っているのは、ほんとうだった。

『白樺』創刊を新聞でよんだ兼子は、田村の授業の終了時に、そのことを話題にした。

すると田村が、『白樺』は友人がつくっている雑誌だ、あなた読みますか、ときいた。

読みたいと思います、と兼子がこたえると、田村が購読手配をしてくれたのだ。

「そいつはありがたいね、やはり『音楽』と『白樺』はうまがあうんだよ」

武者小路が、満足そうにニコニコして、同人に同意をもとめる。一同にはなやいだ表情がさざ なみ立った。

「だれか歌っていただけませんか。僕のヨーロッパの思い出のためにお願いします」

有島生馬だった。

兼子の学友たちが、いっせいに兼子をさしていた。

「中島さん、歌ってくれますか」

田村が笑顔をふりむける。逃げられませんよ、という目だった。

「お名指しで、おそれいりますわ」

兼子のなめらかな、ふれれば吸いつくような白い頬が、ほんのりと紅くなっている。

兼子は、請われるままに歌った。ペッツォルド先生から口移しで教わった、ヘンデルのアリアだった。歌を聴かせるのが自分の役割なのだと思っていた。

そのもの怖じしない快活さに、『白樺』同人のだれもが、眼をみひらいてやんやと喝采するのに、柳はおしまいまで一言もいわなかった。

かれにしか見えないなにかをじっと見る童子のように、兼子を注視していた。

柳宗悦の、真一文字に切れた双眸が、兼子の胸にやきついた一日だった。

半年前に伊藤博文が暗殺されてから、新聞に、朝鮮合邦という文字が踊ることが多くなっていた。

〈朝鮮一進会〉という文字も、なにやらよくわからないが、目につく。

〈一進会の動向にたいし、排日紙・大韓毎日新聞が、激烈なる排日運動の論説を掲載した〉

そんな記事を読んだのは、『白樺』の企画会議をつづけていた一九〇九年の年末だ。排日新聞と名指ししていることに、宗悦は違和感があって、記憶していた。

その記事の下段には、日本の某大臣の談話というかたちで、

〈一進会の提灯もち的な合邦論は、いたずらに朝鮮良民に危惧の念を惹起するところがある。そうなるなら一進会を排除しなければいけない。合邦は、いつにても日本政府の任意に宣言してはばかることのないものである〉

とあった。よその国を、任意に併合するとは、どういうことなのだろう。

〈排日紙・大韓毎日新聞が、伊藤元朝鮮統監を暗殺した安重根は、義士の模範で稀有な忠臣だ、と暗殺を扇動している〉

そんな記事がでたのが、『白樺』創刊の直前だった。

排日紙と決めつける日本の新聞と、その向こうでなにやら叫んでいる朝鮮の新聞。

両者のはざまにただよう、不気味な影が見える。

宗悦は、暗雲がたなびく感じとともに、朝鮮という見知らぬ国に、うすい関心を抱いた。

「直枝子ねえさん、朝鮮の人って、日本といっしょになることを望んでいるのかい」

「かもしれないわね、だって小学校もないんだから……両班という旦那衆がえばっていてね。役人も、民の竈のことを気にかけない、おかしな国ですからね」

朝鮮で暮らしていた姉は、日本に組みこまれた方が、朝鮮が発展するという。

「伊藤公は、保護国にすればいいと、お考えだったようだけどね」

そう聞いても宗悦は、いわれのない不安をけせなかった。

いつか桜のたよりにまじって、朝鮮人の多数は、以心伝心的に、今年中に合併の断行があると思い、もはや公然と反対を主張する者はまれで、役人のあいだでは、合併後の担当大臣のなまえが取りざたされている、と報道されはじめた。

朝鮮の人びとが望むのなら、それでいいのかもしれない。そう思っていた。


春の戸田ケ原は、サクラソウが群生している、花の名所だった。

そこに宗悦を田村が誘った。

田村の家での集まりがあった日、みんなで玄関をでて停車場に歩くあいだに、送りにきた田村から声をかけられた。どうして自分だけに、と思ったが、中島兼子たちも来るからと言われて、用心深いはずの宗悦が二つ返事で、行きましょうと答えた。

荒川の土手に立って河川敷をみわたすと、あかね空がまいおりたかのように、一面が朱にそまっていた。花畑に足をふみいれるには、ためらいが湧くほどの、圧倒的な花の絨毯だった。

宗悦は、ちかくにきて、しばらくは驚いたまま立ちつくした。

遠くの土手で、少女たちが春風をまきあげてキャッキャと鬼ごっこをしている。となりの茅野では、男女二十人ほどが、毛氈のうえで花束をつくるやら、飾るやら、騒いでいる。ヒバリがほがらかに鳴きかわす、のどかな春のひざしに、宗悦はさいきん入手したフォーゲラーの絵を、思いだしていた。

「春先は 戸田も吉野の桜草ってね、みごとだよね」

田村が、老成したひびきを意識して、だれにともなく言う。

宗悦は、田村の声に反応する気になれなくて、知らんぷりしていた。

というより、花畑のなかで宗悦たちを待っていた、黄八丈の着物をきた兼子の華やいだ姿が、いつまでも胸につまって、甘苦しいのだ。恋はおおくの愚かさにすぎない、とシェイクスピアは言うが、そうなのか。この心地が愚かだとは、とても思えない。甘美な情感に、からだの隅々まで目覚めているのがわかる。

兼子が、からだをうごかすたび、光のかげんで明るい金色に変化する織り模様は、姉や妹がきている着物にはない、魅惑的なかぐわしさがあった。

陽をあびて、花のようにあでやかに兼子がうごくと、宗悦の胸が、しめあげられた。

紺の日傘を小笠原保子にあずけて、兼子が髪をなおしたとき、ついに宗悦の胸は壊れそうに震えて、声をもらしそうになった。

ちいさな溝にきたとき、着物の兼子が、それをこえるのに難儀していた。

宗悦は兼子に、手をかした。自分でも思いがけなく、自然に手がでていた。

それを兼子が、ためらわずに握って、明るい声でエィと溝をとびこえた。

「ありがとうぞんじます」

ちいさく礼をいう声は、よく響いた。宗悦にであった目は、屈することがない。

宗悦の胸の高鳴りは、からだが波打つように高潮し、近すぎて早鐘を聞きとがめられないかと、気になるほどだった。

おなじとき、兼子のからだのなかにも電流が通りぬけ、おもわず叫びそうで、かろうじて心を抑えたのを、宗悦はしらなかった。

いつかサクラソウの自生する河原をはなれて、四人は人影のまばらな川岸まで、あがって来ていた。茅の束が積み上げられている陽だまりがあった。

「中島さん、歌えたまえよ、いい空気だし」

田村が、思いがけないことを言いだした。

「田村君、こんな人目につく場所で歌うなんて、恥ずかし想いをさせるだけだと思うよ」

宗悦は、自分が歌わされるようで、びっくりして、言った。

「いいですことよ」

兼子は、何事もないように、小笠原とうなずきあっている。

最初に、兼子が歌いはじめた。

ヘンデルの歌劇『リナルド』からの、〈涙の流るるままに〉を歌っていた。

彼女はこの恋の歌のように悲しいのだろうか。宗悦は、不安にゆらめいて、積まれた萱の束によりかかった。春の陽ざしが宗悦のからだをつつむ。そこだけが小宇宙のような、陽だまりだ。その光に、兼子の歌声が重なってくる。

そうじゃない、彼女は恋をうたっている。だれの恋。もちろん、あのひと自身の恋。

宗悦は、兼子の歌声にゆだねて、胸にわきあがる想いを見つめていた。しあわせだった。

人はだれかに会うためにうまれてきたのなら、ぼくはこの人に会うためにうまれてきたんだ。自分の運命はもう定められたんだ。

真新しい朝をむかえたような、清らかな高調につつまれて、宗悦はひとり確信していた。

市電の床下からまきあがってくる風が、梅雨の湿気をはらんで、はかまの裾をぱたぱたさせる。兼子は、登校の電車のなかで、届いたばかりの『白樺』七月号を読みはじめ、ハッとして本をとじた。柳宗悦と署名がついた随想、【心語り】に、めまいを感じたのだ。

〈愛に憧れつつあるは、若き彼の心である……心はひとり憧れ、ひとり狂えるようだ。自信無き身は、みずからの平凡なるを感ずる……〉

あの方が、『白樺』に心を語っている。兼子の胸はいつまでも騒いだ。

学校についてからも、頁をもういちどひらく勇気がなかった。

「兼子、どうかしたのかい。血の道の具合かい」

「どうもしません」

帰宅した兼子は、母が心配するのをそのままに、自室にかけこんだ。

これは、あの方の心を開くのと、おなじなのだわ。

見知らぬ扉を開けるときのように、もう一度恐るおそる【心語り】を読みはじめた。そして中ほどまできたとき、とうとう堪えられなくなって、ふたたび本をとじて、机につっぷしてしまった。

わたしは恋をしているのね。あの方の心がこんなにもわかるなんて。

でもいけないことだった。

東京音楽学校では、恋愛は許されない。どんなにきよい恋愛でも、風紀問題の対象とされる。

兼子は自戒しようと、十八歳の胸を、いたずらに苦しくさせなければいけなかった。

だが、ほとばしる想いを封印することはむつかしい。

学友誌『音楽』に、兼子は、七首の歌を寄稿した。

〈川添の柳の糸をかきあげて　堤に上がる人なつかしき〉

〈黒髪の千筋の丈にあまりては　思い乱るるわが心かな〉

かならず、柳宗悦がこれを読んでくれるという確信があった。

そのとおり、宗悦から、すぐに手紙がとどいた。

《雑誌『音楽』を読んでいます、あなたの歌も、ちゃんと読んでいます、しゃれているので驚いてます、あなたの名がとどろいた時は、ぼくがあなたの伝記を書いてあげます、そうしてその伝記のはじめに、Opera Singer で女流詩人たる……と書きおこそうと思ひます、ほんとにですよ。あなたの歌をまたいつか聞かせてください。春の野辺に響きし歌に酔いしさいわいを、また与えられんことをねがっています》

朝鮮半島の記事を気にしていると、〈憲兵〉という文字が、目につくようになった。

一九一〇年六月半ばに、

〈韓国の警察権が、韓国政府より日本に依頼するかたちで、駐韓憲兵隊司令官に委譲された〉

と報じられた。

〈韓国暴民不穏な動き　憲兵約千人を韓国に順次派遣〉

併合の文字につらなって、物騒な気配のちいさな記事が、つぎつぎ宗悦の目に残った。

宗悦は、『白樺』主催の有島生馬と南薫造の展覧会をおえると、七月二二日に、千八百米《メートル》の赤城山に例年のように上がってきた。

カルデラ湖の大沼に面した猪谷旅館に、新聞が数日おきにまとめてとどく。

〈合邦後は韓国の消滅にともない韓国の名称は廃され、朝鮮の呼称に改まる見通し〉

という記事を、新聞のたばのなかで見つけた。

「いよいよ、韓国が日本の国になるんだよな」

「韓国は、警察の仕事も日本にやってほしいんだから、しかたないさ」

「でも、警察官を増やすんじゃなくて、陸軍の憲兵が、一般市民の治安をまもるんだろう、それじゃ陸軍のために市民を取りしまるってことにならないか」

「ばか、声がでかいよ、壁に耳ありだろうが」

赤城山の避暑客が、旅館の朝食をたべながら、小声で話題にしていた。

この夏は、かねてからのチャレンジ目標だった、赤城山から尾瀬沼へ行ってもどる徒歩旅行を、十日かけて敢行した。そしていちど東京にもどって、こんどは小田原酒匂の相模湾ぞいの旅館松濤園にいる志賀直哉をおいかけて、でかけていった。そこで『白樺』に載せる【新しき科学】三〇枚を一週間逗留してかけて書きあげた。そのあいだ、世の中はしずかだった。
ところが一九一〇年八月二三日の朝刊に突然、
〈韓国問題解決　日韓併合協約なる〉
とおおきな活字がおどったのだ。
そのあと、堰をきったように連日、併合関連の記事があふれ、二八日の朝刊では、
〈天皇　日韓併合を伊勢神宮、神武御陵、孝明御陵に報告〉
と公表された。九月をすぎてもなお、新聞は連日、併合の二文字をにぎやかに跳ねさせていた。

だがそれだけで、周辺の人間にも、街のなかにも、とりたてておおきい変化はなかった。

「柳の手紙は、ますます英語の訳文みたいだな。英文の言いまわしがすっかり染みついてるぜ」

遊里でかかった病気で、病院がよいをはじめた志賀をひやかしにいくと、やり返された。

夏休みのあいだに出したいくつかの葉書を、志賀は揶揄しているのだ。

「九月号の【新しき科学】、あの論は東大の教授連が嫌がるだろう」

「続きをいま書いているんだ。十月号を読んでもらえたらわかるさ、でも大学はどうでもいいよ」

宗悦は、去年メチニコフを読んでから、科学にたいしてつよい期待をいだくようになっていた。科学をこのさきどう捉えるべきか。この夏、深山のなかを百五十キロ歩きとおす旅の道で思索し、松濤園で波の音にいやされながら、考えをまとめてきた。

真夜中に星空をながめていると、一糸乱れぬ天の法則が、実感をともなって読みとれる。その法則は、宇宙を解明しようと、科学の目が発見したものだ。自然の法則を説く科学は、自然の聖典だと思う。真の科学とは、さいごの目的を、人間の幸福の上においているはずだ、と見定めた。

宗教と哲学と科学と、この三つのものは、人間の究極を解くための、人類のおなじ努力にほかならない。そして学問の方向と方法は、人生の否定ではなく肯定の上に確立されなければならない。

二一歳の宗悦が、人生肯定のための新しい思想を樹立する意欲を、燃やしはじめていた。

その猛烈さは、柳宗悦がその後のあらゆる場面で保ちつづけた、特異な姿勢になっていく。

そうした著述に注目した籾山書店が、声をかけてきて、一九一一年一一月の『科学と人生』出版へとなっていったのだ。


「田村先生、お答え頂けませんか、どうして柳さんにお逢いしてはだめなのでしょう」

兼子を待ちうけていたのは、おもいがけない田村寛貞からの強い非難だった。

「おおめに見てきたつもりですが、いまは答えるのは難しいですね。あえてわたしの気まぐれと言っておきます」

もとはといえば、田村が二人を引き合わせたのだ。それをいまになって、二人の交際をやめろと、田村は兼子を呼びだし、強くせまった。

「学内の噂は、中島君のまわりでいままでに積もった、恨みとしかいえませんね」

二人で、手をとり合っていた、とか。上野の停車場でながいあいだ話しこんでいた、とか。

どこからかわからないが、そんな噂が、音楽学校のなかに、いつかひろまったようだった。

宗悦は、大っぴらなことはしていなかった。

志賀にもムシャにも、まだ一言も話していなかった。知っていたのは田村だけだ。

その田村が、宗悦にもおなじようなことを迫った。

「深入りすると、彼女のためにならないのがわからないか」

評判が立ったままでは、どうしても兼子の清らかなイメージが損なわれるし、それでは芸術家の道を歩むのがむつかしい、と頭ごなしに言われた。

せっかくの才能を、兼子が棒にふるというのだ。

「ぼくの思いを手紙に書くから、それを彼女に読ませてくれないか。そのうえで彼女がきみの言うとおりにするというのなら、諦めるよ、彼女を悩ませるのはぼくの望みじゃないし」

「柳君、なまやさしい話じゃないんだよ。中島君の将来のために、金輪際あわないほうがよいんだ。悪いが、ぼくはきみたちの愛の破壊者だ」

田村の話しには、とうてい納得ができない。

一九一〇年が過ぎようとしていた。そのままでは新しい年を迎える心境になれない。

十二月二七日、宗悦は心をきめて、兼子にまたもながい手紙をだした。

《鬱々としてこの数日を送っています。田村は二度とあなたに逢わずに、わたしが態度を決めろと言います。でもそうする前にあなたの御心をよく知りたいし、自分の心をもっと知ってほしいのです。自分には、男としての自分の事業があります。同時に芸術家としてのあなたを助けることは、自分のひとつの使命だと自覚しています。ただ一度、あなたに会い、親しくあなたの声を聞かせてください。そのうえであなたの許から離れましょう》

兼子から、すぐに返事が返ってきた。

《先生に柳君の将来が危うくなると言われ、自分一人が犠牲になれば、あなたやわたしのまわりもおさまるのだと思いつめていました。わたしをこんなにも思って下さることを考へることもできず、つい胸のきずなを断ち切りますと申しあげました。でもたとえそう申したとしても、どうして心からあなたを断つ事ができましょう》

二人は、深く潜行していった。

それでも、兼子を誹謗する手紙が家に送りつけられてきた。品行がよくないと、兼子を名指しで学校に投書する者もいた。

そのつど、生徒監督の教授からよび出され、兼子は、神経を極度に緊張させて、世間に萎縮して恋を守っていた。

おちゃめで快活なところが、すっかり影をひそめた兼子を、母がしかった。

「学校をおえてひとかどの声楽家になることを信じているお父っあんを、失望させるようなことを、おしでないよ。卒業するまでは、人にとやかく言われないようにしておくれ」

宗悦は、兼子の女友達の名を使って、手紙を送らなければいけなかった。

《あなたは、わたしをいかすために生れてくれたのです。あなたが一個のりっぱな女性となるために、わたしはまた、あなたに与えられました。二人は、生きねばなりません。わたしは愛と生活とが一致し、愛と仕事とが調和されることを信じています》

兼子とならば、それが実現できるはずだった。

そう考えることが、兼子とたまにしか会えなくなった、宗悦の力の泉だった。

宗悦は、ひたすら思索をふかめ、成果がどんどん『白樺』に残った。

「正親町が、『白樺』の会議で柳に会うのが一番イヤだ、と嘆いてたぜ」

宗悦は、編集者として、だれよりもやかましく発言する。

志賀直哉が、同級生の正親町をかばって、やんわりとつげた。

「まあ不平も言うが、うまく行ったときに一番喜ぶのも、おまえさんだけどな」

「『白樺』は、完全なものでなければいけないよ」

宗悦の気概は、どこまでも強くなっていくようだった。

兼子から、気弱になやむ手紙がとどくと、それを叱咤する手紙を、いくつも送った。

《日本の声楽界で先駆者の運命を負い、その務めをはたすべき人は、あなただと信じています。あなたは個性の芸術家とならなければ駄目です。あなたは、日本にとどまらず世界にはばたくほどに、こころざしを大きくしなければいけないと思います》

二人が出会ってからちょうど丸二年。意地悪い友人や、両親との葛藤にたえて、兼子は東京音楽学校を、優等生のひとりとして卒業した。

東京音楽学校の優等生は、世間がまちのぞむ、都の新星だった。

卒業演奏会で歌った兼子の熱唱を、翌日、東京日日新聞、都新聞、読売新聞、萬朝報、時事新聞が、写真つきでいっせいに絶賛していた。

〈中島兼子嬢は、たしかに柴田環女史以上である。奥底から迸りでる高調なる音声は四隅まで透きとおり、肺腑をつらぬくようなその歌に満場の聴衆はまったく酔はされて、嬢のゆらぐがままに揺いだ。自重せよ中島嬢、前途洋々たり、双肩に重き荷あり〉

柴田環とは、兼子の八年先輩にあたる、のちの三浦環だった。

一九一二年（明治四五年）三月末。兼子は、期待の大型新人として、あざやかに世間にデビューした。

Ⅵ　夕月

一九一二年（明治四五年）五月五日、叔父の嘉納治五郎が、第五回オリンピック大会に初参加する日本選手団の団長として、三島・金栗の二選手とともに、ストックホルムへ旅立っていった。叔父は、前年の夏に、大日本体育協会を設立して会長になっていた。五二歳にして三度目の渡欧だった。

妹の千枝子が、朝鮮総督府の事務官今村武志に嫁いで、一年になろうとしている。

「お兄さま、このバラの花、もうだめですよ。残念でしょうが持っていきますわよ」

去年の五月十八日、兼子の誕生日に、兼子が自分のことを忘れないでと、赤いバラと白いバラを届けてきた。

宗悦は、その散った花弁さえ棄てられなかった。花がしおれてしまったあとも、花瓶をいつまでも飾っていた。嫁入りを控えた妹が、宗悦をいたわりながら、それをかたづけた。

宗悦は、おちた花びらを紙にはさんで、本のなかに納めておいた。

一年ぶりに開いて見て、その紅の色が、まだあせきっていないのを見て、宗悦はうれしかった。

《市電が東京のように張りめぐっていない京城では、大きいお腹で出歩くのも苦労ですが、今村と手をとりあって頑張っています。兼子様の卒業公演のことを書いた内地の新聞を、お読みいたしました。お兄さまが、お心の方と結ばれることを、遠く朝鮮の地よりお祈りいたします》

まもなく、第一子がうまれる喜びを告げる妹が、手紙のさいごを、そうむすんでいた。

「志賀とムシャが口をあんぐりとあけたまま、黙りこんだらしいな。ちっとは遠慮しろよ」

長与善郎が、愉快そうにいう。

数日前に、雨らしい雨がいちど降ったが、すばらしい五月晴れがつづいていた。

宗悦の胸のうちを推しはかるのか、長与が、自然と足を音楽学校のある上野公園の方に、リードしていく。無駄口をかわしながら、文学部にかよう長与と歩くのは、気がはれる。

大学は、このうえなく退屈だった。

上野の森が、すっかり葉桜にあふれ、不忍池からふいてくる風も、緑色に染まったように見えた。

「バーカ、長与だって、あの二人に絶交状を書いたんだろう、そんなきみに説諭されてもね」

「よくいうよ、自分が正しいと思うときの柳の口調は、ほとんど挑戦的といってもいいくらいに『望野』連にきびしいぜ、絶交状のほうがあっさりしているさ」

このまま、おもいきって東京音楽学校の前にある、帝国図書館まで歩いて行きたい。

だが、研究科にすすんだ兼子にでくわすことを期待している、自分の胸のうちを悟られるのがくやしくて、長与にまかせていた。

ひと月前、四月十二日から二二日にかけて、京都の岡崎公園図書館で、『白樺』主催の美術展覧会があった。

設営の日、宗悦が会場にいくと、志賀直哉と武者小路実篤が片肌脱ぎで、絵を壁にかけていた。額をかける釘も、ふたりが打ったようだ。でも位置が高すぎる。

「ダメだよ、こんなかけ方じゃ」

宗悦は、いきなり二人に作業をやめさせ、手伝いの美装屋の小僧をよんで、掛けかえを命じた。志賀と武者小路は唖然として、抗議もせずに黙ってみていた。二人が汗まみれでしあげていた展示を、宗悦は小僧をつかって、数時間かけてやり直してしまった。

六歳年長の志賀、四つ上の武者小路は、そのときは宗悦の眼中になかった。

鑑賞者が感動する並べかたがあるのだ。

「あとで美装屋の番頭が、柳さんて偉い人ですねって、ボヤいたらしいぜ。ムシャに聞いたよ」

長与が、声をあげて笑っていた。

だが、その笑い声が、長くつづかない。

麻布幼稚園からのつき合いで、『白樺』同人でもある長与に、悩みが生まれていた。

東大英文科に進んだ長与は、宗悦の影響もあって、ブレイクかホイットマンを、卒業論文に書こうと考えていた。

「このまえ、偶然ローレンス文学部長と市電に乗りあわせてさ、この時とおもって、さぐりを入れてみたんだ、先生はホイットマンを、どう思いますかってね」

すると文学部長は、あれは詩の異端者だ、と見下したように答えたという。

長与は、もうひとつの可能性をさぐった。

「では、ウィリアム・ブレイクはどうでしょうか」

論文は、さいごに、文学部長であるローレンス教授が、検閲することになっていた。

「ブレイク？　Oh, terrible」

教授は大げさにのけ反り、口髭に手をあてて、目をむいた。

「あんなものは、狂気の沙汰だ」

はき出すように、同情も、思いやりもなく答えたのだった。

それで万事休すだった。きわめて英文学に関心がうすい長与が、いくらかでも書いて見たい気がするのはこの二人しかいない。もはやなにをか言わん。

「文学士なんてどうでもいいや、志賀やムシャのようにおれも退学するよ、糞をくらえだ」

長与が語気するどくはき出すと、森に風がふいて、クスノキの小さい花がはらはらと舞い落ちてきた。ショウノウの香に、宗悦は幾分おちついたが、でも苛立たしい。

「だから東大の教授は、頭がわるいというんだ」

ぐっとむすんだ唇を、ようやくこじあけて、宗悦は言った。宗悦は、本気で腹をたてていた。

「いいか、ブレイクは言うんだ、神は抽象ではない、生きた人間のなかに存在するってな。人間だけじゃない、存在するものすべてが神聖で、いかなる現象も、意味がないものはないってな。ロダンもおなじことを言っている。それを狂気扱いするなんて、半可通もいいとこだ」

「おれに怒るな、相手は文学部長のローレンス教授さまだ」

「God becomees as we are, that we may be as He is.　その偉大な真理を解き明かしたブレイクを、理解できないなんて、なにが英文科の教授だ」

「柳だったら、ブレイクの偉大さを、ローレンス教授に、さとすことができるかもな」

「哲学や科学は、摂理をひとつずつ発見していく作業をしているだけで、摂理をつくっているわけじゃない。摂理を創ったサムシング・グレイトを理解しなくてさ、美辞麗句のうまい詩人ばかり研究してなんの意味がある」

宗悦は、ブレイクのことになると、神経がとがった。

「神は世界を理解するカギを、そこかしこに埋めこんでいると想像できるね。でなきゃ、神をそこかしこに感じさせる必要もないわけだ」

長与は、もういいという顔で、興味をあきらかに閉じていた。

この話が通じるのは、目下のところ、バーナード・リーチしかいない。

そのリーチは、エッチング教室がうまくいかず、やめてしまっていた。日本がきらいになり、帰国を真剣に考えていたようだ。傷心のリーチを救ったのは、楽焼の絵つけだった。

絵つけにとりつかれたリーチは、みるみるやきものに、のめり込んでいた。

ロンドンから帰国したばかりの富本憲吉といっしょに、六世尾形乾山の門を叩いたらしい。

「トミーが言っていたが、西洋からもどると、法隆寺の偉大さがよくわかるみたいナー。東洋の美、西洋の美にまけない言うナー」

富本憲吉は、ロンドン留学から日本へ帰国する船中で、リーチをたずねて日本にむかう途中のリーチの友人、ターヴィとしりあった。それが機縁だった。

ロンドンで、高村光太郎や南薫造から、リーチの日本びいきの話を聞いていた富本は、リーチに興味を感じていた。帰国して奈良の実家に荷をとくと、すぐにリーチを上野にたずねたのだ。

そして宗悦は、リーチから富本憲吉を紹介された。

リーチの日本語は達者というのではないが、いわゆる社交的な厭味がなくて、だれもが素直にきける。すくない用語ながら、リーチが懸命に話すと、リーチの考えが圧搾されて、よく伝わった。

シンプルに、ハートで大づかみに話すリーチの流儀は、志賀直哉などを時として感心させたりしていた。

あれは去年、一九一一年の年末だった。

リーチは、心のなかに芯柱が立ったような顔をして、宗悦のところにやってきた。ロダンから届いた三体の彫刻と、フォーゲラーのエッチング七七枚を、宗悦の家に、見にきた日だった。

「これが、浮世絵版画三十点の返礼に送られてきた、本物のロダンだ」

「本物カー。世界の巨匠から東洋の、知らない若者に、オリジナルが届くなんて、ばかに exciting ナー」

『白樺』で、一九一〇年十一月、ロダン七〇歳誕生記念の、特集号をだした。

その号と浮世絵三十点を、同人みんなで、ロダンの許に送った。するとロダンから、お返しに作品を送ると、手紙がかえってきた。

その作品が、一九一一年十二月十二日に、横浜についたのだった。

ところが税関手続きがすすまず、うけ取りにいった有島生馬が手ぶらで帰ってきたのを、宗悦が二二日に単身乗りこんで、運送会社の英国人社員としんぼう強く交渉して、うけとってきた。

「押し込むように倉庫に入っていくとさ、茶箱くらいの箱をみつけた……荷札の宛名をみて、箱にかじりつきたいような気分だったよ」

だが、腹立たしいほど、手続きに時間がかかった。朝八時半に新橋をでてきたのに、手続きが終ったのは四時ちかくになっていた。倉庫の中で、木箱からていねいに包まれたままの三つのブロンズをとりだし、抱きしめて、宗悦は横浜の駅に車を走らせた。

「ロダンをかかえて車で走るとき、あたりを歩いてる西洋人も支那人も、バカに見えてしかたがないんだ。なにしろロダンだから、どんなやつが来ても負けっこないという気さ」

「そうだろう、ロダンの彫刻をかかえてるやつ、世間にいないものナー」

武者小路の家には、新橋の駅から電話をしていた。市電を半蔵門でおりて、すぐに麹町の武者小路の家に車でむかう。近づくにつれ、心がせいてじっと乗っていられなかった。手前の角で車をのりすて、三つの包をかかえて、とうとう宗悦は走りだしていた。

「ついたぞー」

武者小路の家の窓のしたから、大声でどなり、重さによたよたとなりながら、門内に走りこんだ。そこに志賀直哉が飛んできた。志賀はいきなり、ひとつの包を宗悦から抱きとった。そして志賀は、奇声をあげて、飛び跳ねていた。

「ムシャによばれて、中沢と萱野も来ててさ、五人でその包をあけたときの興奮、想像できるだろう。三つの作品をムシャの家の食卓のうえにならべて、五人で晩飯をたべたのさ」

翌日、武者小路の家には、同人がほぼ全員あつまった。

みんなの悦びが爆発したようで、三つの彫刻に穴があくのではないか、とおたがいが笑うほど、強い視線が本物のロダンをとりかこんだのだった。

「東洋と西洋の結婚、このごろ、イメージはじめたナー」

ロダンを食いいるように見ていたリーチが、ようやく顔をあげた。

「そうか、イメージできるのか、元気になったのか。リーチ、よかったよ」

「自分の仕事、やっとわかるナー。いつかゴッホの絵を壁に掛けたい。そこは自分の教会だ。そしてブレイクの詩集、それが自分の聖書だ。自分がつくった陶器の壺は、聖杯だ。That is enongh」

リーチはバッシと、つよく自分の膝を叩いた。その声は、ほとんど絶叫していた。

「リーチ、来年二月の、われわれのロダン展に、出品してみないか」

リーチのやきものには、いままでの日本になかった種類の新しさがある。

『白樺』あてにオーギュスト・ロダンから送られてきた三体のブロンズ像と、ロダン直筆のデッサン画を展示する。そのかつてない大イベントの計画に、リーチの作品はさらに新しい風を添えてくれるはずだった。

「ロダンと並べてカー、それほんとうの言葉なのカー。わたし、嘘きらいナー」

リーチは、一九一二年二月十六日から十日間開催した、『白樺』主催のロダン展に、エッチング・素描・油絵とあわせて、自作のやきもの百二十点を出品してきた。

そのうえ同人のだれよりも熱心に、会場準備をてつだい、いつも会場につめていた。

朝九時前に会場にいき、ロダンから贈られたたいせつな三体の彫刻を、保管庫からだして展示台にならべる大事な役目があった。同人たちは、それを起き番と称して、交代で分担した。

なかには浅草にスケートに行くからと平気で休む、里見弴のようなふらち者がいたが、いつも寝坊の志賀直哉までもが、起き番でふた朝もでてきた。それにもまして、リーチは連日顔をだしていた。『白樺』の編集後記で、わざわざ報告されたほどの、精勤ぶりだったのだ。ロダン展で併設展示した自作の売れ行きがよかったことで、リーチは、すっかり自信をとりもどしていた。

兼子の卒業公演あとで、宗悦は、帝国劇場にかかった創作歌劇『熊野』を見に行き、うわさの三浦環の歌を、はじめて聴いた。そして失望した。

去年一九一一年二月にオープンしたばかりの、ルネッサンス様式の壮麗な殿堂は、前売券とか電話予約とか、これまでにないシステムを導入して、東洋一をうたっていた。

そうした設備にくらべて、歌劇のレベルは、最低だった。あれは芸術じゃないと思う。

三浦環の技巧だけのいやらしい歌い方よりも、新聞が書いたように、兼子は格段に上だろう。彼女の未来を確かにするために、自分がやるべきことを急がねばならない。

理性ではそう思えるが、逢えない生活は、耐えがたかった。

宗悦は、市内の音楽会をさがして、すがるように兼子の姿を求めて、あちこちでかけて行った。だが、遠くから顔を見ることはあっても、話すことができない。

いまは、手紙で、細くつながっているだけだ。

今夜もまた、有楽座がはねて、静かな夜の道を、ひとり市電の停車場に向かう。

いましがた、友人と談笑しながら立っていた兼子を、有楽座の出口で遠目に見たときは、かすかなしあわせを感じた。兼子は無邪気に、宗悦に微笑をなげた。

手をのばせば握りかえしてもらえるほどの距離でも、人目が鉄条網のように二人のあいだにふさがっていた。ぼくがこんなに苦しいのに、あの人の笑顔に曇りがないのは、なぜだ。

兼子の心が一本の道になって、自分につながっているはずなのに、恋の夜霧に消えていた。それほどに愛してくれてはいないのだろうか。迷い道をいくら追ひかけても、むなしいだけだった。

「人それぞれに役割がある、自分はみじめな役割なのだ」

くらい夜道をひとり歩くに身に、永遠に別れてしまうような、もの悲しさがこみあげた。

「自分はさもしい男なのだろうか、これほどの会いたい想いは異常なのだろうか」

月の出が遅い夜は嫌いだ。星影に問いかけても、うつろな闇に思いが定まらない。

ことに今夜は、ふたりの月が、二度と満ちてくることがないようにさえ思われて、えも言われぬ不安が、宗悦の心を締めつけていた。

宗悦は、不安から逃れるように、足を速め、市電の停車場にむかって走った。


七月六日の読売新聞が、詩人白秋が人妻との姦通罪で起訴された、と大きく伝えていた。

読みおえて、宗悦は、志賀の顔を見た。

「酔って線路に寝ていたとか、吉原通いとか、ひどくだらしない男に書いてあるね」

「白秋君が、きのどくだな」

半年ほど前まで、吉原の女との道ならぬ恋に悩んでいた志賀が、新聞を机のうえに投げた。

「逃げるすべさえ知らないかごの鳥が、いじらしい目でじっと白秋君をみて、救いを求めたのさ。白秋はやっこらさでかけた。そこに離婚宣言したはずの旦那がでてきて、待てぇい、まだ離婚はしてない、これは姦通だ、慰謝料よこせとなったんだ」

去年、一九一一年十月に、雑誌『文章世界』の企画で「明治十大文豪」がえらばれ、北原白秋が詩人の部第一位となっていた。その北原白秋と志賀直哉はおない歳で、二人は、去年一月に『スバル』『三田文学』『新思潮』『白樺』との合同集会で知りあったようだ。

その会議では、四誌合同号発行が提案された。『白樺』代表の志賀直哉は、それに同調できなかった。ただ北原白秋とは話があい、翌日、志賀は、原宿にある白秋の家をたずねた。

白秋の相手は、その隣家の人妻だった。

志賀と白秋は、急速にちかづき、誘いあって吉原に行ったこともあるようだ。

道ならぬ恋。

世間をはばかる点で言うなら、いまの自分たちもおなじではないか。

いっそ、白秋と人妻のようにいっしょに逮捕され、ともに馬車で未決監獄に連行してもらえば、なにもかもはっきりするのに。

生真面目な宗悦が、めずらしく自暴自棄な、どす黒いあこがれを膨らませていた。

「おれは白秋に励ましの手紙を送るつもりだが、柳、お前はどうにかなっちまうような事をするなよ。兼子さんは、白秋やおれの相手とは、まるでちがう世界の女性だからな」

志賀が、真顔をむりにほほ笑むようにして、めずらしく年長者らしい言い方をした。

でも宗悦は、白秋や志賀が醸している、肉感的な熱情に抗しきれないでいた。

なぜ自分たちは直接愛を確かめあうことができないのだろう。かぐわしい兼子の香りを身近にすることも、すずやかな声を親しく聞くこともできない。

読書どころではなかった。

幾晩も、やる瀬なく憂いな夜にもてあそばれて、宗悦は次第に大胆な気分をつのらせていた。

ひと目だけ会いに行こう。おなじ時空に添えれば、それだけでもいい。

人ごみで眺め、遠くから想い、ながい手紙を書くことに、これ以上恋の真実は見えない。

決意すると、それを実行しなければ気がすまない、宗悦の性分だった。

七月二〇日、新月が満ちはじめて七日目の宵、宗悦は、なかなか沈まない夏の陽が落ちるのをまちかねて、ついに隅田川べりにでかけて行った。

遠くから見ると、鉄製の巨大な虫籠を三連置いたようにみえる厩橋を、本所側にわたったすぐ右手、隅田川の堤防にそって、兼子のうまれ育った中島鉄工所のおおきい敷地があった。

兼子がでかけなければいけない演奏会は、今宵は、市内では予定されていない。

《研究科になりましてからは、家にいて大概針箱のお守りばかりいたしております》

そんなふうに手紙に書いていた。きっと家にいるはずだ。冬でもないし、なにかのぐあいに外を見て、見つけてくれる。なんの保証もないが、逢える確信があった。

川向うに見える灯火は小さく、川面にうかぶ舟遊びの明かりも、内にこもっている。上弦の月が、対岸の東京高等工業学校のレンガ煙突のうえに見えているが、闇を消すほどではない。宗悦は、暗い隅田川の河畔の、兼子の家から見える土手を、腕を組んでなんども行きつもどりつした。

どこからともなく吹く川風が、火照った宗悦を、鎮めようとしているかのようだ。

下流の安田邸のあたりまで下って、何度目か、厩橋のたもとに戻ってきたときだった。くらい土手を小走りに、ひくくかがむように近寄ってくる影があった。

「兼子さん」

声にならぬ声を、宗悦は漏らしていた。

「宗さま、宗さまですね」

くらくて顔さえ見定めることができない。でもたしかに兼子の声だった。

「ああ…でも、さあ早くおもどりください、お母様は、大丈夫ですか」

「いま、弟と出ておりますが、でもすぐにもどって……」

「兼子さんに見つけてもらって、ぼくはもう震えるほどに幸せです……それだけで十分です、さあ問題のおきぬうちにおもどりを」

「お声を聞けてうれしゅうございます、でもどうすれば……わたくし歌います、ともかくこれを」

兼子は、そういうと全身でなにかを伝えるように、闇のなかでからだをすくっと大きくして、袂から宗悦の顔の先に、なにかをさし出した。

土手を歩く人影を見て、もしやと思い、庭にまわって手折ってきた白ユリ一輪だった。

急いだのだろう、兼子の息がみだれて、おおきく吐く息が宗悦にかかった。白ユリのかぐわしい香りがあたりに散らばる。

「ありがとう、兼子さん」

ただ駆けでてきたのではなく、心ひとひらを示そうとしている兼子が愛おしい。

宗悦は、前に出ようと、手をさし出した。

兼子は、おもわず手をうしろに隠すようにして、

「わたくし、これで……」

からだをひるがえし、足音を消しながらかけ去っていった。

その表情のいちぶ始終が、宗悦には見えていた。恋する心に闇など関係ないのかもしれない。

兼子の母の監視は、以前にましてきびしくなっているようだ。その兼子の家のそばでの大胆な逢引きは、このうえなく危険なのだ。でも兼子はいちずにこたえてくれた。

気がつくとからだじゅうに汗がふきでていた。その宗悦の胸に、ついいましがたの、兼子のすべてが消え残っていた。

やがて、くらい虚空から、歌声が降りそそいできた。兼子が歌っていた。

宗悦は、土手に立ったまま、喜びにふるえながら、うるわしい絶唱にくるまれた。風にのって流れてくる優しい音色は、心にさしこむ清明な月光のようだ。すると不思議な感情がおし寄せて、どういうわけか涙があふれてきた。

虚空に奏でられている兼子の歌声は、ながいあいだ宗悦にちりそそぐように届いた。

そうして三曲目が終わると、あとは元の静寂にもどった。

鳴くのをひかえていた、夏虫の音が、ふたたびしずかに響くばかりだった。

《わたしとしてはできるだけのことを致しましたが、なんだか大変冷やかだったように思われて、すまなく存じております。庭に帰って声のかぎりにうたいましたけれど、お耳に届いたでございましょうか。母や弟が帰宅し歌はやめましたが、あたりをさまよっておいでになるかと思うと、やるせなく貴方様のことばかりを……》

翌々日に、兼子からしのび泣くような手紙がとどいた。

不器用な恋になやんでいる宗悦をみかねて、母を説得してくれたのは、姉の直枝子だった。

一九一二年の十二月、いい日を選んで、宗悦の母勝子が、中島家に挨拶にでかけた。

年があけた一九一三年の四月末に、兼子の母が柳の家に返事をもたらし、ようやく、二人は許嫁になれた。

姉の直枝子は、その一九一三年晩秋に、東郷平八郎の世話で、海軍大佐谷口尚真との話が急にまとまり、麻布の屋敷から嫁していった。

宗悦と二人きりになった母は、予定どおり麻布の屋敷を処分すると、年末に宗悦をつれて、二キロ西の、青山高樹町に引越した。

その青山高樹町の家に、東京音楽学校研究科を、一月三十一日をもって退学した兼子が嫁いできたのは、一九一四年（大正三年）二月四日である。

柳宗悦二四歳、兼子は二一歳になっていた。

Ⅶ　我孫子

気遣いのこまやかな濱田が、寡黙になりがちの柳に、なにかにつけて話し掛ける。

「さっきからなんとか読み解こうとしてるが、さっぱりわかんないな」

濱田が苦笑いしているのは、旅行案内書に出ている、ロシア語の駅名の読みかただった。

「ロシア語は三三文字あるらしい、おれもぜんぜん読めないよ。キリル文字は形がちがうしね」

「英語の達人でもむりか、それならおれが読めなくて当然だ」

濱田庄司はまいど、屈託ない笑顔を、柳宗悦によこした。

ハルピンで三時間ほど停車した列車は、チチハルを過ぎ、いよいよ西に向けて走りはじめていた。

京城駅をでてまる二日になる。

「柳のブレイクの本を読んだときも、そうだったぜ、日本語で書いてあるのにさ、難解でわからないんだから。よく書いたよな、二五歳だったんだってね……兼子さんに聞いたが、彼女、校正を手伝ったんだって、たいした才女だ」

車窓から見える景色は、圧倒的に空が領域を占めている。

大地は地平線にひきこまれ、そこから立ち上がった空が、はるか高みにつづいていた。はてない空は、七色が補色しあった青い天球となってひろがり、その下辺、地平線の上を白い雲が隈取っている。

高い山並みは見えない。ときどき誰かがおもしろ半分に大地をねじ曲げたような、なだらかな起伏があるだけだ。

ブーダンの描く空の絵のようだ、と宗悦は思った。

「おれのこと、恨み事を言ってただろう。強引に我孫子に移ったからな」

新婚早々の兼子が手伝ってくれて、一九一四年（大正三年）一二月に大著『ウィリアム・ブレイク』が世に出たのはそのとおりだった。

「いなかに引きこもると歌の力が落ちるんじゃないかと、そうとう心配したみたいだね」

葉を落としたままの白樺が、櫛の歯のように等間隔に並んでいる地帯にきていた。樹幹のあいだからすけて見える遠くの丘の稜線が、思いのほか女性的だった。

白樺のてっぺんが、地平線上に浮いた繭玉みたいな白い雲を、つき刺すように屹立している。

「白樺が、大地と大空をつなぐように見えるじゃないか、まさしく柳たちの『白樺』だ」

先の大震災で、雑誌『白樺』をうしなった柳をいたわるように、濱田庄司が言った。

濱田の見方は、大げさなところがあるが、いつも思慮深く、あかるい気分をもたらしてくれる。

宗悦は、濱田に軽く笑みをかえして、太陽の光ですこしずつ色を変える大空を見ていた。

すべては、止まらないで動きつづけている。

志賀は、一九一三年十一月のなかごろ、一年ほど住んでいた尾道から引き揚げてきていた。

その志賀が、一九一四年一月、青山高樹町の家に、はじめて来た時のことだった。

「志賀さん、お怪我の具合はもうよろしいのですか」

挨拶にでてきた宗悦の母は、しっかりとした姿勢で志賀にむきあって、前年八月一五日の事故のことをきいた。半年前、志賀は尾道から上京中に、里見弴と歩いていて、山手線にはねられ重傷を負ったのだ。

「おばさまのご健勝なお顔を拝見しまして、元気をいただいた気分です。このたびは宗悦君のご結婚、まことにおめでとうございます。まさに日本晴れですね。ささやかですがこれを……」

「ごていねいにありがとう存じます。みなさまにさぞかしご迷惑をおかけしたのじゃないかと、案じております。今後とも若い夫婦のことを、よろしくお願いいたします」

「いやいや、わたしこそまだ身を固められない、不埒者でして」

「ときには、お父様のご意見もお聞きあそばさないと、ホホッ」

なにを言い出すのかと、急いで宗悦は咳払いをした。

そこに、女中がお茶をはこんできて、それを機に母は退室していった。

「母上はすっかり元気になられたようだな。これで兄妹五人とも、すべて片づくわけだ」

志賀の問いかける目つきに、宗悦は、ぼやかした笑いをうかべた。

「父の縁談を、また断っちゃった……このままいけば、おれは父をうしない、父は長男をうしなうだろうね。それより、ロダンの新しい写真、それにセザンヌの本、早く見せてくれよ」

武者小路からの情報を、よもやま話で宗悦が、母にもらしたことを、志賀は見抜いている。それを咎め立てしないのが、うるさい同人をまとめている志賀の、ふところの深さだった。

「夏目漱石先生から、東京朝日新聞に、連載小説を書かないかといわれてさ」

漱石の名を口にするとき、なぜかはにかむ顔をする。志賀は、東大で特別講義を聞いて以来、夏目漱石に私淑するところがあった。

昨年春に自費出版した、志賀のはじめての創作集『留女』を、漱石が認めたことが、その話の背景にあるようだった。

「で、どうするの」

「その質問は、お天道様はどちらから昇るのかって聞くみたいだな」

胡坐をかいた志賀が、ひざを貧乏ゆすりして答える。

ながい脚のせいか、志賀のそのすがたは大きく見えた。

志賀の消息をちっとも聞かないので、心配していたが、やはり志賀らしく、きめた道はぶれずに守っているようだ。それにくらべると自分は、何者かに頭を乱されている。

「母や家の用事で、仕事がはかどらないから、このごろいらいらしているんだ」

志賀が以前から、自分の仕事のためには、まわりと適当な距離をおくことが必要だ、と言っていたのが、さいきんよくわかる。志賀は孤独になりたいと、市内に仕事場を借りたりしていたが、ついに尾道まで離れて行ってしまった。志賀の大胆な行動がうらやましかった。

「家を別に持つことを、考えているんだ。社交を避けるために、いなかにね」

「それは、おれもすすめるぜ。ひとりになると、ふかく考える癖がつく」

「京都からさそわれた講師の口は、やめにしたよ。いまそのために時間をとられることは損だ。せめて一年間でも、フリーな時間をもつのが、自分のためにはひとつの道だと思ってね」

「それでいいじゃないか。大きいものを発表したいのだろう、『白樺』も五周年になるし」

「つぎはブレイクとホイットマンに関するものを書きたい。その二つの論文で、自由に言うつもりだ。ともかく、いままで得た思想を、秩序だてて、まとめておきたい。時間がかかってもね」

火鉢の炭が、ぱちぱち熾っていた。年末から雪も雨もほとんど降っていないせいで、部屋の空気に湿りけがない。かわいた空気が、のどを引きつらせる。

「ただね、母のことが気になってさ、母と暮らすことになっていた姉が、再婚したからね」

「おれにくらべりゃ、柳はじゅうぶんに親孝行だよ、お母様もああして元気なんだし。ただな、自分のすきな道を行くなら、他人以上にきびしく、自己評価をしなければだめだぜ」

志賀は、自分にあまいやつは、失敗するといった。

「リーチのこのエッチングは結構気にいったなあ。青い目の安直な東洋趣味じゃなくて、西洋人として、東洋をあきらかに咀嚼しているのがいいよ」

志賀は、宗悦が丸善でとり寄せたロダンの写真や、セザンヌの画集よりも、リーチの新作のエッチングを食い入るように見ていた。志賀が絵を見るときは、談笑時とはうってかわって真顔になる。そして明確に自分の好みをさらけだす。

志賀は、腕組みして、いつまでも睨みおろしていた。


宗悦と兼子の結婚後、最初にふたりを訪れたのは、バーナード・リーチだった。

泉水の氷が、昼になってもまだ溶けきっていない寒い日に、結婚祝いの、自作のかわいらしい花瓶をもって、リーチはやってきた。

前年、一九一三年（大正二年）の一年間は、『白樺』の表紙を、すべてリーチにまかせた。

リーチがふたたび元気に歩みだしたことが、なによりうれしかった。

リーチが、何度もハンカチで鼻水をぬぐうので、鷲ッ鼻がアザミのような見事な赤紫色になっている。

「こちらは、ますますブレイクのとりこになっているよ……」

読めばよむほど、ブレイクは身近になる。機縁をむすんでくれたのはリーチだったが、リーチがいなくても、いずれ自分のほうからブレイクにたどり着いたかもしれない。それほどブレイクに、運命的なきずなを感じていた。

「リーチが中国に行きたいように、ぼくは西洋に行ってみたい、ブレイクのロンドンにさ」

「わたしをホームシックにするカー。ロンドンに帰りたいエディスに聞えると、バカにこまるナー」

お茶を運んできて、挨拶をすませると引きさがっていった兼子が、離れでピアノを弾きだし、やがて発声練習をはじめた。

「兼子さん、ヤナギが外にださない、みんな怒っているナー」

リーチが、深い目を急にほのぼのとさせて、意味ありげにほほ笑んだ。

〈声楽家中島兼子女子と結婚した柳宗悦君は、兼子女子の声楽を他人に聞かせたくないと、その独占を公言してはばからない〉

新聞に書かれてしまったのだ。

「ばかなことさ、当面、音楽奨励会だけは出演してもいいといってあるよ」

宗悦は、なにくわぬ顔でこたえた。

その実、音楽家兼子への期待と要求は、宗悦のなかで一段と高まっていた。

「わたしはきみにたいしては理想家だ。どんなにわたしの理想が強いか、察してくれるよね。わたしはきみを唯一の女性、理想の女性にしたいとあせっている」

宗悦は、兼子に、朝な夕なに話した。

声がかかれば歌いに行く、兼子のいまの姿勢は、芸術家として淡きにすぎるとおもえるのだ。

「きみはもっと自尊すべきだよ。過去とつきあうより、強い未来をあおぐべきなんだ」

そのように、生活を激変しなければならない。だから、家庭婦人におさまるな、とさえ言ったこともあった。


だからといって、兼子が、練習だけに明けくれていいわけではなかった。

嫁いりしたつぎの日に、姑の勝子に、部屋に招き入れられた。

「宗悦のことで言っとくことが三つあるの。ひとつはね、甘いものがとてもすきだということ。御飯にジャムをつけたりするの。それがひとつ。それからとてもきれいずきでね、古本買ってくると、一頁ずつアルコール綿でふくのよ。そういうことにびっくりしないでね」

さらに、宗悦が毎月購入する洋書や西洋画集の、丸善への支払いが多いことも、驚くなといわれた。金額を聞くと、そうだねお役人ひとりの月給分くらいだろうね、という。

「お父さまの財産が、宗悦の分はそれ相当にあります。兼子が心配することはないけど、ともかく、三つとも驚かないでね……そうそう、お掃除のことを教えときますよ」

そう言って勝子は、雑巾の山を兼子のまえに積んだ。どれもこれも真っ白な木綿で、縫いあがったばかりのよい匂いがしている。そのうえ、たいそうな枚数だ。

「こんなきれいな雑巾、つかうのですか」

「白い雑巾でふかないと、汚れがわからないでしょう。汚れたら、すぐに白いのとかえてね」

兼子は緊張した。

この姑は、いつも白いままでいるのかしら。真っ白だとわたしの汚れが目につくわ。

おかしなふるまいは絶対にできない。むつかしい決めごとのない下町で育った兼子は、勝手のちがう柳家のなかで、迷子のように不安になった。

さいわい、ばあや、女中、書生などの雇人たちは、難しいところもあるがやさしい宗悦を、愛していた。おかげで兼子は、それらの人達と、わりあいはやく折り合いがついて、すくわれた。

「変なものを叩いて、変な声をだして、来たばかりなのに気がふれてさあ、お嫁さん、ほんとお気の毒でございますね、なんていうのですよ」

四十年来、柳家にいるばあやのオヤスさんが、兼子にこっそりと告げにきた。

出入りの植木屋が、オヤスさんに、黙っておれぬという顔で、耳もとで話したらしい。

兼子は、二人の住居になった離れで、怠けるなと叱咤する夫宗悦にこたえようと、時間をみつけては、グランドピアノに向かって発声練習をしていただけなのだ。

「やつとはなんだ、奴とは、そんな言葉を使うのはよくない、いいかい……」

「だって、やつってよか言いようがないんですもの、あんな酔っぱらい」

兼子はふくれて、思ったままを言った。

宗悦のすぐ上の兄が、飲み友達を実家に引っぱってきた。義兄の東大時代の友人ときいたが、兼子には、ただのしつこい酔っ払いだった。

弟の細君が見たいから、紹介しろと言いだしたらしい。

「兼子さん、ちょっと来てくれないか」

兄が千鳥足で離れにきて、兼子を誘った。

「どうしましょう」

「まあちょっと行って、あいさつだけしてきたらいいだろ」

宗悦が言うので姑にも断って、座敷に挨拶にいった。そしたらその東大出たちがみんな酔っぱらっていて、くどく酒の肴にされた。

宗悦までもからかわれたような、不愉快な気分になって部屋へもどってきた。

「兄さんの友達、誰だった」

「いやなやつ」

宗悦が同意をくれるものと、思わず言った。そしたら宗悦が怒りだしたのだ。

これで二度目だった。

その前は、そんなことはざらにありますよって、兼子が言ったときだ。

「なんだザラとは、人に聞かせる言葉ではない、そんなげすな言葉を使ったら、もう知らん」

言葉づかいを一晩じゅう説教されて、泣いても、寝かせてもらえなかった。

中島の家では、ざらとか、やつとか、平気だった。

この家じゃ使えないのだ、とはおもったが、どこが悪いのか納得できなかった。納得ができないと、芯から謝れない。兼子の性分だった。

一九一四年（大正三年）の『白樺』四月号は、創刊以来もっとも大部なものとなった。《今度の『白樺』は五七六頁になる。ブレイクの挿画も十六枚入る。柳はブレイクのことを百五十枚ばかり書いた》

武者小路が、志賀直哉にわざわざ、葉書で知らせたほどの事件だった。

その前の三月号が二百頁足らずだったので、よけいに世間は驚いた。巻頭にのった、柳宗悦の【ウィリアム・ブレイク】だけで、ゆうに三月号一冊分あったのだ。

〈歳月はながらくブレイクの存在を忘れて、彼に価値を見出すことを怠つている。彼を現代思想の先駆者として是認すべきときは来ている。人びとはまだ彼に掘るべき泉を残している。文明の未来にたいして、彼の意義と価値は、深くかつ大きい〉

宗悦は、一六歳から読み解いてきた確信をもって、ブレイクの声を聞けと説いた。

丸善のカタログで、目につくかぎりのブレイク詩集を買い、評伝を買った。彼の著作や彼に関する著書のほとんどすべてを、原書で読んできた。

象徴的で、神秘的で、その辞句に独自の意味をもつブレイクの思想は、難解だった。それでもブレイクに対する宗悦の愛は、消えるどころか燃えたのだ。

翌五月号では、ブレイクとホイットマンを【肯定の二詩人】というタイトルで、あらためて紹介し、七月号には【ブレイクの言葉】を発表して、詩人であり画家であり、なにより偉大な思想家であるブレイクの素晴らしさを、さらにたたえた。

ヨーロッパで戦争がおこり、あれよというまに日本もドイツに宣戦布告して、参戦してしまっていた。日本は間違っている、と宗悦は思った。軍部の望む勝利は、人間にとって深刻な恥だ。そんなことをストレートにいえる相手は、リーチしかいない。

《昨日まで平和会議の議長だった大隈伯は、いまや殺し屋の首領となりました。天佑と言ってはばからない元老もいます。いったいいなんの権限をもって、日本の天皇と政府は、戦闘と他人の殺害を命じるのか。……英国まででかけようという計画は変更せざるをえません。当分のあいだ、世界の動向を見守るほかないでしょう。ぼくはブレイクの本を書きおえたら、おそらく妻と我孫子にひっ越すことになるでしょう。そこでの新しい生活を夢見ています。きっと幸運の女神が、思索と著述と読書の時間を、そこで授けてくれるのでしょう。世界中が戦争に突入したことでぼくの心は穏やかではありません》

リーチへの手紙は、どうしてもながいものになった。

志賀に背中をおしてもらったが、母を説得するのに、時間がかかっていた。

「直枝子姉さんの我孫子の家だけど、だれか住まないと、朽ちるのじゃないの」

「そうだけど、あれは直枝子のものだからね」

「ぼくに貸してもらえないかな」

「それはどういう意味、六十歳のわたしをひとりにするつもりなの」

「上野から一時間十五分だよ、電報もらえばすぐに動ける距離だもの」

『白樺』に発表した【ウィリアム・ブレイク】に加筆しながら、何度か母と話した。

兼子との結婚話を切りだしたときもそうだったが、母の返事はいつもおそい。

そのうえ、それを聞いた兼子が渋った。

「わたしに、あれほど怠けるなとおっしゃりながら、先生もいない所につれて行くのですか」

「仕事をやるにはもっと集中できる場所がほしいんだ、something great というか、永遠といってもいい、それを感じられるような場所だ……すまん」

結局、青山高樹町から我孫子に移り住んだのは、結婚してから七カ月たった、九月になっていた。

千葉県我孫子町天神山の家は、姉が持っている別邸で、新築後まだだれも住んだことがなかった。

その邸の東隣りに、叔父嘉納治五郎の別荘があった。

最初は叔父が、我孫子に別荘と農園をかまえた。その叔父のすすめで、母が、隣接する千坪の土地を購入し、寡婦になった姉のために家をたてて財産分けをした。姉は、いずれ母と暮らすつもりだった。ところが姉が昨年秋に再婚して、当面空き家になっていたのだ。

東西にながい手賀沼の北岸で、湖面にせりだす高台に、その家はたっていた。

十二畳の客間を、一間巾の広縁がめぐり、母と姉のそれぞれの居間と寝室、それに応接間や二、三の小間、女中部屋もそろった、二十五歳と二十二歳の二人住いには広すぎるくらいの住居だった。

ゆったりとした庭には、叔父がそこを三樹荘となづける由来になった、みごとな椎の老木が三本、自生して宅地をかためていた。

庭の木立をぬけて坂をおりると、もう水際で、岸の小樹に小船がもやってある。

近在には、家屋のほかに建造物はなく、開発という名の奪取もおきていない。

宗悦は、手賀沼をのぞむ応接間に、シャヴァンヌの『貧しき漁夫』の複製をかざり、一段さがった水際にちかい場所に、卍窓のついた離れ書斎をさっそく建てはじめた。

シャヴァンヌが描く、厳粛な寂静は、手賀沼のそばに住む自分にいまこそふさわしい。絵のなかの漁夫のように、静かにこうべを垂れ、新しい仕事場であらたな知的探求をはじめるのだと、燃えて思っていた。

「庭の椎の木の幹に、キノコが生えてきてさ、毎日一《チセンず》ずつおおきくなっているよ」

西の空に、上弦の三日月が、湖面に落ちかかるように浮いている。太陽の光線がきえた紫いろの空で、そのうすい月影は、さえた光を神秘的にひけらかしている。

夕食をすませて、ふたりで広縁に座っていた。

取るにたらない植物や小虫にも、なにか巨大なエネルギーが秘められている。すべてのものはひとつとして神意を語っていないものはない。あのブレイクの言葉がそのまま、眼前にあった。

「われわれの理知的思考など、自然の大きい力のまえでは無きにひとしいよな」

「でも宗さま、科学こそが人間の真実を解きあかすのだと、お書きになってましたよ」

「それは『科学と人生』の序文だな……宗教と哲学と科学は、ひとしく宇宙人生の問題を解くための人間のおなじ努力である、と書いた」

兼子が、そうして断片でも自分の書いたことを覚えているのがうれしい。

「でもね、そのすべてを束ねるような役割を、芸術が担いうることに気づいたんだ。理知じゃなく、全存在で感じるもの、その入り口が、美にある……美は真理への正門だ」

神秘的なブレイクの絵は、霊的経験そのものを表現しようとしている。芸術が思想と一体となり、互いに互いを表出しているような姿が、そこにあるのだ。

どうしてみなには見えないのだろう。宗悦はひそかに満足しつつも、不安だった。

自分は選ばれたものとしてブレイクを読み解く。それは喜びであるが、読者に理解してもらえないかもしれない不安があった。

三日月がいつか地平線にかくれ、すっかり夜の帳がおりていた。

南の空一面に、星が瞬いている。

「きれいな光ですね、隅田川の夜空よりも、なんか神々しくて、もったいないくらい」

空気が冴えているのか、ものみな安らぐ時間なのか、降りしきる星たちの光で、あたりに霊妙な気配があふれている。

「あそこ、明るい星が四辺形を作っているだろう、わかるかな、あれがペガサス座、そしてそのすぐ上がアンドロメザ座」

宗悦は、兼子の肩口から指さして、秋の四辺形をおしえた。

星のひかりが、きらめき揺れつつ、二人に落ちかかるようだ。

「なんでも知っているのですね」

「中等科のころだけど、ホイットマンの詩を読んで、なにか大きなものの存在を感じてね、いっとき天文学の本に夢中になったことがあったんだ」

兼子が、力を抜いた上半身を宗悦の肩にもたせてきた。

「お星さまに見られて恥ずかしいですわ」

「少し冷えてきたね」

おごそかな漆黒の夜、二人より人がいない。森閑としたしじまだった。

めったに人の姿を見かけない。

庭の木々の枝をすかして、手賀沼や、遠くの山々の大きい風景が見とおせる。時折、朝日を受けた富士山の姿も見えた。

緑の水草に縁どられた白い湖水には、しばしば雲の流れが映った。眼下にひろがる手賀沼は、鏡のようにひとたび凪ぐと、底知れない静寂に、偉大な平和が黙示されていた。

「リーチはまだ軽井沢なんだろうか、もう東京にもどったかな」

朝食のとき、問わず語りで兼子に言った。

『ウィリアム・ブレイク』の原稿がついに完成し、印刷屋に送りだした。それを校正して、出版は、十一月下旬か十二月のはじめだろう。

本文のほかに補註や文献説明などがあって、原稿用紙が九六〇枚をこえていた。ブレイクの絵も、ブレイクの複刻本の出版元、フレッド・ホリアーと交渉し、これまで日本にはきていない写真を、可能なかぎり集めて、六〇点も入れた。入魂の一冊がまもなく世にでる。

「こんどの本をリーチに捧げることにするよ。To Bernard Leach だ」

兼子には、そう告げた。それを早くリーチに伝えたい。

一九一〇年にイェーツ編の『ブレイク詩集』を借りてから、この仕事にたえず関心をよせて、宗悦の意気ごみに、ずっと刺戟を与えてくれたのもリーチだった。

「リーチがここに来ると、スケッチをしたり、じっとしていないだろうな」

「一家でおいでになってもよろしいですわね、ご案内すれば」

宗悦の好みの、紺がすりを着た兼子が、快活に、心地よくひびく声で答える。

高樹町の家では、下町風な絣の着物を許されなかったが、ここでは二人の自由だった。平和ないなかでの、束縛のない生活は、すべてがあきらかに変わった。

するとありありと精神にも変化があった。ここへ来たことは、自分にとってはいい踏んぎりだったと思う。この土地は、すべての無益な喧騒から自分を隔離して、平らな性情を涵養してくれる。

宗悦は、さいきん読んでいるエミリー・ブロンテの詩集を、着物の懐にさしこむと、崖下の水際にむけて下りはじめた。

小舟で手賀沼にこぎだし、湖上で詩集を読むつもりだった。

水深はそんなにふかくない。竹竿の先がすぐに湖底にとどく。

水面は凪いで、モネの絵の光のなかにいるようだ。

少し沖にでた。と、いつか誰かと来たことがあるのではないかと、思いがけなく思った。

たしか父が抱いてくれて、こんな湖面ごしに陸地を見たような気がする。おそらく一歳のころ、ぼくは麻布の屋敷の森のなかの池のそばで、父に抱かれて、遠くをみていた。

どこから湧きあがるのか、気配のような記憶が、頭の深みから立ちのぼってきていた。

するとこれまでの人生のすべてを一挙にさかのぼって、一歳の自分が目の前にあらわれた。可能性のかたまりような自分が、手の届く、すぐそこにいた。

そのままそれが、自分に抱きついてきた。そしてそのつぎの瞬間、ぼくは生まれ変わったのかも知れない、そう思った。いま、一歳からの二五年を、ぼくは一瞬のあいだに生き直したようだ。たしかな実感だった。思いがけず、からだのなかに意欲というエネルギーが、はち切れるほどに充満していた。この力は、つぎの目標にむけて生かしていける。この意欲さえ尽きなければ、未知の未来になんの不安もない。

すると、なぜ生きているのか突如ひらめいた。自分が求めているのは、もっと多く生きることだ。生きている度合いを、もっと強くすることだ。そうすれば自分自身になれる。強く思っていた。

とろりとした金色の光輝のなかを、滑るようにおよいでゆく水鳥が見える。

自分の生まれるはるか前から、手賀沼も森も空もここにあった。その悠久の歴史とおなじ値打ちで自分はここにいるのだ。宗悦は、はかり知れないものに直接結びついている実感につつまれていた。

「僕はここにいる。永遠の宇宙に直結している善きものとして、柳宗悦はここにいる」

叫びたいほどの確信に、宗悦はみたされていた。

Ⅷ　リーチ

「なるほど、思想家というのは、住んでいるところからして違うものですね、いなか者の、師範学校しか出ていないぼくには、あこがれの暮らしです」

目じりを眩しそうに下げた、色の黒い顔で、男の声は、思いのほか低くひびいた。その男は、浅川伯教と名のった。

「ご覧のように、水鳥に宿かす、かたいなかですよ」

宗悦は、男をじっと見つめていた。

耳のおおきい顔は三浦直介で、雰囲気は生まじめな小泉鉄に似ている。

浅川は、朝鮮から『白樺』編集室あてに、来意をつたえてきた。ロダンの彫刻をぜひみたいと、まっすぐに用件を伝えた文面には、どこか『白樺』の匂いがあった。

宗悦は、九月すえなら我孫子に移っていると、返事を出しておいたのだ。

浅川伯教は二年前、柳宗悦が『白樺』に書いた【ロダン彫刻入京記】を読んで、ひと目ロダンの彫刻を見たいと思っていた。彫刻家になるのが、浅川の夢だった。

山梨県高根町の農家の出身で、故郷の小学校教師をしていたが、去年、一九一三年五月、妻と母をつれて朝鮮にわたり、いまは京城府西大門公立尋常小学校の教師になっていた。

宗悦より五歳うえで、三〇歳になったばかりだった。

「悩んでましてね……朝鮮じゃ総督府の方針で、教師もサーベル下げさせられます。黒い制服に軍刀つけて学校に行くなんて、いやなものですよ」

「そんなことやっているの、でもなぜそんな事をするんです」

「併合をだれもが喜んでいるわけじゃないですから。抵抗する朝鮮人もいますしね。格好で威圧するんですよ」

姉や妹から聞いているのとは違う、朝鮮の裏がわの空気が、伯教の口ぶりからうかがえる。朝鮮で、なにかが起きているのだろうか。宗悦の揺らぎやすい心が、くらい気持ちで波うった。

「できたら教職をやめて、本格的に彫刻の道をめざしたいと考えるんですよ」

そもそも朝鮮にわたったのは、李王家博物館の存在を知り、朝鮮の美術品をじっくり見てみたいと思ってのことだ、と伯教は言った。

「教師をしていますが、読んでいる本は、美術や文学のものばかりです……これは自慢にもなりませんね」

浅川は、首のうしろに手をやりながらうすく笑った。笑うと人のいい顔になる。

伯教を育ててくれた祖父は、連句の宗匠で、いなかでは名の知れた教養人だった。祖父の影響で、伯教は、七部集をそらで言えるという。

「俳句や和歌なら自信があります、ながい文章はどうも苦手で……美術なら自分にもやれそうだし、やってみたいんですよ、夢ですから」

「自分の個性を信じてすすむ、いいじゃないですか、それならロダンだけじゃなく、ぼくの持っている……ちょっと待ってください、西洋絵画の図録がいろいろありますから」

「ああ、ほの前にこれを、お土産のつもりで持ってきました」

浅川伯教が取りだしたのは、白いちいさな壺だった。

腰を浮かしかけていた宗悦が、はたと止まった。

宗悦の胸で、なにかがささやいた。見ろ、よく見ろ。

じっと見つめたまま動かない宗悦に、伯教が渋い声ではなしかけてくる。

「青磁のものは、朝鮮でも値がたかく、わたしには高嶺の花です。でもこんな白磁や三島手のものは、さがせば、けっこうあるんです。どうです、しおらしい壺ずら」

朝鮮の土を踏んだ伯教は、李王家博物館に、足繁くかよった。

展示している高麗青磁のような名品を、ひとつ欲しいと思ったが、とても手が届かなかった。

ある夜、京城の道具屋の前を通ったときだった。

「いつものように覗きこみました。するとごたごた並んだ道具のなかで、白い壺がぽっと電灯に浮きあがって、わたしにこんばんわと言ったんです。思わずエエッ、と問い返してました」

おだやかに膨らんだまるい壺に、心をつかまれたように、伯教はしばらく見入った。

日本人の店主に値段をきくと、からかうように五円という。それでも欲しかった。

「お客さん、どうせ買うなら、ほら青磁のいいのがありますよ、少し足せばいいんだから青磁にしましょう、それはガラクタみたいなもんだ」

そう言われても、壺は伯教の血のなかにとけこむように、ぐいぐい寄ってきた。

心が通う友に出会ったような親しみが胸にあふれていた。正しい暮らしぶりをとおした、そして優しかった祖父の姿が、ふいにそれに重なった。

「いや、これでいいです、これ買います」

家にとんで帰り、きれいに洗って飾った。ながめだすと、青磁の冷たい肌にはない、ほのぼのなごむ美しさが、春の野のように漂った。

それ以来、買うには手ごろな値段の、李朝白磁の品を集めているのだという。

伯教のはなしを聞きながら、自分の五年前の経験とおなじだと思う。

宗悦は、伯教から受けとった、遠い国からきたやきものを、眼の前にもちあげていた。

それは、野の花の呉須絵が描かれた、青みがかった白磁の、面取りされた壺だった。

「誰もが、すぐに支那のものとくらべるんですよ。ほして支那陶磁の名品に比肩できるのは、高麗青磁だけだというんですが、ぼくはちがうと思いますね」

李朝には、朝鮮だけの味わいがある。異民族が生みだしたものに、共通の尺度を強いてはいけない。そんなことを、伯教が言った。

なるほど、とめずらしく宗悦はうなずいていた。

「中国人の美感を李朝が持っていない、だから価値がない、というのはおかしいでしょう」

そう言って伯教は、確信にみちた顔になった。

西洋美術に熱中してきた宗悦に、伯教に答える言葉は見いだせなかった。

「こんなちいさい壺だけじゃないです、もっとりっぱな良品がやすく手に入ります。いちど朝鮮まででかけてください、お待ちしていますよ」


伯教が帰ったあとも、浅川伯教からもらった壺を、宗悦はじっと見つめていた。

高さ一四センチ、径一一センチ。口がすぼまった八角形の、茶筒ほどの大きさだ。

五年前に神田で買った小壺を、その横にならべてみた。

白い地肌に藍色のボタンの花が描かれた丸壺と、伯教が置いていった面取り壺が、したしく語りあっているようだ。見ていると、宗悦の心も安らぐ。

ふたつの壺がかわす波動のようなものが、宗悦の心にも伝わり、その場にいい気分の揺らめきが醸されていた。

「宗悦君、すべての人がきみの敵になっても、きみには三つの味方がいるからな。それはきみ自身と、我孫子の自然と、そして我われだ」

壺たちが、ことさらに押しつけがましくもなく、やわらいで語りかけてくる。

せんだって上野の展覧会で見た、本阿弥光悦の蒔絵硯箱の大胆な型状にも感心したが、二つの小壺の純朴な眺めは、ひたすらおっとりと、心を和ませてくれる。

古朝鮮人は、発達した美感をもった民族かもしれない。宗悦は、ひらめくようにそう感じた。

交友を断ちきるように我孫子に転居した宗悦に、友人がしだいにうとく冷ややかになってきていた。それを悩んでいる自分に、やきものが、案じるなとはげましてくれる。

「淡々と生きていれば、またぐりあい、通いあうものだよ」

疎遠とは、沈黙の形式をとる交友だ。それを李朝陶磁がおしえていた。


宗悦は、単純にただ見たのである。陶磁器について一抹の学識もなかった。知識をもって見たのではなく、ただ見て、美しいと心を打たれたのだ。

だが、見ているといつのまにか思考が呼びおこり、そうした理知を働かせると、眼のなかでさらに新しいものを見出していた。

いちずに見ることで、素直な気持ちにもなれた。不思議だった。

高潔な心、情のあたたかみ、つまり人間そのものを、陶器に感じるとは、思ってもみないことだった。気にもとめなかった陶器が、世界を読みなおすきっかけになろうとは、まったく新しい驚愕だった。

二つの壺は、そのままで平和を示している。誹ることもしない、声高な命令もしない、だから争いも起こらない。これが本然なのだと思える。

戦争は避けられぬ、などというのは人間の言いのがれにすぎないのだ。

宗悦は、こうしてまず見ることが大事だという彼独自のやりかたを、世の中にたいする姿勢として、しっかりと身につけていった。それを、ブレイクに習って、宗悦は、〈直観〉と呼んだ。

あらゆるものをじっくり見はじめると、事物の型状は無限だった。そしてそのシンプルな自然の在りようは、宗悦にとって未知の神秘になった。

多くの暗示をひめた我孫子の自然にたいして、かしこまる心がわいてくる。

自分はこれまで、太陽の下にいても、何も見ていなかったのかもしれない。

「朝日はかくべつだね。最初の光が東の空からさしはじめると、森も水も田畑も、すべて甦って見えるよ」

兼子に、そういいながら、寡黙な夕日もいいと思っている。

手賀沼に、落陽の光華がななめに射すと、自然はなおさら奥ふかい襞を、かいま見せるのだ。

こがね色だった稲田は刈り取られて、オダかけにした稲に、高い青空からさわやかな風がふいている。冬には渡り鳥が来てにぎやかだと聞いていたが、まだ飛来していないようだ。夕焼けに赤く染まった静かな手賀沼に、穂の高さを競うように、影絵のようなススキが揺れていた。

「ムラサキシキブの実がきれいなので、ススキの穂といっしょに活けてみました」

夕食の片づけを終えた兼子が、『ウィリアム・ブレイク』の校正がはじまった宗悦の書斎に、花瓶をもって入ってきた。

みずみずしい紅紫の実が、ところどころ虫食いになった緑の葉を背に、小粒な宝石のようだ。それが、しっとりとしたススキの穂束に、なまめいてひかっている。

「はじめて仕事らしい仕事をした、そう思えるなあ」

「よかったですわ、わたし心配でした……だって宗さまは、いつもわたしを責めていましたもの、きっとあなたの邪魔になっていると思っていました」

「ブレイクを研究していたころは、きみといっしょになろうともがいていた時代だ。きみがいたからブレイクの世界を理解できたと思っているよ。……そして結婚できたから、書けた」

「どうしてそれを早く教えていただけないのでしょう、憎いですわ」

兼子は、責めるでもなく、やわらかな口調だった。

「宗さま、わたしにもなにか手伝えないですか、苦労をすこしでも背負わせてください」

宗悦の胸の内をたしかめるような目になって、兼子がさりげなく訊いた。

宗悦は、一瞬戸惑ったが、すかさずに答えた。

「さいごは、ふたりいっしょに完成させようか、そうしよう」

この仕事を、兼子と仕上げれば、思い出もなおさら濃く残るはずだった。

そしてこの二週間、兼子は真剣に、校正刷りの束ととり組んでいた。

「こんなに分厚い本を、よく書こうと思いましたね」

「興味をもてば、進んで勉強できるものだとおもうよ」

「ほらまた。それは、わたしにたいするお叱りですか」

兼子が、屈託なく笑う。

ブレイクを研究し、それを発表する喜びは、誰のものでもなく、宗悦自身のものだった。自分に誇れる自分になるために成しとげた、努力であった。

そのあいだに、宗悦にはさまざまな美の世界が、ブレイクを通してあらわれてきた。兼子の声楽もそうだったし、ロダンも、後期印象派の革命の画家たちもそうだった。

「いろいろな探検をしなきゃ、勉強は退屈だよ」

校正の手をとめて、兼子が不思議そうに、宗悦の顔を見ていた。

兼子は、ほんとうにすごい人と結婚したものだと思う。

兼子を説き伏せながら、本人は格闘し、かならず実行していく。

「勉強とはね、知的情熱からはじまる宝さがしかもしれないな。誰にでも手に入るものを宝といわないだろう。みんなが欲しがる宝をさがしたいね。幼稚園のころ、麻布の家の裏山で、毎日なにか新しいものを発見してワクワクしてたけど、勉強もあれとおなじだな」

「子供のワクワク感……ですか」

スコア―通りに歌う声楽のほうが、ずっと楽にちがいない。

でも、宗悦の踏みこんでいるのは、幸福な裏山などじゃなく、原書のジャングルなのだ。スコア―通りに歌う声楽のほうが、ずっと楽にちがいない。

「行きつく先が見えているのですか、声楽なら楽譜の終りがありますけど」

「そりゃ行ってみなきゃわからないさ、でも行ってみようとするから、どこまで行けるかもわかる」

「そこがわたしと違うところですね、宗さまの偉いところ」

兼子がうれしそうな声で言って、また校正にもどった。

ときどき途中で、兼子は宗悦に問いかけてくる。

「宗さま、難しくてわたしにはわかりませんが、でも生きているこのいまを、ありのままに喜べばいいのでしょう、〈直観とは実在の直接経験である〉というのは、そういうことでしょう」

頬杖をついて、かなたの自分の思考をさぐる目つきをしていた。

「女は案外、ブレイクをからだで理解しているのかもしれませんね、だって宗さまといるだけで、すべてが輝いているのですもの」

こともなげに言った兼子は、この世の秘密をすべて解いたような顔だった。

宗悦の全身に笑みがこみあげ、からだ全体で大笑いしていた。

「たしかにそうだ、われわれの歓喜はわれわれの肉体にみなぎるよ。そこに永遠の生命があり祝福がある、たしかに真理だ」

宗悦は、兼子をみていた。頬杖して顔を傾けた兼子のうなじが目にはいる。

宗悦は、おもわず呼吸がとまるような、大息をついていた。

「もう休もうか」

「はい」

疲れているからだが、兼子を強く欲していた。

「お床をのべてまいります」

「真新しいシーツはあるかい、白い、まっ白なシーツだ」

ええっ、という目で兼子が立ち止まってふり返る。疑問にあふれた眼をしている。

でも兼子は、その疑問を口にだすことはなかった。

「さがしてまいります」

宗悦は、いつものように外にでて、冷やかな井戸端でからだをぬぐった。

寝室にはいると、なにもない清澄な部屋の中央に、まっ白な真新しいシーツをかぶった蒲団がのべられていた。宗悦は、その蒲団にあぐらをかいて兼子を待った。

秋の気配が夜気に濃くにじんでいた。先ほどまでにぎやかだった虫の鳴き声も、ふしぎなことに音をひそめている。

湯殿のほうで、兼子がつかう風呂の音がしている。

しばらくして、白い長襦袢いちまいの兼子がもどってきた。

その夜、宗悦は、しっかりと兼子を抱いた。

抱いているうちに虫の音がふたたび大きくなっているのを、たしかに聞き分けている自分を意識できるほど、いつまでも強い力で兼子と交わっていた。

まちがいなく今夜受胎させた。仰向けになって、兼子を腕枕に寝かせながら、そう確信していた。


おなじころリーチは、銀座の三笠画廊と田中美術店で、陶器の個展を初めてひらいた。

これほど東洋の趣味を咀嚼していかしきった西洋人はいない、と結果は上々だった。

楽焼の茶碗も、唐三彩の写しも、本焼きの茶器セットも、日本人には思いつかない表現をしている。リーチ陶芸の愛好者が、急激にふえていた。

そのリーチが、どうしても北京へ移りたいと言いだしたのだ。

「あの本、ぼくにささげてくれるのカー、それだけで日本に来た意味はじゅうぶんナー」

「ウェストハープ博士というのは、信用できないよ。だって彼の著作を読めばわかる。彼がまともに東洋を研究したのなら、【芸者のルネサンス】なんて論文は書かないだろう」

ドイツ人ウェストハープと、北京で新しい教育プロジェクトをたち上げるというリーチに、不安をかくさず伝えた。

だがリーチは、一九一四年十一月に勇んででかけ、十二月下旬に、意気軒昂ともどってきた。その直後、志賀直哉が、家の反対をおしきって武者小路実篤のいとこ康子と結婚した。それがもとで、いよいよ父との仲が悪化したようだった。

柳宗悦の二冊目の著書、『ウィリアム・ブレイク』は、そんな時期に上梓されたのだ。

宗悦は、序文にこう書いた。

〈この書は、ブレイクに対する批評ではない。人間そのものの評価である。偉人は彼自身においてつねに完全であり絶対である。著者はこの完全な一人格をとおして、人間そのもののの讃歌をここにつづった。生命の本質は向日性である。著者は愛をこの書にこめて、すべての読者に贈る。愛は理解である。理解は出発である〉

発行元は洛陽堂。表紙を麻の布で表装した、分厚くて重い、定価三円の、だれもが目をみはる壮麗無比な一冊になった。

兼子が、リーチにもらった中国独楽を何度もためしては、声をあげている。

「空竹って書いて、クンジュウと呼ぶらしいよ、これ」

あいだに糸を張った二本の棒で、鼓のようなコマをあやつるのだが、うまくいかない。

宗悦は、ランプの明かりが揺れるほどはしゃいでいる兼子を、笑いながら見守った。

「あっ、回った。ねえ、見たでしょう」

「いや、知らないね。いまのは転がっただけだろう」

「いじわる、ちゃんと見ててくださいね」

二人で笑いころげて、夜がふけていった。

宗悦は、無理に笑おうとしていた。

久しぶりに会ったリーチの言葉が、いつまでも嫌な気分を残していた。

「リーチは、架け橋になると、言っていたんじゃないか」

「日本では、もう難しいナー、日本は、東洋と西洋のどちらでもなくなっていくナー。中国、バカに魅力だ、気高い精神性、美しい道徳、みんなまだのこっている」

日本がまねしようとしているのは、野望、競い合い、そして腐敗にまみれた古い西洋だ。いまや滅びかけている西洋だ。日本はひどく間違っている。リーチは、いらだつように言った。

「年がけたらもう一度でかける。準備をして、そのつぎは家族を連れていくんだ」

あまりのことの進みように、宗悦のなかで、むなさわぎが膨らんだ。

「たくさんの日本人が、リーチのつぎの作品を、待っているんだよ」

「わたしは、絵を描けばいいか、やきものを続けるか、文章をかくのか、まだ決められないんだ。自分が東洋と西洋の架け橋になるためには、陶器は捨てるかもしれない」

リーチは、とんでもないことまで言いだした。

「あえて言うが、ウェストハープはどうも心配だぜ」

宗悦の言葉を聞いてはいたが、結局リーチは、年が明けた一九一五年（大正四年）一月半ばに、ふたたび北京に旅立った。

タンポポの図案の蔵書票を、木版に彫って、宗悦にプレゼントとして残していった。

カキの純情そうな新芽が、ひかえめな若葉をもやしている。ケヤキの新緑も、どちらかというと小さな若葉だ。そこへいくと、アベマキの若葉は最初から一人前の葉っぱで、いかにも若い緑色をしている。

その圧倒的な若葉からすけて見える青空が、若い緑にすこぶる調和して、美しかった。

冬のあいだ緑だったクロガネモチやアラカシの常緑樹が、そうした若い新緑にかこまれると、黒い塊になって沈んでいるのが、なぜか痛ましく思える。

常緑のままでいた樹木が、気づくと濃い緑になってあたりに暗く沈んでいるのは、生きながらに朽ちていくようだ。こだわらずに人も落葉すればいい。リーチも落葉すればいい。春が来たなら、またみずみずしい若葉をまとえばいいのだ。

人も再生できるようにできているはずだ。そう思って、宗悦は心配をふり払おうとしていた。

四月のおわりに北京からもどったリーチは、周囲のくらい影を気にしつつ、怒っていた。

「わたしは警察に尾行されているナー、でも言いたいよ、対華二十一ヵ条なんて、とんでもない。

日本はバカナー。世界の共感は勝ちとれないナー」

一九一五年一月、日本が中国に押しつけた二一項の要求が、あまりに一方的で常軌を逸した内容であったことで、中国国内で反日機運が高まっているらしい。

リーチはそれを肌身で感じて、もどった。

「中国政府に日本人顧問を招くこと、地方の警察を日華合同にすること、中国の需要の半数の兵器を日本から輸入すること……そんな要求、気がふれたとしか思えないナー」

「そんなむきだしの謀略と狡知で、日本はいったいなにをする気なんだろう」

「中国を日本のものにする気だ。アヘン戦争以来、中国侵略の悪魔はイギリスになっているが、その悪魔でも、すべてを支配しようなんて考えていない。日本は毒のある寄生虫だ」

宗悦の胸は、恥ずかしくて、はりさけそうだった。

政治の世界では、人は野獣と化すのだろうか。弱者をねらい求め、貧しきを攻撃することしか考えないのだろうか。東西間の反目も無惨だが、おなじ東洋の、近いもの同士の憎しみあいは、けだものより卑しくて、やりきれない。

「戦争に強いことは、結局、徳において劣ることなのにね」

「仮想敵国を作ってシミュレーションならまだ Okay ナー、でも、いつのまにかそれが真実のことのように動きはじめて、大義名分をでっち上げ、あたかも使命のごとく言いはって軍備を拡大する。そして、仮想敵国の方にも、争うことがすきな集団がいるナー」

リーチも、苦い顔を消せないでいた。

争いが嫌いな人間とおなじほどに、戦略がすきな人間がいる。嫌いと言いながら、参画する人間、間違いと言いながら、協力する人間。戦争へのかかわりの度合は無数に偏在するだろう。ともかく柳宗悦は、暴力を嫌った。暴力は、下の下なのだ。


リーチの離日は、一九一五年七月四日だった。

梅原龍三郎などの幹事で、六月二三日、山谷の八百善において、リーチとエディス夫人の送別の宴が計画された。三浦直介、有島生馬、高村光太郎など一二名が集まった。

お開きになっても、宗悦はそのまま帰る気になれなかった。

その夜は、兼子がお産のために帰っている、高樹町の母の家に泊るつもりだった。

リーチは、輪のなかで談笑していた先ほどまでとちがって、にわかに思慮深い高潔な目元になって、宗悦をのぞき込んでいた。

そういう生まじめで質実なところが、宗悦はすきだ。

リーチを失うさみしい気分がおおきくなるのを、宗悦はおさえつけた。

「東西融合の真の意味で、可能性があるのは、日本ほど精神性を捨てていないチャイナだけナー。日本は戦争に勝って、成功したように見えているが、外側を西洋で塗りあげただけナー……近代化と西洋化、これ違います」

孔子の知恵と西洋の近代科学を結合し、あたらしい文化づくりに自分が役立ちたい。そうでなければ、自分が東洋にやってきた意味が消えていく、とリーチがくりかえし訴える。

「ヤナギ、わかってください。わたしは自分の理想を実現しなければいません。日本にはもう戻らないでしょう……でもぜひ遊びにきて、そしたらわたしの話したことわかるから」

リーチはすべての家財をまとめ、夫人と日本で生まれた二人の子をつれて、北京に移っていった。

IX　手賀沼

一九一五年の夏は、志賀直哉の我孫子移転の手伝いで、あけくれたといってもいい。

臨月の兼子は、六月はじめから青山高樹町に移って、そして二十九日に男の子を産んだ。

兼子が、お産に帰っているのをいいことに、新婚の志賀直哉を追いかけて、六月十日に赤城山に登っていった。

志賀は、宗悦たちが定宿にしている猪谷旅館の主人の協力で、あたらしく建てた山小屋に、夫婦だけで暮らしていた。電気も水道もない。そまつな小屋だった。

夜は恐ろしいほどの漆黒が垂れこめるが、昼間は新緑の木立に風がわたり、まわりのツツジが満開で、神経衰弱だと聞いていた志賀の新妻康子も、幸せそうだった。

ここもいいが、と我孫子の四季の麗しさを、宗悦は、つい夢中になって話した。

「ぼくがあの素晴らしい環境を手にいれたのは、きみに背中を押してもらえたからだよ」

そのはなしが、志賀の心を揺さぶったようだ。

「おれも、柳の近くに移ろうかな、どこかに落ち着かなくちゃな」

去年の年末に、武者小路のいとこ康子と結婚し、住居を定めぬまま、京都、鎌倉、赤城山と転々としている。三月には、自分から父の家を離籍してしまったという。

宗悦は、赤城山から我孫子にもどると、さっそく家さがしにかかった。あいだにはいってくれたのは、我孫子の大地主の、飯泉賢二だった。飯泉は、はじめ大蔵省に勤務したが、すぐにやめて東京駅前の丸ビルに事務所をかまえ、印刷業をスタートさせていた。宗悦より十歳年長の、好人物をおもわせる柔和な顔、逡巡のない快活なものごし。宗悦が、我孫子にきてうちとけた、頼りになる人だった。

赤城山にいる志賀に、手紙と電報で確認をしながら、古家にあたりをつけた。七月なかばに、飯泉同席で具体的な交渉がはじまり、相手の言い値を一割値切って、話がきまった。手付の百円は飯泉が立て替え、諸雑費を含んで千五百円ほどを柳が立て替えて、七月末には登記が終わっていた。

だがそのあとが手間だった。

登記が済んだあとで、どうしても風呂桶と風呂カマ代は別だと、相手が言いだした。最初の話についていたものを、いまさら別に払うのはおかしい。それならはずして持ってゆけ、と突っぱねたが、相手もゆきちがいだと強情にこだわって、はなしにならなかった。

敷地内を整地する人夫の手配。台所や女中部屋の位置の確認と、その建設。のこりの部屋の補修や畳替え。志賀が赤城からおくってきたクリンソウやクジャクシダの移植。志賀がまんぞくするかどうか不安があったが、ことを進めざるをえなかった。

母子が我孫子にもどるのを待つあいだ、宗悦は、思いのほか忙しく、さみしさを忘れていた。夕闇には舟をこぎ出す。

月明が水に冴えて、月を愛する宗悦には至福の時だ。三日月から次第に満月にむかう連夜の月夜は、手賀沼の美であり、手賀沼に最もふさわしい景色に思える。

湖面に舟をうかべるものは、宗悦以外にいない。夕方に湖面に届いていた子供たちの、ホタル来いという声も、いまは聞えない。

赤城山の夜とおなじで、自分だけが澄明な月夜をひとり占めしていた。

宗理となづけた長男と兼子は、つつがないようだ。もうすぐ母子でもどってくる。

音とてない湖面で、小舟に仰むけて思うのは、バーナード・リーチのことだった。

〈親しい友よ、もういちど耳を傾けてくれ。どうか自分本来の芸術にもどってくれ〉

ツルゲーネフが、トルストイに送ったという手紙の一節が、胸にうかぶ。

トルストイが、それに耳を貸すことなく、活動家として実社会にかかわり続けたように、リーチも耳を貸さないのだろうか。しかし、言いたい思いがおさえられない。真の友情、それをもって、ながい手紙を、北京のリーチにしたためた。

《ぼくがこの二人の偉人の興味深い逸話になぜ触れるか、敏感な貴兄はすぐにお察しのことと思います。貴兄の将来は、どちらの様相を呈するでしょうか。芸術家としてか、それとも道徳の求道者としてか。ぼくは個人的に、かつ愛情をこめて、芸術家としての貴兄をもとめます。ウェストハープ博士とは貴兄にとってなんなのですか？　氏の哲学よりも貴兄の芸術の方がはるかに重要なのです。貴兄には創作すべき芸術があります》

リーチからの返事は、返ってこなかった。

天上からの美しい旋律が、夕暮れ空に流れている。

庭にでて夏の夕陽にそまっていた。すると、宗理が突然泣きはじめた。

夕食の準備をしている兼子にかわって、宗悦は、庭から宗理のところに急ぎ足であがってきた。まだ恐ごわだった。抱きあげたが、若い父に、赤ん坊は容赦なかった。

すぐに手を拭きながら兼子がかけ寄ってきた。しかし宗理は、二人してどんなにあやしても泣きやまない。生まれてきてまだ二ヶ月の乳飲み子が、初めてなにかを懸命に訴えているように思えた。宗悦にはそれが読み解けなかった。

と、外が光った。するとかなたから遠雷が届いてきた。

やがて大粒の雨が、パタパタと広縁の外で音を立てはじめ、雷が次第に近くなり、閃光とともに雷鳴がとどろきだした。あっというまに近づいてきた大音響に、若い両親は、不安を制しきれず、雨戸をしめきって、つい無言になった。

雷はやがて頭上で暴虐のかぎりをはじめた。轟きで窓ガラスがピリピリと鳴っている。

するると宗理はいつか泣くのをひそめ、ガラガラドーンとひとつふたつ、ひときわ真っ赤に鳴りおちたときには、すやすや寝息を立てはじめていた。

宗悦と兼子は、そのようすに、目を見合っておもわずほほ笑んだ。かえって励まされたようで、すっかり落ちつきを取りもどしている自分たちに気がついた。

「子供の力はすごいな。一歳だったぼくも、きっと父に力をあげたと思うな」

遠くのほうから、雨戸をぬけて、雷の音がまだきこえている。

宗理のちいさい手を握りながら、からだの芯が、顔をしらない父を、つよく意識していた。


母子のために買ったカメラを持って、手賀沼に漕ぎだす。

手賀沼のまん中あたりで見つけた浅い地点に、宗悦はクイを一本立てておいた。

自分たちや志賀の家族が、これから水遊びする場所の目印だった。そのクイに毎日、白い水鳥がきて止っている。

「あのクイの頭に、鳥モチをぬりつけたら、鳥が捕まるのじゃないか」

カメラを構えていて、思った。

「宗理、お父様はすっかり、いたずらな子供になったみたいね」

片肌脱いで、人が変わったようにやたらに元気な宗悦を、兼子が、驚いたように見ている。

宗悦は鳥モチをクイの上に塗っておいた。するとほんとうに鳥モチに鳥がかかった。

その鳥が、生餌しか食べない。

今度はメダカをつかまえるのに大騒ぎになった。

「何羽でも取れるが、メダカが大変だ、にがしてあげよう。それより明日は満月だ、舟で沼の端まで行かないか、舟のうえで一晩親子三人で月夜を独占するんだ、どうだい」

「宗理にはまだ早いですよ、夜露にうたれるには、まだ赤ちゃんすぎます」

兼子に断られたが、宗悦は以前から温めてきた計画を、どうしてもやってみたかった。

手賀沼の東のはしまでは、家の前から十四キロある。

日没まえに、宗悦は書生をつれて漕ぎだした。そして翌朝、朝日の陽光のなかを帰還する、往復二八キロの満月の湖上ツアーをやってしまった。

その夜は、満月で無風という絶好の条件だった。ほぼ真夜中、満月が天心にはいったとき、夜空に雲なく湖上に波もなかった。宗悦は、銀色に光る水面と、自分の熱を冷ますような蒼い月光にはさまれて、究極の静寂のなかで、すべてと溶けあい一体化していた。それこそは、心になんの乱れもない、ひとつの聖なる境地だった。


志賀直哉とその妻康子は、一九一五年九月末、宗悦が用意した弁天山の新居にやってきた。

宗悦の三樹荘から、谷をはさんで四百メートルほど、東に行ったところだった。

大きい声で呼びかければ、相手に十分に聞こえた。

「おーい、シ、ガー、いるのかあー」

「うまい菓子があるぞー、兼子さんも、来ーい」

それで出掛けて行く。

明るすぎると気が散るという志賀は、北の崖に面した薄暗い部屋を書斎に使っていた。書斎の隣の南向きの部屋に、イスとテーブルを入れて語らいの部屋にしている。

「この秋の、文展も院展もつまらなかったな、なんの芸術的衝撃もないまま終わった感じだな」

志賀直哉は、射抜くようなギョロ眼を、宗悦には鷹揚にゆるませる。

四歳ちがいの妻たちは、別室で、女同士でうちとけている。

「二科会でみた、パリから帰ったばかりの安井曽太郎、彼がこの秋一番見ごたえがあったよ」

「そうかい、おれは二科会は行ってないが、草土社展でみた岸田劉生の作品は、熟達してきた印象だったな、やつの追随者がふえているのは、柳の予見があたったたな」

志賀との話はどうしても絵の話になっていく。

柳宗悦二六歳、志賀直哉三二歳、一九一五年の、稲のよく実った秋だった。

その一方で、兼子の疲労は積もっていた。

電気、ガス、水道のない生活は、すべて手仕事になる。赤ん坊をおぶいながら、井戸水をくみあげ、炭をおこして調理をし、風呂の火を焚きつけながら発声練習をする。

秋が深まっても、冬がきても、洗濯は井戸端だった。

宗悦は、まあたらしい別棟の書斎に、ほとんど入り浸っている。兼子が一番神経を使うのは、原稿を書いている宗悦の仕事の邪魔をしないことだった。

子供が泣きやまないと、それが気にかかるといって、宗悦が小言をいう。

そこに東京から、次々と客が来るようになってきた。

客の多くが泊っていく。宗悦の友人たちの訪問は、兼子にとっても楽しみであるが、在所でするもてなしにずいぶんと苦労があった。かぎられた材料で料理をし、風呂を沸かし、いそいそと世話をする。おのずと、自分のレッスンが減っていき、東京から苦労して運んできたグランドピアノが、いちども鳴らない日がつづいた。

またも奇妙な感覚が、宗悦に訪れていた。

昨日、松の枝に鳴る風の音をきいて静かに座っているときにも、おなじ経験をした。

思考が停止し、分別をしようとせずに、すべてを受け止めているあきらかな覚醒感があった。世界のすべてを受けとめているのに、抑圧はない。不思議な恍惚感だった。

さいきん、宗悦はしばしばその状態にはいる。

「永遠とつながっているんだ、その永遠というのは、つまり全体なのだ。そこにもここにもある、全体なのだ。その状態はあきらかに神と合一している」

志賀にいくどかおなじことを言って、苦笑された。

その感覚から、宗悦は、あらたな疑問にぶつかっていた。

この世の二元性の問題。精神と肉体、天国と地獄、善と悪。その観念的相克を解決できない日々がつづいていた。

古代からベルグソンに至るまでの宗教哲学をじっくり研究し、キリスト教の神秘主義もかなり研究したが、さいごのところでコトリと落ちないのだ。ブレイクは、ひとしくすべてに意味があるといって二元性を否定したが、宗悦にとって明確な解答にはなっていない。

キリスト教では、神と人間とは別個の存在であり、創造者と被創造者という姿に、はっきりと分かたれている。でもさいきん自分が目のあたりにしている世界は、神の創造物ではなく、神自身の顕示であり、表現そのものとおもえる。

「柳の言っているその問題提起は、禅じゃないのか、おれはまるで不案内だけどな」

志賀が、格別思慮するでもなく、言い放った。

まてよ、いま読んでいるエックハルトの著書に、無とか空という言葉がしばしばあらわれる。無や空を中心的に論じているのは、そういえば東洋思想だ。

志賀とエックハルトのおかげで、霧が晴れるかもしれなかった。

一九一五年（大正四年）十一月十日に、大正天皇の即位礼が、京都御所で行われることになっていた。東京の街にも、日の丸の旗があふれていた。

我孫子を出るときに、飯泉賢二から、東京全市で祝賀の日の丸が二百万枚売れていると聞いたが、その祝賀かざりが、いたるところで、咲き誇るように目につく。

江戸川橋でおりて、音羽町のまっすぐな道を北に歩く。数日前に、この時期にしては珍しくまとめて降った雨が、いたるところにぬかるみを残していた。

小石川区高田老松町の、鈴木大拙の家を訪ねるのは初めてだった。

鈴木は、一九〇九年四月、十一年間のアメリカ生活と一年間の英国生活をおえ、学習院の英語と仏教学の講師として着任した。宗悦が高等科三年の一学期だった。ドイツ語と哲学の教授である西田幾多郎とは同郷で、同い年、旧知だと聞いた。

当時、西洋の宗教や哲学、あるいは芸術に、一方的にあこがれていた宗悦は、漢学や国史の時間は退屈だった。そんな宗悦も、十二年間の外国生活をベースに、西洋と東洋の比較のなかで鈴木大拙が進める仏教学には、一味ちがった興味を抱かされた。

仏教学の時間なのに、鈴木大拙は、英語をあちこちでつかった。猫にでも英語でしゃべりかけるとみなが噂するほどの、からだに染みついた流暢な喋りかたは、英語が得意な宗悦も、首をすくめて聞き入るほどだった。

「西洋の考えは相対的というか、対立的というか、右か左か上か下かでね、あれじゃいつまでたっても解決しない。戦争も終わらない。そこにいくと東洋には相対以前の世界観があるんですね、わたしはいつか禅の紹介本を書くつもりです」

鈴木大拙の授業は、宗悦の耳に、いまも余韻がのこっている。

きゃしゃな大拙にくらべて、米国人のビアトリス夫人の、ふっくらとしたからだつきが印象的だ。

その夫人と、英語でひとわたりのあいさつを交わした。

「ヤナギの英語は、英国風で文学的で、うつくしいわね」

「彼は明治天皇から銀時計を賜った、学習院の優等生だ、西田も認めているよ」

大拙は年月をとび越えて、度の強いメガネのおくで、細い目をさらに細くしてくれた。

「先生、卒業以来五年です。ながいあいだ迷い道をして、やっとたどり着きました。不肖の弟子をお許しください」

宗悦は、笑みを含んですこし大げさにいった。二〇歳年長の恩師に、はじらう心地だった。

「きみくらいに事物の奥底に目をむける学生が、もっといてもいいんだがね、さいきんじゃ学習院も士官学校みたいになってね、われわれも制服制帽で挙手の礼をさせられとるよ。わたしは学生に敬礼されると、猫が頭をなでるように、むりに力をぬいて返すんだ」

目じりがさがると、庇のようにながい眉がいっしょにさがり、その悪戯っ子のような笑顔が、宗悦をほぐしてくれた。

「二元性からいかに解放されるか、いかにそれらを融合し、または秩序づけるか、この思索に努力をしました……どうしても二元論の対立が越えられません」

「わしは毎日座禅をつづけている、そいつはどうしてか……禅は言葉で理解するのじゃなくて、言葉をこえた本質へ、ダイレクトにアプローチをするからなんだ。それを禅では修行という。修行するというけど、勉強するとは言わん」

大拙が真剣に語ると、その奥歯が噛みしめられるように、角ばった顎がなおさら強くとがった。その顔で、大拙はゆるりと話した。

「禅というのは、自己のなかの真実をつかむため、自己の内側をより深く、さらにさらに深く、真実の泉がある究極の根元まで、自己を探く掘りさげてゆくものだ、内は深いぞ」

禅を、東洋の神秘主義といってもよい、と言う。

「まさに自然界のたったひとつの主根を把握することにほかならない。そいつはな、言いかえるとこの世の根本的な摂理、つまり神の意志を理解して、人間をその真実の意志に合致させていくものだ。それが東洋の知恵だ」

「人間も動物も植物も、食べたり食べられたりしていますが、それは根っこの材料がおなじだということを表していますね、ふつうに自然界のなかで還流してますよね……つまりおなじものでできているということは、すべてつながっているということですよね」

宗悦が、さいきんの思いをおそるおそる語ると、大拙は声をあげて笑いだした。

「いいところに来ているな、柳君、そのまま進めばいいんじゃないか。禅とはけっして難解な学問のことじゃない、太古の自然状態にもどること、この宇宙のそもそもの意味を理解することだ、人間ならだれでもできるんだ」

宗悦が感じている永遠というのは、神そのものとの合一であって、いまこの世界すべてが神であるという恍惚感だった。すべてに溶けあって神といっしょにいる。そこはすべてが認められる世界で、全体であり一個であり、けっして拒絶がない。

その大いなる安らぎを、我孫子で手にいれた、と話した。

大拙がまじろがずに、銀色のまなざしで宗悦を射抜いていた。

「いくら言葉をつみ上げても解明できないし、伝えられないものがある。しかし人間精神のダイナミズムのなかで真理と直結する力、これが人間にはあるんだな……君のいう〈直観〉だろう」

大拙の視線が、矢のようにするどかった。

「ちょっとくらいの力じゃだめだぜ、からだごとぶち当る気で行かなけりゃ、自分の底には届かないからな。聖書じゃないが掘れよされば届かん、ただしこいつは軽い覚悟じゃだめだ」

念をおされて、宗悦は鈴木の家を辞した。禅の研究に着手しなければ、と思った。奥深くて大変な仕事だろうが、鍵さえ見つかれば門は開くだろう。それを体系だてて、きちんと整理し披瀝する。その本は、『ウィリアム・ブレイク』の二倍になるかもしれない。

ただし、この仕事にかける時間は、三年間にきめておこう。

三十歳にもなれば、思索を現実のなかで社会に活かしていかなければ、学ぶ意味がない。

我孫子に帰る汽車のなかで、宗悦はながいあいだ、黙想していた。

リーチが、禅のなんたるかを十分に知らぬまま日本を離れたのは、いかにも残念だった。ああ、リーチと話したい。禅は日本文化の精華だ。せめてそのことだけは、リーチに伝えなければいけない。

「お母さまがお使いものになさるカモ肉、よい品のある店が見つかりましたが、いまはお歳暮の時期とかで、思うほど安くないですね」

「そうか、しかたないな、ともかく日をきめて、高樹町からだれか受取りにきてもらおうか」

宗悦は、その代金とあわせて少々の無心を母にしようと思っていた。

先日母は、乳飲み子の宗理に、上等なマントを買って送ってくれた。兼子がそれを着せて、四ヵ月ぶりに高樹町の母の家に元気な宗理を見せに帰り、その足で、本所の兼子の実家にも顔見せに回った。

ところが一二月一三日に、中島の父に伴われて我孫子にもどってから、宗理の具合が悪くなった。乳も飲まずに、なんども吐瀉し、脚の皮がたるむほど痩せて、あばら骨が露れるようになっていた。

経過があまりにも心配だった。

里見弴の子供が死んだことを武者小路から聞いたが、宗理がこのまま回復できないことを想像すると、自分の命をたとえ短くしてもこの子を生かしてほしいと、初めてそんな気持ちになった。

その不安が多少なりと紛れたのは、来客の多さだった。しかし、その分出費がかさんで、兼子の笑顔が減っているのだ。

中島の父が帰ったあとに、十五日には武者小路がきて泊っていった。十九日には兄の悦喬が友人連れで訪ねてきた。二十三日にはリーチの紹介でスコット夫妻がきた。そこにいとこの九里四郎と薗池公致が来あわせて、ひと騒ぎになった。

そして昨日、二四日に、浅川伯教が、弟の浅川巧をつれて訪れた。

「忙しいときに押しかけたみたいで、すみませんね奥様、どうぞ子供さんについてあげてくださ い」

宗悦より二歳若い、二四歳だという浅川巧は、兄の浅川伯教よりもおとなびた挨拶をした。

「ありがとうございます。さきほどお乳をのんでくれましたし、今日は一度ももどしておりません、もう大丈夫かと……」

「ああ言ってくださるし、きみも宗理とならんで少し横になったらいいよ」

宗悦は、兼子をねぎらった。

兼子はきりきり舞いして、よく家をとり仕切っている。

このところ、兼子が発声練習をしているのを見たことがない。あれほど、兼子をりっぱな芸術家にするのが自分のつとめだと誓ったのに、兼子はすっかり、母であり妻であり、女あるじになっている。兼子の横顔から気丈な活発さが消えていくようだ。

「ここは、子どもにとっていいものばかりです。きっと坊ちゃんは元気になって、駆けまわりはじめますよ。ここはそういう処です」

浅川巧はやさしく言った。

「ありがとうございます」

兼子が、はりつめていたものが解けたように、目頭をぬぐっている。

他人の悲しみを飲み込もうとするような巧のはなしかたに、宗悦はうたれていた。

「巧は『白樺』がすきでしてね、わたしが去年九月にここにお邪魔したことを話すと、今度はかならずいっしょに行くと言って、ほれでついてきたんです」

「じつはトルストイがすきで、武者小路さんが気にかかっています」

「そうですか、十日ほど前にムシャがきて泊っていったばかりです、また紹介しますよ」

宗悦がこたえると、浅川巧は、照れたように、目をみひらいてうなずいた。

「一年前の【我孫子から　通信一】、読ませてもらいました。形状美にたいし最も発達した感覚をもった民族は、朝鮮人だとかいていましたね。あれを書いた柳さんに会ってみたかったんです」

七歳ちがいの兄を追うように、浅川巧が朝鮮にわたったのは、一九一四年の五月で、まだ一年半しかたっていない。

巧は、朝鮮総督府林業試験場の雇員として、苗木をそだてる仕事をしている。

「山に木を植えるのは、庭に花を植えるようなもので、自然を美化するつもりで取りくんでます」

「巧はどういうわけか、すぐに朝鮮の言葉を話せるようになりました。学校の成績は、わたしのほうが良かったはずなんですがね」

伯教が苦笑しながら、弟に目を細めた。

「最初、朝鮮に住むことが悪いことのような、すまないことをしている気持ちになりました。なんども日本に戻ろうかと考えたんです。でもそのうち自分が朝鮮にいることが、いつかなにかの役に立つようになりたい……祈るような、そんな気持ちに変わったんです」

親しみが湧くうちに、試験場にいる朝鮮人から、言葉を習いはじめたという。

朝鮮を理解することからはじめようとしているらしい。

「悪いことをしている気分……ですか。というのはどんな……」

「ひどいもんです。たとえば、今年の夏ですが、総督府は、景福宮内の建物を、たくさん撤去してしまったのです。日本人はやりすぎています」

がっしりひきしまった浅川巧の上半身が、幾分膨らんだように見えた。

約五百年前に建てられた景福宮は、規模もおおきく、朝鮮王朝の歴史のシンボルだった。

豊臣秀吉がせめてきた壬辰倭乱のときに完全に焼失して、その後四百年廃墟であったのを、一八六五年から大院君が再建をはじめ、つい四十三年前の、一八七二年に復興をみた。

このとき再建された景福宮の建物は、百五十棟あまりにもなった。

それらの復興まあたらしい王宮を、一九一〇年の朝鮮併合後、景福宮整理作業という名のもとに日本が意のままにし、王宮の建物を、日本人料理店や日本人住宅として売却していた。

そして今年の夏、景福宮の建物が集中的に撤去されはじめたのだ。

朝鮮併合五周年記念事業の、朝鮮物産共進会の会場を、景福宮にきめた日本政府は、五十万円の予算を組んで、大小の殿閣をこわし、七万余坪の敷地を準備した。

そこにさまざまなパビリオンを建て、十月一日に、日本から皇族をまねいて開会式をおこない、派手に博覧会を開催したという。

大院君が再建した京福宮の、建築の三分の一が、こわされた。

博覧会がおわり、パビリオンが撤去されると、往時の王宮らしい雰囲気は完全に失われてしまっていた。


朝鮮の人びとにはやりきれない話だと、浅川巧がさめた顔で肩をすくめている。

「おかしいですね、それがもし日本の皇居や京都御所で、どこかの国がおなじことをやったら、日本人はどう思うかということですよね」

そういうことが実際に起きていることを、宗悦はまったく知らなかった。

か」
「日本人は、日本を押しつけてばかりです。でも愛なくして理解はありえない、そう思いません

そんなことをいう巧を、宗悦は、もっと知りたくて見つめていた。

これまで自分のまわりでは、見たことのない男だった。彼の話している情報といい、その言葉を裏打ちしている精神といい、新鮮だった。

「おっしゃるとおりだ。愛のみが理解にいたる鍵です、朝鮮にはラフカディオ・ハーンのような日本人はいませんか」

ハーンはただひたすら日本を愛し、日本に住み、ついに日本人となった。説教がましいことなど、けっして言わなかった。だから彼は、本来の意味での啓蒙家たりえたのだ。

しばしの沈黙があった。宗悦はすこし笑みを浮かべて、伯教に顔をうつした。

「もらった壺を書斎において、いつも見ていますよ。あの壺と親しくなっていらい、眼先がおおきく広がりましてね」

「もっといいものがありますよ。京城のいたるところに転がってます。来ればわかりますよ」

浅川伯教も、おおきい笑みでそう答えて、ひとつ息をついた。それから深い目になった。

「柳さんは想像できないでしょうが、未来など考えられない、その日暮らしの朝鮮人が、たくさんいます。いや、そんな人間ばかりです……ともかく一度朝鮮に来てください」

浅川兄弟との話が、宗悦の胸に、余韻をひいて響いた一日だった。

しかたなく世界戦争に参戦しているという者もいるが、それは言い訳にすぎない。ましてや意図的に他民族をはずかしめるのは、人間の恥辱ではないか。

宗悦の思索は、静寂な冬の月を超え、はるか遠く、銀河系へとのぼって行く。

それが、宇宙の孤独のなかで、時空をこえてまたたく光のように、たしかな質量をもつ思索として、光りはじめようとしていた。

X　石窟庵

手賀沼を、枯野のように黒茶色にそめていた大群のカモが、しだいに北に旅立ち、さいごの群れが、数日前の強い風に乗って、北国へ帰っていった。

そして宗悦は、一九一六年（大正五年）の三月がきて、二七歳になっていた。

徹夜あけの書斎の窓から、宗悦は、春の平和な空気に包まれている、朝の手賀沼を見ていた。

リーチから、北京にこないかと誘う手紙が届いたのは、四十万羽とも聞いたカモの、鳴きかわす声が、風にのって家のなかまで届いていた、二月のおわりだった。

このところ宗悦は、『白樺』に思索の跡を発表しながら、東洋の精神にますます惹かれていく自分を、なすがままにしていた。

自分を掘り下げろと言った大拙の言葉が消えない。浅川巧の、日本人が朝鮮人に無情なおしつけをしていると言う話も、耳鳴りのように響いていた。

東洋に生まれた自分が、東洋をすどおりして西洋にむかっていたように思える。

中国や朝鮮が、おもえばすぐとなりにあるのに、見ていなかった。

浅川兄弟が見せたいという朝鮮のいいものも見てみたい。さらに中国美術を直接見ることができたら、どんなに自分の視野がひろがるだろう。

リーチに話したいことも、山ほどあった。

そのとき、崖の上の母屋から、ピアノの音が落ちてきた。

兼子にきまっている。あいつも寝ていないのだろうか。

優雅な音色は、冷気をさいて湖面を流れ、風に乗って向こう岸までわたっていくようだ。

宗理の泣き声が気にかかって、執筆がすすまず、兼子にあたってしまった。

「泣かさないように気をつかっているんですよ、わたしも」

「もういい、ぼくはお前たちが寝ているあいだに仕事をする」

そう言って、昨夜は、妻子を母屋に置き去りにしたのだった。

後悔する心が宗悦にあるが、グランドピアノの音が、母屋にもどりたい宗悦をやんわりと拒絶しているようにも思えた。

やがてピアノに重なって、兼子の歌う声が聞こえてきた。四年前の夏の夜、隅田川の土手に立って聞いた〈グノーのセレナーデ〉を、兼子が歌っていた。

……素敵な日々の記憶を、ああ歌え、歌え、愛しい人よ……。

二四歳の妻が、女の牙を胸に抱いて、朝明けに声をしぼっている。

宗悦は、後悔の心をふかくして、母屋にもどっていった。

「じょうずじょうず、宗理はえらいわね」

兼子が、よちよちしはじめた宗理の背中を追いかけながら、声をかけている。

「頑張らないとね、ママも、はやく独り歩きしないとね」

その声が、宗悦になにかを伝えようとしていた。

兼子の一年半ぶりの舞台が、明後日、五月二六日にせまっていた。

広縁に、若葉をさしぬいて落ちてくる、緑色の光彩がまぶしい。

兼子は、光りがおどるようなしなやかな姿で、立ち上がったり膝で追いかけたりして、宗理を遊ばせている。宗悦は、兼子のからだのうごきを、客間の座卓越しにみやりながら、清らかな、それでいてどこか高ぶる気持ちを感じていた。舞台に上がる前の兼子は、はっとするほど華やいで、家のなかに満開のシャクヤクの株がもちこまれたような、豪華な色香がみちていた。

結婚した一九一四年の年末に、音楽学校の先輩山田耕筰からよばれて、帝劇で〈ハバネラ〉を歌ってから、兼子は演奏活動を中断したままだった。

そこに、帝劇オペラ出演の話がきたのだ。

帝劇オペラは五年を迎えていたが、プリマドンナの三浦環がヨーロッパに行ってしまったあと、思うように観客動員ができず、洋劇部は廃止されるらしい。

兼子が出演するプランケットの喜歌劇は、帝劇オペラの解散公演だった。

歌舞伎役者七代目松本幸四郎の相手役として、男装で舞台に立つことになっていた。

「デュエットするんですけど、歌えない幸四郎さんが、じつに調子よく合わせてくれるの。芸の力というものは凄いですから、きっとみにきてくださいよ」

兼子はそう言って、でかけて行った。


「やはり柳兼子はいいね。おもいのほか楽しめたステージだったね」

「厳しい批評家の宗さまが、誉めてくれたのは何年ぶりかしら」

帰ってきた兼子に声をかけると、うれしそうだったが、その口調は意外にクールだった。

「一流のかたには、精神性でも生活面でも、真の芸術家として尊敬できる香りがありますが、あの人たちにはそれがないですわ」

舞台監督のイタリア人ローシが、兼子の歌唱力や演技力のたしかさを絶賛し、これからもいっしょにやろうと誘ったという。それを兼子は蹴って、帰宅したようだ。

ローシのやろうとしている、オペラ・コミックは、兼子には見世物にしか思えなかった。

「あんなことをやっていると、自分がダメになるわ、しっかりと芸術をきわめる道を歩かなきゃね」

居ずまいをただし、気負いをひきしめる兼子に、宗悦は、具体的な手助けをさし出すことができなかった。兼子は、一個の芸術家として自立する気持ちを着実にしている。

だが宗悦は、妻であり母であることを、どうしても兼子に強いてしまう。子供のはしゃぐ声にさえ、思索を妨げるといって、突然不機嫌になる自分を、宗悦は悲しく見ているしかなかった。閉じこもってばかりではだめだ。書斎をはなれて、いちどながい旅にでも行きたい。

宗悦は、迷ったすえに、リーチにあてて返事を書いた。

《ご承知のとおり、ぼくはこれまで西洋思想を中心に研究してきましたが、さいきん、自分はやはり東洋の嫡子なのだと感じます。中国旅行および北京滞在にどれくらい費用がかかるのでしょう。教えてください》

リーチから帰ってきた手紙を見せると、兼子は存外に、あっさりと認めたのだった。そのうえ旅費の工面を手伝ってくれた。

「できるだけ絵画や建築などをみたいな。芸術をとおして東洋の精神を読みといてみたい。千枝子も今村君も歓迎すると言ってきたし、浅川君が協力してくれることになった。北京でリーチにあえると思うと、とても楽しみだよ」

学習院中等科のころから数えてかれこれ十五年、ながいあいだ西欧の精神を研究し、西洋芸術を愛してきた自分が、東洋という自分の故郷に帰っていく気分だった。

宗悦は、一九一六年（大正五年）八月九日、朝鮮にむけて旅立った。

ふたたび身籠ってつわりに苦しんでいる兼子を残しての、それは二か月をこえるながい旅になった。

一九〇五年（明治三八年）に、下関、釜山間に定期航路がひらかれ、東京から京城が一本で結ばれていた。一九一三年（大正二年）に、それまでの壱岐丸にくらべて約二倍、三千トンの高麗丸と新羅丸が投入された。

毎夜、下関と釜山を出港する、乗客定員六百名の関釜航路は、日本と大陸をむすぶ大動脈だった。

高麗丸は、客室が畳敷きの広間で、大陸での一攫千金を夢見る笑い声、叫び声が飛びかうなかを出港し、船に乗ればわずか半日で、夜が明け染めるころに釜山沖についた。

あまりに近い、まさしく至近の感覚に、とめようのない親しい情が、細胞を熱くさせる。

夜が明けてしばらくすると、港の入口あたりで停泊していた高麗丸が、港のなかにむけて静かに動きだした。カモメが餌をあさるのか、朝日に輝く水面をぎりぎりに飛んでいる。羽がふれあいそうな群舞のむこうに、釜山の町がちかづいている。山が海にせまっていた。

ちいさな家々がひくく横にならんで建っているのが、沖合いから見える。それでもまじかにくると結構陸地がひろいようで、山際までは、数百メートルあるようだ。

すでに夏の朝陽がまぶしく映えている桟橋に、たくさんの人が出ていた。輝く旅のイメージが、人波のうえで踊っている。とびぬけた笑顔の伯教を、宗悦はすぐにみつけていた。

「やあ、とうとう来ました」

「眠れましたか、雑魚寝はおつかれでしょう」

「夜が白むのを待ちかねて、夜明けからずっと、朝鮮の大地を見ていました」

初めての朝鮮は、目からでもなく皮膚からでもなく、直接血潮をゆすぶってきた。デッキに立って陸地をみていると、全身の遺伝子が、歓喜のまつりをはじめるようで、どうしようもなかった。自分の血も、この海をわたってきたにちがいない。

思いがけない感慨に、全身の血が、さらに泡立つ。

「すぐに晋州に向かいますが、列車の発車まで、釜山の街を歩きましょう」

「それはもう、ぜひ。できたら骨とう屋に案内してもらいたいですね」

「熱をあげて朝鮮に来ましたね」

浅川伯教が笑顔をひろげ、うなずいて見せた。

ギラギラ強くなった太陽を背にして、伯教の背中について歩きだす。

龍頭山とよばれる、円墳ほどの大きさの雑木山の西に、日本人町がひらけていた。


それは雑誌『白樺』をひとまわり大きくしたくらいで、まるく太った赤ん坊が、産着を着せられて、あどけない表情でおすわりしているような壺だった。白い肌に鉄砂で、飛ぶ雲と竹の葉が、軽妙な筆つきの強い線で画いてある。

旅がはじまったばかりで、さっそく心躍るものに出会った。

宗悦は、ほかのものに振りむくこともなく、それを手に取った。

「お客さん、わかっちゃいないようですが、もっと勉強したほうがいいですぜ」

「そうかい、でもこれが一番気に入ったよ」

蔑むような店主の目を横顔ではねかえして、宗悦はすっきりしていた。

「浅川さん、これを京城のあなたの家に、送らせてもらってもいいかな」

青磁の壺をいろいろ出してきて、熱心に講釈をきかせる日本人店主に、適当に返事をしながら、宗悦は伯教に確認した。

伯教がそばに寄ってきた。そして耳元でささやく。

「ねえ、安いでしょう、いいでしょう」

顔だけで愉快そうに笑っている。

「あんなふうに、朝鮮のやきものといえば高麗時代の青磁しかないと、みんな思っているんですよ、不思議ですけどね」


八年前の一九〇八年（明治四一年）に完成したという釜山駅は、日本人が三万人と朝鮮人三万人、人口六万人の街には不釣りあいなほど、堅固で大きい。東京駅に見劣りしない威容で、なにもない広場を睥睨していた。

「京城に行けばもっと驚きますよ、日本にはないような、とてつもないりっぱな建物が並んでいます。みんな朝鮮総督府のなせるわざです」

釜山をかるくなでた程度で、釜山駅から汽車に乗りこんだ。

美しい魚がすんでいそうな大きい川にそって、汽車はさかのぼる。青く澄んだ水が、車窓からも確認できた。だれかがまるい小石をしきつめたような川原が、清潔にひろがっている。

さわやかな、胸のすく景色が、車窓にどこまでもついてくる。

概してゆったりとのびやかな平野を、一時間半ほど北上して、汽車を乗りかえた。

そこから西にすすみ、終点は馬山という、入り江の港町だった。

「ここから先は、ほぼ三週間、すべて徒歩の旅です。疲れたらロバをやといます」

「赤城山から尾瀬沼まで、往復一五〇キロのハイキングを経験していますから、すこしは自信があります、それに日本の山ほど険しくないようですしね」

そう言って歩きはじめたが、真夏の徒歩の旅は、容赦なく宗悦の体力をうばった。

馬山からわりと平坦な道を歩き、二日かけて、晋州の奥の村までたどり着いた。

ここから先は、朝鮮半島の中央に向けて、北へひたすら登っていくのだそうだ。

「地図上は直線で七五キロほどですが、実際にどのくらいかかるか、わたしもわかりません」

最初は、八万大蔵経版木が保存されている朝鮮三大名刹のひとつ、海印寺にいくと告げられていた。日本が併合する前の、昔の朝鮮文化に接したいという宗悦の希望に、浅川伯教が夏休みをつかって計画した旅程だった。

少し空が曇ってきていた。日本の夏にくらべて、にわか雨が多いように思う。また降りだす雨を告げるのか、遠くから雷鳴が聞こえている。ちょっぴり物さびしい空をながめて、夕食をたべた。

それから宗悦は、絵葉書をつかい、志賀に便りを書いた。

《晋州の山奥に来た。住民は、ほとんどが貧しい労働者のようだ。だがどの家にも、十五や二〇の、大きい壺や瓶があって、これは目を引いた。壺には非常に線のいい荒い模様がある。……東京から平塚あたりまで汽車で来て、そこから西に富士駅あたりまで歩いたあたりにいる。明日からは、北に山道を縫って富士駅から八ヶ岳くらいまでの距離を歩く。そこを済ませると、今度は東に宇都宮あたりまでの距離を歩くことになる。全部山のなかだ。とても平地を進むようにはいかない。八月十三日　志賀直哉兄　晋州にて宗》

「ひどい日本人もいますよ。貸金政略と言うらしいですが……あんなことをやっていると、そのうち暴動が起きますよ」

田畑を担保に朝鮮人に高利で金を貸して、あえてほったらかして置く。そうすると、きっと朝鮮人は金を返えせなくて、そのまま田地が転がりこんでくるらしい。

ひどいのになると、期限日にわざと外出して、返済にきた朝鮮人に会わないようにする。あとで期限がすぎたと言掛かりをつけて、田畑家屋を略奪するようなことをやるらしい。

昨夜は、陜川という比較的おおきい町に泊まった。海印寺までは、あと二日かかるようだ。

旅のあいまに、伯教は総督府政治について、いろいろ語った。

「日本が朝鮮を併合して六年です。保護国という名目で伊藤博文公が統監になってからなら十一年になります。なにも知らずにわたってきて、わたしも後悔しています」

伊藤が暗殺されたあとしばらくして、陸軍大臣の寺内正毅が朝鮮統監になり、一九一〇年八月に日韓併合を断行した。寺内はそのまま初代朝鮮総督に就任し、朝鮮人は服従するか死ぬかだ、とたいへんな武断政治をやっているという。

朝鮮総督は天皇の直轄で、軍事、立法、行政、司法すべてを握る、絶大な権力だった。

「たしか、功績によって今年六月に、元帥になりましたね、寺内総督は」

宗悦が言うと、伯教は、すぐに答えずに、ふかく息をのんだ。

「朝鮮総督の功績は血まみれですよ……そんなこと、こんな山道でしか言えませんがね」

そういって、二人の荷物を背負子で担いでいる担ぎ人夫《チゲックン》を、用心深くふりかえった。

毎朝、つぎの宿まで荷を運んでもらう担ぎ人夫をやとい、宿につくとかれらはもとの町に帰っていく。もどっていくかれらの白い朝鮮服の背中は、いつも汗で汚れていた。

「朝鮮では、日本人にも言論の自由はありません。日本人の総督府批判が、朝鮮での政治に悪影響をあたえるということで、在朝の日本人も取締り対象です」

朝鮮語による雑誌や新聞は全廃し、朝鮮人の団体はすべて解散させた。そのうえ、日本で発行される新聞が悪影響をおよぼすとして、朝鮮へのもち込みを禁じていた。

いわば無言論状態をつくっている。それが朝鮮総督府の政治のようだ。

「教師にも官吏にも、サーベルを下げさせるんですからね、もっともうれしそうにそれを楽しんでいる教師もいますよ」

「なにかをはき違えているヤカラでしょう、最低ですね」

学習院で、親の権力を笠にきて威張っていた級友の、ニタニタした顔をおもいだした。寺内総督は、そんな人間のよわさも利用し、憲兵警察というよこしまな組織で、軍事力むきだしの支配をつづけているのだ。

「朝鮮人の工夫が仕事中に事故で死んでも、日本人はチェッと舌打ちして、引きずって片づけるらしいですよ、かれらは日本でも、そんなことをしてたのでしょうかね」

宗悦が耳をふさぎたくなる話ばかりだった。

朝鮮の農家はみな、破風もないワラ屋根だった。それも、等間隔にまっすぐ建っているのではなく、数軒が仲良く寄りそうようなかたちで、斜めにもたれあいながら建っている。

峠から見ると、ワラ束を一面に広げて干しているように、村はのっぺりと見えた。

ワラ屋根が、樹木のすくない大地の赤土色にとけ込んで、なんともおぼろな印象なのだ。

たまに目にする瓦ぶきの建物は、李朝時代の役所の跡だった。

歩いていると、しばしば市に出くわした。湯気や煙がそこかしこからのぼって、市場は活気があふれている。ただ、集まった民衆が、みんなおなじような白い衣服を身につけているのが、どうしても奇妙に見えた。

どの顔も静かで暖かく、屈託がないように見えるが、その裏に、うっすらと日本人を遠ざけようとする紗幕のようなものを、宗悦は感じた。当人たちも気づいていないかもしれないが、日本人が近づくと、音も空気も立てずに、そっとカーテンを降ろすようだった。

晴れているのに何ものかが光を吸い取ってしまうような、うちにこもる悲しい感じ。

これは、あの白い朝鮮服の印象だろうか。

「朝鮮にいる日本人は、集団でわるい夢を見ているんですかね」

宗悦は、伯教に言うでもなく、つぶやくように言った。

自分の母国が朝鮮でやっていることに、不安とともに罪の意識を感じていた。

人間の心を、力でねじ伏せることは、はじめからむりな話だ。

朝鮮のいなか道を歩きながら、感じること、考えることが、いっぱいあった。

心の荷物がどんどん増えていくようで、それらを背負って、今日も宿までたどり着いた。

腰にキセルとタバコ入れをぶら下げたチゲックンは、おなじ方面に帰る仲間をみつけて、連れだってもどってゆく。

「虎に喰われるなよ」

親しみをこめて、伯教がその背中に声をかけた。すると、今日一日、宗悦たちの荷物をかついでいた男が、ゆっくりと戻ってきた。男は、それまで無表情だった顔をゆがめて、日本語で言った。

「よくばり、ずるい。日本人、こわい。トラやヒョウのほうが、なんぼかましだ」

さいごは朝鮮語と日本語がないまぜになったが、男は、間違いなくそう言っていた。

一日中、自分たちの会話を聞いていたのだろうか。

「大丈夫、言わない」

宗悦の目を、したしく正視して、男は、太陽に焼きあげられた黒い顔に、白い歯をうかべた。

「ごくろうさま、気をつけて帰ってください」

宗悦が、ていねいに答えると、男ははにかんだような表情になって、そして悲しい目になった。

それから踵を返して、仲間のところに早足で追いかけていった。

宗悦は、重いものを手渡されたように、男の胸中を理解していた。

「いや、ちょっと前まで、ほんとうにトラやヒョウが出たらしいですよ」

様子を見ていた伯教が、青から朱色へ諧調して焼けた空に目を細めながら、ぽつり言う。

そして、おおげさにいそがしく首筋の汗をふいた。

トラが村人をさらう話は、日常の話として朝鮮にはあった。

むかしは、暗くなってからの外出は、断じて避けていたようだ。

トラよりヒョウのほうが多くいて、京城の近くでヒョウが捕まることもあったらしい。

朝鮮総督府は、去年と今年、憲兵と朝鮮人猟師で、大掛かりなトラ退治をおこなった。

臣民の生命財産を守るためというトラ退治は、勢子として、各地の農民が十万人ちかく動員された大規模なものだった。その結果、トラ二四頭、ヒョウ百三六頭のほかにクマ、オオカミ、イノシシなど、大型獣をことごとく駆除しつくしたという。

たしかに、トラより日本人のほうが怖いのかもしれない。こんないなかの人の顔にまで、うすい紗がかかっている。

八月一九日に海印寺に参詣し、そのあと進路を東にとって、より道しながら十一日かけて慶州についた。

海印寺も、途中でたずねた各地の寺も、そして今日見た仏国寺も、みんな荒れ寺だった。李朝時代に、仏教は排斥され、大弾圧うけて、国教としての座を儒教にゆずってきた。五百年間、置きざりにされた仏教寺院が、すたれているのは無理からぬことだ。でも、荒れた伽藍にのこる仏塔の壮麗さ。崖に刻まれた尊仏や、野のなかで幾星霜もたえて残っている石像や石灯の気高さ。それらは、宗悦をうならせた。

日本なら手摺など木で作るのがあたりまえだが、回廊の高欄すべてを石で仕上げている。それが蝋石でも削るような、自在でやわらかい質感なのだ。

古くて傾いたりしているが、なんとも言えない典雅な感じがする。

去ろうとして、なんだかうしろ髪をひかれ、宗悦はしばしば立ちつくした。

「石窟庵は、七年前、雨宿りのために脇道にそれた郵便夫が、偶然見つけたと聞いていますが、それは素晴らしいものです」

八年前の一九〇八年（明治四一年）には、統監府の依頼で、東京帝国大学の関野博士が、朝鮮各地の史跡調査を実施していた。古都慶州では、とくに仏国寺についてくわしい調査を重ねたようだ。しかし、仏国寺から三キロばかり山にわけいった、その石窟庵を知らずに帰ったらしい。

八年前は調査員の記憶にさえ浮かばなかったものが、七年前の一九〇九年に、突如数百年の時をこえてあらわれ、高貴な光を放っているという。

「寺内総督は解体して日本へ運べと、工兵隊に命じたようですが、技術的に無理で搬出はあきらたみたいです。それで、崩れたところを修理して、見事によみがえらせました。まあ行ってみればわかりますから」

発見時には、ドームの一部が落ち、壁もくずれて、仏陀の蓮台はふかく埋まっていたのだと、伯教があれこれ説明をくり返した。

宗悦は三週間、その石窟庵の幻影を杖にして、朝鮮のいなかを頑健に歩きとおしてきたのだ。やっと着いた古都慶州は、大きい盆地で、新羅の都が築かれたのもなるほどと思わせる、まっ平らな土地だった。いまは古墳に往時の面影をしのぶ、のどかな郷だ。見通しのよい景色に、高さ十～二十メートルの、盛り土だけの古墳が、いくつも並んでいる。

稲穂の田面を風がわたると、平野は一度に、なにもかもが緑の歌をうたうように、稲の葉裏をおどらせた。

それを遠望しながら、陽ざしを右からあびて、慶州のなかをさらに東にすすむ。

仏国寺は、ゆくて正面に見える、吐含山のふもとだった。

歩きながら振りかえると、ほぼ一週間、まっすぐに歩いてきた西のかなたに、山々が見えた。

メンメンメンメン、と激しく鳴いていたセミの声も、いつか絶えている。とうとう慶州の町から一四キロ、仏国寺までやってきた。

伯教の顔も宗悦の顔も、チゲックンと見違えるほどに、陽に焼けていた。

明日は、吐含山の東面に掘りこまれた石窟庵にのぼる。

宗悦は、ようやくたどり着いた仏国寺の境内の宿坊で、落ちるように眠りについた。


一九一六年九月一日。午前六時半。

石窟庵の中央に坐した仏陀の顔を、日本海からのぼったばかりの朝日が、海をこえて照らしはじめた時、宗悦は、そのそばに立っていた。

まっすぐに石窟庵にさしこむ、朝鮮の名にふさわしい光が、仏陀像の線と影をくっきりと院内に画いた。同時に、奥で仏陀を囲むように立っている観音像が、世にもまれな美しさに微笑んで、宗悦は呼吸をするのを忘れるかのようだった。

石の冷たさがない。石なのに光っている。仏陀像にむかっては、語るべき一語もなかった。

石窟庵の入り口は東に開かれて、洋々とした日本海に向いている。西にむけて前方後円のドームが築かれ、奥の主室で、三《メー》《トル》四〇《セン》《チ》の石の仏陀が真東向きに坐していた。菩提樹の下で、昇る太陽をあびながら大悟覚醒された、釈迦の姿だった。山腹にうがたれた石窟庵に、まっすぐに太陽が射しこむ、その朝のひと時しか見られない、神妙な美しさ。それをからだで感じることができたのだ。

「よくぞ豊臣秀吉の兵が気づかなかった、ありがとうと言いたいですね」

浅川伯教が言う。

「ほんとうにそうだね、だってここから三《キ》《ロ》の仏国寺を、秀吉の兵はすべて焼いたのだから。すべてをね」

宗悦は、伯教にうなずいた。いまさらながら、山に包まれている石窟庵の地形の幸運を思う。ふもとの仏国寺からも見えない山中に築かれたことが、この石窟庵の静かな運命のすべてだった。

「古代からの建築や美術品が、秀吉軍にどれだけ破壊されたか、この旅で痛感しましたから、うれしいですね」

朝鮮の義士とか、忠臣とか、烈女とかの古い物語は、その大部分が秀吉軍にたいして勇敢に抵抗した人びとの話だと、伯教が教えてくれた。

「でも総督府は、秀吉が朝鮮をくるしめた歴史を、朝鮮人の学校で教えてないんです」

「そんなことをしても、未来に勝つのはこうした美であって、圧政の刃ではないですよ」

心のなかの苦々しい思いをふり払うように、宗悦は言った。
石窟庵は、直径六《メートル》五〇《センチ》のドームを、すべて花崗岩で造り、それに土をかぶせて覆っている。本尊を安置した主室の壁面と、前室の壁面に、十一面観音菩薩像、十大弟子像、四天王像、仁王像などの石像彫刻がレリーフで並べられていた。
石窟でありながらも、通常の寺院がもつ仏国土の条件を、圧縮して満たしているようだ。蓮台に黙している仏陀の座像は、特別な誇張や複雑な線などがいっさいない。凛として清雅な、至純のすがただった。

正対していた太陽がしだいにのぼり、庵内が暗くかげってくる。
仏陀像は、音のない闇に座って、深い禅定に没していくようだった。それはすべてを語る沈黙だと思った。温和だが力にあふれ、しかも調和をくずさず、一点の暗みもなく、至高の威厳だった。

「これは仏像というよりも、真理そのものですよ……」

宗悦の声が、ふるえていた。それに共振するように、松明の炎がゆれる。

「これを超える美しさはないでしょう。古代の朝鮮民族が知っていた仏教が、どれほど深くて大きいものかよくわかります。すごいです」

仏陀のそばを離れたくなかった。かたい石で造られているのに、膝の上に垂らしている手はやわらかそうで、慕う心をやさしく撫でてくれるようだ。

蓮台にもたれ、諸仏にかこまれていると、やすらぎの極致に陶酔してしまった。

「これだけすぐれた文化をもった民族を、武力で支配するなんて、大間違いですね」

ながいあいだの沈黙のあとにでた、それが宗悦の、朝鮮にたいする想いの核心だった。


宗悦は、結局三日連続で、朝日がさし込む時刻に、石窟庵にからだをはこんだ。

九月に入り、暑気がひいた感じもあるが、石窟庵への急坂では、毎朝汗にぬれた。

参道は、アカマツ林をつづら折りにぬってのぼる。道と沢が交差するところでは、土石流がながれた跡が、行くてをはばんでいる。汗をぬぐい、提灯をたよりに、ゆっくりと登る。

路肩に散らばる岩に腰をかけて休むと、苔むした岩にからだの熱がひえていった。

遠くで、仏国寺の朽ちかけた屋根が、薄明の空気にういている。目をおとした岩はだに、人が加えたような亀裂がのこっていた。もしかすると、石窟庵が作られた千二百年前を語る、鑿の跡かもしれない。

きのう一日で、平面図にほぼ写しおえた。東洋の宗教美の極みをしかと記憶するため、人夫をやとい、松明をたよりに実測した。

今日は、三八体の像の位置を、正確に計測する予定だ。

「ともかく今日で一区切りつけます。このままじゃ北京にたどり着けないですからね」

出掛けに、伯教に言うと、彼は黙って目で笑った。そして今日もついてきた。

全体を見れば見るほど、往時の朝鮮民族の繊細な宗教心が、明瞭に伝わってくる。

「仏のからだ自体から、光が出ているようですね」

伯教が、今朝もおなじことを言った。

たしかに、これほどの小宇宙は、偉大な宗教心のみが示しえるのだと、宗悦もまた思った。

それだけに、総督府が二年ちかくかけてやった修復の結果には、異論があった。

解体し、石材を補充し、コンクリートでおおっている。永久保存を考えたようだ。だが強固にしようとあらたに追加された、入口まわりの石づみに違和感があった。

ドーム内の諸仏とのあいだに、芸術的統一がなく、石窟庵に異物が追加されたように見える。

「芸術を理解しない技術者の仕事は、罪深いですね」

宗悦は、なげかわしい気分になって、そう溜息をもらしたのだった。すると、

「三年前に終わった東大寺の大屋根の修理には、鉄の巨大な梁が使われたと聞きますから……いまの日本は、西洋の新しいもので、なんでも塗りたくればいいと思ってるんですかね」

浅川伯教が、思いがけないことをいったのだ。

自分も、西洋の新しいもので化粧して、文明開化のそのさきに行こうとしていただけなのだろうか。宗悦に、はじめて自分に向けた疑念がわいていた。

ともかく、この石窟庵をつくりえた朝鮮民族の栄誉は、永遠のものだと思う。千二百年ちかくたっても色あせない、不朽の美がそこにあった。

なんともいえない懐かしさと、くるまれるような穏やかさにひたり、宗悦はしごく幸せだった。

「いま感じるこの郷愁に似た感覚は、ぼくへの啓示でしょう、耳をすませてみようと思います」

宗悦は、自分に言い聞かせるように、浅川伯教につげた。


慶州から大邱まで歩いてもどり、そこからようやく列車に乗りこむ。

「朝鮮には、ゆったり流れる、大きい川がおおいですね」

「朝鮮の大地は、古くて勾配がゆるやかなんです、それで長い川がおおいようです」

伯教は、なんでもよく知っていた。

朝鮮にわたってまる三年になるが、時間ができると、各地を歩いているようだ。

おかげで、二四日間にもなった朝鮮のいなかを歩く旅が、宗悦に豊かな収穫をもたらしてくれた。

京城まで八時間の汽車の旅は、またたくまに景色がとびさっていく。

「汽車なら、釜山から朝鮮半島を縦貫して新義州まで、一九時間です。ちょうど十年前に完成したのですが、当時の統監府は、売却に応じない朝鮮人地主をつかまえて、みせしめに公開銃殺にして、用地買収をすすめたと聞きました」

すると、幾多の朝鮮人の悲哀と鮮血がしみこんだ鉄路のうえを、自分は揺られて京城にむっている。それを乗りついで北京に行こうとしているのだ。

宗悦は、こじれて捻じれてほぐしようのない、朝鮮の人びとの心中を想像していた。

「朝鮮には、子供のおもちゃがないみたいですね」

友人の子供になにか土産をさがしたが、いなかではなにも見当たらなかった。

日本のいなかのほうが自由で、あきらかに豊かだ。朝鮮の庶民の生活はおくれていた。

そこに日本がつけこみ、併合したのだろう。

「ヤンバンのせいです。李朝の社会に、民の竈を案ずる役人はいなかったんです」

両班たちは、徹底して労働を卑しいものとして、自分たちは働かなかった。庶民を牛馬のように酷使して、その血と汗を、五百年間搾取しつづけたのだ。

伯教はみずから集めたはなしを、宗悦にこまごまと語る。そして、ときどき声をひそめて、きゅうにまわりを気にする姿勢になった。

よく見ると、ほぼ満席の列車内に、憲兵警察を感じさせる日本軍人が、いく人もいた。

「奈良の仏像も、朝鮮から持ってきた物じゃないかと、疑っています。突如、飛鳥時代にあんなものがひとつふたつ現れたなんて考えにくいです」

だれかが日本の歴史をまげている可能性がある、と伯教が眉をまげる。

「わたしの育ったコマ郡というのは、高麗のコマだと祖父に教わったことがあります。日本の国造りに参加した、朝鮮民族の血が、わたしにも入っているのは間違いないでしょう」

伯教は、日本が一方的に恩恵をうけてきた歴史だと言う。

伯教の話をききながら、宗悦の心にもひとつの思いがわいていた。

日本から朝鮮へ、せめての恩返しを、なにかできないか。

石窟庵のような完璧な美を生みだした民族の繊細な心こそ、たいせつに扱わなければいけない。

このすばらしい民族の資質は、内面的な気高さがあってこそのことなのだ。

「朝鮮人のくせに、などと日本人が言うのは、日本人のほうこそまちがっていますね」

宗悦は、小声で、思いを伯教につたえた。

そうして右手を、座席のしたに隠れるほどの高さで、伯教にさしだした。

伯教が、その手をしっかりとにぎり返してきた。

そのとき、ふたりの若い日本人のまわりにだけは、石窟庵の仏陀像からの、澄明な光が射しているように見えた。

それは、憲兵警察の、血走った目には見えない光としてではあったが。

XI　高麗と李朝

「当時の伊藤博文統監が、盗掘からでた高麗青磁を自分で買いあつめ、それを高く売りつけるために、この李王家博物館をつくらせ、私腹を肥やしたといううわさもあります」

またかと思いながら、浅川伯教の話をきいた。

昨夜は、八時すぎに京城についた。駅で千枝子に迎えてもらい、千枝子に案内されて今村の家に泊まった。あいにく今村は、出張中でいなかった。

宗悦は、手ごわい睡魔におそわれて、妹とろくに話もできないまま、早くから床にもぐりこんだのだ。ひさしぶりに日本式の布団にくるまれて、畳のうえでぐっすりと眠り、すっかり元気をとりもどしていた。

伯教と待ちあわせて、李王家博物館にやってきていた。

「朝鮮の宝を、朝鮮の土地にとどめたという点では、良かったのかもしれないですよね」

「なるほど、そういう見方もできますか……わたしは、青磁などどうでもいいんですが」

伯教は、不満そうに黙った。

李王家博物館へは、明政門からはいる。

もとは昌慶宮とよばれた、朝鮮王朝の離宮だった。伊藤博文は、親日派の巨頭、李完用大韓帝国内閣総理大臣にはたらきかけ、幽閉した高宗大皇帝や息子の純宗皇帝を慰藉するということで、離宮内に動植物園と博物館をつくらせた。

だが一年後の一九〇九年には、すべてを一般に公開させて、昌慶宮は王宮としての権威をあっというまにうしなった。いまでは、かつての宮殿というより、整備された市民公園の昌慶苑として親しまれている。

なかでも李王家博物館は、日本からくる観光客のだれもが足をむける場所だった。

明政門の柱にかかっている、おとな二人分ほどの大きい看板に、篆書体の味わいのある字で、李王家博物館と刻まれている。その前で、羽織はかまの日本人一行が、記念写真をとっていた。

掃ききよめられ、打ち水がされたばかりの清潔な石畳の道を、本館にむかう。

「ここにある六千とも七千ともいわれる高麗磁器のほぼすべてが、高麗の首都開城一帯からもたらされた盗掘品です。朝鮮の識者に、こういうものを理解する人間がいなくて、結局日本人が盗品と知りながら買いあつめてしまったんですね」

きれいにしてある植えこみの葉先で、打ち水の水滴が、朝日をうけてきらきらと光っている。

朝鮮人から買った青磁を、ころがして、値段をつりあげていったのは日本人だった。

それを最終的に高い値段で買ったのが、大韓帝国が創設した李王家博物館ということになる。

伯教は、館長の末松熊彦に聞いたはなしを、柳に語った。

「伊藤博文公が高宗大皇帝をはじめて案内したとき、この青磁はどこの産かと訊かれて、朝鮮の高麗王朝時代のものですと説明されたようです。すると高宗大皇帝が、こういう物は朝鮮にはないと言い、伊藤公はそれいじょう説明できずに黙ってしまったと聞きました」

高麗王朝とともに絶えた品だから、李王朝の高宗大皇帝は、見たことがなかったのだろう。

「高麗王朝の古墳から、掘り出してきた品ですと、言えばよかったんずら」

おもわず方言がでた浅川伯教の口ぶりが、不満そうだった。

「高麗青磁の技術を、李王朝はよくつたえられなかった。それを、あからさまに指摘することになりますからね」

宗悦のなかで、異民族がちがう民族の秩序を差配することの矛盾が、おおきい亀裂のイメージでうかぶ。

「館内にありますが、象嵌辰砂彩葡萄童子文瓢形瓶という青磁は、なんと九五〇円で買上げたらしいです。最初にもち込んだ朝鮮人が手にしたのは、おそらく三円とか五円とか、たいした金じゃないはずです。それが転びころがって、にわか成金になった日本人はおおいけど、朝鮮人ではうまい汁が吸えないんですよ」

伯教のたかぶった真情は、いっこうにしずまらないようだった。

木工、金工、絵画、書、それに仏像や陶磁器などが、こまかく整理して展示してある。

すべてが朝鮮の美といえた。名のない無数の作者が作った品が、寄り集って独自の文化を、静かにしたたかに主張していた。

「こうして一ヵ所に集めると、民族的一体性を失っていない朝鮮民族に、出会えますね」

展示場になっている回廊に、ここちいい涼風が吹きわたってくる。美術品に向きあうときにやってくるあの平らな感覚が、しだいに目覚めていた。

陶磁器は、釉薬の特徴ごとに並べてあった。日本のやきものとはまるで違う。

といって、中国のモノでもない。どこが朝鮮のやきもののポイントなんだ。宗悦は考える。

「線がちがいますね……さっき見た金銅弥勒菩薩半跏像にあらわれている線が、この青磁に見えかくれしてますね」

青磁の一群のまえで、宗悦は、よこの浅川伯教に小声で言う。

これが日本中でブームになっている、高麗青磁なんだ。そう思って視線をこらした。

「これがわたしを朝鮮によんだ高麗青磁です、いまや高嶺の花で、いなか教師に手はでません」

伯教が、宗悦の胸のうちを読んだように言って、案内人らしく一歩離れてうしろにまわる。

小さな壺や皿や徳利。香盒もある。模様はかぎりなくこまやかだった。

コツコツと静かに作業をすすめている、工人のすがたがうかんでくる。

几帳面に、けっして騒ぐことなく、針の先で掻いたような線をほりこみ、想いをうめこむように、色土を埋めこんでいく。根気のいるめんどうな作業だ。

「民族の心根と無関係ではないですね。すべてが、繊細なラインでね」

香盒や小鉢に彫られた、陽刻や陰刻の仕事も、おなじように精妙だった。釉薬にひっそりとしずまった模様が、象嵌よりももっと、言葉を飲みこみ抑えこみして、うまずたゆまずすすめた作業のように思える。

「いったいどんな心持で、高麗人はこれほど静かな、息をひそめたような作業をしたんでしょうね」

伯教の返事はなかった。かれは黙ってうしろからついてきた。

瓢箪瓶や梅瓶は、独特の姿をしている。質感や文様より、瓶をかたどっているS字の線がつよく印象にのこる。そのS字ラインは、どこまでも伸びて、いつか飛翔したいと願っているようだ。

やがて李朝時代の作品のまえにきた。象嵌のような細かい模様がなくなり、大胆なタッチが目立ちはじめる。その一方で、器の色がしだいに白くなった。そしてついに白磁になってしまった。

それらは、朝鮮の人びとの白い衣服と交わるようだった。

高麗青磁か李朝白磁か、どちらがほんとうの民族の心をあらわしているのだろう。

それがよく読みとれない。

それにしても、九谷にしろ有田にしろ、日本では赤絵はあたりまえなのに、磁器を発達させた李朝では、赤絵がない。色といえば、呉須と鉄砂と、わずかばかりの辰砂だ。それもつつましい色調で、華やかな冴えたものがない。

人びとに、色を楽しむ心の余裕がなかったのだろうか。

宗悦は、朝鮮の陶工の心に働いている、淋しい感情を想わないわけにはいかなかった。


京城の街は、京都よりひとまわりちいさいくらいの大きさだ。

大通りが碁盤目につけられて、北の北岳山と南の南山をたよりにすれば、歩きやすい。

京城駅から、道幅二五㍍の南大門通を北東にすすむと、朝鮮銀行、中央郵便局などの、目を見張るような洋館が、大空を割いてそびえている。すぐ近くに官庁街があり、そのあたりが古都京城の、あたらしい中心街のようだった。

日本人街といわれる本町や黄金町は、中心街の東側一帯にある。

古都の中央を清渓川が西から東へながれ、日本人街はその南側に、北側に朝鮮人街がひろがっている。

朝鮮人街は、北の岩山の山麓まで這いのぼるように、昔ながらのワラ葺き屋根がつづいていた。

李王家博物館からの帰り、朝鮮の人びとでにぎわう鐘路通まで下ってきて、鐘路通をしばらく西に歩いた。商店をひやかしながら、通りの北側をあるくと南の方に緑に覆われた小高い南山が見え、南側の店をひやかしていると、北側に全山岩肌の北漢山がみえる。

夏の陽ざしをまともに受けた北漢山は、ところどころに松の緑がはりついているが、眺めているだけで咽喉の渇きをおぼえる、圧倒的な岩山だった。

それが繁華な街路の至近にあって、古都京城を、箱庭のように感じさせている。

西に帰る伯教とわかれて、宗悦は清渓川を南にわたって、妹の家に向かう。

高台の、フランス教会のゴシック様の尖塔が、傾きかけた太陽の赤い光を集めていた。

今村の家は、瓦屋根の日本風の家がならんでいる、日本人街のなかにあった。

「すっかり陽にやけて、みちがえるようですね。その顔なら虎も逃げたでしょう」

出張から帰ってきた今村が、待っていた宗悦を、さあさあと食卓に案内した。

座卓に、三人の幼子をあやしながら千枝子が調理をした、日本料理が用意されている。宗悦の好みを覚えていて、ぜんざいの椀も並んでいた。

千枝子は料理のあいまに、まだ四歳の長男に、論語の素読をさせていた。

家のなかは片づいて、麻布で暮らしていたころのきちんとした妹がそのまま、母親になり、主婦になっている。

「兄さんはぜんざいで、わたしはこちらを、すみません」

今村は、うまそうに晩酌を手酌でのみはじめた。

「それにしても、朝鮮の遺跡をたずね歩いた日本人は、関野博士と兄さんくらいでしょう」

酒がすきな今村は、宗悦が大丈夫かと心配するほどの早さで、徳利を空にしていく。

「日本が併合しなければ、支那かロシアが、どっちみち朝鮮をいいようにしていたんですよ……それほど朝鮮という国は、腐りきっていたんです」

八年前の一九〇八年に、東大を卒業した今村は、朝鮮統監府地方課職員として着任した。今村は、自分が見てまわった地方の、小作農民の悲惨な状況をこまごまと語った。

小作民は、米ができると、半分は地主に取られる。つぎに、小作民と地主のあいだにいる舎音という役割が、残ったなかから、これは利子だ手数料だと、うばいとる。

小作農民が豊かになることのない、ゆがんだ社会システムだった。

「朝鮮の百姓は、米を作っても一年食いつなげないんです。春がくるころには食料がなくなり、働く気力さえ失うんです。春風駘蕩なんて言葉は、朝鮮の農民にはないですね。あるのは、春になれば食い物がつきるという意味の、春窮という、暗いことばです」

中央では、朱子学の学派対立が、いつのまにか役人の路線争いになって、この百年ずっと政争をくりかえしていた。政変があると、暗殺された高官が、光化門の前になげ捨てられることがあたりまえだった。

政権がかわれば明日がない役人は、官吏になるために遣った金を在職中に回収しようと、地方の農民から金をむしり取ってきたのだ。

「だから地方の疲弊は極限でした。官吏と民衆、地主と百姓、おたがいが敵どうしで、ちょっと想像できないでしょうが、いざこざばかりで、ものすごく暗い顔をしていたんですよ」

「とはいえ、あの薄い氷がはっているような朝鮮の人の顔は、なにかに脅えているからじゃないの……朝鮮人の家のなかに貼ってある乃木大将の肖像を見たけど、乃木さんに範をとれというなら、かれらは正しい道のために、日本に反抗すべきだろうな。あれは説明できないジレンマだな」

宗悦は、慶尚道のいなかでみた光景を思い出しながら、精一杯の嫌みを言った。

日本の義臣を強制的にかざらせて、一方で朝鮮人の義憤を罵るのは、道理にあわない。

「正直に告白すれば、あの乃木大将の写真は取りはずさせたいです」

そう言ってから、今村はまた一口酒を飲みほして、ため息まじりの声になった。

「独立するにしても、立ち直らせるにしても、なにかよほど強い力で支えないかぎり、疲れきった李朝の体制では、兄さん、もたなかったんですよ朝鮮は」

今村は、宗悦がなにを感じているか、わかっているようだった。

宗悦は、酔って眠りかけた今村を横目に見ながら、妹にそっと向きなおった。

妹の抒情的でかしこそうな瞳は変わっていない。それがふとした翳りをみせるとき、寂しげだが美しい横顔になるのも、以前のままだった。

「どうも子供たちにも気をつかわせるし、だいいちぼくが宗理を思い出すからさ……わるいが明日からは、巧さんの家にとめてもらうよ、あそこなら子供もいないし」

「宗さまがいいなら、それでいいですよ。なんなら、昼間きてもらってもいいし」

宗悦が言いたいことは、妹にはつたわったようだった。

半年前に結婚したばかりの浅川巧は、衣食住すべてに、朝鮮スタイルをいれていた。パジ・チョゴリ姿で、朝鮮語をつかって、朝鮮の食器や膳もつかう。麦飯に唐辛子みそをまぜただけの、朝鮮のなかでも貧しいとされている食事も、へいきだった。

日韓併合から六年たち、日本人が三〇万人も朝鮮にわたってきている。そのおおくは日本人街に住んでいるが、浅川兄弟は京城の西エリアで、朝鮮の人とおなじ街にくらし、家も朝鮮式だった。

伯教が李朝の陶磁器を集めているのにくらべ、巧は朝鮮の家庭道具を数々そろえていた。

「無名の朝鮮の人たちが作った道具にも、いろいろ美しいものがあるんだね」

「なかなかいいでしょう、柳さん」

浅川巧がつかっている日用品には、底光りしているような輝きがあった。それは、巧の家によくなじんで美しい。品々に一貫している朝鮮の美しさを、宗悦はここでも感じた。

ふだん使いの日用具を、どうして美しいと思うのだろ。

巧の生活ぶりが、宗悦には新鮮なおどろきだった。そこには虚飾がいっさいない。いさぎよい健康さがみちている。朝鮮に根のはえた生活をすることで、巧はすこやかな美しさを紡いでいる。

健やかに暮らすことが、いわば美のうまれる大地のようだ。

宗悦の心に、陶磁器のみならず、朝鮮工芸の全般にたいする愛着がふくらんでいった。

そういう器物を作り、用いている、朝鮮の人びとのくらしや民族性へ、いちだんと関心が深くなっていくようだった。すると白磁でも青磁でもなく、どちらかというと粗末な李朝初期の、だれも見向きもしないような、鉄絵や掻きおとしの壺などに、親しい気分がわいてきた。

宗悦は、そんな壺をもとめて毎日、京城市内の道具屋や骨とう屋を、めぐり回った。

「ええっ、李朝ですかい、なにもわかっちゃいないな、勉強がたりないね」

店の男はきまったように、宗悦を冷笑して言う。

だが、どんなにばかにされても、全体にシンプルで力強い、李朝の初期のものに魅惑されていく。きずや汚れのあるものも、味わい深く受けとめられる。逆に技巧的で、装飾的な高麗風のものや、中国の影響のつよいものには、しだいにいやな気分がわいてきた。

集まったものには、釜山で最初に購入した、鉄砂竹文壺によくにた雰囲気があった。

自分のなかに、好みの基準があるのを、あらためて宗悦は知った。


「ある朝鮮人に聞かれたんですよ。日本は朝鮮のために教育をあたえるのか、日本のために我われを教育するのか、どちらなんだと」

こういう話になると、巧の顔は、葉をおとした落葉樹のように、いつも乾いてみえた。

赤レンガの二階建て校舎に、南中したばかりの陽ざしが氾濫している。昼休みで運動場にでている女学生たちの白い韓服が、白い光を、まばゆくはね返している。

腰あたりまで垂れる黒髪を、ひとつ三つ編みにした女学生がおおい。

宗悦は浅川巧に案内されて、京城女子高等普通学校にきていた。

「前者であると、いいきれる日本人はいないですね」

宗悦は、巧の顔を見れないまま、ずんずんと教員室にむけて歩いた。

今村に紹介をもらって、朝鮮総督府が開設した、朝鮮の女学生たちの学校を見にきたのだ。

「そんなものが気に入ったんでしたら、朝鮮の女学生が、日本人教員の指導で作っている刺繍を、ぜひみてください」

宗悦が、骨とう屋でみつけてきた、李朝初期の作であろうと思われる刺繍の優品をみせると、今村はそう言った。

校舎の階段のおどり場の壁にかけてあるのは、たしかに大作の刺繍布だった。女学生たちが額をよせて、黙々と針を刺しつづけたのだろう。宗悦は、高麗青磁の、細かい模様を思い出した。

案内してくれた校長が、胸をはっている。

「わが校の女学生たちは優秀です、われわれ日本人の教育にじつによくついてきます。うまいでしょう、器用なのですね、驚くべき手わざです」

校長の声を聞きながら、宗悦は奇異な印象を消せなかった。

なぜこれが優品といえるのだろう。西洋化した現代日本風の作品で、図案に気品もないし、色づかいも浅い。どこにも朝鮮固有の美がでていない。

「先生、これなら骨とう屋にある古い刺繍切れのほうが、よほどいいと思いますよ」

校長が、あからさまに驚いた顔になり、まさぐるような目つきになって宗悦を見ていた。色彩も図案も、あのふるい刺繡が、数倍も朝鮮の美を語っている。なぜそれを教えないのだろう。

今村はああいうが、あやまった教育の罪は重いと思う。

「あんな教育で、朝鮮固有の美をうしなってゆくのは、人類全体の損失だよ」

宗悦は、帰り道、巧に語りながら、さみしかった。

総督府教育は、朝鮮の人の心や、歴史を無視している。民族の源を否定し、日本皇室を中心とした思想をおしつけ、日本語をおしつけ、日本の道徳をおしつけているのだ。

「朝鮮人が、反発する気になるのも自然ですよね。むこうは日本人を掠奪者と見ているんですし、それを尊敬せよといわれてもね……」

巧は、宗悦にすっかり心をひらいて、宗悦よりも歯に衣を着せずに言う。

「これがいわゆる同化の道なら、おそるべき話ですね。世界芸術にりっぱな位置をしめる朝鮮の名誉をまもるのが、日本のおこなうべき正当な道のはずです」

宗悦は、残念でならなかった。

いろいろなことを語りあいながら、京城の市街をあてもなく歩き、いつか景福宮のなかにいた。巧は、口数は多くないが、思っていることを、みじかい言葉できちんとしゃべる。

幼くして父をうしなっている境遇が、宗悦とおなじだった。

慈慶殿のこまかく組みあげた桟模様の塀に、西陽があたって、赤いレンガ壁が、静かに泣き燃えているようだった。ひるがえると、いつか光化門の大屋根の甍が、夕日をうけて黄金色に輝きはじめていた。

そろそろリーチがまつ北京に向かわなければいけない。

「あの門を、とっぱらうらしいんです」

巧が、遠い目で、光化門を見上げるようにいう。

「京城は、背山臨水という朝鮮の人が好む最良の地形らしいです。北岳山が玄武で、南山は朱雀、仁王山は右白虎、駱山は左青龍です」

それらの四つの山を結ぶように、城壁が築かれ、京城の市街をかこんでいる。城壁の中間には、南大門、東大門、西大門など大門があって、さらに街の中心である景福宮の正門として、ひときわ豪華に作られているのが、光化門だった。

「そんなばかなことは、しないでしょう」

「いや、去年六月に起工した総督府新庁舎は、光化門の北に、景福宮の全体をかくすように建つようです、だから光化門がじゃまらしいです」

「でもあんなりっぱな……それもかつての都の象徴でしょう。人類の遺産じゃないですか。まさかそんな愚かな決断はしないでしょう、いくら総督府の役人でも」

「だから、それが総督府なんです」

「あのヘテはどうなるんだろう」

宮殿を火災からまもるために、光化門の正面両脇に、ヘテとよぶ巨大な石彫が立っている。それは日本の神社の狛犬に似ていた。宗悦は、朝鮮民族のたしかな美術品であるヘテが、悲運をなげく咆哮を、夕焼け空にひびかせるのを聞いたような気がした。

巧が、ふかく黙りこんでいた。

白黒のコントラストがあざやかな、カッチという鳥の声が、夕焼け空にカチカチさわがしい。

「ホランイガ　タンベピドン　シヂョル　……トラがたばこを吸っていたころ。むかし昔、あるところにという意味です……」

巧が、光化門をみあげたまま、しずかに話をかえた。

「『あずき粥ばあさんと虎』という話があるんですが、キリやムシロや背負い子なんかが、ひょこひょこ出てきて、ウンコまで出てきて、虎退治をするんです、ホランイ、虎への憎々しさがすごいんですよ」

浅川巧は、朝鮮の民話を、このんで集めている。

「まもなく壊される光化門をみてると、おなかをすかせた朝鮮人親子の不安や、遠い空にむけて祈ってる若者のおののきが、ぼくにはきこえます、日本という憎いホランイをうらむ声です」

夕やけ空をうつしたメガネの奥で、巧の平和なきれいな目が、うるんでいる。

巧のあたたかい人柄やその生き方にふれ、宗悦は、数日のあいだに自然と敬愛を感じていた。

「朝鮮人もしあわせに、そして日本人もしあわせに、それがだいじです。朝鮮の人が不幸な状況にあるのに、日本人だけが幸福というのは、おかしいんです」

朝鮮の人との生活を愛しながら生きている巧が、いつまでも光化門を仰ぎみていた。

「欲望を満たすためにいろいろ企んでいる邪鬼、それが日本人ですよ。もっとも、朝鮮の日本人社会にも差別がありましてね、金のあるなしによる差別は、本土以上にきびしいです」

朝鮮の人びとに、すさまじい反日感情がうっ積している。それを浅川巧は知っていた。

二つの民族が、しずかにいがみあっている京城で、それでもあかい夕日は微笑んでいる。

XII　白樺コロニー

列車は、ひたすらヨーロッパをめざして走っている。

夜がすぎ、うっすらと青みを帯びた空の、地平線ちかくが赤く染まり、ロシアの朝空があけると、樹林がしだいにこくなり、やがて鉄路が原生林の海原に突入した。

樹海が、うららかな朝の、ゆりかごのような大気にくるまれていた。

するとシベリアのひくい朝陽が、西に進んでいる列車のながい影を、陽光にかがやく線路ぎわの樹林に、影絵でくっきりと投影させた。列車の濃い影が樹林のスクリーンを走る。

樹林が遠くなったり近づいたりするたびに、列車の影絵もほそく遠ざかったり、ふとく近づいたりして、見飽きないおもしろさだった。

「日本には、こんなに長く、森のなかを走る景色はないよな」

濱田が喜んでいる。その気分がよくわかる。

車窓をはしりさる風景が、いつしか一枚絵のように、宗悦の記憶に定着していた。

樹林を抜けてしばらくして、景色が小高い山のやさしい遠望になり、その山のつながりも切れたところに、おおきい、金色にかがやく湖が見えてきた。

やがて列車が水際から非常に近いところを走りだす。

その湖岸を、一時間半ほど走ってきたのに、対岸が見えなかった。

「湖だというのが信じられないでかさだな。ずっと水平線だけだ」

「さすがにバイカル湖、たしかにでかいや……つぎのスリュジャンカという駅で、名物の魚の燻製を食べような」

名物にめのない濱田庄司が、ガイドブックをあけたまま、大きい笑顔で言った。

昼夜の食事は、駅ホームのにわか売店で、沿線の住民が売っているご当地フードですませてきた。ロシア風水餃子、ピロシキ、魚肉ハンバーグなど、けっこううまかった。

「今度は燻製か、いいね、いろいろあって」

宗悦は、自分にすき嫌いがおおいことを忘れていた。

スリュジャンカに列車がすべりこむと、魚のにおいがたちこめてくる。

オームリという淡水魚の燻製を、村人が火にあぶって売っているのだ。

それに乗客が競うように手を出している。

つれ立ってホームにおりて、長旅に固まった手足をのばした。空がたかく青い。よく晴れている。

「水がきれいだね。この大きさでこの透明度なのだから、よほど水質がいいんだろうな」

宗悦は、十年前まで住んでいた、手賀沼を思いだしながら言った。

二人で燻製を一匹ずつ買って食べた。そしたらほんとうにうまい。

一匹しか買わなかったのが悔やまれたが、列車は動きはじめていた。

「おれがリーチをたずねて、我孫子の柳の家にはじめて行ったのが、ちょうど十年前、一九一九年の今ごろ、たしか五月だったな」

「濱田は、京都で道を見つけ、英国で仕事をはじめたと言っているけど、おれが仕事をはじめたのは我孫子だ、あの手賀沼からはじまった」

宗悦は、手賀沼のなれ親しんだ景色を、去りつつあるバイカル湖にかさねて思い出していた。

やがて鉄路は湖岸をはなれ、車窓からの風景が、疎林に覆われた丘陵地帯に変わっていく。

イルクーツクまでは、あと二時間だ。

「あの時のリーチは、元気が良かったな。北京からもどったあとでさ」

濱田が、一〇年前にもどっていくように、語りはじめた。


約束の日は、一九一九年（大正八年）五月二五日だった。

京都から夜汽車でやってきた濱田庄司が、門から飛び石づたいに玄関口にきたとき、

「柳いるか」

と背後から大声をだしながら男がやってきた。役者みたいな美丈夫だった。

容姿に自信がない濱田は、自分が消えいりたくなった。志賀直哉にちがいないと思った。

リーチが仕事中ということで、志賀と二人、おなじ応接間に通された。

床の間に大きな壺と、漢の博山炉がおいてあり、大きな梵字が二幅かかっている。

古いものにたいする独特の感覚。こうして集めれば、まさに作品のようだ。思想家と思いこんでいたが、柳宗悦は美術家の目も持っている。そう思ったものだ。

「志賀さん、こちらはリーチさんのお客さんで……濱田さんでしたわよね」

柳の妻、兼子が、濱田の方をむきながら、じゅうぶんな笑顔で確認してくれた。

「濱田庄司です」

「志賀直哉です」

時代の最先端をいく作家とむきあって、濱田は、肩や胸に、汗を吹きださせていた。

「きみも、やきものをやるんですか」

「はい。でも……まだ京都陶磁器試験場の技手です」

濱田は、東京高等工業学校からの経歴を話した。

すると志賀が、なんでも見抜くような凄みのある目をやさしくして、

「それで濱田君は、どんなやきものを目指しているの」

と、正面から訊ねてきた。

「ともかく、自分の水脈をさがしあてたいと思っています。父親や祖父から、世間知らずのおめ

でた者だと言われますが、世間を知るよりも、思いどおりに生きてやろうと思っています」

自分に忠実に生きたいと、強く思っていた。ただ、それを他人に明言したのははじめてだった。

「おお、待たせたな」

はいってきた柳宗悦は、五月も終わろうというのに丹前を着こんでいた。裾を気にしながら籐椅子に深々と腰をおとし、脚をくんで、濱田を値踏みするように見つめた。

「濱田庄司です」

おもわず濱田は、立ちあがって一礼した。

「まあそう固苦しい挨拶はやめましょう、柳です」

すると志賀が、まち構えていたように口をひらいた。

「おまえ、あれほど書いて大丈夫か、米騒動にも反応しなかったおまえがさあ」

「さあどうだかな」

「よく書かせたよな、読売新聞が」

「今朝、兼子が変な角袖が家のまわりに三人来ていると言ってたが、特高だろうな」

濱田には、のみこめない話だった。

「そうだ、いいものを見せるよ」

志賀の話をうち切るように、柳は立ちあがり、やがて小さな壺を手にもどってきた。

野の花の呉須絵が描かれた、青みがかった白磁の、面取りされた壺だった。

「これは、下半分を切りとったようですね。口に釉薬がのってませんね」

濱田は見たままを口にした。

「そんなことは問題じゃないですよ、濱田君。それよりこの哀愁にもにた風情そのものですよ、だいじなことは」

柳は、丹前の袖に手先を突き入れて腕をくんでいた。藤椅子にからだを沈め、すこし首をかしげ、上目づかいに濱田を見ている。

「徳利の上半分がこわれて、残った下半分を生かすために、壊れた部分を削りとった。のこった片割れだから哀しく見えるのじゃないですか」

「柳は、なかなか人の言うことを聞かないが、どうだ濱田君の説は」

志賀が愉快そうに、柳の顔を見た。

「いや、やっぱりおれには、作った人の悲しい心のうちが透けて見えるような気がする」

不思議なことをいう人だと、濱田は思った。

そんな見方は、これまで濱田には経験がなかった。

「壊れたものを、ていねいに削って、さも最初からこうだったかのように仕上げたのかもしれない。でもその孤独な作業を想像してみたまえ。言葉も剥奪され、日本人の下ぼくにされて、歯軋りする思いをうち消すように、のこった徳利の下半分を砥石かなにかで、平らに磨いているようすをさ」

日本が朝鮮を併合したのは九年前だった。それを柳は、日本人が朝鮮人を踏みにじり、収奪しているのだと言っている。掌にのるほどの小壺に、朝鮮民族の心模様を見ていた。

「濱田君は読んでないかな、これは読売新聞だ」

志賀が、折りたたんだ新聞をふところから出した。

二十日からきのうまで、【朝鮮人を想う】という柳宗悦の著述が、連載されたということだった。

三、四月、対馬海峡の北で、朝鮮人の独立運動にたいして日本政府の徹底弾圧がおこなわれ、虐殺事件を誘発していた。その事実を友人の浅川兄弟から知らされた柳が、正義感と友愛から書いた一文らしい。

〈われわれ日本人がいま朝鮮人の立場にいると仮定してみたい。おそらく義憤ずきな日本人こそ最もおおく暴動を企てる仲間であろう。わがことならぬ故に、それを暴動だといって罵るのである〉

〈我われとその隣人とのあいだに永遠の平和を求めようとなれば、なんの愚を重ねて抑圧の道を選ぶのであろう。金銭や政治において心は心にふれる事はできぬ。ただ愛のみがこの悦びを与えるのである。愛が相互の理解をうむのである。国と国とを交び、人と人とを近づけるのは芸術である。智ではなく情である〉

この小さなからだのどこに、圧倒的な権力をむこうにまわす意気地が詰まっているのだろうか。

濱田は気圧されていた。

柳は、志賀の心配をあっさりとうけながして、つぎつぎと濱田に、彼の所蔵するものを楽しそうに出してきた。複製絵画やロダンの彫刻がひとわたりすんだころに、

「こんな本を知ってるかい」

茶の皮表紙がはなやかな、厚手の本をはこんできた。

「クェント・オールド・イングリッシュ・ポッタリー。『古風で魅力的な英国陶器』ですよね」

「そうか濱田君は英語がわかるんだ、そういえばリーチが感心してたなあ」

「これを奈良の富本さんに見せていただいたことがありまして、じつはわたしも持っています」

「きみはすでに、富本を知っているのか。まとをえているなあ、濱田君のすすみかたは」

柳が、あらためてきみのことを認めるよ、というような目をした。

しばらくして、リーチが仕事着のままあらわれた。

あのころリーチは、原宿に妻子を住まわせ、自分は月曜に柳の家にきて、金曜に妻子のもとに帰る生活をつづけていた。

「リーチ、お客さんはきみが言っていたとおりだ。おれとも話があいそうだよ」

「元気カー。わたしに会いに来てくれました、ありがとう」

「このゲストは、英語がわかるからいいよね」

「エクセレント！　ハイ濱田さん、ナイスヘアー。ジェットブラック、手が染まりそうナア」

リーチはおどけたように、濱田の頭を、高いところから見おろした。

「彼はロマックスの本も持っているんだって」

柳が腕組したまま、リーチと庄司の眼を、かわるがわる見ている。

リーチに気を配っているのが、よくわかる。

「リーチも未知の世界にたいして、いつも情熱的なんだよね。時としてゴート人のようにさ」

柳はふくみ笑いをうかべ、からかうようにそそのかす。

「おお、野蛮なゴート人がゴチック建築の母です。芸術のゴート人、わたしオーケー」

リーチが庄司にウインクし、志賀もいっしょに大笑いとなった。

「芸術のゴート人のわたしは、日本から学んでいます。中国にも住みました。東洋のセイシンはモホウします。でも作品は模倣してませんよ」

「東洋の精神ですか」

「イエース、イエース、肝心なことは心でみることとナー。眼に見えない世界が、世界を支えている、天行健なりナー。」

独特の食卓風景だった。

広い食卓に十脚の椅子があり、卓のうえにいろいろな食べものがのっている。お櫃と隣りあわせで、パンが盛られた皿があった。どうするのかと、濱田がためらい見ていると、めいめいが勝手にすきなものに手を出していく。

リーチはバターを塗ったパンを食べてからお茶漬けを食べていた。志賀は、あんかけ豆腐とご飯を食べて、そのあとで一口大のパンに蜂みつを塗って口に入れた。

「ハイ濱田、これ柳のお土産、京都の大徳寺納豆、ビーン・チーズ」

リーチが、大徳寺納豆のはいった振出しをもちあげると、みなが笑った。

「その振出しは、リーチが作ったビーンチーズポットだ。どちらもうまい」

柳がまた笑わせる。自由さと愉悦にあふれた、さわがしい食事だった。

食事がおわると、それぞれがそれぞれの場所に戻っていった。

柳は、母屋から一段ひくい場所にたてた、別棟の茅葺きの書斎に、はいって行った。

志賀は四〇〇メートル東の、弁天山にある自宅に帰ったようだ。

「ここはほんとうによいところだ。美しい場所の、素晴しい生活。みんな新しい生き方をさがしているナー」

工房に歩みながら、リーチは背をまるめて、濱田に語りつづけた。

流れる雲で、時おりかげるが、五月の風と光が満ちていた。

リーチの工房は、母屋の西のこだかい場所にあった。

反った屋根や丸窓があり、支那風だった。それを言うと、

「支那はよい国です。美を得るために費やした民族のエネルギーが、とてつもなく猛烈です」と言った。そして、庄司に焼杉の椅子をすすめた。リーチがデザインしたものだという。柳とおなじ空間に住んで、たがいの趣味を競いあっているようだ。

「柳の奥さん、強いよ。どちらも大きい声、けんか派手ナー」

いたずらっぽく目元をゆるめ、人さし指を、唇のまえで立ててみせた。

「雑誌『芸術』の来月号で、朝鮮の石窟庵の彫刻について、論文を発表すると言ってた。ほんとうに素晴しい石仏らしいナー。すぐれた文化をもった民族を、武力で支配すること自体が誤りだと言うのは正しいだろう、柳の審美眼は一級品だ」

「その石窟庵の論文は、新聞に書いた、【朝鮮人を思う】と、つながっているのですか」

「だれに聞いた」

「志賀さんと柳さんが話してました。新聞に書いてから、特高がうろついているようですね」

「特高なんて……、あれはわたしを監視しているんだよ、ずっとむかしからだ」

リーチは一瞬きっとなって、厳しい目でこちらを見たが、すぐにもとの表情にもどった。

「日本人でありながら、ウイリアム・ブレイクを短期日で理解したのは、まさに柳の審美眼が一級品の証拠なんだ。宗教と美はおなじものでつながっているという柳の考えは、ぼくにはよく理解できる」

リーチは、柳宗悦に対する批判は、だれがなんと言おうと認めない、という気合にあふれていた。

「だいいち、恩賜の銀時計を大事にしている反体制分子なんていないよ。柳は純粋に、朝鮮固有の文化をこわすなと言っているだけだ」

六世乾山から、窯をすべて譲ってもらって移築したこと。

六月の流逸荘の個展にだす作品のこと。土や釉薬のこと。

リーチが、ようやくやきものの話し相手を得たかのように、つぎつぎと話題をくりだした。

あっというまに時間がすぎていった。

おもえば、あの日が、濱田庄司が英国へ行くことになる、はじまりだった。


「オーイ、な、ん、だー」

突然だった。近くで誰かが叫んでいた。

「あれは柳だよ」

リーチが言った。濱田は、開けはなってある丸窓のそとに、耳をすませた。

「肉が、ど、う、し、たー」

おなじ声だった。かなり遠いどこかに向けて叫んでいるようだ。

「肉がきたー、晩飯、食いにこねえかー」

遠くからだが、音を区切った声が、はっきりと聞こえる。

「志賀だ、志賀が晩飯をさそっている」

リーチが声をひそめて、濱田に説明した。そしてメガネを上げながら耳をたてた。

「リーチも、い、く、ぞー」

「み、ん、な、こーい」

しばらくすると、柳が湖畔の書斎から、リーチの工房にあがってきた。

「聴こえたか、夕飯は志賀のところだ。濱田君も行こう」

「わかった」

濱田のかわりに、リーチが返事をした。

東京から、客がうまい菓子を持ってきたといっては、声をかけ、めずらしい夕食を用意したといって、呼びあうらしい。

「柳は、リーチさんの仕事がとても気になるらしく、書斎からしょっちゅうリーチさんのところに見にいくの。リーチさんも、つまずいても成功しても、ヤナギーと大声をだしてね」

ともかく大声をだすのがすきな人たちだ、と兼子夫人がおおらかに微笑んだ。

「大声をだしてもだれにも迷惑がかからないということは、不便な証拠でしょう。電気も水道もない。石油ランプで明りをとり、井戸端でお洗濯をし、マキをわってお風呂をたくの、毎日よ」

そんなところに、おかまいなしに東京から客がきて、泊まっていくのだから、兼子夫人の苦労がわかる。

「大変だけどね、でもみんなが生きいきしていて、楽しいわよ」

濱田は、暮らしぶりがだいじだということを、あのころから意識しはじめたのだ。


車窓にもたれ、濱田の話を聞いている宗悦に、遠い記憶のリーチが浮かんでいた。

「濱田がはじめて我孫子にきたころ、リーチは元気になっていたけど……一九一六年の九月だったな、朝鮮を旅して、それから北京に行ったんだ。そしたらリーチが、人がかわったように、肩をおとしていてさ」

いま走っているシベリアの樹林とはまるでちがって、支那はどこまでもむきだしの大地だった。横切る河はぼう大で、奇岩峭壁は巨大で、広がる原野は果てなく見えた。

まる一日かかって京城から奉天につき、そこで、南にむかう奉山線に乗りかえた。万里の長城の起点として名高い山海関をすぎ、天津をとおって、北京にいたる千三百キロ、五〇時間の一人旅だった。

列車が北京西陽門駅にちかづくと、車窓の右手に、銃眼のついた分厚い城壁が長ながあらわれた。支那が、とほうもなく硬くて強いという印象が、宗悦の記憶につんと刻まれた。

リーチにつれられ駅を出ると、広場にいた数台の人力車がかけ寄ってきた。片手を開きウーモーチェン、五銭、五銭と叫びながら、しきりに乗車をさそう。

リーチが乗るか、という目で宗悦をみた。なにかしら、日本にいたころとは違って、その眼に覇気がない。五銭の金に不自由しているのだろうか。

「歩こう、ここから、そう遠くないんだろ」

朝鮮を歩きまわってきた宗悦に、多少の距離は問題ではなかった。

リーチの案内で、あっというまに胡同の迷路にまよいこむ。二人がならんで歩くのがやっとというくらいに細い、路地にはいっていく。左右は高い古びたレンガ壁で、奥へおくへと平屋がつづいていた。でもどこからでも空が見えた。北京は空がひろい街だと思った。

「足は地面を踏んばり、空はそのまうえにあり。支那の考えナー」

リーチが言う。

人間は、地面に接して住むから健康で、人間として生きられるのだそうだ。だから二階がないらしい。宗悦は、ひろい大陸にすむ中国人の考えることだと思った。

リーチは、北京西陽門駅から東に二キロ、東単牌楼三条三九に住んでいた。

東長安街と王府井街が交差するあたりで、その大通りに立っている、ベンガラ色の柱に青いル
リ瓦の東単牌楼が目印だった。

その西の一帯が、各国の大使館や新聞社などが集まっている、治外法権地域の東交民巷だ。

リーチは、中くらいの四合院の、廂房をかりて住んでいた。

そこまで歩いてくるあいだに、宗悦はあらかたの状況を理解していた。黙っていることができ

ないリーチが、たまっていた毒物を吐きだすように、せまい道を歩きながらしゃべった。

だからリーチの妻エディスの、かげった顔を見たとき、宗悦は平静を装おうことができた。

「エディス、ぼくがきたから、心配しないで」

リーチが席をはずしたときに、宗悦はエディスにささやいた。

宗悦の直感はあたっていたのだ。

宗悦が予言していたとおり、ウェストハープ博士はまがいものだった。ウェストハープとのあいだには、種々の軋轢が生じており、リーチは、知人のいない北京で、孤独で希望のない泥沼におちこみ、もがいていた。

「だから、意味のわからない論文を書くやつは、だめだと言っただろう。彼は、東洋が西洋に劣っているとしか見ないんだから」

宗悦は、でもそれ以上言えなかった。

エディスがいない場所では、リーチが、ながい首を前におとすようにしぼむのだ。

それから二週間、宗悦は、リーチと外にでて、北京のあらゆる場所を見て歩いた。

それは、行き詰っているリーチを、説得する時間でもあった。

「エディスが、バカに生気がないよ。リーチの嫌いな竹久夢二の絵のようだぜ。いいから決断しろよ、おれのところに来ればいいいんだ」

「日本にもどっても、なにができるだろう、金をなくしてしまったし」

「リーチの作品を待っているファンが、たくさんいるじゃないか」

「エッチングの機械は、もう売ってしまった」

「だから、やきものをやるんだよ、リーチのやきものを」

宗悦は、北京で買いもとめた幾点かの宋窯の陶磁器を、リーチに指さして言った。

「窯もないんだ」

「バーカ、だからおれの我孫子の家に、窯を築けばいいんだよ」

宗悦は、ウェストハープの呪縛をはなれて、芸術家リーチに専念するのが、最もリーチにふさわしい道だと、心をこめて説いた。

「日本にもどって制作することは、リーチが東洋にやってきた目的を、たしかにする道だよ」

「いまの中国は、なにかにつけてゆらゆらしている。対華二一ヵ条を日本に呑まされた袁世凱も六月に死んだし、ゆるぎないのは四千年の歴史だけナー」

リーチの顔に、しだいに明るい血がかよい、去年一九一五年の七月、東京を発つときに見せた笑顔を宗悦に見せはじめていた。

「ほこりっぽい北京より、樹が美しい我孫子ナー、志賀もいるカー。きっと気分いいナア」

天壇や黄寺や、万寿山や孔子廟や、万里の長城にも、リーチとでかけた。

楽しい時間があっというまにすぎた。

「でもさ、こんなでかい大地に住んでいると、すべてが違ってくるよな。朝鮮でいろいろ見たけど、朝鮮にいるときは元気そうに見えた李朝の粉青沙器でも、中国のものにくらべると、遠慮がちに肩をすぼめている感じだもの」

宗悦は、中国の地にきて、朝鮮の文物のおとなしさを思った。

やはり、どこか悲しい色合いに縁どられているように思えるのだ。

朝鮮のものは、不思議に宗悦の情感をゆすぶるが、中国の品は、宗悦に、東洋全体を考える知的働きをうながすようだった。そこに、西洋人であるバーナード・リーチの眼をとおして語られる、中国工芸のはなしは、東洋をいろいろな点で逆照射してくる。

リーチはさすがに、一年いるあいだに、支那の芸術に造詣をふかめていた。

「北京での唯一の成果は、日本とちがう東洋、経験したことナー。西洋に身も心もあたえている日本とちがい、古いままの支那は、まどわず毅然として、男らしくみえるナア」

四合院にもどると、時間が逃げないように、禅のことなど、あらゆることを語りあった。

あっという間に、朝の二時三時になって、東単牌楼の夜は、夜ごと短くふけていった。

宗悦は、ひさしぶりに、志賀に手紙を書いた。

《きみ達が京都にいることを兼子から知った。ぼくはまだ北京にいる。三日に発って、上海から航路神戸にむかう。十月十二、三日には京都につくが、金がすっかりなくなったので、京都での旅行はいっしょできない。支那は非常におもしろい。リーチは十二月ごろ我孫子にきて住むはずだ。一九一六年九月二九日　北京市東単牌楼　宗悦》

「柳が一三年前に、北京に行かなかったら、そしてリーチをつれ戻さなかったら、現在の陶芸家バーナード・リーチはいなかっただろうな。そうなると、おれがリーチといっしょに英国に行くこともなかった。柳は、リーチとおれの一生を、さだめたわけだ」

濱田が、おもしろそうに笑いだした。

汽車は、まもなくイルクーツクに到着する。

XIII 朝鮮人を想う

一九一六年（大正五年）十月、二ヵ月ぶりに我孫子にかえってきた宗悦は、朝鮮総督が数日前に、寺内正毅から長谷川好道に交代したことを知った。

「朝鮮総督府には、だれひとりとして朝鮮のよいところを語る人間がいないんだ。ぼくらが聞かされるのは、朝鮮の欠点を強化するためだという話ばかりさ、変だろう」

『白樺』十一月号をあいだにおいて、志賀と武者小路が、まなざしを宗悦に集めていた。

「百束の薪をもっていても、持たないものに一束もやろうとしない。それどころか、もっていないことをその朝鮮人のせいにしたりするのが日本人だ、と浅川巧がいうんだ」

「〈おどろくべき東洋の芸術を、新しい心で省みることは、意味深いことと信じる〉ってか……あれほど西洋に心酔していた柳、おまえがね」

武者小路が、『白樺』を開いて、宗悦の書いたものの一部を、読みあげた。

帰国してすぐに寄稿した一文だった。

ムシャが、お前さん変わったな、という目をしている。

「でもな、漱石先生も、日本人は西洋人とちがう、日本人は西洋人にはなれないと言っていたな……ストレイシープが、方向を見つけたってわけか」

志賀が、やんわりとムシャに反論してから、宗悦の変化を、あえて楽しむようにわらった。

「バーカ、おれは迷い子の三四郎じゃねえよ……でも、今回の旅は、期待よりもはるかに、感銘がおおきかったのはたしかだ」

「台湾総督府もこれまでに随分台湾人を死なせたらしいからな、小泉鉄に聞いたけど」

すこし真顔になって、武者小路が、思い出したように不安な顔をしていた。

日本の古芸術は、あきらかに朝鮮から恩を受けている。なのにいまの日本は、それに酬いるどころか、朝鮮そのものをなくそうとしている。いつか、それらの現実をきちんと書きたい。日本人の知らない古朝鮮の美術を、写真とともに『白樺』で紹介したいと思う。

『白樺』はこれまで、すべてを西洋から汲んできたが、これからは東洋に泉を掘るべきなのだ。

それが、旅のあいだに定まった、宗悦のあたらしい視点だった。


一九一六年の年末、約束どおりバーナード・リーチは、手賀沼湖畔に姿をあらわした。

そしておなじころ、武者小路実篤も家を新築し、我孫子に移ってきた。

一九一七年に年がかわり、リーチが、六世乾山の援助で、宗悦の屋敷のなかに、本焼きの窯を築いている最中に、二男の宗玄がうまれた。

その直後に、京城の浅川巧から、長女がうまれたことを伝える便りがあった。

ところが、兼子の実家が、世界大戦景気のひえこみで、倒産しかかっていた。

宗悦は、父の遺産を次兄楢喬の紹介で、第六銀行へ預けいれ、それで中島鉄工場に融資を計ろうとした。だが入金直後に、取つけ騒ぎがおきて、第六銀行がつぶれてしまったのだ。

あろうことか、宗悦の財産の大半が、うしなわれてしまった。

同時に中島鉄工場も倒産したのである。

「どうせ自分で稼いだものじゃない、きれいさっぱりわすれて再出発しよう」

宗悦は、いっさい不満をくちにせず、兼子にやさしかった。

「それよりさ、我孫子尋常高等小学校の卒業式で、卒業生総代の生徒に、志賀と二人で記念品を贈呈することにしたんだ。おれと志賀の署名入りの、三省堂の漢和大辞典さ」

宗悦は、三月二四日、羽織はかま姿で志賀と待ちあわせ、ちいさな小学校へニコニコしてでかけていった。

そんな宗悦のようすを知った兼子の母が、よけいに気を病み、中根岸に家族の転居先を決めたあと、心臓発作をおこし、桜がちりゆく四月十日に亡くなった。

すると兼子が、宗悦の財産をうしなった負い目からか、音楽活動を再開して、収入をえたいと言いだした。それは、二人の幼子の親となった宗悦にとって、やっかいな兼子の要求だった。

三組の家族とリーチは、毎日のように集まって食事をした。志賀と武者小路のなかほどの位置に柳の家があり、三四歳の直哉、三二歳の実篤、二八歳の宗悦、それぞれの若い妻たち、みなが心はずませる通い道だった。

宗悦は、手賀沼につないだ自分の小舟を器用に繰って、志賀や武者小路の家の湖岸まで行くことをおもしろがった。

仕事のあいまに、飯泉賢二の屋敷でやるテニスも、回数がふえていた。

リーチは、週末に東京にもどるほかは、ずっと柳の家で制作にはげみ、夏になってはじめて窯に火をいれた。その日は、奈良から富本憲吉が手伝いに出てきた。宗悦夫婦も手伝ったが、初窯は失敗だった。それでも、だれもかれも明るかった。

一九一七年の夏の終りに、父と和解した志賀が、それを小説にして、評判になった。

宗悦は、『白樺』につぎつぎと宗教論を発表していき、充実した日々がすぎていった。

執筆しながら、リーチの作陶をながめ、やきものへの認識をふかめ、そして西洋画の複製を買うかわりに、支那、朝鮮の古陶を求めて、いつか柳家の客間や居間に、それらが座を占めるようになっていた。宗悦は、日夜それらの美にかこまれた日々を送りながら、ものをより分ける直観をみがいて行くのである。

リーチは、十二月、神田流逸荘での復帰後初の個展を成功させて、あかるく作陶に励んでいる。

そんなところに、知人が遠慮なくやってくる。

兼子がカレーライスをふるまうと、それがまた東京の同人の評判をよんだ。

一九一八年になり、春とともに我孫子の『白樺』本丸に、画家の山脇信徳、木村荘八、岸田劉生、清宮彬などが、つぎつぎやってきては滞在して、絵を描いて帰る日々がつづいていた。

我孫子に家をさがしたいと言う者もいて、我孫子が芸術村の様相を帯びはじめていた。

青年達の理想はますます燃えたつようで、あつまれば自然と、それぞれの仕事に話がおよび、思いおもいのテーマから、議論がひろがる毎日だ。

そうして動きはじめたのが、『白樺』美術館の建設計画だった。

「いくら小さくてもいいから、本物がわかる人が喜ぶような、居心地のいい美術館をたてないか」

これまでに『白樺』社で集めた絵画や彫刻を、だれでも鑑賞できるよう、美術館をつくろうと、武者小路が言いはじめた。

「われわれの専有物じゃ、たしかに惜しいな」

武者小路の親友、志賀が同調すれば、話は決まったもおなじだった。

「われわれが学んだ天才たちの作品を一堂に会してみせれば、人間的な喜びや、自由や博愛を感じてもらえるはずだろう」

ムシャが熱弁をふるい、『白樺』での募金活動がはじまっていた。

宗悦はその運動に、演奏活動の再開を熱望している兼子を、引き入れようとした。

「美術館設立は、人類の愛と平和の意味を、人びとに理解してもらう運動なんだ」

兼子を説得し、母からも兄からも募金を引きだし、宗悦は、率先して運動をすすめた。

〈女流声楽家柳兼子女史は、ながい沈黙を破られて、いよいよ華やかに活動を再開する〉

読売新聞が報じた。

自分の芸術のために自分の歌を唄う。こころに気高くそう誓った兼子は、ついに日本ではじめて、声楽独唱会を成功させる。そしてさらに、いきごみを高ぶらせ、宗悦に子供をあずけて、演奏旅行に打ちこむようになっていく。

兼子が不在がちになり、二人がぶつかったのは、一九一八年の六月のことだ。

夫婦喧嘩は、兼子が折れておさまったが、その後も、兼子の働きはめざましかった。

一九一八年の秋がきて、白樺美術館建設に賛同した信州の『白樺』ファンたちが、募金のための独唱会を信州各地で開催してくれた。それが、宗悦を信州とむすぶことになる。宗悦の講演会が、信州で頻繁に開催されるようになっていき、一九二三年までに二九回にもおよんだ。

一九一九年（大正八年）は、女優松井須磨子の自殺というスキャンダルで明けた。

島村抱月がスペイン風邪で急逝したあとをおっての、首吊自殺だった。三一歳のプリマドンナの自殺を、新聞がこぞって書いた。だが一ヵ月後に、浅草に田谷力三や藤原義江のあたらしい歌劇団が旗揚げすると、市民は簡単に須磨子を忘れた。

パリでは、二七カ国があつまって、世界大戦の講和会議がはじまっていた。

日本は、一八九四年の日清戦争、一九〇四年の日露戦争、一九一四年からの第一次世界大戦と、二五年間に三度の戦勝国の高揚を味わい、市民のあいだに、うかれた気分が拡がっている。

だが、うかれた都会のかげでは、新たな火種、新たなかげり、新たな社会問題の萌芽が、育っていくような気がする。宗悦は、奇妙な胸さわぎを感じて、新しく出す本の、最終校正の手を止めた。

「君は、おれがスペイン風邪で死んでも、あと追い自殺なんかしないだろうな」

「どうしてそんな言いかたをなさるの、それは、あなたがもう昔のように、わたしを大事に思ってくれないことの裏返しで、思うことでしょう」

そういうと、兼子はすっと部屋をでていこうとした。

子供たちをを寝かせている部屋に、寝顔をみにいく気だった。

「今度さ、中野、東京、品川、池袋、上野と、のの字につながる電車が走るらしい。宗理もつれて乗りに行こうか」

「いいんですか、お仕事は」

立ったままの兼子が、どこともなく、よそよそしい。

「今度の本がでたら、すこしは気分転換もしたいんだ」

宗悦はまもなく、三月で、三十歳になる。

結婚前にかわした、妻への約束が守れていないのは、わかっていた。

『ウイリアム・ブレイク』のあとは、自分に課せた宗教哲学に、取り組んできた。

少年時代に星空を見上げて感じた、とてつもない大きい存在が、学べば学ぶほどベールをかぶったままの姿で、宗悦のなかでふくらんでいた。その存在が、なかなか顔を見せてくれない。

その普遍的な神の顔、仏の顔を確かめようと、格闘してきたと言ってもいい。

そうして到達したことは、神や仏は、人が思念できる最高の問題だが、しかしけっして論理的に捉えることのできないものだという認識だった。

そんな、矛盾さえもそのままに、すべてが調和している、究竟の相を、宗悦は〈即如〉という言葉で表した。〈即如〉は、だれにでも直接あらわれる、大いなる絶対相のことであった。

〈かつて宗教はことごとく排他の宗教で、その真理は宗派ごとに限られた所有であった。しかし真理が普遍であるならば、自他のあいだの障壁は破られねばならぬ。それぞれの宗教にはそれぞれの美しさがある。しかし矛盾する美しさではない。野に咲く多様な花が、自然全体の美を傷めないように、各宗教も、世界を単調から複合の美へいざなっている〉

そう書きおこし、〈即如〉を理解する道は多様であると、真理の峰にいたる諸方からの登坂路を、ていねいに検証した。少年時代からずっと抱きつづけた、永遠なるものへの思慕の思いが、ようやくひとつの形になった仕事だった。

鈴木大拙をたずねて、東洋思想のなかに、究竟相をとらえるカギをみつけたことが大きかった。

書物の密林をきり開き、仕上げるのに、それでも四年かかっていた。

〈我孫子での生活の思い出に、この書を姉直枝子に贈る〉

宗悦は、献辞をつけて、はじめての宗教論集『宗教とその真理』を、一九一九年二月に上梓した。

その思索の軌跡は感動的で、『宗教とその真理』は、四月には早くも版を重ねる売れ行きとなっていく。


一週間まとめて届く京城日報を、書斎で読んでいると、手賀沼でスケッチをしていたリーチが、岸から上がってきた。

「おい、ピアズレーやゴッホの複製画、はずしたのカー」

宗悦の書斎は、宗悦の頭のなかが見える場所だと、いつもリーチが笑う。

ついこのままで、西洋の複製画を飾っていた壁には、鈴木大拙の書が、宗悦流の表装を施されてかかっていた。

「ああして飾ると、書道はしぶいナー」

リーチの口調には、ますます宗悦の話し癖がにじんでいた。

「いい図案ができたかい」

「芽吹こうとしている小さな木の芽も、枯れたままの樹も、あるがまま全体でひとつなんだ。善いこととは、そういうことナー」

リーチの口から、こともなげに即如の境地がつむぎでる。

リーチの顔に、尊いこころが浮いているように思えて、宗悦は静かにリーチを見ていた。

「美しさ、説明できない、感じることとたいせつナー。こころを開くだけナー」

あれほど自我の発現を希求していたリーチが、自然により添い、すべてを味わおうとしていた。

そのリーチの変化を、理解できる自分も、おなじだった。

自我を忘れるほうが、自然はよりわかる。自己をいかす道から出発した宗悦が、『白樺』の地点から異質な場所へ飛びだそうとしていた。

「京城日報に、なにか書いてあるカー」

「高宗前皇帝が死んだのは、毒殺だと朝鮮の人が話しているらしい。伯教君から、そう書いてきたので、なにか起きていないか見ているんだ。いまのところは、なにも載っていないな」

そう答えながら、不安な気分が宗悦をつつんでいた。生暖かい春の風のなかで、世間が浮遊したまま、どこに向かっているのかわからない。

それから数日後だった。周囲が変動しはじめている予感の針が、一段と振れるしらせが、飛びこんできたのだ。

一九一九年二月八日、神田の朝鮮キリスト教青年会館に、朝鮮独立青年団のメンバーなど約六百人の朝鮮人留学生があつまり、韓国併合を糾弾する〈2・8独立宣言〉を蹶然と発表した。その背景には、パリ講和会議にあたって、アメリカのウィルソン大統領が提唱した、民族自決論があった。

日本の権力はこれを看過せず、学生たちは逮捕され、禁固刑に処された。

だが、それでおわらずに、留学生の声は、朝鮮半島での独立運動に増幅していった。

三月三日は、日本に不承ぶしょう退位させられ、幽閉のまま死去した、李朝第二十八代皇帝高宗の国葬の日であった。その二日前の三月一日、京城のパゴダ公園に、数万人の民衆が、高宗の死をいたむ名目で、あつまっていた。

時刻がきて、壇上に時ならぬ太極旗がたちあがった。民衆になつかしい国旗が、陽光のなか、風をうけて翻っていた。併合されてからは、所持することさえも禁止されていた太極旗だった。

それが青い空におどりはためくのをみた民衆が、興奮してどよめき、歓声をふきあげた。

やがて、宗教指導者三十三名の連名による独立宣言が、熱っぽく読みあげられた。

民衆は、歓呼の声をあげて、すぐに呼応した。寒い青空に白い息をはきながら、朝鮮独立万歳をさけんで、いっきに街頭行進をはじめたのだ。

デモはまたたくまに、朝鮮の各地に飛び火した。全土で、独立万歳をさけぶ集会や行進がおこなわれ、約二百万人の朝鮮人が、万歳運動に参加したのである。

そして、万歳運動は、上海に大韓民国臨時政府が樹立されるまでに拡大していった。

朝鮮総督府の反応もはやかった。

憲兵警察の諜報活動で、騒動を嗅ぎつけていた朝鮮総督の長谷川は、おなじ三月一日付けの総督府官報号外で警告をだしていた。

〈国葬をひかえ、さわがしい行動はつつしむべきである。軽挙妄動、故意にデマを捏造する不心得者にたいしては、本総督は職権をもって厳重に処分する〉

その予告どおり、一連の集会やデモを、暴動と断定し、常駐の二箇師団にさらに増派した軍隊をつかって、徹底的に弾圧した。

日本での報道は、三月三日の萬朝報が、いちばん早かったらしいが、宗悦が読んだ最初の報道は、三月七日の読売新聞朝刊だった。

〈朝鮮にあふれる学生騒動重大　一万九百の学生ら　学業を廃し歌を高唱しねり歩く〉

翌八日には、〈朝鮮の全土にわたって、数百名検挙さる〉と、報道された。

十日の朝刊では、〈暴動なおやまず　画策経路ほぼ判明　憲兵巡査の虐殺相次ぐ。暴動の根源は信徒三十万を有する天道教にあり〉とあった。

民衆が憲兵警察を襲ったというのか。まずいことにならなければいいが。

宗悦はすぐにも朝鮮にわたりたい気分で、新聞記事のわずかな文字をにらむしかなかった。

三月二二日に、〈暴徒六千不穏　京城南道擾乱〉、四月九日に、〈朝鮮に兵力増派　歩兵六個大隊と憲兵四百名〉とあって、四月二六日には、〈朝鮮鎮静と陸軍省発表　朝鮮暴民の検挙着手〉

とつづいた。

だが、日本の新聞報道からはとても察知することができない、悲惨な事態が、朝鮮の全土でおきていたのだ。

「ほれが、独立宣言のプリントです」

やきもきしている宗悦のところに、五月になっておもいがけず、浅川伯教がやってきた。

伯教は、ガリ版ずりの、折りじわのついた紙きれを宗悦にさしだしながら、教師をやめて日本にもどったと言った。

「彫刻家の、新海竹太郎先生の内弟子になりました」

母と二人の娘は、朝鮮の妻にまかせて、新たな出発だと、いつものくせで坊主頭をかいている。

そうして、京城で見た、万歳騒動の一部しじゅうを、つぶさに語りだした。

ガリ版ずりの紙には、巧の字で、日本語訳文がそえてあった。

〈われわれは、ここにわが朝鮮が独立国であり、朝鮮人が自由民であることを宣言する。われわれは、日本帝国主義の犠牲となって、伝統と名誉ある主権をうしなった。この忌むべき屈辱と脅威を、子々孫々に伝えてはいけない〉

宗悦は、黙読しながら、宣言文のさいごにきて、音読をはじめた。

「〈けっして排他的感情に走ってはいけない、民族の正当な意志をこころよく表明せよ。行動は秩序を尊重し、〈公明正大にせよ〉……りっぱな姿勢じゃないですか」

宗悦は、声にして読みながら、胸をあつくしていた。

「これでどうして、日本の軍隊が出動するんです」

「……最初は整然と行進していたんです。しだいに興奮するんでしょうか、万歳万歳と叫びだして、いつかなだれをうって、暴徒化していったんです」

伯教は、なにかいやなことを思い出すのか、ときどき眼を泳がせて、そのつど黙った。

「出動してきた憲兵警察と小競りあいになり、とつぜん銃声が響きはじめました……なんか、カカシでも突きたおすように……憲兵が銃剣をふりまわし……ひどいもんです」

それでもなお独立万歳をさけんで、憲兵につかみかかっていく、老若男女をおおぜい見た。

「つもりつもった怨みのふかさずら。オモニたちが、憲兵の銃剣を、素手でつかんでねえ」

それを目撃したことが、伯教を、かねてからの夢であった芸術家の道に転身させたようだ。

「水原郡で、もっとひどい話があります。四月十九日の東京日日新聞の記事を、新海先生に見せられましたが、あの記事は総督府の歪曲情報そのものです」

水原郡で、襲撃された憲兵のしかえしに、日本軍が二十九人の村人を教会堂に集合せよと命じて、命令に従って集ったところで、おしこめ、一斉射撃をくわえ、虐殺したという。

「集会を禁止されている朝鮮人が、ゆいいつ集まれる場所が、教会です……そこに集めたんですよ。婦女子もまじっていたようで、助命をねがって窓からさし出している赤子さえも、惨殺したんです。そのうえ、村の家々に火をつけたんですよ」

それを目撃したアメリカ人牧師の情報が、日本人キリスト教信者のあいだに伝わっていると、伯教は目をふせた。伯教も誰かにつたえたくて、耐えていたようだ。

「いまごろになって新聞は、憲兵による武断統治の問題など、根本的に植民統治を改革すべきだ、と書いているけど、ほんとうは、植民地支配そのものを問いなおすべきなんだよね……」

それを聞いた伯教の顔が、ようやく晴れかかっている。

「独立がかれらの理想となるのは、いうなれば必然の結果でしょう、浅川さんのいうように……だってそれほどのことをしているのですから、日本はね」

宗悦は、自分の内でなにかがささやくのを感じた。言葉にいきおいがついた。

「さいきん、日本の政治家や学者の論説を、気にして読んでるけど、どれにも賢さも深みも温かみもないんです……悲しくなるよね」

国内では、こんどの事件について、ほとんど無視されていた。このままでは、日本人にとっては、なにも起っていないのと、おなじになるのだ。

大多数の日本人は、真相を知っていない。知っていても口をつぐんでいる。

「反抗するかれらよりも、圧迫する日本人のほうが愚かだ、ということを誰もいわないもの」

口をとざすことで、真の平和とか友情が、もたらされるはずがない。宗悦は、胸にあふれてくる、もだしがたい道義心の叫びを聞いていた。

「公憤と欽慕で行動することは、まちがいでしょうか、父上」

だれかに訊ねたくて、顔のない父に問うてみた。むろん答えはない。

「あなたならきっと、義憤のまえでは、小さなわたしは捨てますよね」

宗悦の柔和なくちもとが、ぐっと結ばれて、胆をすえた顔になった。

かねてより朝鮮にたいする心を、披歴したいきもちがあった。その潮どきがきたようだ。

〈自分は朝鮮についてじゅうぶんな知識をもっているわけではない。わずかに所有する根拠があるなら、一ケ月朝鮮各地を巡歴したことと、少し朝鮮史をひもといたことと、かねてから朝鮮の芸術にあつい欽慕の情をもっている、この三つの事実だけである〉

そう書きだして、いっきに書きあげた、原稿用紙二十枚の【朝鮮人を想う】だった。

〈他国を理解するもっとも深い道は、科学や政治上の知識ではなく、宗教や芸術的な内面の理解であると思う。純な情愛にもとづく理解が、深くその国を内より味わしめる。日本は多額の金と、軍隊と、政治家とをその国に送ったが、いつ心の愛をおくっただろう。いかなる宗教家が、朝鮮の霊をすくおうとしたであろうか。

朝鮮史をひもとくとき、その暗黒で悲惨な、恐怖にみちた歴史に心をおおわぬ者はないであろう。たえまなく襲う外寇と、たがいに傷つけた内乱とで、国民は休らうひまがなかった。かれらは抑えられて、三千年の月日をおくった。虐げられいじめられた身には、なによりも人情がほしいのである。かれらほど愛情を求めている人民はないであろう。

朝鮮の芸術、とくにその要素とも見られる線（Ｌｉｎｅ）の美は、じつにかれらが愛に飢える心のシムボルである。美しく長く長く引く朝鮮の線は、連々として訴える心そのものである。かれらの怨みも、かれらの祈りも、かれらの求めも、かれらの涙も、その線をつたって流れるように感じられる。

しかし日本は、不幸にも刃をくわえ罵りを与えた。朝鮮の全民が骨身に感じるところは、かぎりない怨恨である、反抗である、憎悪である、分離である。人は愛の前に従順であるが、抑圧にたいしては頑強である。植民地の平和は、政策がうむのではない。われわれの心を、愛にきよめ、同情に温めるよりほかに道はない。

朝鮮の人びとよ、わたしは御身らの故国の芸術を愛し、人情を愛し、その歴史がなめた淋しい経験に、つきない同情をもつひとりである。

朝鮮の人びとよ、わたしの国の識者のすべてが御身らを罵りまた御身らを苦しめることがあっても、かれらのなかにこの一文を草した者のいることを知ってほしい。われわれの国が正しい人道を踏んでいないという、明かな反省が、われわれのあいだにあることを知ってほしい〉

一九一九年四月には、満州の守備隊が関東軍に格上げされて、日本と満州をつなぐ朝鮮半島は、ますます朝鮮のひとびとの願う姿とは、ちがうかたちに向っていた。

時代は、想いを口にすることすら憚られる、曇った社会につき進みつつあった。

こうした時代のなかで、五月十一日に書きあげた【朝鮮人を想う】が、二十日から二十四日まで、五回に分けて読売新聞に連載されたのだ。

日本人一般に、朝鮮人蔑視の気分が強まっている空気のなかで、ともに愛をもって進むべき隣国であるとする宗悦の見方は、官憲の神経を逆なでする。

「殺すな、盗むな、うそをつくな。どんな宗教にもそれに似た教えはあります。日本人は、最低のことを朝鮮で行っているんですよ」

連載記事の新聞を握りしめて、おどろいて飛んできた飯泉賢二に、宗悦は平然と答えた。

「この恨みは、数世代にもわたって語り継がれるんです。そのとき反省して許しを乞うても、そう簡単には消えないんですよ」

人間性を無視した同化政策なるものの実際を、宗悦はあらためて飯泉におしえた。

日本人の朝鮮人観に反省をせまる、この【朝鮮人を想う】は、戦勝国気分のうかれた日本人にとっては冷水のような言論であり、大胆きわまる行為だったのだ。

【朝鮮人を想う】を書きあげた宗悦は、今度は【石仏寺の彫刻に就いて】に着手した。

一九一六年の朝鮮支那の旅から帰って、すぐに仕上げる計画だったものを、『宗教とその真理』の仕事にてまどり、三年近く置きざりにしていた。

朝鮮で起きていることにあまりにも無関心な日本人に、見るべき朝鮮の宝について、啓蒙したい気分が急速にふくらみ、原稿用紙七〇枚を、十日かかって書きあげた。

〈……そこにはじつに不滅の力がある。不朽の美がある。この石仏寺において、朝鮮は永遠の栄誉を示し、なお人間の底知れない深さを現じつつあるのである〉

と、しめくくった。

それは、濱田がリーチのもとに来ることになっていた日の前日、一九一九年五月二四日に仕上がり、芸術社が出している美術評論誌『芸術』六月号に、なんとかすべりこませることができた。

「たしかにそうだったな、濱田が我孫子にはじめてやってきたのは、あのころだ」

宗悦は、かなたの時間を、いまいちど確認するように目をつむっている。

「柳はさ、朝鮮の芸術が悲哀の線のままでよい、と言ったわけじゃないだろう」

「民族はたがいの固有のものを、尊重しあうべきだと言っただけさ」

「やっぱりな、わかりやすく言っただけなんだ……そうじゃないかと思ってたよ。だって柳の家にある李朝モノの線や模様は、けっこう野放図なつよさがあるもの」

自分の言葉は、ややもすると情感にかたむきすぎて、過酷な現実のまえでは無力に響いているのかもしれない。しかし人間の脳に、志や理想を考える思考パターンが組みこまれていることを考えると、神はそこに意味をこめたはずだ。

理想に情感を高ぶらせ、熱くなるのは、人間の価値なのだ。

「バカラシって、言われてたよなあ、『白樺』はさ」

「なんだよ、突然……。家がぽつぽつ見えてきたぜ、イルクーツクみたいだ」

濱田庄司が、話の区切りをひき受けるように、快活な声をだした。

宗悦は、一九一九年の【朝鮮人を想う】以降の十年間が、息苦しい記憶とともに、一挙におし寄せるのを、こらえていた。重圧感にさいなまれ、ずいぶんとくじけながら、ひた走ってきた自分を、遠くに見ていた。めずらしく、呆けた顔になっている。

速度を落としはじめた列車が、カーブをおちついて回りながら、街のなかに入りつつあった。

XIV 留学生

「きのう、原宿のお母様のところへお寄りしたおりに、あなたへ伝言があったの」

兼子が、不安そうな目を隠そうとしない。

「なにを……どうした、はっきり言いたまえよ」

「千枝子さんのことを考えると、宗悦のやっていることは、兄として間違っているって、お小言を頂戴してきました。今村さんの立場を考えないといけないって」

「朝鮮の人びとを弁護する日本人が、だれもいないのだから、しかたがないだろう」

「でも、あなたが書かなくても」

兼子が心配そうに眼をくもらせて、そしていつもの思いさだめた顔になった。

「わたしだって、お嫁にくる前に、あんな大胆なこと書いたの見たら、ちょっと考えましたよ」

昨日も、隣の治五郎叔父の家の垣根のかげから、特高らしい男がこちらを見張っていたらしい。

そのうちの一人が、東京にまで、兼子を尾行してきたという。

「あの新聞がでた日から毎日なのよ。気味が悪いですわよ、わたしだって」

宗悦に、警察の監視がつきだしていた。

「リーチさんの窯だって、あの人たちが付火したんじゃないかと……」

兼子が、口をとがらせながら、言葉をのんだ。

「バカ、そんなこと、だれかれに言うんじゃないぞ」

宗悦はあわてて立ち上がり、窓から周囲をうかがった。


「リーチさんの窯が、な、無くなったー」

濱田がかえった翌朝、朝早くに、異様な声で、戸を叩く者があった。

宗悦がはだしでとび出し、仕事場に駆けつけると、いまなお熱く封じられたままの窯だけが、焼きくずれた工房のなかに残っていた。

「Oh, my God!」

リーチは呆然と、くすぶる匂いがたちこめている窯の周りを、熊のようにめぐっていた。

一夜のうちに、音も炎もないまま、窯の余熱でいぶし焼かれるように、工房が焼けおちたのだ。

「どうぞしっかりしてくださいな、先のことはいっしょに考えましょうね」

兼子が声をかけても、リーチはうなだれて、しばらく食事の箸もとろうとしなかった。

リーチが数年かけてのこしてきた、素地や釉薬の調合の記録、無数の図案、それに道具も文献もみんな焼けてしまったのだ。

「あの夜はどうしたカー、いい神様とわるい神様、いっしょに来たナー」

数日後、焼けのこった窯をあけたリーチが、皮肉にもすばらしい状態で焼きあがっていた作品を、宗悦に見せにきた。

リーチは、むりに微笑みをうかべていたが、すっかり覇気をなくしていた。

「片づけが終わったら、赤羽さんも信州に帰ると言ってますよ」

「しかたないだろう」

宗悦にも、妙案はない。信州白樺派のレッテルをはられて、教職から追放された赤羽王郎を、リーチの助手に紹介した。わずか三ヶ月後に、リーチの工房が全焼するとは、だれが予想できただろう。ふたたび仕事をうしなった赤羽を、これ以上ひきとめる言葉は見当たらなかった。

リーチと赤羽は、今日もだまって焼け跡をかたづけている。

リーチたちの作業を見にでたが、片づけられた空間は意外におおきかった。焼け落ちて、ぽかりとあいた空間を、緑の風がわたっていくのが見えた。宗悦は、自分の一部が欠けたような虚しさに襲われて、そこに長くいることができなかった。

はやく梅雨に入り、雨でもいいから、目のまえの空間をうずめてほしい気分だった。


一九一九年の六月半ばには、赤羽王郎が信州にさった。

リーチも、しばらく妻子のもとに帰ると言って、東京にもどった。

寂しくなったが、急がなければいけないことがあった。東洋文化の再確認だった。それが日本の若い世代にひろまれば、日本人の朝鮮へのかかわりかたも、おのずから変わってくるはずだ。

西洋芸術をもっぱら紹介してきた『白樺』と、その同人への遠慮があって、なかなか言いだせなかったが、朝鮮で騒動がおきたいまは、躊躇がゆるされるときではなかった。

宗悦は、つよく決意して、同人にはたらきかけ、一九一九年七月、法隆寺金堂壁画など、古代美術の写真を、はじめて『白樺』に掲載した。

西洋美術のみを紹介してきた『白樺』の、編集方針の変更ともいえるこの企画に、宗悦がくわしい趣意文を寄稿したのは、いうまでもなかった。


九月のはじめから、信州で開かれたブレイク展で講演をするため、塩尻、南箕輪、飯田、上諏訪、穂高、麻績、長野とまわり、九月半ばに我孫子にもどってきた。

たまった新聞や郵便物などの整理が、ひとわたり終わったころにやってきたのが、南宮璧と名のる、朝鮮からの留学生だった。

京城日報には、万歳事件のあと交代した新朝鮮総督、斎藤実の名前と写真がおおきく、なんども踊っている。早稲田大の庭球部が、朝鮮の選抜チームと試合するために、まねかれて京城についたという記事や、朝鮮の避暑地の人気投票結果の記事が、在朝鮮の日本人にとっては太平楽な日々がつづいていることを、しのばせている。

三月の騒擾は、すっかり新聞から影をけしていた。

「これは、まやかしです」

二五歳だという南宮璧は、京城日報を眼の端でとらえて、うすい唇をゆがめた。

髪をポマードでかためた顔のなかで、まっ黒な隈に絞めあげられた苦しそうな目が、ときどき宗悦の背後に、視線をおよがせる。なにか業腹な空想にとらわれているようにも見えた。

宗悦が、その視線をとらえようとすると、南宮璧の顔に、ふかい影がさした。

「たしか、総督府の機構を大改革をして、憲兵警察をなくしたと書いてあったけど」

「外見的に名前を変えただけですね。植民地統治は、むしろ強化されています」

そのやり口が巧妙になっただけだと、南宮璧は、くらい顔のまま言う。

「今年の夏は、ひどい干ばつだったようです。さらにまた農民が苦しめられます」

早稲田大学に留学してきている彼のもとには、朝鮮からの情報がとどいているようだ。

宗悦に読んでほしいといって差しだした、雑誌『太陽』八月号で、南宮は、りっぱな日本語を駆使して、〈植民政策上の同化政策なるものは、失敗して当然であろう。それは人間性を無視した誤れる政策だ〉、と論陣をはっていた。

二度目に、南宮璧は、柳より九歳年下で、二二歳の、廉想渉を伴ってやってきた。

「朝鮮の線のことを、先生から教えられました、怨みも、祈りも、涙も、その線をつたって流れるようだ、という先生の言葉がうれしかったです」

廉も【朝鮮人を想う】を読んだようだ。

廉想渉は、大阪の在日朝鮮人集会でビラをまこうとして逮捕され、三ケ月間拘留されていた。

「親身に朝鮮のことを考えてくれるのは、柳先生と、吉野作造先生だけです」

そう言って恥じらいながら、廉も南宮のように、雑誌を差しだした。

吉野作造門下生たちの機関誌『デモクラシイ』四月号には、慶応義塾の留学生廉想渉の【朝野の諸公に訴う】が掲載されていた。かれもまた堂々とした日本語で〈朝鮮に言論の自由ありや、教育の自由ありや、人間としての存立を認めたりや〉と問い、〈諸公にして一度義あり涙ある愛情を示さんか、かならずやわれわれはこれに感じこれを多とせん〉と結んでいた。

宗悦が『デモクラシイ』を読んでいるあいだ、南宮と廉は、兼子が運んできたミルクココアを飲みながらニコニコ談笑している。森永製菓からつい先日発売された、あまい飲みもので、甘党の宗悦がすっかり虜になったものだ。

朝鮮語の会話から、カルピスという言葉が何度かくり出されるのを、雑誌に目を落としながら宗悦は聞きのがさなかった。前回南宮が来たとき、兼子が、新発売になったカルピスを、東京からもち帰ったところで、それを南宮壁に出したのだ。

すっかり無邪気な顔になっているふたりを、宗悦は上目づかいに見やって、思わず笑ってしまった。あとでカルピスも持ってこさせようと思いながら、雑誌にもどった。

南宮壁や廉想渉をとおして、卞栄魯、呉相淳など、朝鮮からの留学生の知りあいがふえていった。すると、宗悦がもつ朝鮮情報は、なおひろがって、精確になっていく。朝鮮総督府の足音がたかまるとともに、朝鮮の草木がかれていくようだ。朝鮮の人びとの心持ちや哀しさが、自分のことのように思われて、気がつくと、ほとんど朝鮮の問題だけに心を奪われている日々だった。

「悲しいことだけどね、不正や罪悪でも、国家の名のもとでは正義になるんだ。不自然だけどさ」

宗悦が心をこめて話すと、南宮璧や廉想渉は、食いつくように耳を傾けてきた。

「そんな不自然な力が、いま我われを二つに裂いているんだよ。しかしいつまでも不自然さがつづくはずはないよ。我われは互いに愛せるはずだ」

いまは二つの心がはなれているが、日本と朝鮮とは、心からの友であっていいと思う。

「先生、ありがとうございます。朝鮮人を人間として認めてもらえて、うれしいです」

若い廉想渉の目には、うっすらと涙があった。

宗悦は、目の前にいる若者をそうした心もようにさせている日本人の一人として、その罪を詫びたいと思う。

かれらがしらない日本を、朝鮮の人びとになんとか伝へられないか。宗悦のなかでしだいに、そう願う気持ちがつよまっていた。

「宗悦、なぜ迷っているのだ」

「なにをですか」

「なにをって、朝鮮に心血を注ぐことをだよ」

「母上が、心を痛めています」

「なるほど、母の良心か。母に従うべきか、公憤に生きるべきか」

「茶化さないでください」

「世の役にたってこその良心だな。それが人間の高潔さだ」

「わかっています」

「ヨク、欲、欲ばかり。他人は踏みつける、ながいものにまかれる。腐った世の中だ。だから公憤に生きる意味があるんだよ。……何もしないんじゃ生きてないのとおなじだ」

いつのまにか、父に声をかけてもらっていた。三十年も前に、自分にひとひらの記憶さえ刻まずに鬼籍に入ってしまった父が、不思議な励ましを送ってくれていた。

「おまえは、わたしを無視していない。それがわたしに届いているよ……だから、それで十分だ」

「軍人だった父上は、軍人嫌いなぼくを、叱らないのですか」

「叱ったら、軍人をすきになれるのか」

彼方から注ぎくる父の声が、声明のようにひびいた。

「おまえはわたしの息子だ、でもわたしではない。そのおまえに、わたしとおなじようになれとは言わないさ。わたしに叱られるというより、おまえ自身が自分を誉められるのか、それを気にしなさい」

夢のなかの父が、愛の言葉で、後ろだてをくれていた。

「歩く意味のある道だ、決意を誇れる日がかならず来る。あきらめたら、なにも変わらないんだ」

はっきりと声が聞こえる。その父の顔をどうしても見たかった。

そう思っていると、ふっと目覚めた。こめかみにまぎれもない涙が流れていた。

明け方のようだ。薄す明りに目をひらくと、せつないが、どこかうれしい余韻が胸にあった。

孤立してすすむ不安が、夢に見るほどに自分に積ってきていることを、宗悦は、思い知った。

手賀沼に、うすい氷がしだいに張るように、こころに不安な気分が覆っているのだ。

自分というこの小舟が、厚い氷にとざされる前に、氷を砕きながら、動きまわるしかない。

宗悦は、丹前を着こむと家をでて、明けはじめた、師走の手賀沼におりていった。

寒気を友としろ、保身のために魂をわたすな。

拠りどころをさずけてくれる、父のぬくもりを、背中で感じていた。

兼子が、ココアを淹れてきた。

おなじ盆の上に、赤い花がついた、寒木瓜の切り枝がいっしょに載っている。

一輪ざしを置くために、兼子が、てぎわよく棚を整理しはじめた。

「あなたは変な人ですね、ブレイクの本を書きながら、たくさん東洋の品を飾ったりして」

「そうかもな」

「リーチさんの東門窯の初窯は、うまくいったらしいですね」

「ああ、それでね、濱田君が、いっしょに英国に手伝いに行ってくれることになったようだ」

「あと何回、我孫子にこれますかね、リーチさんは。いないとさみしいものね」

「別れの個展を、東京と大阪でやる予定だから、忙しいよ。……年が明けたら我孫子で送別会をやろうか、いやまてよ、いっしょに朝鮮に記念旅行するか、きみもさ」

「あっ、痛い」

兼子がちいさな悲鳴をあげた。

「木瓜のトゲは痛いのよ、あらいやだ、花が」

宗悦が、兼子の手元をのぞきこむと、赤い花が、ほろりと棚に落ちていた。

「いやね、いやな気がするわ、げんきな花だと思ったのに」

我孫子に住んで六度目、一九二〇年（大正九年）の正月が、まぢかに迫っている。

宗悦は、ふと思いついた、兼子の音楽会を京城で開催するという考えに、とりつかれていた。

南宮璧たちに聞いても、朝鮮にはまだ、西洋音楽というものは、ないらしい。

「どうだ兼子、きみの音楽会を開きたいんだ、朝鮮へ行こう、行ってくれないかいっしょに」

せめて自分たち二人だけでも、朝鮮の人びとに、信頼と情愛を示したかった。

「あなたが良いなら、わたしは言われたように従いますから」

兼子は、宗悦の顔が明るくなるのなら、なんでも手伝いたかった。

五月に【朝鮮人を想う】と【石仏寺の彫刻に就いて】を書いたあと、宗悦がこの半年、ほとんど著述をすすめていないのを見ていた。東洋大学の教授になったことや、信州や京都でブレイク展を開催していることで忙しくしていたが、かつての夫の、迷いのない顔つきではないのだ。

京城日報で読むことと、南宮たちから聞くことと、心のうちで考えることと、それに対応できない自分に、苛まれ、あきらかに揺れている。

「あなたのおしごとに役立つなら、どうぞわたしの歌を使ってくださいな」

「うれしいね……よし、そうしよう。やろう」

一九二〇年をむかえて、宗悦がひさしぶりに、あかるい笑顔をみなぎらせていた。

この半年、なにも書けていない宗悦とは対照的に、志賀直哉は『白樺』一月号に【小僧の神様】を、『新潮』一月号に【暗夜行路　序詞】を発表していた。

一月六日からは、大阪毎日新聞で、連載小説がはじまったらしい。

志賀の家にいくと、簡素な新年かざりのまわりに、いつか東洋の書画がふえていた。

「二月の『白樺』で二回目の東洋美術紹介をやる、それも朝鮮の古代仏像中心で」

「いいじゃないか、去年の七月号のままじゃ、読者も一知半解のままに置きざりだしな」

まもなく三七歳になる志賀直哉は、ドングリ眼をゆるませて、宗悦の話を聞いている。

宗悦は、京城での音楽会の計画をきりだした。

「個人レベルで音楽会をひらくことに、不安がないわけではないんだ。でも今村などに協力をたのむと、中身がかわわちゃうだろう」

「そいっつあ、『白樺』の読者や信州にたのんで、仕事をすすめるしかないぜ」

特高の妨害もあるかもしれなかった。しかしそれも、直接体験するしかないと思う。

「柳は、父上の血を、受けついでいるんだな。あの御木本幸吉に、真珠の養殖を教えたのも、お父上らしいが、書斎にじっとしている血じゃないな、行動する血筋だ。行けいけ、見ててやるよ」

計画を、志賀につつまずに話した。それだけのことなのに、家にもどる景色が、まぶしかった。手賀沼がなごやかに照って、さざ波が、たえない歓喜を踊っているようだった。

そんなやさきだった。肚をきめて、朝鮮問題に取りくもうとした宗悦をくじくように、次兄の楢喬が、三三歳で、まさかのことにあっけなく身罷ったのだ。スペイン風邪だった。

兼子のわるい予感はこのことだったのか。悲しみのなかで宗悦は思った。

いや、もしかすると、自分にふりかかる災厄を、なにもかもひっさげて兄が逝ってくれたのかもしれない。

「兼子の音楽会をやるために、京城に行く計画をしているが、楢喬にいさんが、きっと災いをもち去ってくれたはずだ」

京城から葬儀にかけつけた今村に、肉親の真情をかたるつもりで、宗悦は話した。

兼子も今村に、幾分でもお役に立ちたいと思います、としめやかにお辞儀をしていた。

そんな身内だけの席で、

「まだここだけにしといてくださいね、朝鮮語の新聞がおそくともこの春発行されます。斎藤総督は、われわれにも朝鮮語を学べと指導されていますし、職員に朝鮮人の採用もあります」

今村は、宗悦の悲しみを受けとるかわりに、なぜかおもねるような言いかたで、斎藤新総督の文化統治について、こまごま続けたのだ。

ところが、今村しか知らない情報が、思わぬかたちで噴出した。

〈柳氏夫妻渡鮮　京城その他で音楽会を開催　朝鮮を芸術で教化したいと兼子夫人〉

日本語新聞京城日報が、二月三日、勝手に報道していた。

宗悦は、すぐに京城日報へ、手紙で抗議した。

〈朝鮮教化のために行くやうに伝へられていますが、それはまったく誤伝です。今度の音楽会は、朝鮮の人への小生の情愛と敬念のしるしです。音楽会は朝鮮人に献げられるべきもの

で、教化すべきものではありません〉

京城日報は、二月二八日に、宗悦の抗議文をそのままに、訂正記事を掲載した。あやうく朝鮮の教化をめざす総督府や京城日報に、利用されかかったのだ。

今村は油断ならないという思いが、歪んで固まって、しっかり残った。

「廉想渉が頼んできているのですが、柳先生の去年の【朝鮮人を想う】を、このたび創刊する東亜日報に載せられないかというんです」

手賀沼のサクラのつぼみが、重く膨らみはじめたころ、南宮が、廉からの依頼をつたえにやってきた。廉想渉は、朝鮮にもどって、東亜日報の記者になったという。

「へえ、おもしろいね。それもいいけど、いま書いているモノも載せてくれると、なおいいね。去年創刊した『改造』って知ってるかい、あれに書いてるんだ、いまね」

宗悦は、自分の朝鮮にたいする思いをより明確にするために、新しい著述に手をつけていた。もだし難い想いを、手紙形式で綴ったそれは、【朝鮮の友に贈る書】というタイトルでまとめられていく、原稿用紙四〇枚ほどの仕事だった。

今村が言ったとおり、朝鮮日報が一九二〇年三月五日に、東亜日報が四月一日に創刊された。十年ぶりに発行された朝鮮の新聞のことを、浅川巧が手紙に書いてきていた。

《五月に渡鮮いただくこと、すこぶる楽しみです。音楽会は、できるかぎり協力します。朝鮮語新聞は、朝鮮の人びとに大きな喜びだったようです。東亜日報の創刊号をかざした市民たちが街へでて、万歳を唱えていました》

巧の手紙には、東亜日報の紙面とともに、創刊の辞の訳文が、同封されていた。

〈蒼天に太陽がかがやき大地に清風がふいている。万物のなかで生命と光栄が充満する。二千万朝鮮民衆は一大光明をえた。ああ、とうとう蘇った、復活した〉

その話を、才栄魯、呉相惇とともに、南宮璧の下宿をたずねたおりに話題にしたが、あいかわらず南宮は、冷ややかな目をかえなかった。

「新聞を許可したのは、警察だけでは独立派のうごきが掌握できないからです。許可すれば独立派のうごきがみえますし、都合わるければ、発行中止にできるわけですから、涼しいものでしょう」

地下新聞を陽性化させ、水面下の秘密活動をうきあがらせ、とりしまりを容易にするためだと、南宮璧は皮肉な笑いをうかべて、眉間に神経質なしわを寄せた。

「文化統治といっても、じっさいには警察官を大はばに増員したんですからね。朝鮮人をだますのを仕事にしている、まじめな日本人たちの集まり、それが総督府ですよ」

XV　京城市

工房をなくしたリーチの困窮をきいて、手をさしのべたのは、国民美術協会会頭で帝国美術院会員の黒田清輝だった。

リーチが毎年個展をやってきた画廊、流逸荘の主人仲省吾が、はしわたしをしていた。

英国に帰国することをきめたリーチは、麻布の黒田邸内にできた東門窯で、日本でのさいごの個展の準備に、いそがしかった。その合間をぬって、バーナード・リーチが我孫子にやってきた。

送別会に招かれたのだ。

「おれも、朝鮮に行くことにした。ヤナギー、連れていってくれるカー」

「リーチさんがいっしょなら、楽しいわ、ねえあなた」

兼子が、一も二もなく声をあげる。

東洋をもっと知るために朝鮮にいこう、と宗悦はなんども声をかけていた。

李朝や高麗のやきものを、イギリスに帰るまえのリーチに、ぜひ見せたいと思う。

「二人のけんかの仲裁に行くなら、おれは知らないからナー、それならシガに頼め」

リーチが大きいからだを折りまげて、ひとりで笑っている。

「今回は兼子さんの独唱会に、おんぶに抱っこの話だよ、いくら柳でも喧嘩できまい」

志賀が、相槌をもとめるように、ギョロ目をくるくるさせて、みんなに視線をおくる。

どっと笑いの渦がみんなをつつんだ。


【朝鮮の友に贈る書】は、こんなふうに書きだされていた。

〈朝鮮は寂しく苦しんでいる。巴紋の旗はひるがえらず、春は来るとも李華は永えにその蕾を封じるようである。固有の文化は日に日に遠く、生れ故郷から消えさってゆく。人びとの首はうなだれ、苦みや怨みがその眉にあらわれている。あなたがたの心や身が、どんなにくらい気持ちに蔽われているかを、察しないわけにはゆかない。歴史的にも地理的にも、また人種的にも言語的にも、日本にとっての兄弟である朝鮮は、日本の奴隷であってはならぬ。それは朝鮮の不名誉であるよりも、日本の恥辱の恥辱である〉

四月十日に書きあげて、すぐに写しを朝鮮に郵送した。元稿は『改造』に送った。

【朝鮮の友に贈る書】は、東洋大学教授柳宗悦の署名で、四月十九日と二十日の二日間、東亜日報に掲載された。

だが総督府の検閲にかかって、二一日から以降の三日分は、連載中止になった。

ただし、廉想渉の朝鮮語訳による【朝鮮人を想う】は、それ以前の四月十二日から十八日にかけて、朝鮮の若い新聞人の意気込みで、約束どおり、全文さいごまで掲載されたのだった。

「恩赦令で、とくに朝鮮人に、恩赦をおこなうと書いてありましたね」

兼子が、我孫子駅を出てすぐに、不安と安堵のどちらを感じたらいいのか、わからぬふうに問いかける。四月二九日いよいよ朝鮮へむけて、家をでてきた。今夜は、高樹町の実家にとまる。

兼子は、ふたりの子供に、涙をながして留守をいいつけていた。国内の演奏旅行には、なんども子供をのこしてでかけたが、世情のわからない朝鮮にいくとなると、別離の不安もひとしおのようだ。

「問題は、独立運動をして捕まっている者のあつかいだな」

宗悦は、となりの席の兼子に耳打ちするよう、ひくい声でいった。

我孫子駅前の、すっかり葉桜になった老樹のかげに、地元の者ではない風体の男が、ふたり立っていた。かれらがたしか、おなじ列車に乗りこんだ気がしていた。

「りっぱな結婚式だったようですね」

兼子も察したのか、話題をかえようとしている。

きのう四月二八日、東京で李垠王世子と梨本宮方子女王の、結婚式が挙げられていた。

今朝の各新聞は、王世子の結婚を、恩赦令とともに大書、特筆していた。

「日本の皇太子が、むりやり他国の女性と結婚させられたら、日本人はどうする」

宗悦は、これだけは言いたいというふうに、おし殺した声をだした。

「日本の皇室教育をうけるために、十歳のときに日本に連れてこられて……人質のようなものだろう、一度も里帰りをしてないんだから。宗理が十歳でどこかに行ってしまうのとおなじさ」すでに十三年も日本に留学している李垠王世子は、去年死んだ李王朝最後の国王、高宗の第七番目の子だった。日韓併合がなければ、皇帝になりうる身分なのだ。

日本政府の方針で、陸軍士官学校から軍人の道へあゆみ、日本の皇族、梨本宮方子女王と、きのう婚姻されたのだった。

こののち李垠は、日本の敗戦にいたるまで、日本国軍人の身分でありつづけた。

日本の敗戦後、身位喪失した李垠は、帰国を望んだ。しかし、日本と大韓民国のあいだに国交がなく、ながいあいだ帰国がかなわなかった。

在日韓国人の李垠が、日本人妻をつれて生まれ故郷の土を踏むのは、終戦から十八年後の、一九六三年になってからだった。政治に翻弄された、数奇な一生を送るのである。

母が、妹千枝子のすむ京城に、いちど行きたいと言うので、同行することになっていた。

宗悦が母の家に立ち寄るのを、知っていたかのように、その男はあらわれた。

宗悦は、すっかり日ぐれた玄関先に立って、来訪者の顔をじっと見ていた。

その男の顔にみおぼえがあった。でも名前を思いだせない。というより、同期生の名前くらいは知っていたが、学習院の後輩の名前は覚えていなかった。

軍事教練に喜々としている後輩など、あのころ眼中にはなかったし、吐き気がする存在に見ていた。

「軍隊で強制する平和が、国と国とを結びあうはずがないだろう……虐げられる人びとよりも虐げる国のほうが、よほど死の終りに近いとは思はないかい」

「自己確認のために、見くだす対象が必要なんですよ。アメリカには奴隷制がある、ヨーロッパだって、自分たちの確認のために、支那やインドを、蚕食しているじゃないですか」

宗悦の二年後輩だと名乗る男が、ついに本音を言った、と思った。

男は、日比谷の赤レンガ庁舎から来たと告げるだけで、名乗りもせずに、ながいあいだ舐めまわすようにあれこれ質問して、なかなか帰ろうとしない。外にむけた傲慢さのうしろに、あさはかさが顕わに透けているような男だった。

「東亜日報の記事は、柳さんから掲載を依頼したものですか……えらく朝鮮人が喜んでいるようですよ。むこうに着いたら歓迎されるんでしょうね、でも全員が歓迎しているとはかぎらないですから」

「かぎらないとは、どういう意味だね。もし朝鮮で憎悪の刃を受けるなら、わたしの想いがまだ不純だからだろうね。あるいは、うそつきの日本人の一人だと言われるなら、わたしの真心が足りないからだ……」

「妹さんの御主人だって、日本のために頑張っているんですよね」

「人間には、きみのように一方からしか見ない人間と、真実に迫ろうとする人間、二通りいるんだな。きみが学習院時代のままと言うのは、ぼくには、停滞していることと、おなじに見える」

「いいんですか、そんな物言いで……柳さんのためになりませんよ」

「いいかい、手段をえらばず目的をとげるのは、最低なやりかただ。わたしは、名こそ惜しむ……人間同士、手を握りあいたい日本人がいることを、朝鮮まで直接つたえにいくつもりだ」

一時間も寡黙な問答をしていると、寒くなってきていた。

「ぼくは、朝鮮の芸術が素晴らしいことを、日鮮両国の人間に伝えようとしているだけだ、それ以上はなにもない、もう帰ってくれないか」

「あなた、入ってもらわなくてよろしいのですか」

朝鮮に行くまえに風邪をひいてはつまらない。宗悦が、耐えられなくてそう言ったとき、兼子が玄関にでてきて、心配そうに声をかけた。

それを機に、男は暗闇に溶けこむように消えていった。


宗悦と兼子は、母の手をひき、バーナード・リーチ、それにピアニストの榊原直とつれだって、まる二日かけて、一九二〇年（大正九年）五月三日の朝、京城についた。

浅川巧や今村、すっかり大人びた廉想渉、それに思いがけないほど多くの、朝鮮の人びとが出迎えてくれた。駅舎を外にでると、南大門が高い空のなかに、四年前のままに佇んでいる。

この都を訪れる人はすべて、あの門を過ぎたにちがいない。門は黙して語らないが、そのしたを通る者の心のうちを、すべて見通しているのではないだろうか。

そう思うと、宗悦の律儀な心が、ぐっと引きしまった。

疲れている母を妹の家におくり、自分たちは二見旅館に荷物をといた。

つかのまほっとしていると、迎えがきて、午後にはもう歓迎会がはじまっていた。

「四年前に買って帰った李朝のやきものを、自分の部屋から遠ざけたことがありません。机の上において眺めたりふれたりしていると、朝鮮のみなさんと、心が触れあうような心境になります。わたしは、朝鮮の芸術に、心からの敬念と親密の情とを抱いてやってきました……」

石窟庵などの偉大な芸術をはぐくんだ朝鮮の人びとと、心と心を結びたいのだと、本気で話した。

「みなさんの祖先の芸術ほど、わたしに心をうち明けてくれた芸術は、ほかにないのです」

宗悦が挨拶をおえると、十五名ほどの青年たちが、血がふいたような赤い眼をして宗悦を凝視していた。通訳の言葉がすんでも、瞼をパチパチさせるだけで、肩をいからせ、腕を突っ伏して動かない。

しばらくして誰かが手を叩きはじめた。すると気付かされたたように、ふたり三人と拍手がおこり、いつか全員たちあがって、それが野太い咆哮のうずになっていった。

歓迎会場の金剛園にいるのは、廉想渉が中心になっている文芸誌『廃墟』の同人たちだった。

「柳先生の一言一句が、飾辞や巧言であると思いますか。真理に生きるわれわれなら、よく看破することができるはずです。ぼくは日本で柳先生のふだんの生活を見せていただき、誠意を確信しております」

同人を代表して、若い廉想渉がかみしめるように、歓迎のことばを説きおこす。

自分の赤心はうけいれられている。宗悦は、目頭がぬれるのを止められないでいた。

「……いよいよ、わが朝鮮史上初のヨーロッパ音楽の公演会が……」

すでにチケットが売りきれているようで、早くも追加公演の話を、廉想渉がしゃべっていた。

すさまじいばかりに大車輪でうごく、京城での二十日間が、こうしてはじまったのだ。


翌朝の東亜日報には、京城の駅についた宗悦夫婦の写真が、その夜の音楽会の予告記事とともに掲載されていた。朝鮮ではじめての西洋音楽の独唱会は、京城の知識階級、なかでも青年のあいだで、多大な好奇心をもってむかえられたようだ。

会場のキリスト教青年会館に、夜七時の開演を待ちきれず、人があふれてきていた。

千三百席はすべて売りきれているのに、ながいあいだ会場周辺の人垣は去ろうとしない。

兼子は、大衆向けのレパートリーを組むことはしなかった。日本でやるように、本格的なアルトの独唱会を構成していた。宗悦のねがいである、しらない日本を朝鮮の人びとに伝えるために、真正の芸術を披露しようと、気迫をこめていた。

宗悦たちの周りでこまめに動いてくれているのは、東京でしりあった若い女性、羅蕙錫と許英粛の二人だ。

「白い韓服を、日常生活で汚さないようにするのは苦労します。でも、だからこそ白色は、わたしたちの感覚を、とぎ澄ましてくれるんです。気高い白をけがさないことは、自分たちの生活に誇りを与えています」

宗悦が訊ねると、羅蕙錫が頰をそめて、そう言った。

それでも、宗悦の違和感は消えなかった。どうしても、積年の苦しみに耐えてきた朝鮮の人たちの心の内が、もの言わぬ衣服の色となってあらわれているように思えるのだ。

「いまの朝鮮の状況を、本来の人間のものではないと見てくれる柳先生の優しさが、悲しみの色として見ているのですよ。そう見てくれる柳先生に、ありがとうと言いたいです」

羅蕙錫と許英粛が、交互にそんなことを言い、顔をみあわせてうなずいている。

西洋画と西洋医学を学ぶため、東京にきていた二人は、西洋声楽家として活動している兼子に、憧れをもっているようで、いつも兼子のまわりを明るい笑顔でかざってくれる。

「そうですか、白は誇りの色なんですか。なんかお母様の雑巾みたい」

兼子が、羅蕙錫と許英粛に、姑のはなしを、身ぶり手ぶりではじめた。

「きれいな顔をしていたね、あの娘は。この壺のそばに立つと、壺も彼女もひき立つだろうな」

何げなく言った宗悦の言葉に、兼子が目頭をにわかに角張らせたのを、宗悦は気づかなかった。

浅川伯教の妻タカヨが英語をおしえている叔明女学校で、タカヨに頼まれて、兼子の演奏会があった。舞台がおわって楽屋にもどった兼子を追いかけるように、ひとりの女学生が肩をすぼめながら、それでもけっして引きさがらない強い足取りで、部屋にはいってきた。

その可愛い娘の名は、崔承喜といった。

宗悦は、演奏会のあと浅川巧の家にきて、ふたたび見た大壺のまえで、思わずつぶやいてしまったのだ。

これまでも、朝鮮の女性が日本人とはちがう情熱を発しているようで、面くらい、眩しく思うことがあった。兼子にも、その印象は伝搬していた。

「あら、わたしもきれいに見えないかしら」

兼子が、さっとその大壺のよこに立つ。

「バカ、変なことするな」

宗悦が、意味がわからずに声をあらげ、タカヨと巧の妻みつえが、はじけて笑っていた。

「兼子が一番だナー、壺がそう言っているナー」

リーチが、壺に近づいてきて、それにキスするように、抱くしぐさをした。

「なあに、リーチさん。ずいぶんね」

「怒らない、兼子ナー、この壺は西洋に連れて帰りたい東洋の女神ナー。兼子はヤナギの奥さんナー、連れて帰れないだから」

それでみんなが大笑いになった。伯教と巧の、小さい娘たちも、つられ笑っている。

巧の家でみんなが囲んでいるのは、浅川伯教が所有している、青花辰砂蓮花文大壺だった。

浅川巧の家に、リーチと兼子を連れてきた最初の日、リーチはその壺のそばで唸りはじめて、大きな両手で栗毛の頭をもじゃもじゃやって、動かなくなった。

高さ尺五寸の大作で、白地に呉州で蓮華がえがいてある。花びらやつぼみに辰砂をあしらい、薄紅と緑色とを発色して、壺の形と文様とその色あいが、みごとなバランスを見せている。

肌の白さは、つつましやかで、内にしずむおだやかな色調だった。わけてもまるく流れる姿からは、自然のひめやかな息づかいが聞えてくるようだ。

その春かすみのような世界に描かれた、一束の蓮華には、李王家博物館にある弥勒菩薩半跏像の面影も、見えかくれしている。

「眺めていると、なにもかもが清められ、静められるナー。神さまここにいるナー」

「この壺ひとつを想うだけで、真実をおもい、命をおもい、彼岸をおもうことができそうだよね。これほど作品が、李朝にはあるんだぜ」

「ほんと、女神ナー」

「こんなすばらしい芸術品を、いまの朝鮮の人びとが知らないことが不幸だよ。そうじゃないかい、巧さん」

「そうですね、さがせばもっと、どこかにありそうですしね」

「なんとかして集めてさ、それを美術館として展示できたらいいのにね、でなきゃ、ぜんぶが煙のように、いつか消えてなくなっちゃうよ」

宗悦は、面前にある大壺に、石窟庵のおごそかな、宗教的気配に通じるものも感じていた。なぜ、はるかに歴史をへだてた高麗と李朝の、しかも石仏や金銅や陶器のあいだに、こんなに気高い宗教性が共有されているのだろう。

それを解きあかすために、いつか自分は、朝鮮芸術史を書かなければいけない。

この青花辰砂蓮花文大壺と石窟庵が、くしくもいま自分に、そのことを命じているのだ。

「ぼくの気分、どれだけ重いかわかるカー。どうしてもっと早く朝鮮に来なかつたですか、ぼくはバカなやつナー……イギリスに帰るぼくの心、二つに割けそうナー」

おどけて言うリーチの口調には、本音の気配がういていた。

その夜、宗悦は、覚書きにこう書いた。

〈どんな陶工がこの永遠の作をうんだのか。これこそは、仏徒が愛した蓮華の花さく浄土である。見る者の呼吸は漸次に静まって、心はいつかその蓮花の座に移され、我もなく彼もなくすべては一に流れる。これは李朝の作のなかでも、永遠なもののひとつである。……人びとの心と心が、じかに触れあえるような、朝鮮民族の美術館を建てたい〉

宗悦は、資金のゆるすかぎりではあるが、このところ李朝陶磁器の収集を加速していた。我孫子の家にきた者ならだれでも、柳が各部屋に、朝鮮の品々を並べているのを知っている。あれらの陶磁器をすべて、京城の地に贈りかえす日のくることを、宗悦は心に期したのである。李朝の陶磁器は、朝鮮の地に生きてこそ、朝鮮の人びとの血肉となるのだと思っていた。

会場になった太華亭の庭で、白い花をつけた枝葉が、川波に似た音をたてていた。東京で知り合った、詩人で廃墟社同人でもある、呉相淳のよびかけで、五月十三日の夕刻から、申興雨、金雨英など十三人の才気ある朝鮮の人たちが、宗悦を歓迎会に招いてくれた。アカシアの香りにみちたさわやかな五月の空気を、宗悦はその場の人たちにまじって、おもいきり吸いこんだ。親しさがからだ中に満ちてくるようだった。

呉相淳の子供だろうか、五色の色のかわいいチマチョゴリ姿の幼女ふたりを入れて、参加者全員が写真におさまるところから、雰囲気は終始なごやかだった。それは宗悦が日本で想像していたとおりの、普通の人間の、情愛にあふれた笑顔のあつまりだった。

「朝鮮の芸術ほど、人情にこまやかな芸術は、世界にないですよ。心の美しさや温かさが、いつもそこに浮いています。その美しさの背後に、歴史の悲しさや淋しさがあるように思われましてね、いや、でもそれは恥でもなんでもありませんよ」

宗悦がしみじみ語ると、座は静まりかえって、ひととき水を打ったようになった。

そのどちらに流れるともわからない気配を破るように、若いころの有島武郎のような中分け頭をした、具流玉という小柄な男が、宗悦にむけて顔をあげた。躊躇する目をしている。

「わたしは柳先生の【朝鮮人を想う】をよんで、一挙に目のまえが開けました。仲間はみんな、自分たちの祖先の芸術を捉えなおすことができたと言っていますし、自尊心の回復もできました。たしかにあれが、ほんとうに韓国芸術の真の性格のように思われます」

発見者は日本人だったが、そこで見いだされ、意味づけられた朝鮮の美は、積極的にうけいれられると、具流玉は言うのだった。

「陶を見れば為政がわかる、ということばが中国にあります……」

宗悦がそう言って、一呼吸おいた。そのとき、

「柳先生、たしかに歴史は悲惨ですが、朝鮮民族の根っこには楽天的で陽気な一面もあるのです、それを出しづらい世の中が、いまはつづいていますけどね」

尹致昊という初老の男が、控えめに口をひらいた。歳は加納治五郎叔父くらいだろう。尹致昊は、寺内総督暗殺陰謀事件で、主犯として捕まったことがあるらしい。

「もっとも、具がいうように、朝鮮芸術の特徴が恨の美、悲哀や哀傷の美だという考えほど、いまの朝鮮人を惹きつけるものはないようですね。たしかに植民地のわれわれには、強烈に響いてやまないところがあります」

尹致昊は、歳相応のおだやかな表情をうかべていた。だが瞳にうかぶ憂色は消せていない。

「わたしの妻が、奥様に聞いたと言ってましたが、日本にいて植民地支配を疑う者は非国民で、

しかも、朝鮮の独立に同情する者は売国奴と言われるようですね……いいか、みんな、先生のような方は、日本じゃ普通に扱われないんだ」

座に向けて、金雨英がすこし声を張った。かれは兼子にずっとつき添ってくれている羅蕙錫の夫だと聞いた。

「たしかに、みにくい勢力が支配していますね」

「わたしたちは、抵抗しつつ同調し、同調しつつも抵抗するんです」

さりげない感じでふたたび、尹致昊が言った。

「文化統治、あれも変な言いかたですがね、まあそのおかげで映画館が許可されました。映画はいい、世界中のいまを伝えてくれます。西欧の動向がめぐりめぐって、きっと自分たちにつながってくる、そうわたしは思います……年寄りの寝言ですかな、ハハハ」

奥底をのぞかせない表情のまま、あご髭をちいさく揺らせて、尹致昊は笑った。

おびただしい料理が、柳宗悦の歓迎に用意されている。

それだけではない。その夜はチャングという鼓のような打楽器が、音の磁場で宗悦のきまじめな情熱をかきたてたのだ。

宗悦は、講演会と音楽会の合間に、兼子やリーチと、京城市内をほうぼうにでかけていった。

「ねえ御覧なさいな、あのかわいい子供」

南山の茶店で、氷水を飲んでいた兼子が、向こうから手をつないで歩いてくる親子連れを、待ちかねるように声をあげる。

京城に着いてからというもの、兼子はしきりに、子供服のあでやかさに目をみはっている。町を歩きながら、いくどもふり返っては、その可愛い姿に心を引かれるそぶりを隠さなかった。

「朝鮮の白い服が、悲しみの色だというのは、あなたの決めつけじゃないですか」

兼子が、あっけらかんとした口調でいう。

「あんなにあでやかな晴れ着をみていると、大人たちの着ている白い服も、明るい楽天的な色に見えますもの」

赤や黄や青の色彩が、白い韓服の単調をするどく突きやぶるように、幼児のからだを鮮やかにつつんでいる。よくみると、鮮やかな色にも、とても微妙な色合いがあるようだ。

「そうかもしれないね」

宗悦は、めずらしく兼子にすなおに同意して、親子とすれちがった。

朝鮮民族の根っこには楽天的で陽気な一面もあるのだ、といった尹致昊のながいあご髭が、親しく思いだされる。

南山のいたるところで、ツツジがあまい香りを流していた。

朝鮮神宮の工事をしているそばを素通りして、二六五《メートル》の頂上をめざす。

山頂ちかくには、ケヤキやエンジュの大木があって、その木陰にはいると汗がひいた。

その日宗悦は、パゴダ公園近くの古本屋で見つけた、京城市街の古地図を携えていた。展望台にきて古地図をひらくと、リーチと兼子が寄ってきた。

「ほら、地図にも玄武の絵が描いてあるが、京城の街はあきらかに自然を背景として風水で計画された都だ。わかるだろう」

東西に四キロ、南北には三キロほどだろうか、都を造営した李朝の人びとの意図が、あきらかに眼下にうかんで見えている。南大門から、大通りを北にすすんで光化門にとどき、勤政殿や慶会楼を望んで、北岳から高く北漢山をあおぐ、秩序ある建築の縦列。

都の中心である景福宮は、四周の地形をかんがえ、その礎をおくのにもっともふさわしい場所に建てられたことが、そこから見ればすぐにわかった。

「自然によって都はまもられ、都によって自然はかざられた。……おい、どうだこの言いかた、詩的だナー」

リーチが、ふと口をついたように言って、悦に入っている。

「ところが、日本がそれをこわしている」

宗悦がすかさずに返すと、リーチもすぐに反応した。

「ああ、あの光化門の北側で工事をしている、でかいビルディングのことナー」

「それもだが、景福宮の百五十棟もあった建物は、日本人が経営する料理屋や、日本人の住居にするために、解体され売りさばかれて、ずいぶん数が減っているらしい。のこっている建物も、風雨のままに朽ちつつあるんだ」

それは四年前に、浅川巧から教えてもらった話だった。

景福宮は、李王朝さいごの大作である。東洋が西洋文明に浸食されていく現代、東洋に残された貴重な建築群なのだ。

「いまの日本人では、あの景福宮みたいな大きい木造建築は、簡単じゃないわね」

兼子が、パラソルを肩にあずけて、独り言のようにいう。

「きみ、いいこと言うじゃないか」

宗悦は、おもわず相槌をかえしていた。

遠望台にきてリーチがすぐに指摘したように、光化門と勤政殿とのあいだに建ちつつある、あのばかでかい西洋建築が問題なのだ。

「総督府は、むりにビルヂィングの位置を西に片寄せてるのカー、景福宮にビルヂィングもおかしいが、位置もおかしい。宮殿をだいなしにする気ナー」

そもそもの景福宮のコンセプトや、それとの調和は、少しも考慮されていない。

景福宮の美しさは、光化門の壮大な石壁をくぐってそのさきに、二重石段の上に立っている勤政殿の、大建築を見るときにあるのだ。

ところがその勤政殿が、光化門を通して見ることができなくなっていた。光化門と勤政殿のあいだに、あえて朝鮮総督府新庁舎が建築されていて、しかもすこし中心軸を無理に西にずらして、景福宮全体の調和をあえてこわすやりかたで進められている。

それはやがて、勤政殿をこわし、光化門を棄てる前兆ではないのか。

朝鮮のひとびとは、それを囁いていた。

「朝鮮のシンボル壊す、朝鮮人、だれでも寂しくなる、そして怒る。当たり前ナー」

リーチが事もなげに言った。

宗悦は、古い地図をたたむと、あらためてたいせつに鞄にしまった。二十年、五十年の後、美しかった京城を想いおこすために、この地図は大事なのだ。

日本人が京城を破壊しても、古地図だけは京城を昔のまま守るはずだった。


リーチが一週間滞在して一足はやく日本に帰り、五月一七日には兼子と母が京城をたった。

宗悦は、その後さらに五日よけいに残って、京城をひとりで歩きまわった。

当初の予定では、音楽会は、日本人のために一回、朝鮮人のために二回開かれる予定だったが、じっさいには、兼子のいた二週間で、ちいさな会も加えると、七回も独唱会が開かれた。

兼子の独唱会は、こうして朝鮮の人びとにながく記憶されることとなった。

宗悦の講演会も、いちどの予定が、結局四度開催された。

それほどに、宗悦たちは歓迎されていた。

「すばらしい数々の芸術を生んだ朝鮮を、わたしは敬愛してやみません」

講演会で宗悦は、全身から魂をしぼりだすように、朝鮮の若い人びとに語った。

「……この世はみなさんの想像以上に栄光に満ちています。みなさんの心で、それをかならず受けとめることができるのです。宗教と芸術をきわめることです」

事情が許せば、朝鮮に住んでもいいな、とふと思ったりする。

柳宗悦は、疲れたからだをふるいたたせ、京城を離れるまで、精力的に動いたのだ。

「父上、自分でもこれほど忙しく動いた三週間はありません……あなたの頑健な精神力が引き継がれているのですね。感謝しています」


ひとり東京にもどる途中で、それを思い出すたびに、えたいの知れない不安に陥った、ひとつの記憶がある。これだけは、どうしても自分がなにかに書き残しておかなければいけないと思う、宗悦自身の体験にもとづく、日本の不名誉だった。

宗悦は、兼子が帰ってからは浅川巧の家にうつって、京城市内を気のむくままに歩いていた。

あと二日で日本に帰るその日は、さいごの鐘路散策を楽しんで、歩きつかれていた。

手にいっぱいの土産をさげて、鍾路から南大門へもどる市電にのりこんだ。

車内にすすむと、細い杖を抱いていた老女が、不自由なからだを左によせて、席をあけてくれた。

宗悦の右側には、高貴な衣服の老人が、白帽をかぶり、威儀を正して、しずかに座っていた。

黄金町の乗換えで、二人の日本人が入ってきて、宗悦のまえに立った。混みはじめた電車のなかで、かれらは無遠慮な、おお声で話しだした。日本から京城に遊びにきた知人を、もう片方が案内しているようだ。

と、案内しているらしいひとりが、宗悦の右に座っている老人の帽子を、ことわりもせずに上から掴んで、脱がせてしまった。

「変わってておもしろいだろう。いまは、去年死んだ皇帝の喪中で白だが、つねにはこいつが黒いんだ。馬の毛で作ってるらしい、なかなか手ざわりがいい」

「日本にゃないよな、こどもの土産に買ってかえろうかな」

宗悦は腹立たしくて、二人を交互に、にらみつけていた。なぜかくやしかった。

傍若無人な二人にいたたまれず、老人を横目でうかがうと、その顔が、おそろしく渋く歪んでいる。しかし老人はこらえた。

帽子を男たちから取りかえすと、しずかに元に正し、そしてそっと眼を横にそらした。

こんな無礼な態度をうけてさえ、それにたえ忍ばねばいけないのか。

宗悦は暗澹として、にげだしたくなった。

許してください。胸の中でしぜんと、老人にわびていた。

浅川巧から聞いていたはなし、そのままだった。

「朝鮮服で出歩くと、おなじ日本人から、ヨボ、どけって言われるんです。ヨボというのはコラッという、蔑む言いかたです。ぼくはだまって席をゆずりますけどね」

日本人の態度を知りたかったら、朝鮮服をきて町にでればわかる。浅川巧が、彼のやさしい目を、日本人にむけた怒りと無念さでにごらせて、言ったことがあった。

いつも朝鮮服を着ている浅川巧は、こんな目にあったということだ。もし東京の市電のなかで、おなじような騒動があったら、日本人はきっと黙っていないはずだ。

日本人のおおくが、朝鮮の風俗や習慣を嘲笑し、わるい冗談話にしているのだった。

非常識でやすっぽい優越感が、どれだけ朝鮮人のうらみをかっているか、なぜ考えないだろう。みにくい差別にふけりながら、反感を予期できないのは、知恵がないとしか言いようがない。おろかなのは、日本人のほうではないか。

二度目の京城で、日本人の救いがたさを再確認することになってしまった。

XVI　朝鮮民族美術館

「朝鮮の人のなかには、ぼくのやってきたことが、芸術を通しての融和政策そのものだ、と見るむきもあるからね。つまり総督府と共犯だという論理さ」

柳は、苦しそうに、やるせない溜息を、おおきく吐いた。

「……ぼくが愛した朝鮮の美が虚構なのかと、逆に聞きたいけどね。ぼくは、朝鮮の素晴らしいところを、ひとつひとつ確認し、掘り起こしただけさ」

「富本も言ってたように、批評なんて馬鹿にでもできるからな。結果を見てあれこれ言えばいいのだから。だって柳は、日本が総督府統治を継続すべきだなんて、一言も言ってないだろう。でなければ、柳の講演会に、たくさんの聴衆が集まるはずがないもの」

濱田が、背筋をのばして、ひとつことに集中した顔つきになっている。

「実践者の柳は、柳のやりかたで、懸命にとりくんだ、それでいいんだよ。実践者はだれも完璧じゃないさ。すべてに道筋をつけられるなら、世の中がこんなに混乱することもないだろう」

批評するだけの人間は信じないという、濱田のなぐさめが、いまはすなおに聞けない。さいきん耳にするようになった、あからさまな批判を思い出し、苦々しい気分にとらわれていた。

「だって、ぼくがやろうとしていたことは別にあったからね、宗教とか哲学とかさ……直接革命を訴えていた、申采浩なんかとはまるでちがうものね、ぼくは」

宗悦はそう言ったあと、深く考える目で、地平線のなおさきを見ていた。

野焼きをしている枯野を走っていたと思えば、緑の草原が地平線まで続いているところにくる。しばらく進むと、雪が降っているなかを走っていたりして、景色のめまぐるしさに驚かされる。

何日目だろう。宗悦は、もう日数をかぞえるのをやめていた。

四〇キロは距離じゃない、零下四〇度は寒さじゃない。そんな言葉を車掌から教わったが、なるほどと思う。その広がりと奥行きは、まさに開かれざる大地だった。

宗悦は、そんなどぎついシベリアに、いつしか近しい気分をいだいていた。

窓から見ると、ながい連結車両はいつも湾曲していて、ずっと前方の機関車が、頭を右に左にふり向けながらすすむさまは、青龍の飛翔を連想させた。

タイガが切れると、小さい村が点在している。

「なんか、遠目には益子の風景に似ているな」

濱田が、そこだけ陽がさしてうきあがっている、幸福そうな村に目をおよがせている。

「でもな、もっと奥地にも、きっと村があるんだぜ、人間はすごいもの」

朝鮮を歩いて旅した夏、どんな奥地に行っても人は住んでいるものだと、つくづくの感想を抱いたものだった。

「山奥の村に行くとさ、こんもりとした、いい形の藁屋根の農家があるんだ。一軒一軒が、それぞれに歪んだり、膨らんだりして、それで全体に美しく調和していてね」

慶州まで歩いたのは、もう十三年も前のことになる。

「おれも朝鮮に行ったときに知ったけど、朝鮮の人は、歪んでてもサイズがまちまちでも、平気なんだね。日本だったら、まっすぐにしないと気がすまないところでも、ぬけぬけと平気だ。あれはおもしろいと思ったな」

濱田庄司のように、異質を肯定することが、民族を理解する原点なんだろう。

その境地にどうしても至らないまま、日本の統治は、天皇が昭和の世になっても維持されていた。

でもこんなことが永久に続くことはありえない。その想いは、いまも宗悦の奥深いところで、信念のようにして光っている。


一九二〇年の『改造』六月号に載った【朝鮮の友に贈る書】は、ひどいものだった。

それは当初、宗悦たちが朝鮮にでかけるのにあわせて、『改造』五月号の巻頭に掲載される予定だった。だが内務省警保局が、事前検閲で掲載を認めないと言いだし、それを改造社が交渉して、結局ずたずたに切られたものが、ひと月後に掲載された。

肝心な言葉が抹殺されていた。削除の個所があまりに多いため、自分が書いたものとは思えないくらいだった。

英字新聞『ザ・ジャパン・アドバタイザー』が、【朝鮮の友に贈る書】の抄訳を掲載していると知らせてくれたのは、離日直前のリーチだ。

リーチは、なつかしい我孫子へさいごの別れをつげに、英字新聞をもってやってきた。

「ヤナギの大きな愛、外人よくわかるみたいナー。みなさん、Excellent 言ってます」

「削除だらけの文章でも、感激してくれた日本人がおおくてね、ここにもずいぶん手紙が届いたよ、嬉しいね」

《あなたの叫びは、わたしの血を動揺させています。全部の文字に対して賛成の心を表します》

宗悦は、寄せられた応援メッセージの束を、リーチに一つひとつ訳して読んだ。

庭のアジサイが、二人の談笑につられて、笑っているようだった。

ふたりして、昔のように小舟で湖面にこぎだす。

梅雨のはずだが、手賀沼の上空は雲ひとつない青空で、湖上には、船をすべらせる心地よい風が吹いていた。湖面をかこむ森の稜線のなかで、ひときわ若い緑に輝いているクスノキの軟らかい葉叢が、どどっと風に揺れている。中空にも爽快な風が吹いているようだ。

そのたわむ緑の稜線の上には、夏至に向かう太陽が輝いていた。

宗悦が、慣れた手つきで水棹をさしていると、リーチが、せまい舟のなかで立ちあがった。

「言葉などではカバーできない、とても広くておおきいもの、東洋の心ナー。それを日本にきて学んだ、ヤナギに教えてもらって学んだ、ありがとう」

リーチは、そう言いながら、左手を胸に当てて、ぎこちないお辞儀をした。その顔に湖面からの反射光が踊っている。

「バーカ、ぼくのほうが、それ以上にきみから学んだよ」

宗悦は、棹を漕ぎおくりながら、腰をかがめて答えた。

だがその声は、棹の水音が消してしまったようだ。

リーチは三樹荘にもどると、いまはなにもない工房の跡地に向かった。青い空と樹々の緑しかないその場で、リーチはおもむろにしゃがんで、ちいさな袋に我孫子の土をつめはじめた。

「英国で濱田につくってもらう登り窯に、この土を練りこむつもりだ」

リーチの深い眼窩のおくで、まぶたがふるえている。

「安孫子は、ぼくの人生のなかで最高の数年間だったと思うよ。あんな時間はもうこないだろう」

リーチが言った。

一九二〇年（大正九年）六月二九日。

リーチは、百人以上もの人に見送られ、日本郵船の賀茂丸で英国にむけて帰っていった。

横浜港の岸壁で、バーナード・リーチは、宗悦の手をいつまでも、はなさなかった。

「リーチは、古い日本だけじゃなく、新しい日本を理解した唯一の外国人だ。日本での十年の経験が、きっと意味をもってくる……きみの理想の、東と西の結婚が、ちゃんと果たされることを祈っているからな」

「パパ、はやくー」

見上げると、日本で生まれて九歳になった長男デイビッドが、心配そうにデッキから叫んでいた。

リーチは、濱田に背中をおされて、煙突からもくもくと煙を吐いている賀茂丸に、ようやくからだを向けた。長身のリーチが、背中をまるめてタラップをあがってゆく。

『白樺』五月号は、挿絵にリーチの絵をつかい、リーチ特集号にした。

朝鮮からもどってすぐ、六月一日からは、神田流逸荘でのリーチのさいごの個展に尽力した。

そして『An English Artist in Japan』という冊子を、自費出版してリーチにささげた。

リーチにしてあげられることが、まだあったかもしれない。

そう思うと、リーチの背中をみている宗悦の目から、大粒の涙があふれた。

周囲のみんなも泣いていた。とても盛大な見送りだった。

リーチを送って一ヶ月後、軽井沢通俗夏期大学で、〈ミスティシズム〉について話した帰りだった。

　軽井沢駅の改札口で主催者と別れ、ひとりホームにでたとき、あの男があらわれた。

「神秘主義に、きみは興味あるようだね。それともなにかい、後藤新平総裁や、新渡戸稲造会長のやっている軽井沢通俗夏期大学の内容に、問題があるというのかい」

「いやいや、柳さんの講演会でしたら、すべて興味があります」

「ほう、じゃ来月八月二日には、信州の飯田で、〈文化と実生活〉について講演するけど、くるかい」

「テーマに興味はありませんね。ただ、柳さんの講演会をきくのは、仕事ですから」

　男は、正面から顔を見せないで、宗悦の横に立ったまま、抑揚のない声で答える。

　突然あらわれた男に、いささか怒りがわいていた。だからといって、痛罵して男を焚きつけることも損だと思う。宗悦も、平気をよそおい、薄笑いで横をむいた。

「検閲による虫食い文章は、いまや日本文化だから、わたしはべつに驚きもしないよ……まあ、当局が許認しない文章というのは、自分の信念が未来にいきるという栄誉を意味するわけだ」

　男は、右足で、ホームの土を軽くけった。前をむいた姿勢のままだ。

「柳さん、分かっちゃいないみたいですね。あなたの書いたものは、【朝鮮人を想う】も【朝鮮の友に贈る書】も、朝憲の紊乱を意味するといわれているんです。わたしに言わせれば安寧の破壊です」

「そのおせっかいなら、改造社から聞いてるさ」

「なら、すこしは反省したまえ、柳君」

男が、急に怒気のこもった低い声で、横顔を半分宗悦にふりむけた。

眉間や、目元や、口元が、どす黒い激情で引きつって、醜い形相だった。

「わたしからもきみに申しあげておくが、わたしは平和と愛と秩序とを求めて、あれらのことを書いた。平和を求めたものが、不穏当であるという道理は、理屈にあわないだろう。読めばわかるが、精神的な未来の日本を信じ、風度の高い未来の人間に期待すると書いてあるんだ」

こんな官憲の手先に、未来にいきる精神なぞないと思ったが、宗悦はともかく言った。

真理を愛することで、自分が罰をうけるなら、それは自分には名誉だ、と強い一念だった。

「だって朝鮮人が攻めてくるんだ」

「そんな気持ちにさせたのは誰だね、源に目を向けなければいけない」

「言葉で説得できるやつらではないんだよ」

「そういう者もいるだろう、しかしすべてが乱暴をのぞむ人間ではないさ。元来は大多数が平和主義者なんだ。それが恐怖で煽られて、乱されて、過剰な身構えをはじめる。朝鮮の人びとにも、きっと良心がある、尊重しあえさえすれば、かならずわかりあえるんだ」

男の顔に、さげすむような、冷たい笑みがういていた。

【朝鮮の友に贈る書】が、多量な削除を受けたのは、自分が間違っていたためではない。この男のように、真理を恐れている者の不自然な処置にすぎない。どだい、正しい情報なくして、どんな正しい判断ができるというのだ。それに、応援の手紙をおくってくれた多数の人たちの心は、削除されてはいない。いまでも、見知らぬ読者からシンパシーにあふれた手紙が来ている。

沈黙しているが支持してくれる日本人がいる。つぎは、もっと、かたちある努力を捧げなければ、と思った。宗悦は、隣にいる男を忘れ、さらに具体的な方策を、落ちこむように考えはじめていた。

その思索は、またたくまに宗悦を、いつものように厳粛な気分にさせていく。

気づくと、男がホームをおりて、改札口のほうにむけて歩いていた。

《朝鮮で初めての文芸誌『廃墟』が、七月二五日に無事創刊されました。柳さんの支援金がずいぶん役だったと、南宮君が届けてきました。お送りします。廉君から、朝鮮の青年のあいだで、古い工芸品を蒐集することが、ちょっとした流行になっていると聞きました。『廃墟』同人にも、柳さんの講演から刺激をうけた者が、やはりいるようです》

カラ梅雨でおわるかと思っていたら、八月に入って雨がおおく、おかげで涼しい夏になっていた。

宗悦は、五月の朝鮮旅行記を『改造』十月号に載せるつもりで、原稿化作業をいそいでいた。

そんなときにとどいた、浅川巧から手紙だった。

廃墟社同人に、『白樺』でのすべての経験をおしえ、音楽会の収益から出版資金のカンパをした。それにも意味があったと思うが、朝鮮の若い人が、自分たちの伝統に価値を感じはじめたという知らせは、それ以上によろこばしい。

《廃墟社の連中の目が輝くのをみていると、眼に見えるなにかをわたすことが、いかにだいじかよくわかります。わたしもやる気がでてきました》

浅川巧はそう書き加えていた。そして焦る心なのか、さいきん見聞きしたことを、こまごまと告発していた。

朝鮮の経済を日本人が牛耳り、徹底して収奪していること。農村では土地を没収された農民が、行き場をうしなって、京城に集まっていて、のら猫のように無気力に座っていること。斎藤総督は、西洋の外交官や宣教師をまねき、連夜パーティを開いて、文化統治をアピールしていること。水野政務総監が、朝鮮語でスピーチをして、懸命に朝鮮人の心を動かそうとしていること。そんな情報が、静かな怒りで語られた、ながい手紙だった。

「そうかい、乃木大将にさえ一目置かせた柳君を、その後輩は脅すのか。おそらく権力の毒がまわって、人間を見る目が濁っているんじゃろうな、そいつは」

鈴木大拙が、小柄なからだをゆすって大笑いしている。

鈴木が、雑司ヶ谷に転居したと聞いて、東京にでたついでに挨拶によった。

宗悦が、後輩の名前をつげたが、鈴木は教え子のことについてなにも言わなかった。それより、宗悦の高等科一年のときの院長厳重注意処分を、伝説のようにおもしろがっている。

「あの折は西田が、きみを弁護したらしいが、これからは、わたしがきみの人物を保障するよ。正しい道はわかりやすいが、ときには厳しいものだ……地道にやることだ」

「ついこの前も、そいつが、また嫌がらせにきましてね」

台風の余波なのか、夏とは思えぬ雲行きで、夕方になっても雨が降りやまない日だった。

宗悦が、在日朝鮮キリスト教青年会に招かれて、会場に入ったとき、二百人ほどの席がすでにうまっていた。制服警官が、壁ぎわに、数人たっている。

宗悦が経験したことのない、重たげな、しずんだ空気が漂っている。

朝鮮人のあつまりだと、いつもこうなのだろうか。たえまなく監視される人びとの鬱屈が肌身にしみ、不快感がからだじゅうをふさいだ。

会場の拍手にまねかれて、演壇に近づこうとしたとき、ふと左肩をそっと押えられた。そして宗悦の耳もとで、だれかが囁いた。

「今夜は警察の監視がひどいようです。速記者が二人も来ています、どうか注意して話してください。貴方の身のうえに、もしものことがあってはすみませんから」

宗悦は、思いがけない忍び音に、くらい気持ちがほどけ、うれしかった。宗悦が朝鮮の人びとを想うように、朝鮮の人びとも宗悦を心配してくれていた。宗悦は、心がかよう幸せを感じ、上気して演壇に立った。

そこから見下ろした中央の席に、あの男がいたのだ。

男は、ひとりだけ帽子もとらずに、肩をいからせ、傲然と腕を組んでいた。

勢いをなおふくらまそうとしている日本の醜さが、男の顔に貼りついているようで、表情がよく見えない。顔のない顔で宗悦を睨みつける男の周囲には、不本意な趨勢に支配されている人びとの憤懣が、じっとりと立ちこめていた。

鈴木大拙は、座卓に両肘をついた姿勢で、指をもみながら、宗悦の話を聞いている。

「いまの日本は不自然です。このまま永続するとは思えないんです」

宗悦がそういうと、師が、ふいと顔をほころばせ、にっこり笑った。

「道元禅師はな、暗い部屋でだれもいないからといって、股間をあらわに掻くようなことはするなと言っておる。闇にも目がある。それは真の光を感じる心でしか感じられない。どこに居ても道を忘れないのが、まことの人格じゃよ」

鈴木大拙は、禿げあがった頭を何度もうなずかせ、宗悦の目を離さなかった。

師の小さいからだのうしろには、大きい東洋がひろがっている。

「四年前に学習院の学生と朝鮮満州に旅行したときに、二〇三高地にも行った。こんな小さい山で、敵味方何万という死者をだすような戦争というものは、まったくばかげたものだと痛切に感じたよ。柳君、軍隊なんていらないな」

達磨大師の絵のような、長く眼窩にかぶさっている眉毛を、師はいそがしく動かせていた。

「どんなものも、さいごには潰える。無理に作ったものは余計そうなるな。今の日本もいつとは言わないがかならずつぶれるだろう、きみの予言のようにな」

ビアトリス夫人に見送られて、鈴木大拙の家を辞した。

歩きだすと、涼しかった夏を恨むように、ヒグラシが鳴いていた。

「宗悦、闇のなかにいても正しい道を忘れるなと大拙師は言ったな……まだ見ぬ敵と戦うことは起きてしまった悲しみを忘れるよりも辛いさ、でもともかく前に行くことだ、おまえの心は自由だろ、宗悦」

声が聞こえたような気がして、あわてて周囲を見回した。

自分の財産は、からだを流れる父の血だ。ふいにそう思えた。

まだ暮れきっていない東の空に、円相図のような、まるい、白い月があがってきている。

宗悦は白い満月に向かって、ふかぶかと頭を下げた。その頭になにやらひらめいたのは、朝鮮民族の誇るべき芸術を具体的にしめす、美術館のイメージだった。

秋の冷気がこくなって、毎朝、五歳と三歳の息子が、宗悦の蒲団にもぐりこんでくる。

「パパ、クリクリンのお話して」

幼い兄弟は、宗悦のつくり話をせがんだ。最近の日課だった。

即興でつくる話に、おもしろい名前を織りこむと、子供が喜んだ。

毎朝、新しいストーリーをひねり出すのに苦労するが、子どもたちの底抜けの笑顔にくるまれると、すべてがほぐれて、いっさいの悩みがきえる。

話にあきた三歳の宗玄が、宗悦の左目の下にある小さなイボに、すきを窺っていたように指をのばしてきた。

「パパの豆」

宗悦のイボを撫でたり引張ったりするのが、幼い兄弟には楽しいようで、きゃらきゃら笑いころげて遊ぶ。

「あらまた、そんないたずらをしているの」

兼子が、子どもたちの着替をもって入ってきた。

「宗理がやらなくなったら、こんどは宗玄だ。そんなにおもしろいかね」

「子供に顔をいじられてるパパは、仏さまのように慈愛に満ちた顔に見えますわ」

「バーカ、きみに対しても慈愛にみちているさ」

兼子に、また無理を承知の頼みごとがある。

宗悦は、二人の子供を両腕にかかえこんで、ことさらに元気よくはね起きた。

朝食をすますと、宗悦はすぐさま書斎に引きこもってしまう。

「片づいたら、ちょっと書斎に来てくれないか」

宗悦は、兼子にそう言って、縁側から庭におりて、別棟の書斎にむかった。まだ秋のはじまりだというのに、はや落ちている枯れ葉がある。足下で乾いた音をたてる枯葉のかさなりに、使命を果たして朽ちようとしている、それぞれの葉の喜悦があるように思える。しばらくして兼子が、キンモクセイの小枝を小壺にさして、書斎にはいってきた。それを、宗悦の机の隅に置いて、光をゆするように歯切れよく、藤椅子に腰をおとす。

それを待ちかねて、宗悦は言った。

「このところ考えてるんだが、いまここに四、五万円の金があれば、りっぱな美術館がひとつ建てられるんだ。いや、建てなければいけないんだ」

「なんですか、藪から棒に」

「きみの演奏会を、また使わせてくれないか、たのむ」

問いかえす目をした兼子の、黒髪のあたりから、キンモクセイの香りがゆらいでいた。

「朝鮮に行く前、四月に、ふたりの名前で配った音楽会趣意書をおぼえているよね、あの趣旨を拡大してさ、朝鮮の民族美術を一堂に集める美術館を建設したい、その資金作りをしたいんだ」

三年半前に計画して進めてきた白樺美術館建設の事業が、いまだに実現できていないのは、個人献金に頼ったからだと思う。あのやりかたでは無理なのだ。

手賀沼が、晴れた秋の陽をうけながら、きわめて平らに凪いでいるのがみえていた。宗悦は、遠くをみやり、できるだけ大局的に、しかもわかりやすく、熱心に兼子を口説いた。

募金集めには、兼子の音楽会を中心にすえる以上の手段は、みあたらない。

「資金調達が目的だ、窮屈な貧乏旅行になるが、たのむ」

兼子は、宗悦の顔を見守っていた。

「わかりました……ただ二つ、約束を頂けませんか。ひとつは、美術館ができあがったらその次は、わたしが留学できるように音楽会の収入を使わせていただけること、もうひとつは、『白樺』に発表するときには、この前のようにわたしとの連名にはしないでくださいな」

仕事は手伝うが、主体はあくまでも宗悦であってほしいという。それに異論はない。

ただ留学には、金とはべつの障害があった。

宗悦は、曖昧にうなずいて、たちあがって、兼子の肩に手をおいた。

「ありがとう、慈母観音さま」

冗談めかして耳元で言う。すると兼子が、くすっと声を漏らし、宗悦にからだをよせてきた。


「柳さん、『改造』十月号の【彼の朝鮮行】読みましたよ。ほれに、さいきんの新聞雑誌には、柳さんの影響か、朝鮮民族に同情的な記事が現われるようになりましたね」

浅川伯教が、自身の力作の前で、嬉しい顔をゆるませている。

「浅川さんも、朝鮮人と内地人との親善は、政治や政略ではダメだ、双方の芸術で相通じるのがいいんだと、京城日報で話してたじゃないの。ぼくも読ませてもらいましたよ」

『木靴の男』と題した、浅川伯教の大きな彫刻が、文展で入選し、上野の美術館で展観されていた。木靴をはき、地面にすわりこんで両足のあいだに頭を重たげに埋めている、絶望した朝鮮人の彫像だった。

「ほら、あのように観衆が立ち止まるのは、浅川さんの作品に朝鮮民族への同情心がはっきりと読みとれるからです。やはり芸術の力は大きいですよ」

言われた伯教は、『木靴の男』の前にたたずむ観覧者を、嬉しそうにながめている。

「このことはリーチにも知らせなくちゃね。双子の女の子が生まれたようでね、芸術家に五人の子供は多すぎる、と手紙がきてね、志賀の家で、みんなでそれを読みながら大笑いしたんだ」

友人達のだれもが、会うたびにリーチの消息をきいてくる。

宗悦がリーチのために作った冊子も、よく売れていた。

リーチの残してくれた異国の友達とも、交流が広がっていた。

「インド人のシング氏がね、この夏京城に行きましてね、巧君のところで、あの青花辰砂蓮花文大壺を見て、大感激して戻ってきたんです」

「らしいですね、巧が手紙で知らせてきました。いっしょに撮った写真が入れてありました」

「やっぱり、李朝のやきものを、これ以上散逸させてはいけないと思いますね、できるだけ集めてみたいですね……」

浅川伯教に、ついつい計画をこまごまと話した。

京城の浅川巧にも、手紙を書いた。
《来年、京城に行きますが、その前に相談したいので、帰省の折、東京で会えないですか》
リーチへは、近況を詳しく書いたので、日本語原稿で八枚ほどの、ながい手紙になった。
《ぼくは朝鮮に関する本をだす計画です。政府間係者はどう受けとめるかわかりませんが、若い日本人のなかから、かならずや熱い反響がえられると思うのです。浅川氏の作品は、ロダンの有名なあの『絶望』を連想させますが、案外よく彫りあげられています》
宗悦は、手紙といっしょに、紅葉したモミジやイチョウの葉を、封筒がはち切れるほどに詰めて、我孫子からセント・アイヴスへ発信した。

一九二〇年の暮れに、浅川巧が我孫子にやってきたときには、『新潮』正月号に載せる【陶磁器の美】三四枚と、『白樺』正月号にのせる【朝鮮民族美術館の設立に就て】七枚の原稿は、書きあげていた。

ゲラ刷りを巧に見せると、しばらく一人になりたいといって、巧は、応接間の火鉢のそばでながいあいだかけてそれを読んだ。

夕方になって、宗悦がこもっている書斎に、浅川巧が兼子につれられて入ってきた。

「ここへは五年ぶりですが、よくもまあ、あれこれ集めて、互いが喧嘩しないものですね。やっぱり柳さんの眼力は特別なんですね」

浅川巧が、家中にふえている宗悦のコレクションを評し、おなじことを繰りかえし言った。

「柳さんは、神様から指名された人でしょうね。たった二度朝鮮にきただけで、陶磁器の美について、あれほどの論文を書いてしまうんですもの。不思議な人ですね」

そう言ってくれるのは嬉しかった。【陶磁器の美】では、技法はもとより、工人の心や民族の伝統まで、あらゆる角度から陶磁器を考察したつもりだった。

「李朝の美の背後にある、民衆の心を教えてくれたのは、巧さんですよ」

「いやぼくこそ、いろいろ学んでいます。読ませていただいた原稿、一言一句異論はありません、精魂こめて手伝わせていただきます。やりましょう、朝鮮民族美術館」

「そうですか、おねがいできますか」

宗悦は、しっかりと浅川巧の手を握った。

「ぼくは、天才から真の名品が生まれる、と考えていたんです。いまはすっかり見方が変わってねえ……無名の工人の仕事には、浄土の声明のような、包んでくれる安らかさがあります。つくろうとして作った美しさとは違うんです」

そのためのパートナーは、朝鮮にすんでいる浅川巧以外に、いなかった。

「朝鮮に生まれたものは、その地に帰るのが自然ですから、美術館は東京にではなく京城の地にたてましょう……寄付金の受つけ先は、京城の巧さんの家にさせてくださいね」

「この計画を知らせると、廉想渉君たちが喜ぶでしょうね。もっとも、いま東亜日報が無期限の停刊処分にあっていますからね、ちょっと残念ですけど」

「ともかく、来年早々にまた京城に行きます。廉君たちにはわたしから話します……ただし、妨害があるかもわかりませんよ」


宗悦の頭のなかで、美術館創設にむけて、あらゆる回路が動きはじめていた。

まず、国内で兼子の音楽会をひらくために、知人にあてて、手当たりしだいに手紙を書いた。

自分の講演会も、できるなら有料で、資金集めに使いたいと思っていた。

《朝鮮民族美術館に着手します。散逸してゆく朝鮮固有の古作品を蒐集し、ギャラリーを建て、日鮮人が親しく集って芸術上の研究をする場所にしたいのです。小生がこれまで集めた所持品もすべてそこへ寄付します。できるだけの気持ちのいい方法でお金を集め、収入のすべてを美術館に寄付したい思います。そのために、柳兼子の音楽会をひらき、小生は講演会をやらうと考えています。貴兄の世話になりうるなら幸いです》

問題は、朝鮮民族美術館の場所を、確保できるかどうかだと思う。

金が集まっても、かってに建築はできない。土地の取得や、館の建築など、朝鮮総督府の許可がいる。不自然だといっても、実際に朝鮮を統治しているのは日本の朝鮮総督府だった。

ならどうすればいいのか。

朝鮮総督府に、朝鮮民族美術館の創設を、認めさせるしかない。

宗悦の胸に、去年の夏に新聞でみた、ひとつの顔が浮かんだ。

しかし、逡巡がよどむ。迷いがきれずに、つい父の声をさがしていた。

「父上、あの人に会いに行きますよ」

「ようやく気づいたようだな。そうだ、当たってみろ。きっと悪いようにはしないさ」

国際連盟が、赤道以北の太平洋諸島を日本の委任統治として認めたと、きのうの新聞が報じていた。日本はまた、朝鮮とおなじような悲哀を、南の島にも持ちこむのだろうか。


車窓から見る関東平野に、カラカラ乾いた北風が、ほこりを舞いあげていた。

秋口に風邪をひいてから、一人住まいの母がなにかと宗悦をそばに呼びたがる。

宗悦は、母の顔をみるために、東京にでかけていった。

「父上と、斎藤実朝鮮総督とが、知り合いなんてことはないですよね」

「さあ、ふた回りくらい違うでしょうし、ないでしょうね……でもね、斎藤さんは築地の海軍兵学校卒業でしょう。お父様もそのころ水路局長で、水路局は築地のおなじ敷地内にあったと聞いています……その後すぐに海軍少将におなりでしたから、柳楢悦少将の顔くらいはご存知かもね」

母は、宗悦が珍しく父親のことを聞くので、にわかに元気が出たようだった。

「それよりも、谷口さんの方が現役だし、なにかとわかるのじゃないの」

お茶を運ばせながら、宗悦の夕食の心配まで、女中に指図している。

「でも珍しいね、宗悦が海軍の話をだすなんて」

「ええっ、そうですね。なんとか、斎藤総督に会えないかと思ってまして」

「ちょっと、変なことはやめなさいよ。それこそ、お父様も谷口さんも、今村さんだって迷惑を受けるんじゃないの。あなたのやることは油断ならないから」

母の心配は、馬公要港部司令官谷口尚真と、朝鮮総督府専売課長今村武志に嫁している、宗悦の姉と妹のことしかないようだ。

やはりここは、今村に直接依頼状を出すしかないか。今村がことわれば、谷口の義兄に頼んでみよう。谷口の義兄がダメなら、父の元部下をだれか訪ねよう。

宗悦は、はやくも今村への手紙の文面を、頭のなかで練っていた。

「それより宗悦、そろそろわたしも年なんでしょうか、なんか日毎に心細くなってね」

六五歳の母が示す、遠まわしの同居願いは、宗悦にはうわの空だった。

XVII　斎藤総督

一九二一年（大正十年）が明けた。

宗悦は、三月の誕生日がくると満三十二歳になる。

一月十一日から、三度目の朝鮮にでかける予定だった。そのまえに、五日から信州へ講演旅行に出なければならない。我孫子で志賀直哉にあうことも、しばらくできなくなる。

兼子とならんで、子供たちの手をひいて、四百メートルほど西にある志賀の家にでかけた。

志賀の家には、四歳と半歳の娘たち、宗悦には五歳と三歳の息子たちがいる。両家が集まると、凍てた手賀沼の岸辺もとけるほどに、笑い声がはじけた。

志賀は、一月から『改造』に新しい小説【暗夜行路】の連載をはじめていた。どこもにでかけずに、書斎にこもっている毎日のようだ。

「『白樺』の表紙がすっかりかわって、なかなかいいな。表紙の童女の版画と、扉の仏像の写真が、不思議にマッチして、いいぜ」

座敷にとおるなり、志賀が、宗悦の企画をほめた。

宗悦が、今年の表紙デザインを岸田劉生にたのんだ。それに東洋芸術の挿絵を増やすと、『白樺』の醸す雰囲気がしぜんと変化した。編集会議でつよく主張した宗悦の軋轢を、志賀が気にかけてくれていた。

自分にやさしい志賀に、年始早々きり出すには、こころが萎える話だった。

「母が戻れとうるさいし、宗理の学校のこともあるから、我孫子をひき払おうと思うんだ」

母が、兼子をまきこんで、東京にもどるように、何度ももちかけてきた。

兼子が東京にでかけて、ピアノ教師や声楽指導の仕事をやっている稼ぎで、宗悦が自分のやりたい仕事に打ちこんでいられるのは、否めない現実だった。

宗悦は、自分が手にした原稿料や、二年前に就職した東洋大学からの月給を、兼子に渡したことがなかった。すべて美術品の収集や行動費に消えていく。

兼子はひとりで生活費を稼ぎ、家庭の育児も雑事もこなし、宗悦の運動にも力を貸してくれている。そんな兼子には、なにかと東京の方が便利だった。それに、就学期をひかえた子どものことをもちだされると、宗悦は、我孫子の景色にしがみついているわけにもいかなくなっていた。

「ええっ、おれがさいごになるのか」

志賀直哉が、めずらしくおおきい声をあげて驚いた。

「ぼくが、きみ達をここによんだのに、康子さん、さきに出ていってすまないな」

武者小路がさり、リーチがさり、自分がいなくなると、志賀はひとりだった。

「きちょうめんだな、あいかわらず。そんなに恐縮してもらわなくってもいいよ……わかった」

志賀は、それ以上は言わなかった。

「一月の『新潮』の【陶磁器の美】、みんな驚くぞ。よくもこと細かく陶磁器について書いたよな。入門書としては、よくわかるし、あれで陶磁器を見直してみようという者も、おおいはずだよ」

　年末に届けさせておいたゲラ刷りを、読んでくれたようだ。

　宗悦の心の内を、肉親以上に理解してくれる志賀直哉が、この五年ずっとそばにいた。互いの心が編みこまれた濃密な空間をうしなうと思うと、さすがに感傷的な気分になった。

「十一日から朝鮮に行って、斎藤総督に会うことになった」

「へええ、本人にあうのか……意気や壮とはいえ、相変わらず無鉄砲だな、気をつけて行けよ」

　志賀が、兼子に、おもわせぶりな苦笑を向けている。

「乃木院長と斎藤総督か。柳はよくよく大将に縁があるんだな。陸軍大将と海軍大将、どっちがネチネチしてるかな」

「そんなのわかるかよ、軍人はだれでも、おなじじゃないの。肩書きや年齢を気にしないのは、きみから学んだことだ」

　そう答えながらも、自分がかすかに緊張してきているのを感じた。

「そうだ、世の中をみわたす場においては、自分も相手も同等。これぞ白樺、いやバカラシ精神だ。がんばれ道徳一直線、ってとこか、ははは」

志賀が、声をたてて大笑して、その顔で、兼子と康子に、乃木院長によばれて厳重注意をうけた宗悦のことを、おかしそうに話しだした。

どこの馬の骨かわからないような若者に、天皇の勅命で総督になっている六十一歳の大物が、普通なら会うはずがなかった。

だが宗悦は、会えると思っていた。会えなければ先に進めない。

自分は、『白樺』を切り盛りし、ベストセラーを何冊も上梓している。せめて気概だけは対等であろう、そう思いこもうとしていた。自分が今回やろうとしていることは、本来は国が考えるべき事柄なのだ。だから話す相手の当事者は、朝鮮総督しかいない。

腹をかため、今村に仲介の依頼状を送ると、思いのほか、その後の展開は、はやかった。

今村からの返事が、日をおかずに届いた。

《件のご依頼、感触はよし。年が明けたらすぐに渡鮮されたし》

今村は、自分は斎藤閣下と同郷であると、宗悦が見落としていたことを、そのなかにさりげなく書きそえていた。

「いま書いている【暗夜行路】に、朝鮮が舞台になる場面があるんだ、こんど帰ってきたら、京城の街のようすを、くわしく教えてくれよな」

「あら志賀さん、それはなかなかですよ。柳は、自分の興味のあるところはよく見ていますが、普通の日本人街のくらしなんか、そばを通りすぎても、なにも見ていませんのよ」

兼子が宗悦に代わって、志賀に答えていた。

「でもさ、三度もでかけりゃ、ちっとは見る余裕もあろだろう。それともやっぱり兼子さんでなきゃダメか」

志賀が、歯切れのいい張りのある地声で言って、顔じゅうに温和なしわをよせていた。


真冬の玄界灘が大しけで、閉口した気分が、尾を引いている。そのうえ京城には、朝から、米の粉のような雪が舞って、宗悦はなんとはなしに気勢をそがれ、言葉少なになっていた。

「総督は、兄さんから話を聞くことを楽しみにされています。あらかたの話は通してあります。今日は斎藤総督を怒らせなければ大丈夫です、それだけ気をつけてください」

今村が、総督府のせまい廊下を案内しながら、自分がとり仕切っているように言う。

南山の中腹にある総督府庁舎は、案外にこじんまりとして、なかは暗かった。廊下の窓から建設中の新総督府が見えている。ここにくらべると、ずいぶん仰々しいあの建物はなんだ。

黒い瓦屋根と茶色いワラぶき屋根の家が、魚のうろこのように密集している朝鮮の旧都。その王宮の正殿をおおい隠すように建ちはじめた魁偉なビルヂング。その建物に脅えない者は、人の情をうしなった人間だろう。あれで威圧する者は、もっと人間の情をうしなっている。

いまここで、胆をぬかれてはいけない。

宗悦は、自分につよい気持ちを挿入しようと、こぶしを強く握った。

「今村君は、斎藤総督と同郷なんだってね」

「だから今日の面談も、すんなりと了解がいただけたんですよ」

写真でしか知らない三十歳年長の、斎藤の白髪あたまの顔がよぎる。

宗悦は、それ以上は今村に話かけず、だまって総督室までついていった。

いかつい顔の、骨組みまでがっしりした衛兵が、化石のように総督室の入口で直立していた。

自分がいちばん好かない場所にきていた。宗悦は虫唾が走るのをひたすらこらえていた。

「陶磁器の鑑賞法について、わかりやすく書いたらしいね。李朝のやきものというのはそんなにいいですか。わたしにはなかなかわからないですがね、性来の武骨者ですから、あははは」

自分の調べは、ついているのかと思った。

白髪だが、血色のよい顔だ。するどい眼光が、宗悦にすえられていた。自分の挙動すべてを、どこまでも追いかけてくるような、老人のしつこい感じに、緊張がこわばる。

「わたしは無風流で、文学などわからないが、あなたのお仲間は素晴らしい人たちらしいね。志賀さんなぞは、国の宝という人もいるようですな」

斎藤は、となりにいる水野政務総監に、確認するように顔をむけた。

ゆるやかなその動作には、老人の優しい感じもあった。

だが、斎藤は横顔になっても、こちらの胸の内を読みきるように、片目だけは宗悦の表情からそらさない。いったいこの老人はどんな人物なのか。

宗悦は、あいまいに頬を緩めるしかできなかった。

「恩賜の銀時計を持っているような人間が、日本の国をダメにするようなことを考えているとは思っていませんがね」

そう言われて、宗悦は、一瞬たじろいだ。破壊分子とみられているようだ。

特高を名のる後輩の顔がちらつく。でも、邪気のない笑顔をゆるめずに、もちこたえた。

ここで挑発にのせられて余計なことをしゃべると、せっかくのチャンスを逃してしまう。

今村に言われなくても、それくらいはわかっていた。

いまは自制しろ、と議論ずきな自分に言いきかせた。

「人間と言うのは、無理をして笑うということを覚えるものでね。赤ん坊が無理して笑っているのか、本心から楽しいのか、見極めないと不幸がはじまる。お子さんが二人ですか」

思いがけないところから矛先をむけられた感じで、宗悦は、とまどうように瞬きをした。子供まで含めて、監視するということなのか。

「柳君が去年、奥さんを連れてこちらに来たのは、大賛成ですな。わたしも妻と来ているのでね」

妻のことまでも、と宗悦は息をのんだ。

でも、笑顔を失うな、とふたたび自分に言い聞かせる。

「今村君と総督が同郷でなければ、あなたが総督に会うのはむつかしかったですよ。だから今村君が困らないように、そこのところは頼みますよ」

政務総監水野錬太郎という名刺をくれた男が、薄い唇の、バッタのような顔で言った。

「お父上が御存命なら、なんと申されますかな」

斎藤が間髪いれずに言う。そらきた、と思う。

「わたしは顔を知らないのですが、夢のなかでよく父にしかられます。谷口の兄や今村君に面倒をかけるなよ、と言われるのです」

斎藤が、太った腹を一瞬ゆすって、姿勢をかえた。顔にふつうの好奇心がういていた。

「柳少将のすがたは、わたしの目にも残っていますね。築地の兵学校時代……わたしが二十歳前後です、なんども水路図の必要性について学校で訓話をいただいた……そもそもお父上がわが国に水路図を整備してくれたおかげで、日清日露の戦いにも勝てたのだからね」

「父の探究心が、わたしにもひき継がれていると思います……父の蔵書には文物百般、和歌集から物理学や水産の本まであります。わたしよりはずっと関心のはばは広かったようです」

「そうですか、文武両道の少将だったわけだ……そのご子息だから……すこし変わった方向をたどる者もいるてっとこかな、はッはッはッは。そうそう、義兄の谷口尚真君はいま、馬口要港の司令官ですよね」

宗悦は、じわじわと身のまわりに、柵を建てられているように感じていた。

でも民族美術館ができるなら、それなりの窮屈さはいとわない。

宗悦は、斎藤の目にうなずきながら、つけ入られないよう、表情をたもった。

「きみは朝鮮民族の悲哀の歴史を言っておられるが、かれらはけっしてそんな柔な性根ではないんだな……女が憲兵の銃剣にすすんで掴みかかるんだからね。ともかく吾輩は、陛下の命にしたがって大儀に生きなければいけない立場でね」

ということは、自分の主義が別にあるというのだろうか。

「消滅するだけとしか思えない未来を、だれも愛せないと思うんです。未来を愛せない民族は、いずれ活力をうしないます」

宗悦は、ほんのひとこと、斎藤がどう答えるのか見るために、かるく踏みこんでみた。

だが斎藤は、聞こえないふりをしていた。そしてあらぬ方に視線をゆるがせて、言った。

「わたしの耳に価値のある言葉はただひとつ、天皇陛下のために、それだけです」

肝心のはなしにならずに時間のみがたつ。斎藤のはなしは、核心のまわりで、人魂の青火のように、揺れるばかりだった。

そうしたところに、秘書官がつぎの予定時刻がきたことを告げにきた。

「観豊楼というたてものを用意しました。景福宮城外の、なかなか美しい小建築です。やはり野におけレンゲ草……李朝のやきものが並ぶのにふさわしい場所だ、そこをお貸ししましょう」

斎藤は、にやりと、目と唇を意味ありげにゆがめて、立ちあがった。

宗悦が【朝鮮民族美術館の設立に就て】に書いた言葉を、斎藤はほぼそのまま使った。

やっぱり『新潮』と『白樺』の正月号を、両方とも読んでいる。

だが、その気味わるい笑顔の意味が、宗悦にはわからないまま、奇妙なひとときが終わったのだ。

問われれば答える言葉を用意していたのに、なにも言わせてもらえないかたちで。

「あんなのでよかったのかい」

自分の主張を確認できないままだった。今後どんな言い掛りでもつけられそうで、いやな気分だった。しかし今村は、うまくいったと、心底よろこんでいる。

「どんな名刺をもらいました」

正面玄関のそとまで見送りにでてきた今村が、宗悦に聞いた。

「ええっ、名刺。名刺って、なに」

「ちょっと見せてください」

ひどく気にかけている気配が、受けとる今村の手つきにただよう。

「あっ、肩書きのある名刺ですね」

今村は、少しがっかりした表情になった。

「どうしたんだい」

「いやね、総督が名前だけの名刺をわたした人は、かならず保護されるという噂なんです。役職ぬきのつき合いをしている友人という意味らしいですよ、でもこれには肩書きがあります」

ということは、かならず保護される保障がないということだった。

「気をつけるさ、きみを困らせないよ。混乱がぼくの目的ではないから……だいじょうぶだ」

宗悦は、素顔で心配している今村に、約束するようにいった。

この顔は家族の顔なのか、それとも中堅官吏の顔なのか。

今村の出世はともかく、めぐりめぐって妹が悲しむような仕儀にはなりたくない。

「今度はいつまで滞在ですか、わが家にも泊ってくださいよ」

「巧君と、今後についていろいろ打ち合わせもあるんでね、でも一度は顔を見せます」

とはいえ、また身籠っているらしい千枝子に、行けばなにかと骨を折らせるのが気のどくだった。

宗悦は、今村の視線をふり切るようにして、キツネの毛皮のついたコートの襟をたてた。そして凍てつく風のなかを、総督府に背をむけて歩きだした。浅川巧の家に戻るのだった。

一九二一年一月二十日、日本キリスト教会京城教会で、宗悦は講演をし、朝鮮民族美術館の開設の必要性を、在留日本人に説いた。

観豊楼を借りられたことをはなすと、京城教会の牧師秋月致が、きゅうきょ講演会を企画してくれ、募金の手だすけをかって出てくれたのだ。

秋月致は、宗悦より十一歳年長だった。京城教会に赴任した翌年、万歳運動に遭遇した秋月は、『福音新報』に水原騒擾にかんする新聞報道の嘘を告発した。それがきっかけで、『福音新報』には、一九一九年の五月、一カ月にわたって総督府の弾圧を批判する文章がつぎつぎと掲載された。秋月もまた、日本のやりかたを憂いている、数すくない日本人だった。

宗悦は、去年リーチや兼子たちと来たときに、浅川巧から、秋月を紹介された。

秋月が、金沢の四高時代に西田幾多郎に教えを受けた話もそうだったが、なにより宗悦を秋月に近づけたのは、朝鮮の民衆にたいする秋月の心だった。

「わたしはキリスト教徒として、人間の命がいかに尊いか、その一点は忘れたくないし、それを訴えていかなければいけないと思っています」

去年、兼子たちを帰してひとりのこった宗悦を、秋月が、ツツジやレンギョウの花がにぎやかな南山に誘った。その散策でのさりげない語らいで、秋月のにごりのない人柄に宗悦はうたれたのだ。

〈……一般的に時代が新しくなるにつれて技巧は精緻になり、模様は複雑化し、しだいに生気をうしなってくるものです。ところが李朝のやきものは、違っています。歴史の例外だというほどじつに特徴的です。形はいっそう雄大になり、模様はどんどん単純化され、たたずまいはじつに無心になり、それが美の表現において驚くべき効果をおさめています〉

宗悦は、講演会で熱心に語った。

秋月致が、瞑目して、まるで坐するイエスのように、凛として聞いていた。

そのおごそかな姿にひかれるように、教会内のだれもが、清い緊張に満ちている。

〈これはけっしてわたし個人の仕事ではなく、歴史がもとめている自然な仕事です。人間には力をあわせるという特技があります。秋月牧師も賛同してくれました。牧師の朝鮮にたいする同情と、芸術への理解とが、この企画を実現させるよろこばしい力になっています。わたしは、朝鮮民族美術館を完成させるため、みなさんからも理解と援助をえたいと願っています。わたしを信じ、またわたしが信じる友達を信じるみなさんに、むりでない範囲で、ご協力をお願いしたいのです〉

この夜、秋月は十円の寄付を宗悦に手渡し、他の参加者も、それにならってくれたのだった。

この聖職者の友人を得たことで、そのあとの京城での活動がおおいにやりやすくなった。

また、事業家富田儀作が、宗悦の計画に非常に賛同してくれたことも、朝鮮での宗悦の仕事に弾みをつけてくれた。富田は、二〇年も前から朝鮮にきて事業を展開している、篤志家であり名望家だった。富田は、あつめていた朝鮮美術品の寄贈を申しでて、さらに九百円の寄付を約してくれた。

新月の東京を発ってから二週間後、一月二十四日に、満月の我孫子に帰宅した。

早朝に東京についた宗悦は、我孫子に帰るまえに、母への報告もあって青山高樹町の家によった。

「さいきんは、感心なことに、よくお仏壇にお参りするわね。父上も兄さんもお喜びだね、きっと」

背後から母が、屈託のない声で、話しかける。

母は、宗悦たちが我孫子から引きあげることを決めたことで、生気が返ったようだった。

「ようやく動きはじめたな……斎藤君だって、きっと悪いようにはしないさ」

宗悦の耳にちゃんと聞こえていたのは、母の声ではなく、顔のない父の声だった。

その声を蘇らせながら、早くも暮れてきているわが家への道を、我孫子駅から歩きはじめる。

家の近くまで帰って、さいごの森をぬけるとわが家だった。

その道は、遠目に見ると樹林にほられた空洞のようで、木がおい茂って暗く、近よりがたい印象だ。だが、その道にはいっていくと、樹木のトンネルは結構明るかった。木々が醸すさわやかな空気があたりに溢れていて、梢のすきまから、光もそそいでいる。光があたる木肌は特別まばゆい。

遠くからいやだと思って近寄らないが、行ってみると案外、予想していないような世界があるものだ。宗悦は、手賀沼の周囲の森を歩きながら、そんな人生行路の密意を学んできた。

六年半、自分の思索を深めさせ、はげましてくれた手賀沼に、あと二か月で別れる。

いそいで、朝鮮民族美術館の場所がきまったことや、在朝日本人の協力について、報告書を書こう。二月号の『白樺』に、ぎりぎりまにあうはずだ。

三月に入るとあわただしくなった。

赤羽王郎が、京城の中央高等普通学校に、就職することをきめて挨拶にきた。

宗悦の紹介で朝鮮に新天地をもとめていく赤羽は、寄付金を恥ずかしそうに差しだした。赤羽の差しだす金が、彼にとってどんなに貴重なものかと考えると、胸がつまるほどありがたい。

六月には、兼子のチャリティー音楽会を開くために、四度目の訪朝をするつもりでいた。

「王郎君、京城で巧さんを手伝ってくれよな、わたしもたびたび行くからね」

おなじころ、東京にいる朝鮮人留学生の寄付金をあつめて、南宮璧がやってきた。

「先生、朝鮮の人間のなかに、高麗青磁ならともかく、李朝の下賎やきものなどで朝鮮の美を語られるのは迷惑だ、と非難している人間もいるようです」

「それは日本でもおなじだよ、でもね、美術館ができあがるとそんな人にもわかるよ。宝の山も、石ころにしか見えない人間はどこにもいるしね」

宗悦は、南宮を隠すこともなく、連れ歩いた。

志賀の家に顔をだした帰りだった。

「先生は勇敢です。ぼくたち朝鮮人を平気で家に泊めてくれますものね」

「なんだ、突然」

「だって、ずっと特高警察がついて来ますよ」

「そのことか。兼子なんぞ、垣根に隠れてる私服着たのと、挨拶をかわすくらいだ。あいつら、ばつ悪そうに、自分たちはなんとも思っちゃいないんだが、お上の命令ですからって言うらしいぜ」

実際に兼子は、南宮のことを訊きに、家まではいって来た警察官に、こういったのだ。

「うちでは思想に関係あるような人間は置きません。くれば意見して帰すくらいにしております」


三月二五と二六日の両日、我孫子の柳家では、東京の家におさまらない家具や調度品の、売立が行われた。宗悦が、『白樺』同人はもとより、知人に案内をしたおかげで、我孫子の三樹荘に列ができるほどの、にぎわいになった。

「柳がかわっちゃったな。中国、日本、朝鮮それぞれに、民族固有の美があるというのは、なるほどなと思うけどさ」

「あいつは、ちいさなからだで感じたことを、この宇宙の真理だとばかりに、うぬぼれて書きすぎるんだよ。視野狭窄で自信過剰で、とんでもない奴になっちまったんじゃないのか」

参加者にいちいち答えながら、家中をめぐっていた宗悦の耳に、若いころから聞きなれている声が、飛びこんできた。隣の部屋にいるのがだれなのか、すぐにわかった。

「天才こそが世の中を変革するのだと言い、天才をめざしていた柳がさ、個性をころすことが李朝の器の誕生にとって必要だった、なんて言うんだろう」

やきものを題材にした宗悦の論考【陶磁器の美】が、『新潮』一月号に発表されると、それに驚いて、柳宗悦のこれからを憂える者もすくなくなかった。

やきものは、数奇者の愛玩する骨董か、もしくは生活用品でしかない雰囲気のなかで、それを芸術品として鑑賞しようと、宗教学者柳宗悦が、唐突にいいはじめたからだ。

「ものずきなお方ですな。中国や高麗のお宝を集めるならわからんでもないが、粗末なうえに古いときている、ガラクタみたいなものが良いなんてね」

知らない声が、調子をあわせていた。

「アメリカからやってきたフェノロサは、日本の宝物をさがしだしたが、柳宗悦さんは朝鮮のために、使いふるした壺や甕をあつめてはるらしいです」

「わかりにくいかもしれないよな、朝鮮の人間にも」

宗悦が知らない人間も、その部屋には何人かいるようだ。

部屋にはいりかけていた宗悦は、面倒な気分になって、踵を返した。

「……でもさ、やきものに宗教的真理がみえるという見方、あれは、ほかの蒐集家などとはまるでちがう、柳の世界だな」

その部屋からそっと離れようとしている宗悦の背後で、聞きおぼえのある声が、弁解するように言うのが聞こえていた。

高樹町の家の、書斎のまどから見えていた桜が、すっかり葉桜になっている。

一九二一年の春、西田幾多郎の『善の研究』が、空前のベストセラーになっていた。宗悦はその読後感をていねいに書いて、恩師の西田におくった。

引っこし後の整理が、ようやく片づいた書斎で、宗悦は新聞をひろげていた。

かるい足音がして、二階にあがってきた兼子が、書斎に顔を出した。眉のあいだが曇っている。

「宗理が丸坊主になりたいと言って、今朝も泣きながら学校に行きましたわよ」

我孫子にいるときから、宗悦は、子供たちに真赤なセーターをきせて、頭はオカッパにさせていた。そのほうが子供の無邪気さがみえて、すきだった。

「兵隊みたいに丸刈りになりたいのか。どうして人とおなじことをしたがるんだろうな」

「だって、男の子たちはほとんど丸坊主なんですから、宗理だって、気まりがわるいでしょう」

宗悦は、兼子に答えずに、新聞をついと突きわたした。

「おととい、読売の記者が来てしゃべったやつが、はや記事になったぜ」

日鮮両民族の融和をすすめるために、女学生同士の文通を、読売新聞が仲介するという企画がもちこまれた。六月の訪問では、それに夫婦で協力すると、語ったのだ。

「朝鮮の女性はずっと活発ですから、日本の女学生はまけるのじゃないかしらね……羅蕙錫さんから、個展を開くって手紙がきていましたよ」

「彼女は朝鮮の柳兼子だな。日本でも女流画家で個展を開いた人など、まだ聞いたことないもの」

兼子は、宗悦のおだてに含み笑いしながら、新聞を読んだ。

兼子が読みおえるのを待って、宗悦が新聞をひきとる。

「あまり朝鮮の女性が元気だと、ますます日本人が嫌うかもしれないよね。そこが心配だな」

「そんな単純な考えはもたないでしょう、いくらエバリたい日本人でも」

六月に予定している四度目の朝鮮訪問では、朝鮮の若者の力を呼びさますのも、目的のひとつだった。

「今度のきみの伴奏者は一七歳だから、若い女の人同士なら、男たちよりましかもしれないな」

宗悦は、先日挨拶にきた前田嶺子の、芳しい顔を思いだして言う。

妙齢の前田が、兼子の伴奏をすることで、朝鮮の若者が、芸術に意欲をたぎらせてくれる期待があった。そう考えて、榊原直が推薦してきた前田嶺子を、今回は同行することに同意した。

朝鮮民族美術館の基金あつめのために、朝鮮を再訪し、兼子の音楽会をひらき、宗悦が有料講演会をする計画が、着々と進んでいた。

宗悦が、東京に移転して、まっさきに取組んだのは、日本で最初の、朝鮮民族美術展覧会だった。

それは五月七日から十一日までの予定で、神田の流逸荘で、もよおされた。

浅川兄弟の買いあつめた陶磁器のいちぶと、自分がこれまで収集していたものや、志賀が持っているものなど、やく二百点を展示したのだ。

金工、木工、民画、刺繡などの、朝鮮の民族の心が浮いている品々もならべた。

宗悦たちが、なけなしの金で集めた、あくまでも個人的なコレクションだったが、これまでだれも顧みなかった李朝期の作品の展覧会は、会場内に独特の美があやなされていた。その実相が、世間にあたえた衝撃は、小さくなかった。

展覧会は予想以上の反響で、はじめの予定をくりのべて、十五日まで延長された。

それには、宗悦が新聞に書いた、【朝鮮民族美術展覧会に就て】が、狙いどおりの後押しになっていた。

〈朝鮮民族の特色は李朝期の作にあらわれている。それらの作に美を見出すなら、その美の作者である朝鮮民族の運命について、冷かではいられないであろう。温かさや美しさを見つめてくれる人びとの訪れを待つ〉

そしておなじ十日の読売紙面には、兼子の写真いりの記事がでていた。

〈柳兼子夫人　六月ふたたび朝鮮に巡演　京城ほか各都市で七回公演予定。今回の伴奏者は、慶大医科教授前田長太郎氏令嬢で、十七歳の前田嶺子嬢。嬢は本年女子音楽学校を卒業した

美しい天才で、師の榊原直氏が、兼子夫人にすすめてその伴奏者となった〉

くわしい記事に、宗悦は、まわりの空気がかわりつつある印象を芽生えさせていた。自分は身を削ってでも、ともかく進もう。かならず理解がひろまり、きっと完成できるはずだ。

おなじころ京城では、浅川巧や秋月致や赤羽王郎が、熱心にうごいていた。

〈朝鮮民族美術館を建設するため、東洋大学教授柳宗悦氏と、その夫人が献身的な努力。本社主催で柳兼子夫人独唱会〉

五月六日の東亜日報が、宗悦の要請にこたえて、準備をはじめたことを宣言していた。

その東亜日報が、五月二四日、総督府建築課長の発言として、

〈撤去計画は根も葉もないうわさだ。光化門の移転はできないことではない、ただ費用がかさむだけだ。総督府の方針は、しかるべき場所への移転だ〉

と報じたことを、宗悦は、京城に着くまで知らなかった。

XⅧ 妹

「あの流逸荘の朝鮮民族美術展は、相当こたえたらしいぜ」

黙りこんでいた濱田が、口元をゆるめて、でも半分は迷っているような、含みのある顔つきになって、話しはじめた。それは、一九二六年正月に日本民芸館設立趣意書をいっしょに書いた同志、河井寛次郎のことだった。

一九二四年三月末、濱田庄司が英国から船で神戸についていて、まっさきに足をむけたのが、先輩河井寛次郎の京都の家だった。

濱田には、三年半ぶりに見た河井が、冴えなく沈んでいるのが、すぐ読みとれた。

「道に迷ってしまって、どの道を行くのが正しいのか、いま前を向いているのかそうじゃないのか、まったくわからないんだ」

河井が、濱田に悲しげに告げたのだ。

一九二一年五月八日から十二日まで、日本橋高島屋が主催した、『河井寛次郎第一回創作陶磁展観』は、出品作がこれでもかというほど多く、絢爛たる世界を創出していた。

会場にきただれもが、多彩な技法と精巧な造形に目をみはり、ぬきんでた才能の光輝に酔いしれた。京都からのぼってきた一介の無名の陶工に、日本陶芸の未来が嘱望されたかのようなさわぎだった。

〈天才は彗星のごとく現われる。豊富なる天分を発揮し、新意を出ししかも雅潤〉

〈科学に立脚した、前人未到の新境地をも開拓せずば止まないといった期待が……〉

その颯爽たるデビューに、著名な識者や新聞が、絶大な支持を表明していた。

ところが、当の河井寛次郎は、すっかりへこんでいた。

河井が、同時期に開かれていたある展覧会を、見てしまったためだった。

それが、高島屋と目と鼻のさき、神田小川町の流逸荘での、朝鮮民族美術展覧会だった。

河井はその予告を『白樺』で知り、東京にでたついでに、自分の展覧会をぬけ出し、見に行った。『白樺』では、正月号の【朝鮮民族美術館の設立に就て】以降、盛んに募金運動をすすめていた。

もちろんその中心にいたのは柳宗悦である。

「会場に入ると、いっ発どやされたように、自分がへなへなになってな、すごかったんだ」

流逸荘のなかは、高島屋の自分の会場の半分もなかったが、濃密な空気が河井を圧倒した。一瞥するなり目を疑った。こんなにすばらしい陶器が、世の中にあったのか。

「なんのために、濱田と朝鮮旅行したのかと思ったわ。非常にうかつだった」

河井と濱田は連れだって、一九一九年八月、朝鮮から満州へと、めぐっていたのだ。

「おれは、壺の外側をかざる技法ばかり見ていた、壺の中身については考えていなかった。目のまえの李朝の壺たちは、内側からの、ぬくもりに似た美しさを訴えていたんや」

河井寛次郎が、これまで見たことがないほど目を虚ろにして、しゃべっていた。

「悔しかったわ。違う世界が目の前にあるんや。それでふと奥をみたら、ニッカボッカのズボンをはいたハイカラがおったんや。あいつが柳だなと思ったけど、まともに顔を見れんかった」

癪にさわる気分もあり、名乗る自信もなく、展覧品を見るそぶりですれ違った。

あたらしい世界に迷いこんだ興奮と、なぜそれを自分で見つけられなかったかという屈辱感で、足ががくがくしているのを感じた。

「見てたけど見てない感じや。どないして会場をまわったか、よう覚えとらん」

河井は、正体をなくしたまま、電車賃だけ残して、所持金全部を朝鮮民族美術館設立の寄金箱に入れてしまった。無念だが、十分学ばせてもらったという実感があった。

「考えこんでてな、高島屋へ電車に乗って帰るのに、うっかり乗りすごしてしもうた」

その日から、自分の仕事に迷いがうまれ、日々それが深まっていた。

もてはやされ、誉められるほどに、悩みは深まっていったらしい。

そんな河井に、追い撃ちをかけるようなことがあった。

河井を褒めちぎった、陶芸史家の第一人者、東大教授の奥田誠一が、柳宗悦の朝鮮民族美術展覧会を、美的価値がないと雑誌で酷評した。

柳は、すぐにそれに反論を発表し、返す刀で、こんな迷妄家がほめる河井の仕事は、中国古陶のイミテーションにすぎぬ、技巧と美は異次元のものだ、と斬りつけたのだ。

自分の仕事への疑問をふくらませていた河井は、柳の放ったひと言で、さらにはげしく揺すぶられた。中国陶磁器の写しだと言われ、あたかも泥棒と言われたくらいに、河井の潔癖なこころは凍てついた。朝鮮雑器の美を見いだし、たったひと言で河井の弱点を言いあてた柳の力に、河井は、完全に打ちのめされた。

「あの柳には、本物をまんなかで受けとめる力というか、見抜く力があるな。悔しいけれどな」

五年まえ、一九二四年（大正一三年）の春の、河井寛次郎の真実だった。


そのあとも、世間の評価はたかまるばかりなのに、河井の迷いはつづいていた。そして、一九二五年、大爆発が起こったかのような、以前の作風を木っ端微塵に消しさった個展がおわると、今後納得がいく作品がやけるまで、個展は無期限でさしひかえる、と宣言したのだった。

濱田はいま、その河井の作品を預かってロンドンに向かっている。濱田の個展の前に、ロンドンで河井寛次郎の個展を開くことにしていた。

「世間は麒麟児だとさわいでいるのに、あれから三年以上も、個展を封印してしまったんだからね。まあ今回、久しぶりの河井の個展が、ロンドンと東京で同時開催されるわけだけど」

「一面識もない河井にはわるかったけど……これからのやきものをめざす新人が、茶陶のようなものに引きずられては駄目だ……八年前は、それを言いたかっただけなんだ」

「彩壺会の奥田誠一さんは、たしか柳とおなじ、東京大学心理学科らしいな」

「奥田君が、三年先輩だよ」

「おなじ赤門でも違うもんだよな。でも柳のおかげで、河井も苦労したが、自分の水脈にとどいた」

濱田が、四歳年長の河井のために軽い毒をにじませていた。

「あたらしい河井の作品は、濱田とおなじように銘を入れてないらしいね」

「日本民藝館設立趣意書を書いた同志としては、自然な帰結だろうとおもうよ」

「濱田のおかげで、河井と知りあえてほんとうによかった。あのままじゃ、おれもきまずいままだったよ」

宗悦もまた、濱田庄司に連れられた河井寛次郎が、震災後に引っ越した、京都吉田山の自分の家に、はじめて来たときのことを思い出していた。

その日、木喰仏のまえで二人は和解し、いまでは共に日本民藝運動の同志だった。

一九二一年六月の、前田嶺子をつれた三人旅には、南宮璧が同行していた。

南宮璧は、ときどき咳をしては、眼をつぶっていることが多くなっている。それでも朝鮮各地を巡演する一行の通訳を、どうしてもやりたいと申し出て、きかなかった。

兼子がしきりにレパートリーの不足を気にしていた。

「いまは、わたしは猿回しの猿になって、あなたの申されるまま動きます。でもかならずドイツに行かせてくださいね」

みんなが聞いている、口論できない場所で、兼子は夫に協力する条件をつきつけた。

毎回おなじ演目で音楽会をやりたくないという。

たしかに、レコードあいての稽古では、限界があるのはわかっている。

この旅の直前、五月十六日から二十日にかけて、帝劇で、兼子が学生時代から最も憧れていた世界的アルト、シューマン・ハインクの公演があった。兼子は連日帝劇へかよい、むさぼるように聞き込んで、興奮していた。そして宗悦につき添われて、シューマン・ハインクをホテルに訪ね、兼子にとっては至福のひと時をすごしたのだ。

そのおりに兼子が、かなわぬままの留学の希望をのべると、ハインクはいつでも出ていらっしゃいと言ってくれた。そのことが、兼子の留学願望を、よりリアルに募らせてしまっていた。

「ハインクさんが、九月にまた来演すると言っていたから、もう一度相談することだね」

宗悦は、あいまいに答えるしかなかった。

兼子なしでは、つまり宗悦一人の収入ではなにひとつできない現実が、どうしようもなく横たわっている。だからといって、朝鮮民族美術館をなげ出すなどできない。

ともかく兼子の稼ぎが必要なのだ。

六月二日、京城についた宗悦たちは、東亜日報社主催の歓迎会で盛大にむかえられた。

翌三日、東亜日報社主催の講演会が開かれ、宗悦は、朝鮮民族の歴史が生みだした、独自の美をたやすことがないように、と呼びかけた。

東亜日報社主催の独唱会は、四日だった。

定刻の午後八時前、会場になった天道教堂には、若い男女があふれていた。

幕溜りからみると、客席をうめた、千人をこえる観客の白い韓服が、明るい電灯の光をうけて輝き、それが朝鮮人の純潔な心情を訴えているように見える。

「みんな、あたらしい文明の泉を飲もうとしているんです」

宗悦のそばを離れない南宮璧が、小さな咳をしながら宗悦に言う。

顔色が相変わらずよくないな、と宗悦は笑みをかえしながら思った。

幕があがり、兼子と前田嶺子がそろって登場する。観客は、席をたって瀑布のような拍手で二人を迎えた。やがて前田嶺子の細い指が鍵盤のうえに舞いおり、兼子の独唱がはじまった。観客が一点に集中して、息を忘れたかのように、耳だけの存在になっていく。

兼子に、なにかが力を与えるかのようだった。会場全体に、いつか荘厳で厳粛な雰囲気がみなぎり、宗悦が身震いするほどのできばえで、兼子が歌っていた。

「兼子先生、ほんとうに女神が歌っているようですね」

南宮が、弱いながらも、明らかに興奮している声で言った。溢れだしそうな涙を浮かべている。

ありがとう、兼子。宗悦は、胸をつかれて、なんども万謝を繰りかえしていた。


今回はなんといっても、日本キリスト教会の牧師、秋月致の協力がおおきい。

おかげで、開城や平壌に足をのばせた。各地のキリスト教青年会が講演会と音楽会を主催し、観客を集めてくれた。

またたくまに、日がすぎていった。

宗悦は、十日目に京城にもどってから、我孫子の志賀に絵はがきをだした。

《こっちに着いてから、旅役者のように休みなく動いている。でも二人は元気だ。小生は十回あまりの講演を、兼子は八回ほどの音楽会をこなす予定だ。平壌から遠くない江西や龍岡の古墳壁画は素敵だつた。きみがいたら喜ぶだろうと思った》

兼子は、大役を果たしきって、前田といっしょに六月十八日、東京にもどっていった。

日朝の、友人知人の協力、観客の熱烈な支持で、企画は見事に成功した。

「柳さん、この半月間の純益が、三三〇〇円とでましたよ」

会計をまかせている浅川巧が、満面の笑みで報告にきた。

日本人の大卒者の初任給が三〇円ほどだから、その百人分以上を紡ぎだした大チャリティイベントとなったのだ。

宗悦は、朝鮮の都の面影が色こくのこる、鍾路通りがすきだった。

この町は、なくてはならぬ朝鮮の宝だと思う。行き交う白衣の人の悠々とした姿は、その町によく似合う。大きな牛が、背中に柴をのせ、荷車を引いて、そのあいだを通ってゆく。

通りの両側には、日用雑貨をあきなう、昔ながらの店々が連なっていた。

兼子を見送ってから、宗悦は浅川巧や赤羽王郎とともに、朝鮮民族美術館に陳列するための作品を求めて、鐘路街かいわいを歩きまわった。

ある日、古道具屋で土間の隅をのぞいていると、わかい男がするすると近寄ってきた。

男は遠慮するのか、肩と首をおとした姿勢で、なにやら朝鮮語で訴えている。

「柳さんに、聞きたいことがあると言っています」

南宮璧が通訳してくれる。

「どうぞ遠慮しないで、聞いてください」

「こんな質問、恥ずかしい、謝ります。でも……朝鮮人のシェイクスピアが誕生すれば、ほんとうに朝鮮が独立できるのでしょうか」

宗悦は、はたと固まって、その質問を発した青年の顔を、じっと見ていた。

先日、京城教会青年会主催の講演会で、朝鮮民族を世界的に認めさせるには、朝鮮からベートーベンや、ミケランジェロや、シェイクスピアを出すことである、と力をこめて論じた。

おそらく彼は、そのことを聞いているのだ。

「わたしは、民族の将来を政治だけに期待するより、芸術に託すほうが優ると考えています。そのために、朝鮮の美術工芸をみなさんが愛し、育てることがだいじです。そして、シェイクスピアのような大文豪が出れば、世界の人びとはきそって、朝鮮語を研究すると思いますね」

答えながら、宗悦の胸のなかに、政治的独立を切望している青年の苦渋が、水に落ちたインクのようにあっというまに広がっていた。

これほどに独立を求めているのだ。そしてそれは、そのとおり、間違ってはいない。青年の背後にある、千万人の朝鮮民族の心情は、推して知るべしだろう。

しかしいまの自分は、独立を起点にしては、何事をも語れない。

だからといって、政治的現実に目をつむり、芸術へ逃げるつもりでもない。民族の存在証明は、政治や経済だけではかたれないと思っていた。

芸術は、観念的で情緒的かもしれないが、飯の種にならない虚構の世界とみなすのは間違っている。朝鮮の若者には、かれらの血潮をいろどる伝統と文化を、ただしく理解してほしいのだ。

そのために、朝鮮にこそある誇りを、もっと見出してあげられないのか。

青年の純な希望のために、自分にできることは、他にないのか。宗悦はあらたな課題を突きつけられたように、鐘路街に立ちつくしていた。

北漢山に、夏至のしっかりした光線がつきささり、岩肌が気高く白く照りはえていた。

宗悦たちは、毎日のように朝鮮人街で、李朝の美術品をあさった。

夜は三人で、買ってきた品に番号をつけ、整理していく。

「巧さんなしには、この民族美術館はとてもできないなあ」

朝鮮箪笥や膳などにまで目をくばる巧は、収集品のあつみを増してくれていた。それは宗悦の眼力をみがいてくれることにもなり、ありがたかった。

一時がきても二時になっても、三人は、それらの品をかこんで、話をやめなかった。

見栄も気どりもいらず、じつに楽しい。

「でもさ、観豊楼は神武門の外で、ちょっと辺鄙だね。北すぎて、なんか行きにくいね」

「あそこはもう北岳山の下だもの。わざと斎藤総督がそうしたんじゃないですか」

「その総督、今度は日鮮間の婚姻を奨励しはじめたらしいですね。犬や猫じゃあるまいしね」

巧のもの言いは、相かわらずあからさまだ。

「巧さんも、赤羽君も信州だよね、伯教君がいうように、信州人にコマビトの血が入っているとするなら、きみ達は、血の祖国に美術館を建てている。つまり、すでに血は混ざっているのさ」

宗悦は結局、七月中旬まで京城の浅川巧の家にいた。そして三百点近くの優品を蒐めることができたのだ。

　これまでに集めたものが四百点ほどあった。また富田儀作や他の篤志家からの寄贈、さらに朝鮮人の後援会から出品の申し出があった。朝鮮民族美術館は、首尾よく計画どおりすすんでいた。

「宗さま、よかったですね、たくさん集まったようですから」

「ああ、でもさ、こうなると観豊楼ではどうしても手狭なんだよ。しかも京城の中心地から離れているしね」

　東京にもどる挨拶のために、妹千枝子に会いに来ていた。

「寄付金はわれわれが得たというよりも、みんなの美術館にたいする理解が、うんとあったからだよ。ぼくはこの仕事をして、ほんとうに勇気づけられた、恵まれているね」

　千枝子は大きいおなかで、子供たちと今村のために、相変わらずこまめに動いているようだ。子供がおおくて、ゆき届かぬこともあるが、妹はきれいずきだった。家中の乱れはほとんどない。

　お産にはいるために、すでに子供たちの寝巻や着物をすべて自分の針で新調して、箪笥の抽斗ごとに整理したようだ。それはいつものことで、今度もその入念な準備に宗悦は驚かされた。

　万一自分が床についても、家族に不行き届きのないようにするのが、産前に女のなさねばならぬ任務だと、千枝子は信じていた。

「からだに気をつけろよ」

「ありがとうございます……それからこれが、まえにも話した刺繍です。これを帯に仕上げたいので、お母様が知っている呉服屋で、片側をみたてて欲しいのですよ」

黒の帯地に、岩と波とを繍って仕上げた、あざやかな労作であった。

「わかった、あずかって帰る」

「それとこの広告にでている辞書ですが、どう思います、買おうかと思うんですよ」

子供に論語を教えるだけの力がある千枝子は、国漢文の叢書とか辞書とかが新聞の広告にのると、よくその予約を宗悦に相談してきた。

歴史にもくわしく、そのうえ針仕事が得意で、文字通りの良き妻であり、賢き母であった。夫を信じ夫につかえ、子を愛し子を育てて、家事いっさいをすることに悦びを見出している。

「知りあいに聞いてみて、良い本だとわかれば、また送るから。いやこんど来るときに持ってこようか、近いうちにまた来るはずだからさ」

宗悦はそう言って、千枝子と別れを交わした。

異郷での別れも四度目となると、かるい挨拶にすぎなかった。

十八日に下関に着き、そのまま奈良の安堵村に富本憲吉を訪ね、二晩、語りあかした。

李朝のやきものを称揚するため、できれば力を貸してもらえないか、富本に打診しようと出向いたもので、リーチの消息から民族美術館まで、時間がたらないほどに話しこみ、高樹町の自宅に帰宅したのは七月二一日になっていた。

まさか、あんなに元気だったのに。

だから宗悦は、その電報が信じられなかった。

「千枝子ほど正しいことを愛している人間はいないですよ。疚しいことや、歪んだことを嫌って、まっすぐな道を歩いるんです。そんな千枝子が、三〇歳で神様に召されるはずがないんです」

憂いを消せないまま列車に揺られている母に、宗悦は言った。

東京にもどって、千枝子が早産ながら無事出産したと、電報をうけた。

それが三一日の朝に、急変した。

千枝子がうわ言で、しきりに母を呼んでいるとの電報が来たのだ。

ばたばたと荷造りをして、老母の手をひき、その夕方の急行に席をとった。

宗悦にしてみれば、旅立つというよりも、むしろ朝鮮に引返すような気分だった。

半月前に見たばかりの景色を、逆に眺めながら、どう想像しても、すこやかに笑っていた千枝子の顔を、やまいの顔には結べないのだ。

下関につく直前に、車掌からまた電報を届けられた。

ひとつは妹の夫今村から、ひとつは兼子からだった。

「さいわいに、昨夜から熱がさがり、気分がすぐれてきたようですよ」

「それは良かったね」

「この旅が、のちのち笑い話になるような気がしてきましたね」

母と息子は、はじめて微笑んで目を交わした。

「あなたのおなかの調子はどうなの、のども痛めているようだし」

母は、およそ二ケ月ぶりに家に帰って、休まる暇もなく車中の人となっている息子を、気遣ってくれた。

疲れてはいたが心は張りつめていた。不思議に下痢が落ちついてきている。老いた母にともなう息子が丈夫でなくてどうする。宗悦は、いつのまにか回復している自分の体調に鼓舞されて、背筋をのばした。


一九二一年八月二日の朝、十時間の航海のあと、よく晴れた釜山に上陸。

桟橋の潮風が心地よく肌を刺激して、疲れもむしろ爽かさの伴奏のように感じられる。

京城行きの急行にゆったりと席をとると、車窓をながれる朝鮮の夏は、宗悦たちを歓喜の光で迎えるようだった。

水原駅を出ると左手におおきい貯水池がみえてくる。いつもの光景だが、太公望がゆうゆうと竿をたれているのが見えた。果樹園のなかを列車が走り、冠岳山を右手にみあげる安養駅をすぎると、京城はすぐそこだった。

「川が広くて大きくて、夏の朝鮮もいいね」

母が、京城の妹の笑顔を、あきらかに想像しているかのように言った。

ところが、宗悦たちを待っていたのは、千枝子の笑顔ではなかった。

宗悦が、母の肩をささえながら千枝子の寝所に入ると、暗くした電灯のひかりにでもはっきりとわかるほど青ざめた顔が、じっと二人を見ていた。

黒髪の枕に埋まりながら横たわっている千枝子は、目がくぼんで別人のようだった。

「お母様、お兄様」

安堵したような眼差しになって、千枝子は微笑み、うれしそうにうなずいて見せた。だがいまほほ笑んだと思ふその眼がもう消えて、表情をうしなっていった。

口がうすく開かれたままで、妹の理知的だったあのきれいな眼が、白く裏返っている。

死の顔だ。宗悦は総毛だち、凍りついたようになった。

「千枝子」

宗悦がしっかりと手を握って呼びかける。千枝子がその声に気づいてまた目を開いた。

嬉しさうな笑顔を、無理にこぼすように浮かせる。

「遠いところを、わざわざ、すみません」

千枝子は苦しさうに、息をつきながら言って、力いっぱい宗悦と母を見ていた。

「お母様、わたしなおるわよね」

「治ります、なおらなくてどうするのです」

「ちっとも眠れないの、お薬り、飲んだのよ、お母様……わたしねむりたいの」

千枝子が、おさな児のように母に訴えた。力のない声だった。

そして急に、女中の名を呼びだした。思いがけないしっかりした声で、千枝子は女中に言った。

「そら、新しく作ったお蒲団があるでしょ、あれをお母様に、それから、宗さまに、毛布をね。もうお休みあそばせって、そうつたえて」

「そんなことまで心配しないでいいよ千枝ちゃん、千枝ちゃんこそお休み」

宗悦は、あかるく答えたつもりだが、語尾が憂いにしずんだ。

「わたしね、お父様にあったわよ、赤ん坊のわたしが、すっ裸でお父様に抱かれているの」

千枝子が生まれたときには、父はすでにこの世にはいなかった。

おなじように父の顔を知らない宗悦に、父を探していた妹の胸の内が、いたいほどわかる。

「苦しいのよ、苦しいのよ。どなたか、どなたか、手を握ってちょうだい、不安なの」

千枝子は、なにものかに呑みこまれるかのように、眉をしかめた。眼がさけるほどに見開いて苦渋で顔をゆがめ、虚空を見つめたかと思ふと、急に現実にもどって、のたうつように呻く。見守るものの心を裂くような発作を何度もくりかえし、千枝子は、死とさいごまで闘いつくして果てた。八月四日の朝だった。


旅立つまえに千枝子は、ふっと戻った意識のなかで、夫である今村に、丁寧にさいごのあいさつをした。今村だけではなかった。友達や、今村の同僚や、家の女中にいたるまで、親しい者を、すべて順に思いかえし、こまごまとゆき届いた礼をのべた。

千枝子は周りにいた人びとを親しげに想ひかえすことで、ひととき懐かしい心に充たされているようであった。

つぎつぎに言ったあとで、千枝子は母をさがした。

「お母様、先立つのをすまなく思います。ご恩返しのお世話ができなくて、くやしいくらい残念です。どうか長生きなすってくださいね。御機嫌よう、お母様」

「お兄様」

こんどは宗悦にうなずいてみせた。

「宗さまとは一度も喧嘩をしなかったわね、それがわたしの思い出よ。兼子姉様にも、よろしくつたえてくださいね。ご成功を祈るってね。それからお母様のことを、お願いするわ。わたしはもうできないから」

「成和、お母さんのところへ来なさい」

父にそう促されて、小さな姿が母の枕辺ににじりよる。

千枝子は成和を見ると、喜びと悲みとを、どちらも同時に顔にうかべた。

しかしとり乱すことなく、青白く衰えた手で子供の手をにぎり、諄々と話した。

「成和、お母さんはもうすぐ、いなくなります。あなたは長男ですからね、わたしがいなくっても弟と喧嘩をしたりして、お父様にご心配をかけてはいけませんよ」

はい、と小さな声がまっすぐに答える。

「お算術や英語をよく勉強するんですよ。そして、どうぞ偉くなってくださいね。お母さんは、天国から見ていますからね。お母さんのいったことを、忘れないでちょうだいね」

「成和、お母さんにさよならをして、行ってよろしい」

すすり泣く声で、今村がかろうじて威厳をこらえて言う。

「成和、どうして泣くの、お母さんは泣いていませんよ、さあ」

「お母様、ご機嫌よう」

小さな子供の別れの言葉は、天国の祈りのような、澄んだ響きだった。

やがて妹弟がつぎつぎにつれられて入ってきた。

千枝子はその一人一人に、母の笑顔をあたえて、やさしく別れを告げたのだった。


千枝子の葬儀は八月六日にきまった。

だがあろうことか、その六日の未明に、前夜まで元気だった三男の威夫が突然苦しみだして、母のあとを追うように突然逝ってしまったのだ。それは二日前、千枝子がみまかったのとまさしくおなじ時刻、午前十時十分のことだった。

今村の悲嘆ぶりは、見るに忍びなかった。

「わたしはいままで懸命に生きてきたのです。それがなぜこうも苦められるのでしょうか」

千枝子の棺のそばに寝かされた三男をみつめたまま、今村はいつまでも動かなかった。

「お母さんに、こんなことをつづけて二度までもお見せして、申し訳ありません」

乱れまいとして、母に威儀を正している今村のこぶしが、痙攣するように不規則に動く。

涙をけんめいにこらえているようだった。

つい半月前には、元気に笑っていた千枝子と威夫だった。

それなのに、自分が見送ってもらった門口に立って、二つ寄り添う大小の棺を、見送ることになってしまったのだ。

歳月に隠されてみえない命の危うさが、身にしみてせまってきた。人の命はかぎりある時間そのものなのだ。しかもその終端は、だれにもみえない。

宗悦は、涙にくもるばかりの胸で、懸命に自分の仕事を見失うまいとしていた。

XIX　アゲハ蝶

「富田さんが、釜山まで同行するとおっしゃっています」

初七日の法要が終わるのを待っていたように、赤羽王郎が、富田儀作からの伝言をもってきた。

宗悦が、神武門の外にある観豊楼では、ちょっと不便だと言っていることに、富田が打開策を講じようとしてくれているようだ。

「見に行きましたけど、たしかにあそこは辺鄙ですわな。集まっている品物を並べるにはせまいですしね、わたしもできるなら京城の街の中心に、作るべきだと思いますな」

東京に戻らなくてはいけない宗悦に同行して、富田が釜山までおもむくというのだ。

富田は、綿布商の福永政次郎が所有している、南大門通の三千坪の土地に目をつけていた。その福永政次郎が釜山にいる。

建設用地を提供してもらうため、福永政次郎を口説き落としに行くというのだった。

「妹さんがお亡くなりになったばかりだと言うのに、すみませんね」

京城に母をのこし、ひとり東京にもどる宗悦に、富田がいたわるように言った。

少ない機会を生かそうとしている富田から、彼がどれほど真剣に朝鮮民族美術館に取り組んでいるか、むしろ良くわかる。

「いえいえ、仕事とはそういうものです」

宗悦は、強い味方に感謝していた。

浅川巧も同行し、宗悦たちは、富田に案内されて、福永政次郎に面会した。

すると富田の読みどおり、豪商福永は意外にあっさりと賛同して、内諾した。

「千枝ちゃんの魂が朝鮮にあるかぎり、ぼくの歩む道も朝鮮にあるんだね」

宗悦は、妹の魂に語りかけながら、東京に帰ってきた。

ところが、九月になろうかというころに、総督府の建設許可が下りないと、富田が電報で知らせてきた。

浅川巧からも、残念がる、息づかいのあらい手紙が届いた。どうするか。

宗悦は、眼をつむったまま、深い黙想に入っていった。こういうときに必要なのは、理性、ただそれだけだ。感情をおさえて深く考える。それが流儀だった。すべてがしんとして、自分の脳のなかから、こんこんと清水があふれ、純水が体じゅうを満たし、いつか完全な静寂につつまれていた。

「リーチさんから便りはありましたか、新しい窯は英国に完成したのでしょうか」

「みんながそれを聞くんだよね……でも連絡が取れてなくてね、さいきんは、ぼくの方が筆不精で、だめなんだ」

「ほんとうに、珍しいですね、宗様が手紙を書かないなんて」

カラタチの生垣のうえで、二匹のおおきい黒いアゲハチョウが、舞い踊っていた。

その黒アゲハが、二階にある宗悦の書斎の窓にまで高く上がってきて、めまぐるしく揺らぎ飛びはじめた。

全体が黒い翅で、熟したカラタチの実のような淡黄色の紋が見えた。翅の下辺に並んだ、ちいさな赤い紋がきれいだ。

「宗様、わたし、身も心もこんなに軽くなって、自由に空をとんでいますわよ」

宗悦は、机の上に飾っているリーチ一家の写真を、黒アゲハにかざして見せた。

リーチ夫妻と五人の子供、そして濱田がいっしょに写っている写真だった。

それをリーチが送ってきたのは、なん月前だろうか。

なぜこんなにながいあいだ、返事を書かずにきたのだろう。

「宗様は、わたしのことなどで三カ月近くも京城に居たんですもの……でもまた来てくださいね」

アゲハチョウが優雅に翅をつかうと、ながい触覚が羽衣のようにふんわりと手招くのが見えた。

はっとして宗悦は、空中に目をみひらいて大きく息をすい込んだ。

夢か。

かすかな引きつれが、眼尻にのこっていた。

宗悦は小指の先でそれをこすって、椅子に座りなおした。

どうしても思いが京城にとんで、昼も夜も千枝子の思い出にとらわれている。妹が悲しみをもたらすのか、悲しみが妹を思いださせるのかわからない。涙が、妹と自分をつなぐ絆のようだった。

亡くなる前に、うわごとでしきりに父を呼んでいた千枝子を、父上はみつけてくれたのだろうか。父の顔を知らない千枝子は、父にめぐり合うことができたのだろうか。

もしやあのもう一匹のアゲハチョウは、父上だったのかもしれない。

宗悦は、夢のなかの二匹の黒いアゲハチョウを確認するように、立ち上がって窓辺に移った。

千枝子の霊は愛に燃えて、浮遊しているはずだ。夫を想い、子供を想い、兄のすすめている朝鮮民族美術館の仕事を想って、大空をすみかに、身も心もかるく飛んでいるのだろう。

また海をわたって旅をしよう。

宗悦の心のなかに、手招きしているアゲハ蝶の千枝子が、リアルな感覚で残っていた。

「日本の人口が五千六百万人らしいですね。それが千七百万人の朝鮮人を、食い物にしているようなものですね」

夜になって訪れた赤羽王郎が、兼子の手料理の夕食をすませて、宗悦の書斎に上がってきた。

赤羽は、つい先月に発表された、一九二一年第一回国勢調査の数字を言っている。

先ほどまで中空に見えていた上弦の月が、いつのまにか雲に閉ざされていた。

九月に入ってから湿っぽい天気がつづき、雨の量もおおくて、そのぶん涼しい夏の終わりだった。

「巧さんの奥さんの調子がよくないようです。甲府に奥さんを帰らせるようです」

夏休みで帰省していた赤羽のところに、巧からそんなはがきが来たという。

宗悦は初耳だった。

朝鮮の学校に戻らなければいけない赤羽は、信州白樺派の仲間に便宜をはかってもらえるように頼んできたらしい。

「信州の『地上』の仲間はどうでした。この下旬には兼子の音楽会でまたお世話になるんだけどね」

「浅間温泉に呼びだされて、朝鮮を引き払うように説得されました」

「やはりね。それもしかたないですかね、きみはかれらのシンボルだものね」

「でも李朝の壺をみなに配ると、朝鮮民族美術館が完成するまでは、がんばれといいましたよ。あの連中も、柳さんの奮闘を、応援してくれてます」

「ありがたいね。みんなの理解があつまれば、きっとうまくいくと思いますよ」

宗悦は、棚に手を伸ばし、浅川伯教からもらった秋草紋面取壺をとり上げると、いつものようにヘソのうえでだいた。これをもらってからまる七年がたつのだ。

理想的な朝鮮民族美術館は、いつできあがるのだろう。

「朝鮮人のなかにも、やきものなどでなにができる、と悪しざまに言う者もありますしね」

赤羽は、宗悦の手元をみたまま、何人かの朝鮮人の顔を思いだしているように言った。

「そうだね、あるいみ総督府の石頭よりも、しまつが悪いかもしれないね」

朝鮮の人たちは自国の美術について自覚がないし、なぜか冷淡なのだ。

「なにがなんでも独立だ、それさえできればすべてがうまくいくと思っている人が多いね……だから陶磁器ごときに、なにができる、と反発するようだね」

だがその前に、自分たちがどこから来て、どこに向かうべきかを知るべきなのだ。

かりにいま日本から独立しても、自分たちが何者なのかを見失った民族に、自由はかえって重荷になるのではないか。

「わたしはなにも独立を否定してないが、でも心配だな……このままだと、日本人が消えても、違う圧制者が出てくるだけでしょう。民族は今とおなじように、利用されるだけだと思うんだ」

もしかすると、その方がもっと不幸な現実になるかもしれない。

「朝鮮民族が自信をもってどういう方向に進むか、明確にイメージしないとさ……どうだろう、こんど泰西名画展を提案したいな、赤羽君、巧さんとやってくれないかな」

『白樺』が日本各地でかさねてきた、西洋名画複製展覧会がイメージされていた。

「われわれ『白樺』は、自らを確認するために、西欧文化を学んできた。信州白樺派のきみたちもおなじだろう。異質の文化の刺激によって、自らの伝統を知る視点が手にはいった、あれとおなじことを朝鮮の人たちに提案してはどうかな」

宗悦は、自分たちが西洋絵画から確認できた体験を、あらためて赤羽にこまかく語った。

西洋の名画にふれることによって、朝鮮の若者たちが、自分たちの祖先が生みだした伝統芸術のすばらしさを再発見し、拠って立つ地平を切りひらいてほしい。

「柳さん、やってみましょう。遠回りのようで早道かもしれません」

里見弴や三浦直介に似た、黒い瞳のいい顔立ちをした赤羽が、勇んでいた。

翌日、赤羽は、生徒たちがまつ京城中央高等普通学校にむけて、朝鮮に戻っていった。

『白樺』社が保管している複製の西洋名画は、二百点をこえる。荷造りして送りだすだけでも大変な作業になる。でも宗悦は、かえって元気をもらったように動いた。

一九二一年九月十九日からは、兼子につき添って長野、上田、松本、伊那、飯田とまわり、朝鮮民族美術館設立資金募集音楽会を巡演した。

そのあいだ、時間を見つけては、散策を楽しむ。信州の山々に赤い色がぽつぽつ見えて、秋がすぐそこだった。大空に雲が流れ、それを浮かべる青空は澄んでいた。川のせせらぎにふと足を止めると、川波にもいろいろな音色やリズムがひしめいているのが聞き分けられた。自分の心がこのうえなく高感度な状態になっているのを感じていた。

設立資金が予想をこえて集まりそうだ。

そうしたあいだに宗悦は、『白樺』十一月号に寄せる【妹の死】を書き、無名の人びとが作り上げる民衆的芸術を称揚する【ゴシックの芸術】を書き、自身五冊目の単行本『ブレイクの言葉』を刊行していく。

寸暇もなく全知全霊を駆りたてて、永遠なるモノや、信仰と美との統一を、言葉に描ききろうとするのだった。

宗悦の癖のある頭髪が、ますますちぢれて怒髪のようになり、息子たちを近寄りがたくしていた。

「そうかい、でも案外この髪の毛が、天からの啓示を受けとめているのかもしれないぜ」

兼子が理髪店に行くように頼むと、宗悦はそういってニヤリと笑った。


ところが、またしてもまさかの出来事が宗悦に訪れる。

それは、浅川巧の妻みつえが、帰省療養していた甲府の山梨県立病院で、帰らぬ人となったことだ。宗悦は、甲府メソジスト教会の葬儀に駆けつけたが、失意の浅川巧にかける言葉がさがせなかった。

さらに十一月になって、これまで朝鮮の人びとと宗悦を、きめ細やかに橋渡ししてくれていた南宮璧が、病死してしまったのだ。

「いったいぼくのまわりの何人の命を、こうもつぎつぎと召されるのでしょうか」

千枝子も、浅川みつえも、南宮璧も、宗悦の計画を下支えしてくれている、心優しいものたちばかりだった。

「これが、ぼくがささげなければいけない、朝鮮民族美術館を完成させるための、辛苦の条件なのでしょうか」

宗悦は、書斎にこもって人知れず涙をながした。

「生きているのは心さむいものですね、父上」

「そうだな、現し世は、心さむいものだな。お前や千枝子をおいて、わたしが死んだようにな」

ロロロロロー、ルリリリー。

晩秋の涼気が濃い夜陰で、命を惜しむようにコウロギがないていた。

「おまえも、額にシワが目立ちはじめたな、口髭がしおれとる」

「こんな切なさ……シワどころか、髪が白くなりそうです」

「たとえ無謀でも、行こうとする者だけが、どこまで行けるかを確かめられる。苦しいだろうが、どうすれば前に行けるか、それを考えなさい」

「それにしても、人間の心は、なにゆえにこうも挫けるのでしょうか」

「そんな夜には、兼子のぬくもりで眠ることだな」

ロロロロロー、ルリリリー。

コウロギの鳴き声が、乱れた夜気の粒子を調えるように、いつまでも消えなかった。

泰西名画複製展は、一九二一年十一月二十六日、二十七日の両日、京城で開催された。浅川巧と赤羽王郎が、朝鮮民族美術館の名義ですべてを準備し、京城日報社の来青閣をかりて、宗悦が日本から送った複製画百七十余点を展示した。

京城市民の関心はたかく、十二月四日には普成学校に場所を移して、再展覧した。それを希望したのは東亜日報だった。

再展覧会のまえに宗悦は、東亜日報に寄稿し、朝鮮の若者に呼びかけた。

〈伝習的思想の桎梏を脱して新しい世界をもとめよう。この展覧会が、諸君の心になにかをきっと贈るだろう〉

そしてその直後、十二月七日から九日までの三日間、今度は京城日報に、宗悦の【懸賞小説募集に就て】が掲載された。

京城日報社から、現代朝鮮がテーマという、同社主催の懸賞小説募集について意見を求められ、率直に注文を申したてたのだ。

〈主催者である京城日報は御用新聞として有名ですが、そのためいわゆる親日派の作品のみを採用するだろうという予想が浮かびます。もしこの予想が真実だとすると、わたしは今度の企画に意義を認めないひとりです。民族の微妙な感情を描きうるものは朝鮮人だという意

識が、朝鮮人にもまた内地人にも高まることを希望して止みません〉

十二月十日の夜に、『新潮』一九二二年一月号に寄せる【朝鮮の美術】三六枚を仕上げた。

それは前年の『新潮』一月号に発表した自身最初の工芸美論、【陶磁器の美】をベースに、朝鮮の美を説いたものだった。

『白樺』二月号に掲載予定の【清きマリア】、『文化生活』二月号への【神の愛】、『中央美術』二月号の【富本憲吉の陶器】、それぞれ約束している原稿を急いでいると、赤羽王郎から、一連の企画や寄稿文の成功を喜ぶ手紙があった。

《民族を理解するにはその芸術を知るべきだ、という柳さんの提言は、実体化しつつあります。確実に力をもったうねりとなって、朝鮮のわかい世代に浸透しています。今度は、ブレイクの絵画展をひらきましょう。あわせて講演会もお願いします》

赤羽が、ふとい文字で、高揚したように書いてあった。

宗悦は、すぐに、手なれたブレイク展の準備にかかり、冬至から三日目に、荷をすべて京城の浅川巧宛に送りだした。

そおして一九二一年一二月、六度目の朝鮮への旅にでた。

それは二九日に家を出て、大晦日に京城につくという、自分でも驚く日程になった。

書き残した原稿は、汽車と船のなかで仕上げ、京城から郵送するつもりだった。

「兼子、すまないが年賀をかねて、志賀のところに行ってくれないか。神経痛がひどく出ているらしい……ぼくからの見舞を伝えてほしいんだ」

　兼子にあれこれ告げる宗悦の額には、いつのまにか太い青筋がういていた。つき進む男の誰にもあらわれる、ひるまない眼光が、宗悦の小顔を赤く染めている。

　どうすればできるか。そのことばかりを考える、容易になえない眼つきだった。

「門の前であやしまれると、無条件に捕まえられて、死ぬほど殴られるといって、さいきんじゃ朝鮮の人間は、遠回りこそしても、だれもあそこに近づきません」

　朝鮮総督府にもういちど行くと伝えると、浅川巧が、不快な目をして横をむき、声を落とした。

　昨年秋に妻をなくしたあと、浅川巧は、娘の園絵を甲府の妻の実家にあずけたままだった。

　宗悦が京城につくと、巧は、まいにち宗悦にあいたがった。万事に控えめな巧が、喜色を全身で表わすようなことはないが、でかける場所をつぎつぎと提案する。

「今年は、なんかいい正月です。みつえが居なくなって、ぼくには正月はこないと思っていたけど、柳さんが、お正月さまみたいに大晦日に来てくれて、こんな楽しい正月をすごせるなんて、うれしいです」

　きのう、五日は、巧にさそわれて、京城市街から十五キロほど南にある冠岳山まで、窯跡調査の一日ハイキングをしてきた。今日六日は、二時すぎから、朝鮮の友人もいれて六人で、景福宮にある総督府博物館に行き、せんだって慶州の古墳からでたという金冠と宝玉を見た。そのあと、巧と水谷川の三人で、積善洞の骨とう屋を物色してきた。屏風と李朝のやきもの数点を、民族美術館のために購入し、晩飯を例によって、鐘楼普信閣のうらにある立呑屋ですませた。

巧は、そのあとも、自分の家に帰ろうとしないで、宗悦の宿についてきた。

宗悦は、今日の午前中のことを、巧に話すべきかどうか迷っていた。

朝から、朝鮮総督府に行ってきたのだ。

倭城台へのゆるい坂道には、きのうの雪がとけ残っていた。すっかり葉をおとした並木の幹を、朝陽が銀色に光らせていた。

昨年、一九二一年九月に、爆弾がなげこまれたという南山倭城台の総督府の建物は、どこにもその痕跡が見うけられない。入門の警備が強化されてはいたが、泰然として、より威圧をそびやかすように建っていた。

首筋が冷たかった。コートについていた毛皮の襟巻を、きのう、冠岳山の中腹にある三幕寺の六五歳だという住職に、道案内のお礼としてわたしたため、首がむきだしだった。

「極秘とはいえ、よく水野政務総監が会うといいましたよ。兄さんのどこかに、年寄りに可愛がられる素質でもあるんでしょうかね」

チョンガーにもどって半年、五歳年上の義弟今村武志は、いまでも兄弟づきあいを厭わないでいてくれる。

「面目ない。こだわるところとそうじゃないところの差が、ぼくは人よりは激しいみたいです」

宗悦は、かすかに微笑をうかべて、今村に恐縮した。

福永政次郎の土地をつかって、朝鮮民族美術館を建てることを、なんとか許可させられないのか。今村は、どうせだめだと言ったが、面会を執拗に頼んだのだ。

そして、水野との面談がセットされた。

「こんな厳重な警備のなかに、よく爆弾を持って入ってきたものですね」

「電気工事の人夫に、まぎれていたんですな」

水野政務総監が、ほそい目を動かさずに、恬淡とこたえる。動かないバッタ顔は前のままだ。

「斎藤総督は就任初日に、京城駅で爆弾の洗礼を受けてますからね。われわれも二度目となると腹のすわったものですよ。あのときも総督が言いましたが、この土地を治めるには強圧な政治より、人情をくんだ文化政策が必要なんです。……まだ時間がかかるでしょうが、その方針にいささかの変化もないですよ」

冷めないうちに、と水野が卓上のお茶をすすめ、水野も一口すすった。

何度か飲んだことのある、ほんのり甘い、どちらかというと漢方薬の味がする飲み物だった。

「さいきんはもっぱら、このサンファタンなんだ。わたしの齢になると、この薬臭い香りや、茶碗の底が見えないまっ黒い色が、からだに効くような気がするものでね」

そして水野は、先だっての休日に、朝鮮の貴族の衣装を着て、記念写真を撮ったという話を、ながながと続けた。そのあいだに、宗悦のサンファタンに浮いている松の実が、茶碗のふちで無音のまま、くるりくるりと数回転していた。

「柳君、きみは庭の草むしりをしたことがあるかね。生まれついてのお坊ちゃんだから経験ないかもしれないがね、わたしのような下級武士の家にそだった人間は、庭の草むしりが仕事でね、いまも官舎の庭の草は、ときに自分でぬくんだよ」

風を感じ、陽ざしも浴びられる作業は、やってみるとなかなか良いもんだと言う。

「抜いたことのない人間には、わからないかもしれないが、雑草の根をむりやり抜こうとするとね、かたくなに土にしがみついて、根が切れてしまって、完全には抜けないんだ」

その残った根からまた雑草が茂ってくる。切れた根が残っているかぎり、いつか草が茂る。それが、朝鮮人とおなじだと、水野は言った。

「根絶やしにはできない。上手に抜くためには、水をまいて土を柔くすることも必要だろうし、あるいは抜かずに茂ったものだけ刈りとり、根は残しておくことだって方法だ、わたしもいろいろ思っていてね」

「朝鮮の人びとを、雑草にたとえるのはどうなのでしょ……彼らの美点を知れば雑草ではなくなります」

「あくまでも喩えですよ。わたしの言っているのは思想の事です、おなじことは日本人の反動分子にだって言えるんだ……インドじゃガンジーとかいうのが、民衆をあおって英国に反抗しているらしいからね。朝鮮を、そんなことにはしたくない……台湾でも現地人の議会を設置しろとうるさい人だ、ああなると困る」

インド人のシングから、ガンジーという名前は聞いたことがあった。侵略者英国に対しては不服従だが、非暴力で、断食で正義の実現をうったえているという話だった。植民地支配にたいして、あくまでも非暴力でたたかっているというやり方に、宗悦はおおいに共鳴するところがあった。

「ところで展示品は集まっていますかな、柳君」

無関心そうな顔をふりむけ、ろくすっぽ興味もなさそうな口調だ。しかし水野の細い目が、べったりと、宗悦の顔にヒルのように吸いついている。

宗悦は、ちぢれ髪を両手でうしろに撫でつけながら、さぐるように答えた。

「一級品だけでも、かずにして六百個以上収集できています。大半は李朝の陶磁器です。すぐにでも開館は可能です……場所さえなんとかなれば」

「なんなら李王家博物館に、寄贈されてはどうですか、まるごと」

さらにくわしく話そうとしている宗悦に、水野が、水をかけるように、ひくい声で言いすてた。

「朝鮮民族と名のつく看板を、京城のまん中に掲げるのは、かりにわたしが心情として肯するとしても、陛下にはお認めになれないでしょうなあ……それより柳君、きみの弟にはやく再婚をすすめてくれたまえ、朝鮮人から妻をめとればいいんだよ、総督もおおせのように、どうだ」

水野はそう言って、ヒクヒクしたバッタの笑顔を、今村にむけた。

宗悦も今村を見た。今村がしぶい笑顔で下をむいていた。

六日の夜は、結局、浅川巧に水野の話をしなかった。

翌日からも、毎日、巧に会った。宗悦が訪ねて行くこともあったし、今村の家に集まることもあった。そこに赤羽や秋月が顔をだし、一月一四、一五日のブレイク展の準備を、みなですすめた。

雪が降ったり止んだりする寒い日がおおかった。

一月十二日に、浅川巧が仕事から帰宅する時間を見はからって、宗悦は巧の家にでかけた。巧が近くひっこすために、巧の家に置いている、民族美術館の収蔵品を整理して、巧が用意したべつの場所に移すことになっていた。

それを運ぶのに、荷担ぎ人夫で、じつに十人分、その上さらに荷車一台分もあった。

「最初は、巧さんとぼくの持っていたモノだけからはじめたんだよね」

「ほんと、ずいぶん集まりました。善意の力があわさると、すごいです」

巧は、自分の苦労は言わずに、募金に感謝をしていた。

「なけなしの金をつぎ込んじゃってね。奥さんに苦労を強いたのは、ぼくだったかもしれないね」

巧が好んで集めていた水滴のコレクションは、数においても質においても圧倒的で、すべてを並べると朝鮮民族の心もようが、確実にそこにうき上がってくる。

貴重なそれらをなにもかも運びだすと、巧の家は、がらんと淋しくなった。

林業院の技手の収入は、たいした額ではないはずだ。そこからモノを買い集める夫に、だまって従った妻がいたのだ。あらためて、みつえの苦労が、痛く胸にせまる。

空っぽの家をあたたかく満たしてくれる妻をなくした男と、夫の夢が実現するのを見ないで召された女がいた。

「四、五年間の蒐集品をすべて寄付したんで、淋しさもありますが、不思議と身軽になった愉快さも感じます……自分のすきな品は貸してもらいましたしね」

巧は、自分の所有品を、すべてを民族美術館に差しだして、あらためて自分が気に入っている数点を貸してほしいと、宗悦に確認をもとめたのだ。

がらんどうになった家に、朝鮮の膳と、やきもの数点が残されていた。

親しい友人はいく人もいるが、自分が手本にしたいような人徳をもった友は、多くはない。浅川巧は、もつれがちな宗悦の心を、清冷な流れで梳いてくれる、気高い師友だった。

自分にも、周囲にもいさぎよく、ごまかさず、自然なふるまいで約束を守り、さりげなくけじめをつけている巧のやりかたに、いつも打たれるのだ。

朝鮮の人びとのためでもあるが、巧夫婦のためにも、はやく形にしなければいけない。

宗悦は、不便で手狭な観豊楼で開館するべきか、焦慮にせかされていた。

一月一四日、長谷川町の日本キリスト教会京城教会で、ブレイク展がはじまった。

みなで集まって額にいれた、ブレイクの複製版画二十点を飾ってある講堂で、宗悦は〈ブレイクの絵画〉と題して一時間半の講演をした。

来場者は五十人ばかりで、思いがけないほど盛り上がりのない一日になった。

飯屋のうすぐらい電灯の明かりに、正直にがっかりしている、浅川巧の顔が浮かんでいた。

「明日は日曜だから、今日より多いはずですよ」

赤羽が、宗悦と巧の顔を交互にみながら、自分をなぐさめるように言う。

巧の好物の、牛の骨や内臓を煮込んだスープを飯にかけた、ソルランタンを食べているのに、巧はさいごまで笑顔をとり戻さなかった。

翌日は、〈ブレイクの詩〉についての講演をした。ブレイクの詩を朗読しながらすすめた一時間半は、自分でも、熱のはいった、いい講演になったと思える。しかし、来場者は六十人をすこし超えた程度だった。

十六日、金萬洙、呉相淳、廉想渉とつれだって南宮璧の墓に参った。そのあとで、弼雲洞の南宮の実家に厳父を訪ねて、お悔やみをのべた。帰途、冷たい風が胸に吹きこんで、宗悦は、猛烈にさみしかった。

これまで六度、朝鮮に旅をしたが、心をしぼませて東京にひき返すのは、これが初めてだった。やはり観豊楼しかないのだろうか。

皆の善意をあずかったままの宗悦を笑うように、歳月が、鉄路の響きを追い抜いてすぎていく。

気抜けてうつろに列車にゆられていると、雑多な記憶のなかから、響いてくる言葉があった。

「異を叫べば暴力でおさえ、黙って従うといい気になって、やりたい放題です」

日雇いの朝鮮人工夫の賃金を、先延ばしして払わない役所に、巧が怒っていた。

「警察による直接的暴力も問題だけど、貧困を放置するのも、社会的暴力ですよ」

XX　たった一人

最初はたいした予備知識もなく朝鮮に行った。それが一九一六年の夏だ。浅川伯教に案内されて、さまざまな場所で、朝鮮の美しさに魅せられたのが、すべてのはじまりだった。

宗悦の心は、美しいものを生んだ民族を思い、日本人の不自然な力に虐げられている朝鮮の人びとの悲しみに触れて、いつかわがことのように、朝鮮民族の拠って立つべきところを説いてきた。

自分が書いた一連の論は、芸術論のすがたをとっていたが、じつは沈黙を強いられた朝鮮の友たちの、存在証明の代弁だった。

しかし、宗悦が望むようには、状況は変わっていなかった。

一九二二年二月末、二か月ぶりに会った浅川伯教が、少し驚いていた。

「そうでしたか、ブレイク展には集まりませんでしたか」

宗悦が京城に着いたのが大晦日で、京城の妻子のもとに帰っていた伯教が、東京に逆戻りしたのが、正月二日だった。

だから今回のブレイク展に、伯教は立ち会っていなかった。

「どうすれば、朝鮮の人びとのために状況が変えられるのかと、悩んでましてね」

お茶を淹れてきた女中がさるのをまって、宗悦は声をおとした。

「起ち上がれ、民族のために戦え……なんて、ぼくには言えませんしね」

「朝鮮の人々を迷わせているのは、植えつけられた劣等感でしょうね。自信を回復することはだいじです」

それにしても、この時期に、伯教が三年いた東京をひきはらい、朝鮮にもどるというのは、やはりなにかのめぐりあわせなのだろうか。

「おじさん、絵をかいて」

宗理と宗玄が、いつものように浅川伯教のそばに寄ってきた。

伯教は、子どもたちが手にしているクレヨンと紙をうけ取ると、宗理には鳥の絵、宗玄には花の絵を、さらさらと鮮やかな線で描いていく。

宗悦も、息子たちとおなじように、伯教の手さばきに見とれていた。

「彫刻家には、デッサンが一番大事だと身にしみるころに、彫刻を断念ですわ」

浅川伯教が、自嘲するように言って、まつげを深くとざし、別の絵にかかった。

伯教が、東京での彫刻家修行に見切りをつけ、朝鮮にもどる挨拶にきていた。

「日本の彫刻家というのは、あれは芸術家じゃない、職人ですよ」

師匠の派閥争いにつきあわされて、疲れたという。

「陶磁関係の文献を、東京にいるあいだに、かなり集めました。朝鮮に帰ったら、李朝の窯跡を調査しようと思っています。やはり、白い李朝のやきもの、あのモノ言わぬ姿がいいですね」

「それはいい、奥田誠一君が『国華』で、またぞろ李朝期をひどく悪く書いていましてね。李朝は堕落の時期だ、李朝中期以後の朝鮮陶磁は、鈍重で稚拙だと、言いたい放題なんですよ」

訳知り顔で解説している奥田誠一に、伯教の所有している青花辰砂蓮花文大壺を、みせてやりたいと思う。

自分や浅川兄弟以上に、李朝の品に接している日本人はいないはずだ。

「収集品の保管から寄付金の出納まで、巧さんにずいぶんと苦労をかけているんでね……浅川さん、手を貸してもらえませんか。ともかく朝鮮民族美術館をひらきましょう」

実際に目にすれば、器に脈打っている、民族の心や血のぬくみが、現代の朝鮮の人びとに、きっと伝わる。そのとき、祖国を悠久ならしめる自信が、かならずよみがえる。そう思えるのだ。

浅川伯教は、朝鮮民族美術館の開設に協力することを約束して、三月末、妻子や母親がすむ京城に、引きあげていった。


一九二二年四月からは、女子英学塾の倫理学教授になることを約束していた。

雑誌や新聞からの、寄稿依頼が、あいかわらずきている。

宗悦は、それらにこたえながら、『新潮』正月号に発表した【朝鮮の美術】におおきく加筆し、挿絵写真を加えて、私家本として出版する作業に没頭していた。

木下利玄がもっている、東京美術学校編の大図録『法隆寺大鏡』をかりて、玉虫厨子、橘夫人厨子、百済観音、夢殿観音の写真を写真師に複写してもらった。京城の浅川巧には、李王家博物館の収蔵品の写真を撮れるよう、品を指定して博物館への依頼から実際の写真師による撮影まで、手紙でこまかく頼んだ。

用紙は信州の宮本紙、表紙は松崎紙、それを和綴にする。表題用紙には朝鮮の苔紙をあてた。江戸時代の雰囲気がある細ながい本で、活字の型にも文字組みにも、自分流にこだわった。

部数二百のその和本は、手にするのがうれしい異本に仕上がるはずだった。

だがそうしているあいだに、ある日兼子が、朝でたきり帰ってこなかった。

夜になって、我孫子の滝井孝作から電話があり、志賀からの伝言で、兼子が志賀の家に泊まることにしたことを知った。翌日、志賀から電報がとどき、宗悦は我孫子まで兼子を迎えにでかけた。

駅に着いたころにはもう暮れていた。志賀の家にむかう懐かしい夜道は、相変わらずの暗闇で、五日目くらいの三日月が、はや西の空に落ちかかっている。

兼子は、宗悦が生活費をいっさい家にいれずに、ひたすら自分のやりたいことにつきすすんでいることを恨んでいた。

「あなたは婚約中にいつも、理想の愛をお話されました、あれはお約束じゃなかったのでしょうか……ともかく、生活費をきちんといただけませんか」

志賀をはさんで話している途中で、昂ぶった兼子が二度、部屋を出て行きかけた。

志賀が立ちあがって、それをとめた。

「兼子さんのような良妻賢母を泣かせて、どうするんだい。柳の仕事に献身的につくしてくれているじゃないか。だからさ、生活の苦労をさせるのはよくないぜ」

志賀は、泣いている兼子の前で、宗悦を叱った。

「朝鮮の芸術に注目したのは柳、まさにきみだ。お前さんの直観はたしかに信ずるにたる、仕事も大事だ……だが家族を忘れちゃいけないや」

志賀は、やんわりと宗悦を包むように言った。

上野に帰る終列車に、ふたりは向きあってすわった。

土曜の夜のせいか、客はまばらだった。

ぎこちない空気がよどんだまま、宗悦は兼子と夜汽車にだまって揺られていた。

いつか、夜の雨が、車窓をすべっている。

ぼくがどこへ行くのか、この機会にちゃんと理解させなければいけない。

そう強く思う衝動が、レールに響いて、しだいにふくらんでいた。

「一国の人情を理解するには、その芸術を知るのが最もいいと、いつも言っているだろう。ぼくはいま、朝鮮の芸術を、もっと日本人に近づける任務を感じている」

「どうして、あなただけがそこまでおやりに……」

「まあ聞きたまえ。もしその芸術が理解できたら、日本は朝鮮の友となることができる。朝鮮の民族のあのすぐれた感覚が、わたし達の心に深くまじわる日の来ることを、ぼくは信じている。だから朝鮮民族美術館は、日本人のためでも……」

「どうしてあなたが、そこまでやらなけりゃいけないのですか」

おなじことを、兼子がもう一度言った。

「ぼくはね、力による植民地支配の責任を、日本人全員が負うていると思っている。その責任から眼をそらすと、このさき日本人の思想に活力がうまれないいんだ。自由を説き、デモクラシーを説いても、それが日本国内だけの空念仏におわるだけだ。ぼくは、朝鮮の国に奉仕しているのではなくて、日本人自身の自由と将来のために行動しているつもりもあるんだ」

宗悦は、兼子にだけはわかっていてほしかった。

だが、妻の顔にういていたのは、あきらめてどこかに行こうとする猫のような、自分とつながっていない眼だった。

私家本ができあがってくるのを待ちながら、『改造』五月号に寄稿する【神の問題】と、『明星』五月号に寄稿する【神の存在】を執筆しているときだった。仕事の合間にたまたま読んだ、『アトランティック・マンスリー』三月号にでていた、米国人パウエルの【日本の朝鮮統治政策を評す】という一文に、宗悦はおおきく共鳴させられた。

思わずペンをとりあげ、一気にその批評を書いて、『世界の批判』に投稿した。

その批評文のさいごを、こう締めくくったのだった。

〈日本の同胞よ、剣にて起つ者は剣にて亡びるのだ。軍国主義をはやく放棄せよ。弱者を虐げることは日本の名誉にはならぬ。他人をさげすみ、いやしみ、虐げることに少しでも時を送ってくれるな。弱者にたいする優越の快感は動物に一任せよ。他人の自由を尊重し、自らの自由をも尊重しようではないか。もしもこの自明な人倫を踏みつけるなら、世界は日本の敵となるだろう。そうなるならば亡びるのは朝鮮ではなく、日本の国だ〉

「今度はかならず満開の時期に見てみたいね」

「ぜひそうしてください」

高遠城址公園にほど近い傾斜地の勝間薬師堂に、若いが、りっぱなシダレザクラがあると聞いて、見にあがった帰りだった。なかば葉桜に移っていたが、シダレザクラの下にはいって見上げると、信州の青空が太陽の光彩にあふれ、桜の美しさを、はるか高みに引き立てていた。

そこに風が吹くたびに、花びらが舞いちり、それはきれいな花吹雪だった。

段丘をしだいに下っていく左手に、川面がまぶしい光を乱反射させている。高遠の町が三峰川の渓谷集落として発達したのがよくわかる。

下方に見える街道をはさんだ両側に、おなじ高さの商家の屋並みが、街道の蛇行にそって、陽光をてり返していた。

手前のほうの一軒の屋根に、なにかが干してあるのが、光の具合で見てとれる。

「柳先生、あんなことを書いて大丈夫ですか。軍国主義をはやく放棄せよとか、亡びるのは朝鮮ではなく日本の国だとか」

「大丈夫ではないかもしれませんね」

宗悦は、五月の申し分のない陽気のなかで、ゆったりと目をほそめた。

見事な五月晴れで、人間のいやな情動を思わせるものはなにひとつない。

高遠小学校の小林多津衛らに、講演会に招かれてきていた。

前夜、宗悦が持参した『世界の批判』を、かれらは回し読みして、不安を生じたようだ。

「臆病になって、ためらいがちにやっていると、うまくいきません。なぜなら、そんな場合はいっさいが不可能に見えていて、すぐ諦めるからです。たしかな事などなにもないんでね……勇気と信念をもって進んでいると、誰かがひき寄せてくれるように不思議と前に行けますよ」

小林多津衛が、浅川巧とおなじような、邪気のない信じられる目で、宗悦を見ている。

いっしょにいる田中嘉忠、坂井陸海も、おなじような目をして、宗悦にひたと向いていた。

赤羽王郎をしたっている小林多津衛は、師範学校時代に、宗悦の『ウイリアム・ブレイク』を読んで圧倒されたという。五年前長野で、柳の講演をきいて以来、信州白樺派の運動に参加していた。

小林は、宗悦より七歳、年少だった。

「ぼくなりに李朝末期の歴史を読みましたが、あれほど暗い歴史は、世界にもないでしょうね。政治が、国民のためにでなく、個人的野心を満たす道具になっていてね、勢力争いばかりで、暗殺がつぎの暗殺をよんでいた時代です。民は塗炭の苦しみですよ」

浅川巧や赤羽王郎に話すとおなじように、考えを隠さずにしゃべった。

「朝鮮は、外敵からせめられつづけ、あげく無政府状態をきたした、苦悶と悲哀の歴史でね」

李王朝が四分五裂せずに、自立した堅実な文化を保持できていたら、日本などに干渉を許さなかったはずだ。怨む気持ちも独立を仰望するのも、よく理解しているが、どうしてこんな境遇になったたか、顧みることも必要だ、とあえてつけたした。

「人間なんて、自分の弱点を冷静に分析できるかどうかだろう……その作業から誇るべき強さがわかることもあるんでね」

春うららの陽ざしのただ中で、アゲヒバリが、話を先へといざなう。宗悦の独自な言葉づかいが、かれらに伝わるかどうかわからない。いささかの心配があるが、できるだけていねいに、宗悦は話した。自分のなかまに、忌憚なくしゃべる解放感があった。

「人格者を育て、偉大なる科学者を出し、先祖にまけない芸術家を生み、卓越した文化のうえに民族の運命をおくようにすれば、世界は朝鮮の味方になるはずですよ」

「でも、そんな条件つきの言われ方をすると、めんどうに思う連中もいるでしょうね」

背後から、言いにくそうに口ごもる声がした。田中だった。

宗悦は、横顔で田中にむきながら、カケスのような、あえてのどかな調子で言った。

「いまの朝鮮を、ぼくはどうしても弱い女性とみてしまうんだな。なにも男の方が偉いというんじゃないよ、ただうつむいて悲しみに耐えている女性に見えてしまうんだ」

「柳さんも、女には弱そうだから」

田中が、ほかの二人に相槌を求めて、茶目っけをだした。

その悪びれなさが、さそい水のように働いたと思う。

「今の朝鮮には、民族を支えるべき明確な自己像が必要なんだ、それをぼくは李朝のやきものに見出すべきだと言ってきた……今度は……光化門にそれを見出そう、そう提起したいと思っているよ。朝鮮の伝統を守るにたりる正統の門、光化門……それはそれは立派な門なんだ」

宗悦の口から、ひそかにあたためていた想いがすべりでる。

だが、その場の三人には、春の風にまぎれて、しかと伝わらなかったようだった。

街道にまで来てわかったが、坂道から見ていたのは、屋根に広げている布団だった。

布団生地の織り模様が、遠くはなれた丘の上から、宗悦を手招いていたかのようだった。

近くに見ると、陽光をまともにうけて渋くかがやく独特な風合が、ことさら目にしみた。

「あの生地を是非ゆずってもらえないかなあ」

自分でも思いがけないほど、無遠慮で傍若無人なことを言ってしまっていた。

でも、その布地が、宗悦につれて行けと、せがんでいる気がしてならないのだ。

小林たちは、おかしな人間を見るような目になっている。

それでも宗悦が、うわごとのように、屋根の蒲団を凝視したまま何度もくりかえしたので、三人は、その家のなかにはいって行った。

どこをどう頼んでくれたのか、表に出てきたときには、綿を抜いた布団生地を抱えていた。

モノに呼びとめられて、日本民芸運動の原初の収集が、宗悦のなかではじまっていた。

柳宗悦が、濱田庄司、河井寛次郎、富本憲吉の連名で、日本民藝館設立趣意書を世間にむけて訴えるのは、四年後の一九二六年一月のことである。

信州白樺派の協力で、昨年の九月につづいて、募金のための音楽会が予定されていた。

一九二二年六月二三日、兼子とピアノの前田嶺子をともなって長野市に入るなり、宗悦は耳打ちされた。

「今井久雄君の家のまわりにも、このところ特高警察が、うろついているようです」

「それは、信州白樺派というより、柳宗悦に協力しているからでしょうね」

音楽会を主導している今井にたいし、どんな言いがかりをつける気だろう。やはり自分は、遠いところからじんわりと、囲まれている。宗悦は緊張しながら、長野市から、上田市、松本市、伊那、上諏訪と、一週間にわたって兼子につきそった。

信州での巡演は、白樺美術館募金を含めると、これで三度目だ。

兼子は、過去二回のプログラムとかさなる曲はさけて、演目をくんでいた。

「プログラムの構成は、歌い手の力がでますからね」

支援者たちに解説しながら、兼子が新曲をレパートリーにするため、たゆまず精進していることに、自然と尊敬の気持ちがこみあげる。妻との約束を守っていない悔悟の念が、胸に痛い。

兼子の歌に聞き入っている客席の中にも、おそらく特高が身をひそめているのだ。

なにかあれば自分が対応するしかない。宗悦は、なにくわぬ顔で、見えない影に耐えていた。

ときおり外に出て、信州の山々を眺めた。やさしい緑にそまった風が、強ばりをゆるめてくれる。

その澄明な信州の風と、見えない影への反目を東京にもちかえって、宗悦は、【失はれんとする一朝鮮建築のために】という二〇枚の一文を、七月四日に、一気に書きあげた。

もう梅雨もあけるのだろうか。それならば、雨の少ない梅雨だった。

【失はれんとする一朝鮮建築のために】を書き上げてから一週間になる。光化門の存在意味をうったえるこの一文を、どうすれば、朝鮮の人々の自信の回復につなげられるのか。言葉づかいの細部になんども目を配りながら、考えていた。あれから不思議と寡黙になっている。いろいろなアイデアが、じりじり定まらず、うき沈むのを、ぼんやり眺めていた。

夕食のあと、今もまた、書斎の窓によって涼をとりながら、じっとなにかを待っていた。先ほどまで、眠ろうとしないセミが、宗悦の逡巡をわらうように鳴いていたが、それがとぎれた。

深いブルーの空に、ようやく昇ってきた十六夜の月が、模様がはっきり見えるほど明るかった。冴えた輝きは、白磁の大壺に似ていた。その月の光を受けて、こんもりと太い夏の雲が、白い藍色にそまっている。白い雲があるから、夜空がかえって明るく見えるようだ。

風に乗りおくれた薄い雲が、ときどき月面にかかると、冴えた輝きがあやしくかげった。ながい時間、宗悦は浮かんでは消える想念につきあっていた。どのくらいたっただろう。

ジジッ。静かだった庭で、セミが一声ないた。

セミの声のした方をなにげなく見下ろすと、庭樹のくらい影のあいだで、なにかが光っていた。何だろう。宗悦の思考がとまった。あれは、月が庭のちいさな泉水に映っている。見上げると十六夜の月、見下ろすと水の月。窓から二つの月がみえる、こんな角度の偶然があるのか。

と、突然にわかに、これまでもやもやと渦巻いていた想念が、一点に吸い寄せられるように形を整えはじめるのを感じた。宗悦は、頭のなかでそれがしっかりとした想いになっていくのを、見守っていた。やがてそれが言葉になった。

「大がかりな、喧伝と情報提供と啓蒙運動で、関心をよびおこし、美術館を推し広める……これだ」

十六夜月の輝きをうけた丸い雲が、陰影をきざまれて、顔を知らない父の顔にみえる。

「父上は、父をこえて行けと、言ってくれていますよね」

日本人といえども、いくども公然と批判することの危険を、思わないわけにはいかない。

しかし不思議と、恐ろしい処罰を覚悟するような、切羽詰まった気分ではなかった。

父の顔を思わせる丸い雲の端が、月光をさし映えて、金茶色にかがやきはじめていた。

「悪いことが起きるまえに手をつくすのが、気がついている者の責任だろうな」

異空間から、父の声がおりてきた。

軍籍に職をおいてはいたが、父は、学なき武人ではなかった。

数学に秀で、海図や水産学に博学をきわめた、学者としての経歴の方が、父を語るにふさわしい。しかも、知識の問屋でも、飯を食う辞書でもなかった。父は、生涯をとおして、学んだ知識を、世の人のために活かすよう生きたのだ。

宗悦に届いてきたのは、そうした実践者としての父の声であった。

宗悦は、巧と伯教と赤羽に、大がかりな取り組への計画を説明する、手紙を書いた。

《やきものなど下賤な民の作ったもので朝鮮の美を語られるのは、迷惑だと非難している朝鮮の人びとに、まずは実際に見てもらいましょう。開催場所を探してください》

京城で、朝鮮民族美術館の名前で、これまで集めてきたものを一度展覧するのだ。

そのために、『白樺』九月号を李朝特集号に仕立てよう。【失われんとする一朝鮮建築の為に】は、『改造』にたのむ。東亜日報にもそれを載せてもらおう。

おなじ手紙で、宗悦は、伯教と巧に、なにか李朝のやきものをテーマに、原稿を寄稿するように依頼した。

七月十九日には、奈良安堵村の富本憲吉の家をたずねた。

大阪と神戸で、宗教と美術に関する講演会を、三つこなした帰りみちだった。

そこで三日間かけて、富本憲吉を口説いた。

「景福宮を知らない人には、壮大な光化門が取りこわされると聞いても、心が動かないかもしれんが、芸術家のきみなら、その価値が、見ればかならずわかるはずだ」

「行きたいけど、どうもなあ……手許不如意ちゅうやつや」

富本は、二人のこどもを村の学校には通わせないで、東京から教師を招いて、自宅で教育を受けさせているらしい。

宗悦は、富本のいいわけをあえて聞きながして、かまわずにつづけた。

「ぼくはいつも言うんだ、かりに日本が朝鮮に併合せられてさ、白壁の江戸城が破壊されて、皇居のなかにでかい洋風の日本総督府の建築がはじまる光景を想像してみたら、とね。おなじことが現にいま、沈黙をしいられている京城でおきている」

またウーンとうなって、富本憲吉が、いがぐり頭を両手でなでまわした。

「いっしょに見に行かないか、そして展覧会を手伝ってくれないかなあ、旅費は支援金からまかなえるからさ……それと、『白樺』九月号に原稿を寄せてほしい」

そんなふうにして富本憲吉を頷かせた宗悦は、《安堵村、陶芸家　富の家にて》と書いて、富本との連名でバーナード・リーチにあてて久しぶりに手紙をしたためた。七月二一日だった。

帰宅すると、【失われんとする一朝鮮建築の為に】の最終稿をしあげて、『改造』九月号に載せるべく手配した。

『白樺』九月号のために、八月一日には、李朝陶磁器の独自性とその価値を論じた【李朝陶磁器の特質】二五枚を書き上げた。さらに随想の【李朝窯漫録】四四枚、十四点の写真の【挿絵説明】十一枚を、急いで書きついでいった。さいごの【編輯余録】六枚が書き終わったのが八月十一日だった。

浅川巧は、八月七日に柳から届いた【失われんとする一朝鮮建築の為に】の原稿を読んで、留飲がさがるおもいだった。光化門を弔うかのようなトーンに、これを読んだら、だれでも朝鮮にたいする同情をいだくだろう、そう思えた。

柳宗悦の憤りは、浅川巧の憤りでもあった。悲しみもおなじだ。

浅川は、宗悦の依頼を伝えるため、八月九日、東亜日報社にでかけて行った。

あいにく訪ねて行った張徳秀は不在だったが、巧は、論客張徳秀に置手紙して、その原稿を置いてきた。

東亜日報は、八月二十四日から二十八日にかけて、それを翻訳して掲載したのだった。


〈光化門よ、光化門よ、お前の命がもう旦夕に迫ろうとしている。むごい鑿や無情な槌がお前のからだを少しずつ破壊しはじめる日はもう遠くない。だけど誰もお前を助ける事はできない。誰もが言葉を躊躇している。おまえを産んだ民族のあいだにおいては、不幸を伴わぬ発言はないのだ。それゆえ、言いえない人びとに代って、わたしはこの一篇を書きつらねるのだ。

すくなくとも一人お前の死を想って涙ぐんでいる者があるのを知ってくれ。

わたしは、落ちかかるお前の短い運命を、もち直させるだけの力を許されてはいない。だけれども文字のなかにお前を不滅にする自由はわたしに与えられている。わたしはここにお前の名と姿と霊とを、けっして消える事のない深さで刻しよう。

光化門よ、愛する友よ、道ならぬ死に迫られてさぞ無念に思うであろう。おれはお前のなめねばならぬ苦みや寂しさを考えている。おお汝が霊よ、行く処がなかったら、おれのところに来てくれ。おれが死んだら此文字のなかに住んでくれ。

おお、光化門よ、光化門よ、雄大なるかな汝の姿。仰ぎ見る者は誰でもその自若とした威厳の美に打たれない者はないだろう。それは一国の最大な王宮を守るに足りる正門の姿勢である。じつにひとつの王朝の威厳を示そうとして建てられた好個の記念碑である。

しかし時間はまもなく恐るべき光景を示そうとしている。同胞よ、東洋の純粋な建築を敬愛せよ。それらに比肩しうるものをいまの我われは建て得ないではないか。今日の生活に不用であると云って惜しみなく棄ててはならぬ。とくに純東洋のものを我われの栄誉のために熱愛せよ。況んやあの門が主都の美を飾っていなくてはならぬ一要素であるのを誰も知りぬいているであろう。それは李朝建築の代表であり模範であり精神ではないか。

政治は芸術に対してまで無遠慮であってはならぬ。芸術を侵害するが如き力を慎めよ。進んで芸術を擁護するのが偉大な政治のなすべき行ではないか。友邦のために、芸術のために、歴史のために、都市のために、就中その民族のために、あの景福宮を救い起せよ〉

宗悦は、正面切って反対を高唱するのではなく、別れの辞のかたちをかりて、光化門の美と存在価値をのべていた。光化門を、愛する人のように扱いながら、つとめてやわらかく言いまわし、破壊の暴挙への憤りを、慎重に訴えていた。

なんども手をいれ言葉を配慮した、七千三百文字の、渾身の問いかけだった。

〈その破壊は無益であるのみならず、われわれの無知の匿しえぬ証拠とさえなるだろう。人は狂っているのであろうか。どうしてあの光化門を破壊するような考えにまでわれわれを導かなければならないのか。かかる事はわれわれの為していい友誼であろうか。これが建築に対する正しい理解であらうか。われわれはその破壊を是認すべき積極的理由をどこに見出したらいいのか。

人びとはなにをなしているかを知らないのだ。

光化門よ、長命なるべきお前の運命が短命に終ろうとしている。お前は苦しくさぞ淋しいであろう。わたしはお前がまだ健全であるあいだにもう一度海を渡ってお前に逢いに行こう。お前もわたしを待っていてくれ。お前を愛し惜んでいる者がこの世にあるという事を、生前のお前に知らせたいのだ。そうしたいばかりにわたしはこれら言葉を記して公衆の前に送りだす〉

朝鮮、朝鮮人、朝鮮民族という名詞を、極力避けていた。読む人がそれに気づいて、各所にそれらの言葉を代入して読めば、より明確につたわるはずだった。

『改造』九月号には、検閲の結果、三六〇字が削除されたが、掲載された。

日本がアジア侵略をかかげ、諸民族にたいする圧迫を天命と自認してやめない時代に、公然とそれに異を唱えた、たった一人の日本人に、こうして柳宗悦はなっていた。

XXI　停滞

「今月の『改造』の、例の【失われんとする一朝鮮建築の為に】が、大騒ぎをおこしているようだぜ、それに英訳が、なにかに載ったという話も聞いた」

宗悦をおいかけて、一週間おくれて京城駅についた長与善郎が、ホームにおりて歩きだすなり、得意顔でそうつたえた。

学習院、東大をつうじて、なにかというと柳宗悦に肩入れしてくれる長与の馬ヅラを、宗悦は抱きしめたい気分だった。

「だからさ、おれには、ほら、ずっと警察の尾行がつくようになった」

宗悦は、長与を驚かせるつもりで、小声でおどけて言った。内心は、不愉快でたまらない。

「そうなのかい」

長与が、おもわず首をすくめて、人波を見渡した。

「経済学の本を読んでいるだけで、ブラックリストに載せるらしいですよ、総督府の特高は」

宗悦といっしょに迎えにきた浅川巧が、初対面の長与に、小声でもらすのが聞こえる。

「柳さんなんか、りっぱな危険人物ですよ……じゃ後ほど、今村さんの家で」

巧は、なおも静かな声で、口調だけを砕けさせて、駅前から、展覧会の準備品を調達するために、すっかり暗くなった新月の街に歩き去っていった。

「なんか、風が吹いているような男だな」

長与が、車に乗りこむのを忘れたように、巧の背中を見送っていた。

〈実際のところ、多くの女流演奏家が結婚すると、家庭のわずらいのなかに閉じこめられて磨滅してゆくのに、女史が両立して自己を作りあげてゆく勇気をもっているのは、だれにもまねができない〉

読売新聞が【音楽界の新人旧人】という連載のなかで、三十歳になった兼子の努力をほめていた。

その兼子が、三人目を身籠った。厭味なくふっくらしてきた兼子に、宗悦はふかく労を謝して、七度目の朝鮮にやってきていた。今回の滞在は一カ月の予定だった。

そのあいだに朝鮮民族美術館主催で、第一回李朝陶磁器展覧会を開催する。

長与善郎がきた二日後の、九月二十四日、富本憲吉が京城についた。

宗悦は、景福宮と光化門、昌徳宮、それに秋の山容が美しい清涼里、金谷里などへ、ふたりを案内して歩いた。

そのいっぽうで、展覧会の準備をすすめる。

京城市黄金町、朝鮮貴族会館の、洋室二部屋が会場だった。

「陳列や、配置は、これまでとちがった、あたらしい展覧会にしようよ。各自の芸術的理解を、すべて発揮してさ」

相談のうえ、第一室は研究室とし、第二室を展覧室ときめた。

「たとえ酷評されてもいいから、後悔しないように、ちゃんと準備すべきだな」

奈良の安堵村で、オリジナルなやきものづくりに苦闘している富本が、いつかみんなの尻を叩いていた。

第一室の研究室には、分院や冠岳山の窯跡であつめた破片を、手法別に、そして年代別に、さらに用途別に、区分けして展示することにして、それぞれのコーナーを、富本、伯教、巧が担当した。

第一室を通ると、李朝陶磁の技術的、歴史的、実用的な、おおよその知識がえられるはずだった。

第二室には、収集品を、色彩や模様や形体のバランスに注意し、それぞれが華やぐように並べる。

展示棚は、朝鮮のふるい民具を用意するよう、さきだって浅川兄弟にたのんでいた。

巧の友人の浜口はパンフレット制作し、絵のうまい赤羽がポスターを描く。甥の石丸重治には、受付をまかせる。

こうして、一九二二年十月五日から七日にかけて、出品点数四百余という、これまでにない大規模な李朝陶磁器の総合展覧会が、開催されたのだ。

会期にあわせて、五日には、朝鮮総督府第二会議室で、宗悦が講演をした。翌六日には、三人が、日本キリスト教会堂において講演会をとりおこなった。宗悦は展覧会の趣旨について、富本憲吉はやきものについて、浅川伯教は李朝陶磁器の歴史について、熱弁をふるった。

朝鮮民族の誇るべき李朝芸術を市民に紹介するとともに、これからの朝鮮窯芸の発展をひたすらねがう、こころざしと祈りにみちた展覧会だった。

それを、東亜日報だけでなく、京城日報さえも大きくとりあげていた。

宗悦が、事前にはりめぐらせた『白樺』『改造』『東亜日報』でのキャンペーン展開が、期待以上の力をよび起し、計画をおおきく前進したようだ。

宗悦と巧が話しあい、伯教が手伝い、富本がはせ参じた、わずか四人の同志で仕掛けたイベントが、予想をこえて多くの人びとの注意をあつめていた。その手ごたえが、たしかにあった。

三日間の入場者は千二百人をこえ、来場者のうち、八百人は朝鮮の人たちだった。朝鮮民族美術館の、具体化の第一歩は、市民の無関心の壁を、みごとにとっぱしていた。

人びとの胸に、李朝芸術にたいする認識と評価が、深く刻まれたことは、間違いないと思えた。

おどろいたことに、宗悦が講演会場に出向いていたあいだに、斎藤実朝鮮総督が有吉忠一政務総監をともなって来場し、そのうえ、美術館へ、百五十円の寄付を、おいていったのだ。

「兄さんの仕事を、ついに総督府が認めたとおなじですね。おめでとうございます」

今村が、ほっとした顔をして、成功をねぎらったのだった。


潮風が、富本憲吉のひやけした顔を、いっそう赤黒くなであげる。

五月に新船就航したばかりの景福丸が、二本の煙突から黒煙を吐きつづけ、十九ノットの速度で下関にむかっている。それまでの高麗丸や新羅丸は、十六ノットだった。船足がはやくなってから、船代と食事代が別料金になっていた。

宗悦はにぎり飯を買って、富本を甲板にさそった。

「来年秋にも第二回をやりたいな、巧君が集めとる朝鮮膳や、木工品をもっと陳列してな」

富本は、盛大だった興奮の余韻がさめないようだ。

滞在中、富本は、本陣はここにすると宣言して、ほとんど浅川巧の家に泊まりこんでいた。

朝鮮民具に囲まれた巧の生活に、富本のたましいが、劇的に揺さぶられたようだ。

小さい山と小さい谷にかこまれた清涼里の、静かな木立のなかにある、巧の家のたたずまいが気にいったようで、市電の駅からの並木道がじつによい、と何度も言った。

並木道にそって、堤のない浅い川が流れている。陽射しのなかで女たちが、流れにならんで白い洗濯ものを叩いて洗っている。祈りの絵のような空気がみちているのだ。

「安堵村と、にているかい」

「いや違うな、こちらの方が無垢のままだし、なだらかな山の姿が、赤ん坊の尻のようで、かわいいよな」

富本は、宗悦と清涼里の奥へ散歩しながら、いくども立ちどまって短い写生をくりかえす。そんなあいだ宗悦は、たくさんの小魚が泳いでいる小川を眺めていた。

「小魚がうれしそうに群れて泳ぐのを見ると、妙に小気味よくなるだろう、いい音楽を聴いているようにさ」

声に見返ると、写生帳をたたみながらこちらを見ている、富本のきれいな瞳にであった。

本人が釣り焼けだという真黒い顔に、デッキのうえをながれてゆく潮風がにあう。秋天の陽ざしを斜めにうけたその顔に、いままた、きれいな瞳が浮いていた。

「こんどきて、もっとも見直したのは、朝鮮の建築やな。ゆがんだり、サイズもまちまちで、ひどく不揃いの柱やカワラ、いなかのあらっぽい石の橋脚……柳がいうほど悲しい線でもないぞ」

富本が、曲っていることをなんとも思っていない朝鮮の屋並みを思いだして、芯から笑っていた。

日本だったら、きちんと引いたような線にしてしまうところでも、朝鮮ではあえてそのまま、しらじらしいほどに平気だった。

「たしかにおれも、さいきんそう感じはじめているなあ。やはりトミーは大和の匠なんだな、朝鮮建築から朝鮮民族を読みといたものね」

「ああいうセンスの民族が、一方で、光化門のような完全シンメトリーな、巨大な建築を仕上げている……だからこそ、あれは残さないかんのや」

光化門の前で富本は、これを壊すのは法隆寺を壊すのとおなじだ、と呟くように言った。

海はすこぶる穏やかだった。太陽はあかるく、たかい空は澄みきっている。エンジンの音を運び去るように、風が肌をすりぬけていく。

「李朝の陶磁器を俯瞰する本を出したいな。写真をいっぱい入れてね」

宗悦も高揚してそんなことを言ったとき、石丸重治が甲板にあがってきた。

「記念に写真を撮りましょう。いっしょに立ってください」

宗悦は、くせ毛が潮風でごわごわしているのを、手ぐしでかき揚げた。

富本は、朝鮮で買った長キセルをくわえたままだった。

二人ならんで、レンズにおさまった。

「リーチが頼んできている東京での個展、こんどはその準備だな」

船室におりてきた二人は、額をよせて、リーチに手紙を書いた。

《親愛なるリーチ。朝鮮から日本に帰る船中、富と二人でこの手紙を書いています。我われは朝鮮の品々の美しさを、二十日以上にわたって思う存分、嗅ぎ、味わい、楽しんで興奮しました。トミーは貪欲な鬼のように描きまくり、持てないほどたくさんの物を買いあさりました。展覧会は大成功をおさめました。李朝の陶磁器のマジックが起きたのです。東アジアでこれほど大規模な陶磁器展はいままで開催されたことはないと思います。美術館設立計画にも、世間のあたたかい関心を集めることができました。ぼくはもうこれで今年の朝鮮での仕事は済ませます。来年の東京での貴兄の個展については、富とずいぶん話しあいました。

一九二二年十月十三日》

八時間半の船旅が終り、下関の鉄道桟橋に上がった時は、すっかり暮れていた。月もない闇夜で、線路ごしに、山陽ホテルの窓の灯が浮いている。

下船客の流れに乗って、東京行きの急行が止まっているホームを歩いていた時、だれかが近づいてきて、宗悦たちは囲まれた。三人の男だった。

「斎藤総督が来たからといって、図に乗るんじゃないですよ」

「なんだきみ、その居丈高な態度は」

「アンチ斎藤総督もいるんですよ、日本政府には……それにあんたは斎藤総督から白紙の名刺をもたされたわけじゃないでしょう」

宗悦は、その刑事たちの前に立ちはだかるように、富本憲吉と石丸の前にでた。

「きみたちの目は節穴か。ずっと尾行してたならわかるじゃないか。われわれがきみの想像しているようなことを企んでいるかどうか……それさえわからないで、よくも人の足をとめて、そんなもののいい方ができるな」

　宗悦は、おもわず刑事を叱りとばしていた。

「そっちこそ、疲れ切った顔をして、よくもカラ元気が出ることだ」

「黙れ、口をつつしみたまえ」

　宗悦の息がはねて、顔が火のように燃えていた。

　口をへの字に結んで、顎をあげ、イライラくち髭をしごく。

「あとをつけるのは勝手だが、歩く邪魔をするな」

「チッ、行くぞ」

　男たちは、くらがりに荒んだ眼の色を残して、去っていった。

　宗悦は二人に向きなおって、急いで息をととのえた。

「あれは、トミーにたいするけん制だ。トミーをぼくから引き離そうとしているんだ。気にしないでくれ、きみには変な迷惑はかけない」

　富本は答えなかった。

　急行列車の発車を告げる振鈴が、ガラーンガラーンと、闇の奥からひびいてきた。

　九千五百キロを、列車はくじけずにひたすら走っている。

　ときおり汽笛が、大シベリアに屈することなく、かん高く、はでにとどろいた。

記憶をたどる宗悦のむねに、残念な思いと、よくなし遂げた達成感が、交錯してよみがえり、気がつくと寡黙に外ばかり見ていた。

ノボシビルスクという駅を出てまもなく、大きい川にかかる鉄橋を渡った。

自分が見ていている先が、川上なのか川下なのかわからない、大きい流れだった。

その大河が、水平線をくぎって、きっぱりと天地を分かっていた。大河に区切られたあかね空には、見渡すかぎり雲がなかった。シベリアではめずらしい空だった。

真っ赤な夕陽が、いままさに川面に落下するように、どろっとした光をはなっていた。

たっぷりと水をたたえた川面が、波立ちもせずに、銅板のような色で夕陽に映えていた。

オビ川だと、ロシア人が教えてくれた。

シベリアの奥行きと広がりに、驚かなくなっていたが、とてつもなさはいつも新鮮だ。

モスクワまで。まだ三千三百キロだという。

列車はこれで何度停車しただろう。あり余る時間のなかで、数えるのを忘れてしまった。

ロシア人は旅上手に思える。時間の長さに圧倒されない工夫がうまい。そして、いつのまにか、客同士すっかり友人になっていくようだ。

乗り合わせた旅人の数だけの物語を積んで、ながい列車が駆けていく。

宗悦にも、いくつかの物語を背負ってここまで来た実感があった。

「不思議な話だよな」

濱田庄司が、軽い笑顔をうかべて言う。歯切れのよい声だ。

「富本の【京城雑信】という随想、あれに、李王家博物館に毎日通って朝鮮陶磁を見つづけ、あまりの感動に、心を名品でなぐられたように、フラフラになったと書いてたな」

「ああ、そう言ってたな、たしかに。一時間も見るとすっかり疲れて、庭に出て、ベンチに横になってたらしい」

「いや、河井もさ、神田の流逸荘で、柳がやった朝鮮民族美術展の李朝をみてさ、フラフラになったって言ってたじゃないか」

「そうだな、それも聞いた」

「おれもね、朝鮮民族美術館の収集品を今回見せてもらったが、二人がフラフラになったわけがわかるんだ、良さがね。河井寛次郎も富本憲吉も濱田庄司も、実作者でない柳から、陶磁器の美について教わった、そういうことだ」

濱田が、そう言って、宗悦に目をほそめて、わざわざうなずいた。

「実作者でないぼくに言わせると、美と言うのは、無から有をかたちづくるというようなことではなく、この世のあちこちから見つけ出したものを、あらわす行為なんだ、きっとね」

「ただ……柳の、朝鮮の美の評価は、途中で変わっているよね」

「うん、最初は、情緒的に感じすぎていたかもしれないな」

高麗期の器と、李朝期のものを、おなじように並べて論じた反省があった。

李朝の品は、技巧的ではなく単純で素朴だった。そのせいで、幼稚だとか平凡だとか、卑しく扱われてきていた。

その世評にたいして宗悦は、純心は無知ではない、素朴は粗雑とはちがう、そう言ったのだ。いままでは、李朝期の作品には、えがたい独自の強さがある、と思っていた。

しだいにそういう評価をはじめたのだが、当初の言葉遣いがいつまでも尾を引いていた。

「哀しい線という言いかたに、反発する朝鮮の人が多いらしいが、柳宗悦の書いたものは、多分にレトリックなのがわからないのかな。ああいう言いまわしの意図がさ」

「朝鮮人のなかには、命をはって総督府に反抗せよという立場も結構いたからね……遠まわしに、直接表現をさけて、軍国主義や植民地政策を批判しても、それは無意味だと考えるのだろうな」

「批判するのは簡単だが、てめえがやってみろ、って言いたいよな」

濱田の賢そうな目には、宗悦をうたがわない善意が、みちていた。

「あとでガンジーのことをよく知ったけど、ぼくも非暴力でなければ正義をつらぬくことにならないと思っていたしね……百人が百人、ぼくのことを理解してくれるとは思わないけど、すべてを失ってから気づくという皮肉を、神は用意している、とは思っていたよな」

「柳の宗教論文など読んでさ、徹底した平和主義者の態度を、いささかでも知ればいいんだよ。批判する前にさ」

濱田は、ことさら柔らかなトーンを使おうとしている。それが宗悦に、やさしく響く。

「それにしても、斎藤総督まで引っぱり出したのに、すぐに開館できなかったんだよな」

濱田が確かめるように、宗悦の目を見ていた。


その通りだった。

状況は変わりつつあったが、時間がかかった。

展覧会のあと、朝鮮の週刊誌『東明』が、宗悦たちにシンパシーを表明する記事をのせた。

〈蒐集から陳列まで、すべて柳氏と浅川氏兄弟の手で行われたことを考えると、じつに申し訳ない。私利のためでも、民族的偏見からでもなく、朝鮮芸術のためという誠意ゆえに、申し訳なく思うのである〉

さらに『東明』は、宗悦の【李朝陶磁器の特質】を翻訳して紹介し、伯教の【李朝陶器の価値および変遷について】も、六週にわたって掲載した。

『白樺』十一月号で報告したが、寄付金は、九千四百八十円に達していた。

ほんとうに、機は熟しつつあった。それが油断だったのかもしれない。

朝鮮民族美術館が実現するまでに、さらに一年半の歳月が必要だったのだ。

ひとつは、宗悦が、離れていた本来の仕事に、重心をもどした時期でもあった。

宗悦は、朝鮮のことに没頭し、奔走していたあいだも、みずからの本道である宗教哲学の歩みを、滞らせていなかった。

そのたえざる思索の成果は、一九二二年（大正十一年）十一月に、叢文閣から『宗教の理解』となって上梓された。宗悦の深い洞察をこめた独創的な本は、この種の書としてはめずらしく、半年のあいだに四版を重ねる評判となった。

さらに宗悦は、自己の宗教観の総まとめとして、区切りになるもう一冊を、じっくり書きたいと、かんがえていた。

その矢先だった。

月足らずで生まれた子が、十二月二十四日に死んだ。わずか三日の命で逝った。

自分のまわりから、また命が消えていく。なにかのシグナルなのか。もしや朝鮮から手を引けと言うのだろうか。

家計のことで苦労を背負っている兼子が、音楽講師の仕事を手当たりしだいにうけて、目いっぱい働いてきた。そのストレスと過労が、早産という落とし穴を用意していた。

気が迷うのは宗悦だけではなかった。

とつき十日まで育めず、幼な子の命をけしてしまった痛恨の情に、兼子は、複雑に懊悩していた。

兼子がおかしかった。

一九二三年（大正一二年）にあらたまっても、兼子の悲しみは癒されないようだった。

「わたしを、お約束通り、ドイツに留学させてください」

「宗理たちはどうなる、母の面倒は、だれがみるんだい」

「わたしがいくつになったか、あなたはご存知でしょうか」

兼子は、婚約時代に宗悦が誓った、二人してだれもやれないことを目指そうという言葉をもちだして、宗悦に向かってきた。

「あなたの朝鮮の仕事や、お母さまの面倒をみることなどで、わたしの生活はあいかわらず汲々です。あなたは、朝鮮に七度もお行きですよね」

兼子は、自分がきちんと夢を果たすことが、生まれてすぐ死んだ息子への、供養だと思っているようだ。

兼子は、三月になって、信州白樺派に手紙を送った。

《数年前までは二人して留学するための貯えもありましたが、それは人のために使い果たす破目におちいりました。子供を亡くした寂しさに、外国へ行く決意をいたしました。費用三千円のうち、千五百円を信州で、あと半分をほかの演奏会で充足したいと考えています。ご協力いただけませんでしょうか》

兼子は、それが苦境から立ちなおる方法だと思っていた。

そんな兼子の背中を押してくれたのは、一九二三年（大正一二年）一月に、突然朝鮮から日本に引き揚げてきた、赤羽王郎だった。

宗悦にすすめられて朝鮮へわたった赤羽は、三・一独立運動の震源地のひとつとして知られた中央高等普通学校で、日本語と美術の教師として勤めていた。

「赤羽のアカ一字だけを朝鮮読みにして、いまはチャク先生ですわ。先生の羽をむしったって、生徒はすっかり喜んでます」

京城にきた宗悦に、生徒から慕われているようすを、赤羽は楽しそうに語っていた。

朝鮮人街に住んで、朝鮮の人間のように、パジ・チョゴリにチョッキまで着て、キセルを使う。浅川巧とおなじように、土地に溶けこんでいる赤羽だった。

親身な先生である赤羽の部屋へ、毎夜、生徒が遊びにくるようになっていた。

生徒が、先生の先祖はきっと朝鮮人だと言いだすほどに、生徒の親も、学校の同僚も、真心で温情的にむきあう赤羽に、心をひらいていた。

それだけに、かれらが日本人にいじめられる様子をみて、赤羽はやりきれなかった。

とうとう赤羽は、十月の李朝陶磁器展覧会のあと、総督府におしかけたという。

「我慢ならんかったですよ、門前払いでもいい、自分としてはそれよりほか手はないと思い、行ったんです。総督は留守ということで、事務官に面会しました」

帰国報告と三男の悔みに来た赤羽は、極度な緊張を思い出すのか声を震わせながら、宗悦に、昨秋来の話しをつづけた。

赤羽は、二時間ばかり、事務官に訴えたらしい。

なんとかもう少し、朝鮮人を、日本人なみに扱う方法を考えてもらえないか。暑さ寒さだって、日本人とおなじように感じている。あたりまえに扱ってやってくれさえすればいいのだ。

赤羽の話を、守屋と名乗った事務官は、静かに聞いていた。

赤羽は、つづけて守屋に言った。

「斎藤総督が、二、三〇人の護衛にまもられて街を歩いているが、あれは、朝鮮人が、なにか起こしゃあせんかと疑うこととおなじです。総督は自分で自分に幽霊を作って、それに自分が震えている。じつにおかしな情景です」

なんと、その三日後に、斎藤総督が、中央高等普通学校へ来た。

若い役人を二人連れただけだった。斎藤総督は、反日色の強い学校を一巡したあと生徒を集めて、一場の訓話をした。それで帰っていったというのだった。

「朝鮮人の同僚達が、斎藤総督は偉い方ですねえ、なんて言いだしました。中沢新助というスパイ教師に、朝鮮人の同僚は、独特の気配りをするんです」

赤羽は、自分がいじめる側の日本人であると言うことに、ますます心の整理がつけられなくなって、せつなく悩んでしまった。

「自分が、朝鮮人だったら、目にあまる日本人の横暴にたえている生徒に、そんなことでメソメソしてはいかんと言えるし、勉強してりっぱな人間になって日本人を見返せといえる。でも日本人のぼくにはそれが言えんのです」

無抵抗でたえろというのは、朝鮮人を懐柔する気だ、と誤解されるおそれがあった。生徒に慕われれば慕われるほど、わが身が偽善者に思え、自分を許せないのだった。このまま、朝鮮にいればいるほど、自分はだいじにされる。

その一方、日本人が朝鮮人たちをいじめる日常を、自分は変えられない。

結論は、逃げ出すことだった。三日かけて、世話になった人たちや子どもたちに、こまかい手紙を書いた。自分のあらゆるものを、これは誰が受け取ってくれと、指示を書きつけた。そして、だれにも告げず京城をぬけだし、釜山から船に乗るまぎわに、それらの手紙をポストに投げこんだ。

「こんどは、ひどい目にあおう。わたしゃ、朝鮮であんまりだいじにされすぎた。こんどは、痛い目にあってみよう、それでいい。そう思いました」

超然とした赤羽の黒目がちの大きい目が、にわかに細くなってニッと笑っていた。

「トランクひとつ、旅費以外、金もおいてきました。夕陽に沈んでいく朝鮮の山を、海の上から眺めたときに、はじめて子どもたちの顔がうかんで、せつなくて……」

赤羽が、声をつまらせていた。

信州白樺派が、帰国した赤羽への友情を発揮して、兼子の要請にこたえ、動きだした。音楽会は、一九二三年五月末に開催されることになり、兼子はすこしずつ元気を取り戻していた。

七月に出版する『神について』の執筆をすすめるなか、宗悦が、取りくんだのが、帰英後はじめてのリーチ展の開催だった。

英国のリーチから届いた荷を解いて、値段をつけることからはじめ、手数料はいっさい支払わないという条件で、流逸荘を借りた。経費を省くために、人を使わず、可能なかぎり自分で動いた。

セント・アイブズで苦闘しているリーチに、できるだけおおく送金したかった。

四月二十七日の初日に、梅原龍三郎、高村光太郎、武者小路実篤、富本夫人の一枝、岸田劉生、長与善郎、園池公致など、リーチの昔の友人がみんなやってきた。そして、六日間にわたった個展で、売上は三千五百円をこえた。

諸費用をさしひいて、三千円ほどを、リーチに送金できた。

《展覧会は、リーチの名がいぜんとして人びとの記憶にあたたかく息づいていることを証明してくれました。つぎの個展の準備にどうぞかかってください。全体として貴兄の作風にはずいぶん変化がみられます。一口でいえば、西洋化されたのです。釉薬の具合がわれわれ静かな東洋人の心には光りすぎるのです。日本の部屋にはそぐわないと思います》

リーチに、ながながと、報告と忠告を書いて送った。

右前方に大山脈が横たわっているのが見えはじめていた。

近づいているのはウラル山脈だ。案内書を確認しながら、濱田が口をはさむ。

「あの時はびっくりしたよ、リーチとおれが、楽釉で陶板をつくって、イギリスの石の部屋の壁にかけたときに気づいた話を、柳が簡単に指摘してよこしたんだもの」

それは、濱田とリーチが、セント・アイヴスではじめて楽釉をつかった時のことだ。

二人は、焼き上げた陶板を、さっそく工房の石壁にかけてみた。ところが作品が起き上がってこない。どんよりと眠ったたままだった。

「石壁をバックにするとなにか違うよね」

「外人、キモノ着たようナー」

楽の色はやわすぎて、石の壁にはしっくりこなかった。妙に異質な印象で、よどんでいた。

「楽釉は、木と紙の部屋にはマッチするけど、石とガラスでできた部屋には調和できないんだ。光とあかりは、違うんだ。そうだよ」

「障子の紙、いるのカー」

濱田は、日本から持ってきた手漉きの紙をもちだし、窓ガラスにはりつけて、そのあかりのなかにあらためて陶板を置いてみた。

「これだこれ、障子の力だ」

リーチが手を叩いていた。

紙をすかした光と、ガラスからの生の光では、はっきりと違うのを、異国の部屋に立ってリーチと濱田庄司は、はじめて学んだ。
「楽釉が石の壁には合わないように、英国のガレナ釉は日本の家にあわない。柳の手紙はそれをずばりいい当ててたもの。柳の眼はすごいっておもったぜ」

一九二三年五月一八日の新聞に、京城特電として、朝鮮総督府新庁舎上棟式が、斎藤総督、有吉政務総監ほか、官民三百余名を集めて盛大に挙行されたと、大きく報じていた。

後日とどいた京城日報を注意深くみても、一九二五年度中に新庁舎が落成する予定だとはあったが、光化門の去就については、どこにも触れられてなかった。

光化門は、朝鮮総督府の上棟式がおわっても、そのままだった。

XXII　大地震

柳兼子告別演奏会は、一九二三年五月二七日から六日連続で、信州各地で催された。そして兼子は、期待どおり、ほぼ千五百円の資金を受け取ることができた。

「千五百円というお金は、信州で二階建てのかなりの家が二軒も建てられる額だよ。信州の人達が相変わらず手弁当で、演奏会を成功させてくれたのは、信州白樺派のみんなが、きみが留学でえたものをかならず還元してくれる、と信頼しているからだ」

「わかっています、かならずお返しいたします」

兼子は、心をおどらせていた。

だが残る千五百円を、信州以外の地で充足したいという兼子の望みは、無残にも空転し、頓挫してしまうのである。


六月に、軽井沢で、『白樺』のオリジナル同人、有島武郎が情死した。

大阪毎日新聞社から刊行される予定の『神に就いて』の冒頭文を、校正していたちょうどそのときに、知らせが届いた。十一歳年上の有島は、宗悦にはいい先輩だった。それだけに自死は残念だった。宗悦には、どうして死が唯一の道だったたか、わからなかった。

七月出版のその新刊本の巻頭言は、昨年末に三日の命で死んだ、三男へささげるために書き綴っていた、哀悼の言葉だった。

〈おまえは苦しみを小さな胸に残し、はてなくも父母から去つていった。おまえのお母さんは、子守唄すら聞せてあげる折がなかったと、棺におまえを納めるとき、シユーベルトの曲を書き写しておまえの胸のなかにいれておいた。これを神様に歌っておいただきなさいと、添え書きがしてあった。わたしからは、この本をおまえに届ける。

神様の膝のうえで遊んでいてくれ。そこから遠くに離れてくれるな。そこより安全な場所はない。わたしがわたしの仕事をおえて、おまえのところへ行く日がくるのを待っていてくれ。若き父〉

涙にぬれた記憶に、有島の冥途への旅立ちが重なった。

波立ちやすい自分の胸が、悲しみにむせぶ音をききながら、深いところからの言葉をさがして、宗悦は推敲をつづけた。

武者小路から手紙が届いたのは、そうした日々の、さなかだった。

《白樺美術館のしごとから、引こうと思う。『白樺』が美術館をたてなくても、西洋からどんどん画が来るようになってきた。松方幸次郎氏の美術館でもできたら、ずいぶん良いものが見られると思う。自分達の美術館の仕事を、打ち切りにしていいだろう》

武者小路も、有島の死が身にしみて、揺れているようだ。

『白樺』のなにかが崩れていくような、胸さわぐ、いやな気配があった。

『神に就いて』で、宗悦が説き明かしたことは、宗教の究竟なるものは他力道にあるということだった。それは、朝鮮の美を見つめているうちに浮かんできた思念だった。名もなき個人が美しさを生みだすという他力の密意が、宗教の究竟なるものと、おおいに関連していることを述べていた。

若き日に、個性の絶えざる発現と、天才になることを、ひたすら熱望していた宗悦が、いつか個性ををあきらかに否定して、自力より他力道を芯にすえたのだ。

死んだ息子を思う若き父、柳宗悦の青春も、それで終わろうとするようだった。

そして『神に就いて』は、たちまち八版を重ねるベストセラーになっていった。


宗悦は、九月には、朝鮮へまた旅をしようと思っていた。

第二回の朝鮮民族美術館展を、ひらかなければいけなかった。

ながい梅雨で、七月の半ばを過ぎても、雨空ばかりだった。

じとじとと寝苦しい夜に、宗悦は、夢を見た。

兼子と二人で、これ以上粗末な小屋はないと思うくらいに粗末な家に引越していた。屋根も壁も、すべてくすんだ板張りで、家具らしきものはなにもない。おまけに土間のままで、窓というよりも格子の隙間から月明かりが入る具合で、夏なのに、寒そうな家だと思って、闇を眺めていた。

土間の上に、唯一の財産になったきれいな布団を敷きのべて、兼子が寝息を立てていた。宗悦は兼子の寝息に一抹の安らぎをおぼえたが、どん底の侘しさが、すぐにそれを消し去った。

と、背後から黒い手が背中越しに伸びてきて、宗悦はつかまれた。宗悦のからだを後ろに引きずり込もうとする。これはダメだ。父上、父上と、ふと横にみえた両親の寝姿に必死に訴えたが、目覚めてくれない。

父も母も、顔をこちらに向けているのに、ぐっすり眠っているのだ。

もがいているうちに、ゆり起こされた。

「大丈夫ですか、あなた」

兼子が心配そうに、団扇の風を送りながら、もう片方の手で宗悦の肩に触れていた。

「起き上がっていてくださいね、いまお水を持ってきますから」

布団の上に座ったが、不安で不愉快な気分は、なかなか消えなかった。

こんな妖気に負けていては、朝鮮の人びとのための美術館を完成させることはできない。

宗悦は、頭をふり、残像をおしのけた。これはきっと、自分の心を試すために、夢に送り込まれた試練だ。

宗悦は、豆球のうす明かりのなかを、ながいあいだ睨みつけていた。そして、いやな予感をきりすてるように、兼子が運んできた水を飲み干した。

現状は、いっこうに宗悦の考えているようには変っていない。いや、ますます困難の一語に尽きるように思える。宗悦は、自分の非力さ思っていた。

〈国家の名のもとに道徳をごまかし、一国にとって都合のよい道徳が採用されている。道徳を維持するために国があるのではなく、国家のために道徳が存在しているという逆転が生じている。そこに日鮮間の問題はある〉

雑誌『国際知識』に、やまれぬ思いを投稿した。

あんなに素晴らしい美を持っている朝鮮を、敬うどころか、踏みつけにしている日本の政治がおかしい。それにつけあがっている在鮮日本人は、浅川巧や赤羽王郎のいうように、もっとおかしい。

その不明を気づかせようと、自分なりに、論を言葉にしてきた。これ以上発言のしようがないほどに、あらゆる角度から書いたつもりだった。でも状況を変えられてはいなかった。

なにもしないでいるのは、罪悪だというきもちは、いまもかわりない。

宗悦は、八度目の朝鮮に向けて、九月三日に旅立つ予定で準備を整えていた。

ところが、九月一日の真昼に、いやな予感が現実となって、地鳴りとともに宗悦を襲ったのだ。

その十一時五十八分、宗悦は自分の書斎にいた。

ふいにどこからともなく、異様の轟音が起こったかと思うと、地面が突如として大きくもち上がるのを感じた。すべてが波間にういているように不規則にゆれて、やがて首根っこをつかまれて激しく揺りたてられるようで、まともに立っていられなくなった。

窓の外を、瓦やタイル、壁などが、雨あられのように落下していた。

飾っていたいくつもの陶器が、棚からころげ落ちてこわれた。そのなかに、リーチの葡萄文様の楽焼の壺や、高等科時代にはじめて買った、李朝の小壺が含まれていた。

激しい揺れがいちじ絶えたあとに、地上のすべてが息をとめたような静寂が、あたりを覆った。

数分後、外に出てみわたすと、数えきれないほどの煙柱がたちのぼっていた。

芝方面から上野あたりまで、またたくまに異様な黒雲が天をおおい、東京はたちまちにして火事につつまれ、炎は徐々に大都市をのみこみ、三日三晩燃えつづけ、夜空が毒々しい真紅に染まり、昼間は地獄のような暗さになった。

下町を中心とした東京の三分の二が壊滅し、江戸から三百年の歴史が、灰燼に帰してしまった。

そしていちどに十万人もの命が、かき消されてしまったのだ。

火事が収まると、今度は食料と水不足のために、ふたたび生命が脅かされることになった。

機械文明が消滅し、市電、電話、ガス、郵便、すべてがなくなった。小さな蝋燭一本がなによりの貴重品で、おかゆがご馳走、キャンディが贅沢品だった。

長兄悦多の訃報を受けたのは、九月六日になってからだった。

治五郎叔父の講道館で、柔道の師範になっていた悦多は、仕事のかたわら中学で柔道を教えていた。千葉県安房でその授業中に地震がきて、生徒を避難させた直後、崩れおちた壁の下敷きになって命をおとしたのだ。兄嫁と六人の子供たちがあとに残された。

老母にとって、生きている唯一人の息子となった宗悦の両肩に、すべてがずしりとかかってきた。

「あなた、むやみに出歩くのはやめてください、心配ですから。さきほど見舞いにみえた棟梁が、朝鮮人が狩られていると言っていますの……お願いですから、出るとき、わたし和服を着ますから、わたしをお連れになってください」

兼子が、いたく心配していた。

料理の好みだけでなく、顔のつくりまで、さいきんの宗悦が、朝鮮の人に近いと言う。

「道行く人にだれかれなく、十五円五十銭と言わせ、うまく濁音が言えないと、朝鮮人ときめつけて、打ちすえるんだそうですよ。おお怖い」

うまく答えられない日本人の聾唖者のなかにも、暴行を受けた者があるという話だった。

そもそもは、噂が発端で、朝鮮人が暴徒化し、井戸に毒を入れ、放火して回っているという流言に、日本人が過剰に反応していた。

「朝鮮人をいじめているという自覚がある証拠だろう、日本人がいまおびえているのはさ」

宗悦は、腹立たしさをおさえきれなかった。

そのうち、警視総監赤池濃が、内務大臣水野錬太郎に、戒厳令の発布を建言したようだ。戒厳令をうけて、全国に警報が打電された。

〈朝鮮人は各地に放火し、不逞の目的を遂行せんとし、現に東京市内において爆弾を所持し、石油を注ぎて放火するものあり。各地において充分周密なる視察を加え、朝鮮人の行動に対しては厳密なる取締を加えられたし〉

混乱のなかで、日本人のおおくが朝鮮人を恐れていた。

市民は自警団を組織して、各地でおおぜいの朝鮮人や中国人を殺害したのである。

日本人が犯している、朝鮮人虐殺という愚かしい集団行為は、宗悦個人の力で阻止できる事柄とはほど遠いものだった。それだけに、宗悦の心をふかく傷つけた。

まさに普遍的道徳律を見うしなった、日本人の狂乱であった。


浅川巧もまた、そのころ悶々としていた。

巧は、七月末から林業試験場長に随行して、北海道へ出張し、その帰路東北地方から郷里の山梨を訪れるという、めまぐるしい旅行をしてきた直後だった。息つくまもなく全羅北道へ出張して、九月二日に、全州で東京大地震の新聞報道を見た。

驚いて京城にもどったが、東京とは音信も交通も途絶したままで、一週間があっというまにすぎた。やっと届いた情報は、甲府にいる親友の浅川政歳からだった。

《東京の大地震の惨害は、不逞朝鮮人の放火による火災のためだと伝えられ、東京一円の日本人が激昂して、朝鮮人を見たらみなごろしにするという勢いで、善良な朝鮮人までが殺されつつある》

おどろいた巧は、今村のところに駆けつけた。

「まだ総督府として発表していないが、どうもそうらしい」

東京のさわぎが朝鮮に飛び火しないか、今村は、怯えている総督府役人の顔をしている。

「片っ端から朝鮮人と見たらおいまわし、なかには日本人でも、朝鮮人に容姿のにたものが、まちがえられて殺されているようだ」

「でも、いくら朝鮮人が日本に反感を抱いているにしても、この不意の災害時に放火するなんて、ほんとうでしょうか……信じられません」

いつもは温和な巧が、眉間に、しわを寄せている。

悪魔が、両民族のあいだを裂きたがっているのだろうか、と巧は思った。

「朝鮮人の弁護をしてやるために東京に行きたいです。朝鮮人の放火で被害がおおきくなったと歴史にのこるのは、忍び難いし、日本人にとっても、朝鮮人にとっても不幸すぎます」

日本人は、きめつける悪い癖がある。朝鮮人をひとからげにして不逞の輩のように言っているが、日本人にも、やくざ者もいれば、詐欺師もいるではないか。巧は、納得できなかった。

「今村さん、案外その噂は、政治家や役人にむけられそうな日本人の不満や怒りを、朝鮮人に転嫁させるため、だれかが仕組んだのかも知れないですね」

「巧君、めったな事を言ってはいけないぞ。丸山警務局長が釜山に帰ってきた者の世話を、いま親身にされているんだし」

今村が、巧の眼を見ないで言った。

朝鮮総督府警務局長の丸山鶴吉は、虐殺を逃れて釜山にたどりついた朝鮮人が、母国で騒ぎださないように、愛国婦人会などを動員して、親身にかれらの世話をさせているという。一方で、日本刀を携えて、内地同様の自警団を組織する日本人の動きに、丸山は解散命令を出したらしい。

「結局のところ、日本人と朝鮮人が、いまだ融和にはほど遠い、ということなんだよ」

今村は、ようやく巧とまともに目を合わせて、苦しそうに言った。

ところが、今村の苦渋とはちがって、朝鮮の中の日本人たちは、さらに殻を固くするように動きだしていた。

「今回、東京で朝鮮人のとった態度は、同情の余地が絶対にない。いいか、きみ達、かりそめにも同情してはならん。朝鮮人の反省を促すために、きびしく責めなくてはならん」

九月十一日の夕方、試験場にいる日本人が、場長室に集められた。

昼間、総督府に各部局の管理職を集めて、その旨の訓示があったという。

「政府があまやかしすぎた。今度こそ、以前のように引きしめていくことになる。朝鮮人は今度のことで世界の同情もなくなった。かれらは塩づけになるが、しかたないだろう」

浅川巧は、とても承諾できなかった。

あなた達は、噂や流言におどって大虐殺に加担している、多数の日本人とおなじだ。

場長に、そういいたかった。

真偽をみきわめないまま、朝鮮人というだけできびしくあたるというのは、血迷っている。

巧は、解消しようのない苛立ちに身をよじるだけだった。


震災のあとがなかなか片づかない。

いろいろな事がかさなって、頭の動きが鈍い。でもそれがせめてもの慰めかと思う。

「この『白樺』も、もうこれ以上ふえないんだな」

百六十二冊の『白樺』を元の位置にならべながら、このなかの、かなりの号に自分の名前があると思った。

『白樺』は、一九二三年九月号をさいごに、打ち切りにきまった。

おもい返せば、一九一〇年四月に創刊した『白樺』は、まる十三年と半年、発行してきていた。

それはそのまま、自分の青春の里程標だった。いろいろな方面に文化的な影響をおよぼした事実もあろうが、宗悦には、『白樺』に育てられたという思いがつよくあった。

「ずいぶんお書きになりましたわね」

兼子が、ねぎらうように言った。だがその声に力がない。

老母は床に臥し、義兄の石丸重美が重態で、兼子は顔を真っ黒にして家事をこなしている。東京が焼け野原で、音楽どころではなくなっていた。レッスンを受ける生徒もいなかった。収入が途絶えていることを、兼子は気に病んでいた。

「みんながさ、志賀は地震が来るのを知っていたのじゃないかって、おもしろがってね」

春に、我孫子から、京都に移っていた志賀直哉のことを、同人たちがうらやんでいた。

長与のように家屋敷をなくした者はいるが、仲間はみな無事だった。

「九里さんは、大丈夫なのですか。お子さんも、ちゃんと食べてるのかしら」

兼子が、大阪に移った宗悦のいとこの九里四郎のことを、話題にした。

小田原の家が倒壊し、九里の妻と赤ん坊が下敷きになって、炎にのみこまれてしまった。九里は灰のなかからお骨をひろい、乞食のように食物をもとめてさ迷いながら、怪我をしている三人の子供達の手をひいて、箱根の山を大阪へむけ、歩いてこえたと聞いていた。

「岸田劉生さんの家も、全壊したようですが、岸田さんは京都に移ったらしいですね」

兼子の口に、あきらかに迷いが生じている。

京都から見舞いに上京した志賀から、京都に移ってこいよと誘われていた。

それを何度か兼子にもちかけたが、兼子が、東京にまだこだわっていた。

それでも、関西に移った者たちの話題を口にするのは、兼子の逡巡に、変化があるのかもしれない。宗悦は、それを知らぬ素振りで聞きながした。

「リーチの作品を、ひき取っていてよかったよな、だって流逸荘は全焼だよ、以前のように預けていたら、全部なくなってたよ」

昨年四月末のリーチ展の、売れのこりを収めた箱を点検しながら、宗悦は心底ほっとしていた。

それにしても美しいやきものは心を潤してくれる。やはり生活の基盤には美しさがいる。人工のものでも自然のものでも、美が満ちていることが、人間をいつくしむのだ。

東京の人は、いまごろ美しいものに飢えはじめているのではないのだろうか。

はやく落ちついて本も読みたいし、すきな絵や焼物を、心ゆくまで眺めたかった。

明日はようやく、圧死した長兄の葬儀ができる。明日はもう十月九日だ。

「きみにもぼくにも、子供たちにも何事もなかったことで幸せじゃないか。あすの兄さんの葬儀がすんだらおおむね片づくし、来月は、朝鮮じゃないか……」

でも兼子の表情がうごかない。顔がいつになく老けて見えていた。

八度目の朝鮮への再出発の日を、兼子も一緒に、十一月十三日と決めていた。

「被災した朝鮮人を救済するための、音楽会と講演会をやりたい、やるべきなんだ。もういちど協力してくれないか……それときみが持っている留学費用、一部をおれに使わせてほしい。焼失した東京の朝鮮ＹＭＣＡの再建に寄付をしようと思うんだ」

大地震の混乱が落ちつくなかで、宗悦の胸をつきあげてくるのは、いわれのない虐待をうけた朝鮮人への、つぐないの責務だった。

だが、兼子が急変した。宗悦の提案にいちど承知したはずの兼子が、旅行まじかに突如、寝込んでしまった。

「あなたにはお金の有難みがおわかりじゃないんです……宗理たちの養育費よりもどうして朝鮮の人びとが先なのです、わたしの留学願いを真剣に聞いていただいているのでしょうか」

宗悦の収入を支えていた幾つかの学校は焼失し、兼子の音楽関係の仕事もなくなり、経済的に逼迫していく一方であった。

信州で集めた兼子の千五百円を使わせろと言ったことが、兼子を塞がせてしまった。

「あなたの思いはわかりますが、でもそこまで道理にこだわらなくても……」

十一月十二日の『東亜日報』が、

〈罹災朝鮮人救済音楽会を開くため　十五日ごろ柳夫妻が京城に〉

と報道していたにもかかわらず、それはキャンセルされたのだ。

兼子の泣き顔を見ても、沈黙は罪悪だ、と思う気持ちがきえない。

この状況にたち向かわないと、これまでのなにもかもが消えてなくなる気がしていた。そのうえ、朝鮮人へあがないたい気持が、高まり、つのって、しだいに全身にかぶさってきていた。

こんなことが起きた以上、朝鮮民族美術館の一刻もはやい開館が、日本人への信頼回復の道だ、と焼かれるように思いつめていた。

「理想に走りすぎているのかもしれない。でも理想が、人間の脳に組みこまれているのは、神の意志がそうあるからなんだ……やらせてくれないか」

ふさいで、臥せることが多くなった兼子の枕元にきて、宗悦はいつもの長々な話をした。

「結局はわたしが、いたらないのですね」

兼子は、くるしそうに泣いていた。

「そうじゃない、きめたら最後まで守るのが約束なんだ」

「あなたのお仕事を止めるのは、こののちわたしがいま以上に苦しむでしょうから、どうぞ行ってきてください」

兼子が、力のない目で宗悦をとらえながら、くぐもった声で答えた。

耳から、兼子のふるえる声がはなれない。

それでも宗悦は、一九二三年十一月十七日、八回目の朝鮮にむけて、ひとり東京を旅立った。月末まで京城に滞在し、被災朝鮮人救済講演会として、六回の講演をする予定だった。

「富田さんのとこは、ひどいものです。玉石混淆も、度がすぎています」

朝鮮民族美術館の場所のはなしになると、浅川巧がくやしさを隠さない。

富田儀作が、資金力にものをいわせて、自分が収集した陶磁器や書画、それに銅器や石彫までをならべた、朝鮮美術工芸館をいちはやく開設したのだ。

当初の朝鮮民族美術館への寄贈のはなしは、消えてしまっていた。

「富田さんは、朝鮮の美術を心底から愛していないし、工芸品の美しさを理解していないことは、はっきりしましたよ。あの美術館は、富田さんの欲と道連れです」

巧は、富田が、朝鮮美術を自分の事業のために利用するつもりだ、と断じていた。

朝鮮美術工芸館に、ただ並べられているだけの品々がかわいそうだ、と巧はなげいた。

「美しさをひき出してもらえてないです。あれだけの場所とあれだけの資金を持って、あんなことしかしない人に、これ以上頼りたくないですね」

いちずな浅川巧が迷いなく怒っていた。


「去年の柳君の光化門への恋文が、みなの涙をさそっていますな……朝鮮人が考えもしなかった光化門の値打ちを、柳君があぁして礼賛して以来、光化門を朝鮮の精華だなどと言うようになりましたわな……いや、李朝のやきものにしたって、おなじような進み具合だ」

「……閣下は、光化門をいったいどうされるのでしょうか。朝鮮の人びとは、きっと壊されると、心配しています」

「朝鮮人の心を踏みにじることが御心でもないし、臣民を泣かせても、陛下はお喜びにならないでしょう……わたしは以前から残すつもりですよ、きみに言われなくてもね」

「もし桜が梅をそしったら、愚かだと誰からもいわれます。わたしは、おたがいに固有のものを尊びたい、そう言いたいだけです」

「柳少将の息子は、文だけでなく口も達者だが、わたしは議論を望んでないのでね」

「申しわけありません……では、いつごろ光化門のことを、発表されるおつもりでしょうか」

「なんでもかでも、声高に叫べばこちらが折れると思われても、今後の統治にさしつかえますな、まあようすを見てからですな」

今村に頭をさげて、再度、斎藤総督に拝謁にきていた。

あいかわらず、斎藤総督は、明確な言葉をはかない。

総督府にくる前に、今村から、民族の二字が、総督府の役人の疑念をよんでいると聞かされていた。民族の二字をはずせば、補助金くらいあるかもしれません、と今村は言った。

「その節は、多大なお心遣いをたまわり、ありがとうございました」

「よくぞあれほど集めたものだと正直感心しましたな、寄付は、あっぱれと言う気持ちですね」

「閣下、わたしは民族独立美術館をいっているんじゃないです。ただの民族美術館です」

「わたしは、日鮮の融和を掲げているんですよ、民族を強調するのはおかしいでしょう、柳君」

「強調するんではありません。認めるだけです。そうすることで、かれらによりどころが生まれ、むやみに日本に反発する心もなくなります。心の扉は、それぞれの内側からしか開きません」

「金で女を自由にするようにはいかないか、ハハハ。抵抗しつつ同調し、同調しつつも抵抗する、そんなことを言いはじめた者が、一般の朝鮮人にもさいきんは多いらしいね。柳君の指導よろしきをえたのですかな、ハハハ」

斎藤は、民族の二字をけずれないかと、あきらかに問いかけていた。

柳宗悦には、頑としてそれに応じる考えはない。

「日本人と総督府のために朝鮮がある、そう見えていることが問題です……閣下、かれらの心に自信を回復させるのが、融和へのはやい道じゃないでしょうか」

「じゃあ、その先はどうなる。きみは、朝鮮民族が独立を放棄すると思うかね……人間は、かないもせぬ夢をみて、かってに熱くなりよります」

「わたしは独立を認めるべきだとは、申しておりません。統治下でも笑顔で生きられるようにするだけです……朝鮮人の心のささえまで取りさっては、結局は恨みしか残らないと思うのです」

このまま朝鮮の文化を破壊したり、かれらの自由や人倫を圧殺すれば、ほろびるのは朝鮮ではなく日本である。

ほんとうは、そこまで言いたかった。でも言えなかった。

朝鮮は日本の兄弟であっても、奴隷であってはならない。

はっきりそう言うべきなのかもしれない。

自分が嘘を言っているような気がしていた。

しかし、民族のふた文字を削るよりは、この際、方便はしかたないと思った。

「現在お許しをいただいている観豊楼ではどうしても手狭です。申しあげにくいのですが、ちょっと距離も遠くて、だれも行かない恐れもあるんです。もういちど、ご検討をいただけないでしょうか。斎藤閣下の文化統治は、成果をあげています……だから総督」

総督室の窓の外を、南山からふきおろす木枯らしに巻かれた枯れ葉が、一枚二枚と飛んでいく。

朝鮮人の命のようだ、と思った。

宗悦は、歌い手が自由に歌い、小説家や画家が自由に描く、そんな平和な時代がこの朝鮮に訪れんことを願って、ひたすら頭をさげた。

XXIII　光化門を出てゆく

朝鮮民族美術館が完成したのは、一九二四年（大正十三年）の春である。

柳宗悦が、はじめて朝鮮の地にさそわれ、石窟庵の本尊仏に感動し、民族の芸術に魅惑され、光化門の美に敬念をいだいてから八年。

〈朝鮮の人びとよ、われわれの国が正しい人道を踏んでいないという明らかな反省が、われわれのあいだにあることを知ってほしい〉

と呼びかけてから、まる五年が経過していた。

《景福宮緝敬堂　朝鮮民族美術館使用を認可》

それは突然、京城の今村武志から、朝鮮総督府の決定として、電報でもたらされた。

光化門の真北に五百米《メートル》、景福宮の中心線上にある緝敬堂は、間口七間、奥行き二間半の、東西にほそながい入母屋造りの建物だった。周囲を、ゆるやかな小丘の、波打つような線がかこんでいる。

もとは女官たちがつかっていた、景福宮内の、おちつける一郭だった。

建築中の朝鮮総督府をおおきくまわって行かなければいけないが、観豊楼よりはずっと近くなった。それに、ひとまわり大きい建物だった。

宗悦は、電報がもたらされる前、一九二四年正月に、甲府で不思議な木彫仏に出会っていた。その作者の木喰上人の足跡をたずねて、春から、本格的な調査に、甲府に行く予定だった。

兼子は、京都に引越しをする覚悟をきめて、準備にとりかかっていた。

震災でなくなった長兄の大勢の家族に金を用立てるため、宗悦の母が高樹町の家を処分すると言いだし、兼子はしかたなくなっていた。

「おい、民族美術館の場所がきまった。行こう、すべておいてでかけるぞ」

電報を手にした宗悦は、声を震わせて、兼子のすがたを追いかけ、声をかけた。

元気のない兼子に、なにより一区切りつけさせてやりたかった。

一九二四年三月二十七日、二人は朝鮮むけて出立した。一夜東海道をひた走り、海をこえて朝鮮にわたる。宗悦にとって九回目となる関釜航路に、あかるい春の陽が照り映え、あふれていた。

三月二十九日、京城に到着したふたりは、開館と独唱会の準備に、おおわらわになった。

浅川巧や浅川伯教と相談して、開館式は四月九日にきめた。

その日までに、兼子の独唱会を四度、開催することにした。

宗悦は、三月三十日の『京城日報』に、あきらかに日本人にむけて、その想いを書いた。

〈震災当時、朝鮮人には大変気の毒なことをしていますから、これについてわたし達はなんらかの償いをしなくてはならぬと思っています。音楽会を開いて、東京の朝鮮キリスト教青年会館を再建する基金を集める考えです〉

「どこまでも律儀で、公徳心が歩いているような人ですね、あなたという人は」

兼子が、あきらめたかのように、いつか微笑んでいた。

浅川巧や浅川伯教、今村の家、そのほか市内の各所にわけて保管していた、千点もの李朝のやきものと木工品、朝鮮の民具を、いそいで李王朝の女官たちの瀟洒な部屋がならぶ、緝敬堂にはこびいれた。

巧が古道具屋であらかじめ調達していた、朝鮮の膳、四方棚、そのた李朝家具を展示台につかい、美しさがひき立つように並べていった。

壁には民画も掛けて、建物と棚と展示品とが、渾然と一体化した展示を意図したのだ。

それでも整理できないほど、数多くの収集品が、あふれていた。

「巧さんにはほんとうになにからなにまで、苦労をかけました。でもよかった」

「やはり仰々しいガラスケースにしないで、裸かで棚にならべたのがどんぴしゃでした、展示品がたがいに会話するように、いきいき見えますね」

巧が満足げに言ってくれたのが、なによりうれしい。

古い建築にマッチして、すべての品が、統一感のうちに、静かにきよらかに集っていた。

開館式の案内状は、四月五日に発送できた。

《本館蒐集にかかる朝鮮美術品を、今般景福宮内緝敬堂に蔵置いたす事になりました。つきましてはその一部を陳列し、御高覧いただきたく、きたる九日午後一時より五時、御来館の栄をたまわりたく御案内申し上ます　朝鮮民族美術館　柳宗悦。なお光化門にてこれをお示し下されば御案内いたします》

招待者は、まだ立ち残っている光化門から入ってきて、受付をとおるのだ。

宗悦がこだわった民族の二文字をつけたまま、一九二四年四月九日、ついに朝鮮民族美術館は開館した。

朝鮮の人たちさえ気づかなかった品々に注目した、間違いなく世界で最初の、朝鮮民族美術館だった。

この陳列の場をもとめて、宗悦の思索はさまざまに展開してきたのだ。

「あなた、おめでとうございます。ご苦労さまでした。よかったですね、やり遂げましたね」

兼子が瞳をうるませていた。

その眼は、初一念をつらぬいた宗悦を、りっぱだとほめていた。

「あなたが言っているようにきれいです、こうして並ぶとそれがわたしにもよくわかります」

「きみには、苦労をかけたよな。いやきみの音楽会がなかったら、これは完成していないんだよ」

宗悦は、兼子のうるんだ瞳をじっと見て、言った。

ほんとうは、肩をだいて、礼を言いたい。

「まごころでそう思ってくれますか、初めてですね、音楽会のことを言ってもらえたのは」

兼子は、霧が晴れたような、うれしそうな眼をしている。

「あなたの朝鮮の仕事を、なんとかお手伝いしたいと思うばかりでした」

真夜中まで、両眼をぎらぎらいからせて、筆をすすめている宗悦を、強くて、神々しいとさえ思っていた。

朝鮮にまつわる著述をしているときの宗悦の顔、この顔を知っているのは私だけだ。

そう思えると、くじけることもあったが、大概のことを苦労と思いつつも乗りきれた。

一心に書斎にこもって、寝る時間もけずって、宗悦はもう、朝鮮の人々の世界に生きているようだったのだ。

「僕は、すっかり別の世界に生きていたよね。ずいぶんとあまえたね」

いつも書斎にこもっていた。ことさらの表現を注意ぶかく推敲して、いくども書きなおした。

官憲を刺激せずに、朝鮮の人の自信をよびおこすための著述は、困難な仕事だった。

だから、家のことは当然、金の出しいれ、子どもの養育、すべて兼子に投げてしまっていた。

すぎたこの五年間を、宗悦と兼子はそれぞれに思いだす。かち合った二つの眼差しは、たがいの苦労を理解し合っているようにみえた。

「柳兼子の伝記を書くときは、その伝記のはじめに、Opera Singer で女流詩人たる、そして朝鮮民族美術館の資金を作った……と書き起こさなくっちゃな……うそじゃないよ」

宗悦は、そういって片目をつむった。

「わたしはあなたを、朝鮮の人々のことを命がけで考えたたった一人の日本人、と語りますから」

あでやかな光をとりもどした兼子の瞳が、恥らいながらも、大胆なウインクを返してきた。

壺たちに見守られて、宗悦と兼子は、ようやく二人きりにもどれた。

維持費の関係で、人の配置がいる常時の公開はできなかった。

ふだんは、入館希望者がある場合だけ、鍵をもっている浅川巧が案内する。そして春秋二回、定期展覧会を開催することにきめた。

変則的ではあったが、宗悦が朝鮮の地にこそ建てようとした美術館は完成した。

朝鮮芸術と、それを生みだした朝鮮の人びとにたいする、熱い想いが、結実したのである。

柳宗悦は、すでに三五歳になっていた。

美しい尖塔をもった、教会の一大建築群が見えたザゴルスク駅で、多くの人が降りていった。

車内が、おもいがけなく静かになった。それからほどなくしてモスクワに着いた。

ほぼ九千キロを、列車で来たわけだ。

「それでもロンドンまで、あとまだ五日か……リーチがきっとロンドンまで出てくると思うぜ」

濱田の心は、アジアをこえて、もうヨーロッパに届いているようだ。

濱田が、想いをたどるように、車窓に額を傾けたまま、宗悦に話しかける。

「美しい品物をそばに置く者は、心の美しい人間にならなければいけない。自分をきよめ、自分を深める必要がある……巧さんにそう言われたよ」

「巧さんのどこが偉いって、巧さんは自分がいつも後なんだなあ、自分の利益のためになにかをやろうとしないことだ。自分の利益のためになら、友さえ売りわたすような輩が多いじゃないか」

「自分の利益のためにやらないのは、柳じゃないのか」

「おれなんて、巧さんに比べりゃ、まだまだ心がよわいな」

戦争に血眼になり、やれ帝国だの領土拡大だのと、兵器を撫でまわしている男たちがふえていく世のなかで、友を愛し、家族を愛し、物を愛して、だれにも苦しみをあたえない生活にひたっている、淺川巧だった。

その巧が、一九三一年四月、急性肺炎で、突如四〇歳の人生をとじる。

宗悦は知らせをうけて、京都から京城に駆けつけたが、半日、まにあわなかった。

この十五回目の京城での、つかのまのあの時間が、宗悦と巧とのさいごのものになるとは、宗悦には思いもよらないことだった。

宗悦は、巧を通して、朝鮮の民衆の心を知った。

美しいものに日々のくらしで向きあう生きかたは、巧が自然に示してくれたものだ。

「ふだん使いの工芸品に美を発見するということは、それほどに革命的なことであったからな」

日本民藝館設立趣意書を、ともに起草した、同志としての濱田が言う。

「朝鮮で、柳宗悦の眼がみつけた民衆の工芸が、日本民芸運動の源流にあるのは間違いないな。おれの場合は、民具の美を、セント・アイヴスのリーチのところで気づかされたんだけどさ」

濱田が、おだやかな午後の陽ざしにつつまれた車窓から、ほっとからだを直立させた。

「朝鮮民族美術館ができてから、ブームは急速にひろがったよな。猫も杓子も李朝、李朝だ、日本でも展覧会がたてつづけに開催されてさあ……」

朝鮮の人びとに朝鮮の美をつたえ、民族の人情を目前によび覚ましてもらうために、はじめたことが、日本で注目されていた。

「いまからやるなら無理だね。あのころは品が安かった。李朝は軽視されていたからな」

「柳が偉いのは、命がけの仕事をいちずにやり遂げたこともあるが、その収集品を日本にもち帰らずに、京城においてきたことだな」

「それはさ、お礼だね。朝鮮の美しい品々から、心の滋養をずいぶん頂戴したもの。お礼をしたかった。お礼として、朝鮮の作品は朝鮮に帰すべきだと考えたんだ」

いろいろやっているうちに、宗教と美が通底していることが確信できた。そして、宗教が無力化した時代にあって、美が宗教にひとしい役割をすることが見えてきた。

それは、そのごの日本民芸運動の方向をさししめす原点となって、宗悦のなかに確かな想いでのこっている。

「柳たちの仕事を理解できるやつは少ないよ。仕事といえば、ふつう金儲けという意味だけど、柳はちがうものね。自分の金をただひたすら、人のために使っていくのだからさ。報酬を当てにしていないものなあ……べらぼうな話だぜ」

濱田の瞳が、かすかに潤むのか、ぬれたように光っていた。

宗悦は、自分の収入の大半を、朝鮮の民芸品の購入に惜しみなくつかった。その膨大な品をただひとつとして、自分の所有にしなかった。

それればかりではない、一九二六年から正式にうごきだした日本民芸運動の推進にあたっても、自分が集めたものは、後年、日本民芸協会に寄付していく。

自分の家すらも民芸協会に寄付したため、子供たちには、遺産をなにものこさなかった。

「未来の朝鮮民族が、あの美術館のコレクションの価値と、ぼくの仕事の意義を、いつか認めてくれると確信しているよ。そして兼子の音楽会もさ」

植民地朝鮮での兼子の独唱会は、朝鮮の地にはじめて、西洋音楽を紹介するものだった。

朝鮮の若者たちの芸術への憧憬を、兼子もまた刺激したことは、まちがいない。

柳兼子の声楽公演をきいた聴衆のなかから、音楽家をめざして日本留学にしてくる若者がふえているのだ。

「だから、兼子さんは、自身がドイツに留学することを、よけいに急いだんだろうな」

そうかもしれないと、宗悦は思う。

「それにしても、よくひとりで出掛けたもんだぜ。こんなにせまいところに十日も揺られてさ」

濱田庄司が、またもおなじ感想をもらした。


兼子のドイツ行きを阻止していたのは、自分だと、兼子が帰国したいまは思える。

兼子の留学費を、調査費だ、自家出版だ、渡航費だといって、無理やり自分がつかっていた。

「女中さんの藪入りみたいに、半年ばかりわたしにお暇をください」

去年、一九二八年の一月末に、ついに兼子に切りだされた。

宗悦が、反対すると、兼子は、宗悦の姉の直枝子夫婦にかけこんだ。

海軍大将になる直前の義兄、谷口尚真に、宗悦は説得されたのだ。

そしてちょうど一年前、一九二八年五月に、いま宗悦たちが乗っているシベリア鉄道でひとりドイツにでかけていった。

レッスンづけの貧乏生活にたえ、十一月末には、ついにベルリンの有名なホールで独唱会を成功させた。もしあと一年でものこって、数回音楽会を成功させていれば、一流の歌い手としての位置を、本場ドイツで手にするチャンスがあったというのだ。

そんな兼子に、現地のプロモーターから、契約話がいくつもあった。

だが兼子は、それをふりきって、宗悦との約束の期限をまもり、日本にもどってきた。

兼子がもちかえった、現地の有名新聞五紙のリサイタル批評をみて、宗悦は申しわけないと後悔したのだった。

酷評することで有名なヴァイスマンという批評家までが、兼子の音楽を絶賛していた。

結婚するときに約束した、おたがいに一流になろうという目標を、音楽後進地の日本でひたむきにもちつづけ、兼子は着実に技量をみがいていた。

宗悦が使ってしまう貯金を、めげずに貯めつづけて、三六歳にして日本をあとにした。

心底からのつよい意欲が、兼子をそうさせたのだろう。

妻として嫁として、子どもの母として、兼子は文句のつけようのない女だった。それを兼子がいなくなって、あらためて痛感した。

それでも、約束の期限に帰らなければ離縁すると、宗悦は、手紙を再三ベルリンに送った。

自分は、兼子にとって心のせまい男だったという自責の思いが、列車のゆれに突きあげられて、ひろがってくる。

「あなたは、ほかの方にはお優しいですが、わたしにはなにも、こらえてくださいませんね」

そう言って泣かれたことが、一度や二度ではなかった。

帰国したら、兼子を大事にするときだな。

四〇歳なんてはるか彼方だと思っていたが、来年帰国するときは、もう四十一歳だ。

一九二五年（大正一四年）の秋に、同志社の女学生をつれて、兼子とともに十一回目の朝鮮を訪れた。

そのころ、東亜日報と朝鮮日報が、しきりに光化門のゆくえを気にした記事をのせていた。

十月二十六日、朝鮮日報に、移転を牽制する記事がでた。

〈ああ、わたしは去っていきます。みな様がいつも見上げ愛してくださった光化門は、このご挨拶をさいごに流刑暮らしにはいります〉

一一月三日には、東亜日報が、さらに釘をさしていた。

〈昔日の朝鮮の事を追憶させてくれる痕跡として残っていたのに、これでお前までも去るというのか。去りゆく光化門よ。どうせ去っていくのだから、そこで見たままを、言葉に残して去ってはどうか。お前は見たであろう、光化門よ〉

だがとうとう、一九二六年の七月から、ひとことの説明もなく、光化門の解体工事がはじまった。

朝鮮総督府新庁舎の、完工にまにあうようにと、上層の木造部分は解体されてしまった。

下にのこった間口三十五メートル、高さ十メートルの石壁部分を、特大の幕でかくして、新庁舎竣工式がおこなわれ、そしてそののち、巨大な石壁部分も、解体されもち去られたのだ。

「やはり壊してしまったんだね」

一九二六年の十月、十二回目の京城について、光化門がなくなった光化門大路に、宗悦は今村とともに立っていた。

一九一六年六月に起工されて、まる一〇年をかけて完成した、真新しい白亜五層の新総督府庁舎が、うしろにある景福宮を、完全におおい隠してそびえている。

平面図は、日本の〈日〉の文字を横にした形だという。

正面中央に五五メートルのたかさでそびえる中央塔のドーム表面は、緑青板でかざられ、天皇の冠をあらわしているらしい。

「ちがうんです、間違いなく移転されます。だって本気で撤去するのなら、もっと早くに光化門はなくせたんですよ。それを、斎藤総督がぎりぎりまで時間をかけて根回しされたんです、おわかりでしょう、幕でかくしたとはいえあのバカでかい石壁をのこしたまま、落成式を挙行する斎藤閣下のお悩みが……」

黄海道知事今村武志は、朝鮮総督府を代表するかのように、宗悦に能弁だった。

「東亜日報や朝鮮日報などが、まるで兄さんのあの一文をまねるかのように、すすり泣くような記事をのせたりしてましてね……朝鮮人のあいだに光化門への関心が、しだいしだいに高まっています。移転はできても、とても破壊できる雰囲気じゃありませんよ……また万歳事件になってはこまるんです…」

大衆を牛耳きれない役人の、恨みの色がにじんだ目で、今村が、宗悦にうちあけていた。

宗悦は、ありし日の威風堂々とした光化門を想いうかべて、ながいあいだ大路に立ってみつめていた。

今村が、弁解じみた言葉を尻すぼみにして、冷えはじめた晩秋の風に、肩をすくめている。

自分にならんで立っていても、どうせ今村は、総督府の偉容をみているのだろう、と思った。

光化門は、翌一九二七年十月、宗悦が十三回目の朝鮮に訪れたとき、建春門の北の、目立たない場所に移築されていた。

光化門は、たしかに破壊撤去からは、まぬがれたことになった。

「なんでもかでも壊して、消しさろうとするのは、秀吉の朝鮮出兵の時代からずっとおなじだな。日本人は、踏みにじることで偉くなったと思うのかな。英国もそうだが、征伐なんて、島国の見果てぬ夢だな」

宗悦と巧と三人で、移築された光化門を見にいってきた濱田が、リーチの憤慨をなぞるように、そして富本の見識をたどるように、あれは元の位置におくべきだ、とかさねて言った。

背後を北漢山にかざられ、その威厳ある位置に、泰然とあった光化門。

巨大で堅固な花崗岩をたかく築造し、その石壁に三個からなる関門をうがち、そのうえに広大な重層の建物をそびえさせていた光化門。

左右に均等の高壁をのばして、つきるところに角楼が美しい姿勢をたもっていた光化門。

その自若とした威厳の美にうたれない者はなかった。

それは朝鮮の伝統をまもるにたりる、正統の門の姿だった。


シベリア鉄道を走りおえて、さらに西に、列車はつきすすむ。

脳裏にやきついている、むかしの光化門の超然としていた姿が、この二〇年の自分の歩みとともに、宗悦のこころにうかんでいた。

いま、その三個の関門のむこうには、ヨーロッパが、そしてアメリカが見えていた。

自分は、あの光化門を出でてゆく。永遠に消えることのない門、こころの光化門を出でて。

「だれがなんと言おうと、光化門が救われたのは事実だよ。柳が恐ろしい処罰を覚悟して書いていなければ、光化門はきっとなくなっていたと思うよ。柳が朝鮮民族に贈ったものは、けっして簡単なものじゃない、それは、心でしか返せないようなものだ」

濱田が、確信にみちた顔で宗悦を見ていた。

支配する側の国民でありながら、支配される側の痛みを感じていた、希有な日本人であった。

宗悦の精神は、自己の内面にわきあがる道義心の叫びに、忠実でありつづけた。

「ぼくがやれるのはあそこまでだ、ぼくには友愛にもとづく反戦思想はあるが、暴力手法のもち合わせはないからね」

あたりに日本人がいないことを確かめて、宗悦はむりに声を張って言った。

—了—

参考文献

『浅川巧全集』草風館　高崎宗司編
『浅川巧―日記と書簡』草風館　高崎宗司編
『安宅英一の眼』大阪市立東洋陶磁美術館
『回想　鈴木大拙』春秋社　西谷啓治編
『回想の浅川兄弟』草風館　高崎宗司・深沢美恵子・李尚珍編
『韓国・朝鮮を知るための55章』明石書店　井上秀雄・鄭早苗
『韓国の虎はなぜ消えたか』講談社　遠藤公男
『幻想と絶望』東洋経済新報社　申明直著　岸井紀子・古田富建訳
『考古学史研究第9号　李王家博物館開設前後の状況と初期の活動』京都木曜クラブ　伊藤純
『高麗陶磁序説』河出書房　世界陶磁全集第13巻　小山富士夫
『国華』三八一～三八九号
『この道を往く　漂泊の教師赤羽王郎』講談社　今井信雄著
『三等旅行記』林芙美子
『植民地朝鮮の日本人』岩波新書　高崎宗司著
『ソウルに刻まれた日本』桐書房　鄭雲鉉（武井一訳）
『大正の読売新聞』読売新聞社　CD-ROM
『大拙の風景』燈影舎　岡村美穂子　上田閑照
『朝鮮紀行』講談社学術文庫　イザベラ・バード著　時岡敬子訳
『朝鮮近代史を駆けぬけた女性たち』梨の木舎　呉香淑著
『朝鮮言論統制史』信山社　李錬著

『朝鮮総督府の歴史』明石書店　藪景三著
『朝鮮の土となった日本人』（増補3版）草風館　高崎宗司、
『朝鮮の回顧「朝鮮の美術工芸に就いての回顧」』近沢書店　淺川伯教
『朝鮮美の探究者たち』未来社　韓永大
『朝鮮民芸論集』岩波文庫　浅川巧著　高崎宗司編
『朝鮮を想う』筑摩叢書　柳宗悦著　高崎宗司編
『陶磁・第六巻六号「そのころの思い出　高麗古墳発掘時代」』東洋陶磁研究所刊、三宅長策
『富本憲吉著作集』五月書房　辻本　勇編
『懐かしの上海』国書刊行会　小堀倫太郎
『懐かしの満州鉄道』国書刊行会　戸島健太郎
『日韓交流のさきがけ浅川巧』揺籃社　椙村彩
『日韓の架け橋となった人びと』明石書店　東アジア学会編
『日本と朝鮮』東京書籍　山田昭次ほか
『日本の歴史　二三巻』中央公論社　今井清一
『バーナード・リーチの生涯と芸術』ミネルヴァ書房　鈴木禎宏
『遥かなる中国大陸写真集　二』国書刊行会　飯山達雄著
『万歳前』勉誠出版　廉想渉（訳：白川豊）
『半世紀前の朝鮮』友邦文庫　今村武志
『ビアズレイの芸術と系譜』東出版　関川左木夫
『評伝　柳宗悦』筑摩書房　水尾比呂志
『ポストコロニアルの地平　朝鮮における光化門をめぐる物語と柳宗悦』世織書房　権　錫永

『幻の時刻表』光文社新書　曽田英夫
『三重県立美術館　柳宗悦展図録』（財）三重県立美術館協力会　土田真紀　毛利伊知郎
『民芸の発見』角川書店　熊倉功夫
『目で見る　昔日の朝鮮　上』国書刊行会
『「妄言」の原形』木犀社　高崎宗司
『柳兼子の公演活動と朝鮮における民芸運動』九州大学大学院　高　仁淑
『柳宗悦』平凡社　鶴見俊輔
『柳宗悦　美の菩薩』リブロポート　阿満利麿
『柳宗悦研究　民芸の美学』徳山大学総合経済研究所　八田善穂
『柳宗悦と民芸の現代』吉川弘文館　松井健
『柳宗悦　手としての人間』平凡社　伊藤徹久
『柳宗悦全集』一巻　二一巻上　筑摩書房
『柳兼子伝』水曜社　松橋桂子
『李朝陶磁の名品』㈶佐川美術館
『李王家博物館所蔵写真帖　上下』李王職編
『わたしの歩いた道』信濃教育会出版部　赤羽王郎
『民芸』107、125、226、225、228、229、231、234、235、379、428、432、452、587、

参照したＨＰ

白樺の小径　ＨＰ
北杜市浅川伯教・巧兄弟資料館　ＨＰ

三重県教育文化会館　ＨＰ

ご指導ご協力をいただいた方々

兵庫県立図書館
学習院　友邦文庫
武者小路実篤記念館
武井　一氏（都立日比谷高校）
水野　直樹氏（朝鮮史研究会）
飛田　雄一氏（むくげの会）
朴　昭炫氏（東京大学大学院人文社会系研究科　文化資源学研究室）
吉井　秀夫氏（京都大学大学院　文学研究科）
レファレンスクラブ

〈あとがき〉

『白樺』同人、ブレイク研究家、宗教哲学者、美学者、日本民芸運動推進者など、マルチな顔をもった偉才、柳宗悦。この柳の三十歳から三五歳のあいだが、当時の植民地朝鮮にひき寄せられ、ふかく関わった時期であったということは、案外知られていない。

柳の没後二三年たった一九八四年に、韓国政府より宝冠文化勲章が授与されたが、その受賞の理由を知っている人間が、日韓双方ともに、次第に少なくなっているのではないかというのが、私がこの伝記小説を書こうとした動機だった。

たとえば、〈朝鮮民族美術館〉の受け皿となった韓国国立中央博物館の、陶磁フロアーに行けばその現状はよくわかる。

一九二二年に、柳宗悦が雑誌『改造』に発表した、七千三百余文字の一文が、朝鮮で世論を喚起し、それが当時の朝鮮総督府に響き、光化門が破壊撤去から救われた、という話を読んだのはずいぶん前だ。おなじころ私は、朝鮮民族美術館設立に全生活を投げうってとり組んだという柳の生きざまを知ったが、瑣末な日常にあくせくしていた私に、それは眩しかった。

現代人が見失った、どこか懐かしい、利他的人間へのノスタルジーに似た感慨を、私は柳に感じた。〈光化門〉と〈朝鮮民族美術館〉は、柳のエネルギーを消耗させてしまう仕事だったが、それに昼夜をささげた柳の行動には、現在のわれわれを逆照射するものがあると思ってきた。

くだらないことで腹をたて、身内や友人やあるいは通りすがりの人を傷つけることはするが、公に言葉を言わない現代日本人。体制から愚民扱いをうけながら声をあげない若者。柳宗悦が生きた時代とは比べものにならない自由を手にしながら、いつか公というものを忘れたかのような現代社会が、書きながら視野の中にあった。

柳宗悦の生きた時代、支配する側の国民でありながら支配される側の痛みを感じ、種々発言を繰返すことは、また公然と批判することは、日本人といえども恐ろしい処罰を覚悟してのことだった。彼の「気塊」を思わないわけにはいかなかった。「公」より「私」が優先されるかのような現代日本にむけて、かつてこんな高潔な、生真面目な若者がいたことを、つたえたいと願った。

植民地の実態について、もっと仔細に書き写したほうが、よりリアルになるのはわかっていたが、紙幅の関係でざっくりとした表記にせざるをえなかった。植民地の歴史についてはいろいろな意見があることを承知している。だが、あの膨大な記録を、何事もなかったかのように消し去ることはできないと思う。

植民地というものは、どこの国が植民支配しようが、概ねそういうものだという声もあるかもしれないが、私としては、資料を読めばよむほど、日本人がやったことを是認したくない気分に捕われた。

人間は一時の熱に確かに狂う。その悲しきサンプルが、植民地朝鮮にある。狂わないようにするためにいかにあるべきかを、柳は今も我々に伝えようとしている。


柳宗悦が書いた朝鮮関連の文章を、私たちは高崎宗司氏が編まれた『朝鮮を想う』（筑摩叢書）という仕事で容易に通観することができる。この伝記を書くにあたって、私は『朝鮮を想う』にずいぶんと助けられた。もとより全文を転写して拙著に入れることはできないわけで、私なりに取り出させていただいたが、柳宗悦の真骨頂を選り落とした不安がないわけではない。みなさまに一読をお勧めしたい。

また『柳宗悦全集』（筑摩書房）の書簡集も、非常に参考になった。

その他、さまざまな諸先輩の仕事を読ませていただき、また無遠慮にも諸機関の方々にお願いして資料提示を頂きながら、この本が上梓できたことを、あらためて御礼申し上げたい。

そして、拙稿を拾い上げてくださった、社会評論社の松田健二社長には感謝至極である。

最後にお断りとして、
〈…………〉の部分は、『朝鮮を想う』『読売新聞復刻版』『京城日報復刻版』などの資料から、文意抜粋で使わせていただいた部分である。

《………》の部分は、書簡集に残っている手紙からこれまた文意抜粋して使わせていただいた。柳の「妹の死」と「彼の朝鮮行」を下敷きにして書いた部分もあることをお断りしておく。

文中に〈朝鮮人〉〈朝鮮民族〉〈日鮮〉等の表現があるが、むろん蔑称を意図したわけではない。当時の空気感を出すために、熟慮して使ったことをご理解いただきたい。また、柳宗悦の文章からの直接引用もある。

今年末には、宗悦が眺めたのとおなじ完全な姿で、光化門が復元されると聞いている。海を渡ってそれに会いに行くのが楽しみである。

二〇〇九年六月

丸山茂樹

丸山茂樹（まるやましげき）
1948年，香川県東かがわ市に生まれる。
1971年，㈱ラジオ関西に入社。
2005年，取締役辞任　退職。
在職中，民間放送連盟番組コンクールなどで受賞多数。
既著に『陶匠濱田庄司　青春轆轤』がある。

青春の柳《やなぎ》宗悦《むねよし》——失われんとする光化門のために

2009年7月15日　初版第1刷発行

著　者——丸山茂樹
装　幀——桑谷速人
発行人——松田健二
発行所——株式会社社会評論社
東京都文京区本郷2-3-10
☎03(3814)3861　FAX03(3818)2808
http://www.shahyo.com
印　刷——ミツワ印刷
製　本——東和製本

【シリーズ】沖縄・問いを立てる［全6巻］★各巻1800円+税

「日本であって日本でない」沖縄は、研究対象の宝庫ではあるはずだが、数多い沖縄研究は、はたして沖縄の歴史的社会的実像に迫り、将来的展望を切り拓く手がかりを与え得る内実を備えているだろうか。若手論者五名によって編まれるこのシリーズは、こうした問いに正面切って応えようとする試みではないかと思う。

新崎盛暉

第1巻●沖縄に向き合う——まなざしと方法　**屋嘉比収・近藤健一郎・新城郁夫・藤澤健一・鳥山淳編**

座談会・沖縄の現実と沖縄研究の現在をめぐって／沖縄研究ブックレビューほか

第2巻●方言札——ことばと身体　**近藤健一郎編**

沖縄における「方言札」＝近藤健一郎　「南嶋詩人」、そして「国語」＝村上呂里　近代沖縄における公開音楽会の確立と音楽観＝三島わかな　翻訳的身体と境界の憂鬱＝仲里効　沖縄教職員会史再考のために＝戸邉秀明　沖縄移民の中の「日本人性」＝伊佐由貴

第3巻●攪乱する島——ジェンダー的視点　**新城郁夫編**

「集団自決」をめぐる証言の領域と行為遂行＝阿部小涼　沖縄と東アジア社会をジェンダーの視点で読む＝坂元ひろ子　戦後沖縄と強姦罪＝森川恭剛　沈黙へのまなざし＝村上陽子　一九九五—二〇〇四の地層＝佐藤泉　母を身籠もる息子＝新城郁夫

第4巻●友軍とガマ——沖縄戦の記憶　**屋嘉比収編**

戦後世代が沖縄戦の当事者となる試み＝屋嘉比収　座間味島の「集団自決」＝宮城晴美　「ひめゆり」をめぐる語りのはじまり＝仲田晃子　ハンセン病患者の沖縄戦＝吉川由紀　日本軍の防諜対策とその帰結としての住民スパイ視＝地主園亮

第5巻●イモとハダシ——占領と現在　**鳥山淳編**

現代沖縄における「占領」をめぐって＝若林千代　琉球大学とアメリカニズム＝田仲康博　占領と現実主義＝鳥山淳　「復帰」後の開発問題＝安里英子　集団就職と「その後」＝土井智義

第6巻●反復帰と反国家——「お国は？」　**新城郁夫編**

〈無国籍〉地帯、奄美諸島＝前利潔　国家に抵抗した沖縄の教員運動＝藤澤健一　五〇年代沖縄における文学と抵抗の「裾野」＝納富香織　語りえない記憶を求めて＝我部聖　「反復帰・反国家」の思想を読みなおす＝徳田匡